芙蓉街

尚启元 著

SPM 南方出版传媒 广东人民出版社
·广州·

图书在版编目（CIP）数据

芙蓉街 / 尚启元著. — 广州：广东人民出版社，2018.7
ISBN 978-7-218-12553-4

Ⅰ．①芙… Ⅱ．①尚… Ⅲ．①长篇小说－中国－当代 Ⅳ．①I247.5

中国版本图书馆CIP数据核字(2018)第023893号

Fu Rong Jie
芙蓉街
尚启元　著

版权所有　翻印必究

出　版　人：肖风华

选题策划：李　敏
责任编辑：李　敏
装帧设计：罗　隽
责任技编：周　杰　易志华

出版发行：广东人民出版社（广州市大沙头四马路10号　邮政编码：510102）
电　　话：（020）83798714（总编室）
传　　真：（020）83780199
网　　址：http://www.gdpph.com
印　　刷：珠海市鹏腾宇印务有限公司
开　　本：787 mm × 1092 mm　1/16
印　　张：20　　　　　字　数：320千
版　　次：2018年7月第1版　2018年7月第1次印刷
定　　价：48.00元

如发现印装质量问题，影响阅读，请与出版社（020-83795749）联系调换。
售书热线：（020）83791487　　83790604　　邮购：（020）83781421

目录 CONTENTS

第一章

第一节　福寿酒楼 / 002

第二节　心海百味 / 009

第三节　人间烟火 / 019

第四节　百无聊赖 / 027

第二章

第一节　恩恩怨怨 / 037

第二节　风起云涌 / 043

第三节　泉水巷深 / 049

第四节　草木食火 / 054

第三章

第一节　缘木求鱼 / 064

第二节　青烟妖娆 / 070

第三节　戏里戏外 / 076

第四节　天下粮仓 / 082

第四章

第一节　滚滚红尘　/ 089

第二节　炉火酒光　/ 095

第三节　琴音袅袅　/ 102

第四节　戏中说人　/ 107

第五章

第一节　福源善取　/ 116

第二节　天道人性　/ 122

第三节　泉水人家　/ 129

第四节　人情练达　/ 135

第六章

第一节　化被草木　/ 143

第二节　秋收冬藏　/ 149

第三节　柳暗花明　/ 155

第四节　如梦一场　/ 161

第七章

第一节　食味满街　/ 169

第二节　赌徒人生　/ 175

第三节　滚滚红尘　/ 182

第四节　悲不自悲　/ 189

目 / 录

第八章

第一节　爱恨情仇　/ 198
第二节　思心苦海　/ 204
第三节　慷慨悲情　/ 211
第四节　重返故里　/ 218

第九章

第一节　食叹人生　/ 226
第二节　动荡浩劫　/ 232
第三节　波浪滔天　/ 238
第四节　风云变幻　/ 244

第十章

第一节　皆大欢喜　/ 252
第二节　一情一吟　/ 258
第三节　绝处逢生　/ 265
第四节　血色苍穹　/ 272

第十一章

第一节　弹指之间　/ 280
第二节　人情冷暖　/ 286
第三节　狼烟四起　/ 292
第四节　恍然如梦　/ 299

后　记　/ 305

第一节　福寿酒楼

清晨还带有一丝寒气的阳光,透过街边柳树丛的间隙,把斑斑驳驳的影子铺洒在流动的泉水上。每当轻风摇动柳条,那一帘碎影在泉水上摇曳晃动。街上的青石板下传来淙淙的泉水声,街上汇集了无数的小商小贩,各设一摊,店铺的门板也打开了。刘巧嘴一身粗布青袍,蓬乱着头发,脸上露着笑容,两条腿又蹦又跳,在街上游荡,用竹板打拍,嘴里念着词:"当哩个当,当哩个当,当哩个当哩个当哩个当!闲言碎语不要讲,表一表济南芙蓉街。芙蓉街故事多,吃喝玩乐样式多,甜沫油旋印刻画,茶香水甜似天堂。"

清脆的竹板声响遍芙蓉街的角角落落,这条古街是一条南北走向的街道,北起西花墙子街南口,南与泉城路相连,东邻马市街,通起凤桥街、翔凤巷和芙蓉巷,西邻玉环泉街,通省府东街。沥青路面,全长四百多米,宽不足五米,因街上有芙蓉泉而得名。街上商贾云集,游人如织。在街上周围有抚院、都司、布政司、贡院、府学等衙门机构。商家众多,中药、西药、笔铺、京货、首饰、书籍、字画、文具、南纸、乐器、服装、陶器、古董、刻字、楠木、铜锡器、小吃、钱行,鳞次栉比。

刘巧嘴走到福寿楼,停下了脚步,嘴角一上扬,大步地迈了进去。店小二赶紧往外推他出去。在整条芙蓉街上,大家伙儿都知道刘巧嘴就是一个混吃混喝的流浪艺人。他师从著名艺术家于传斌,技艺没什么长进,脑袋瓜子里的鬼主意却不少。

第 / 一 / 章

福寿楼的掌柜高德生吩咐店小二拿来几个素菜包子，亲自端到刘巧嘴面前说，这些包子送给你。刘巧嘴一见包子，赶忙打起快板："高掌柜，真善良，救济穷人，赛菩萨。"

高德生赶紧打住刘巧嘴的快板，把他请到酒楼的角落里，说："这套词你说了百八十遍了，我这酒楼的生意还得做，小本生意，你吃了包子就赶紧走吧。"

肚子找到主儿了，刘巧嘴自然是吃得不亦乐乎。高德生站在酒楼门前，向芙蓉街的路口望去。芙蓉街虽然不长，但酒楼饭馆却遍布大街小巷。每到饭时，酒菜飘香，宾朋满座，一派繁华景象。

这些酒楼也有高下之分，好的酒楼能吸引到各地的食客，生意自然比其他酒楼要好，名声也会大一些。

福寿楼，这座济南城内公认的第一名楼，建筑工艺独特，雕刻砌凿，工艺细腻精湛，明柱花窗，雕栏画栋，美妙绝伦，具有"三雕""六怪""九绝"之艺术特色。福寿楼的创办人，是号称"天下第一厨神"的郝爷，他收了两个徒弟，一个是高德生，另一个是陆松宇。高德生在郝爷去世后，接管了福寿楼，陆松宇凭借高超的厨艺被召进宫当了御厨，两个徒弟各有千秋，郝爷也能含笑九泉了。

刘巧嘴吃掉落在碗里的最后一点菜馅，抹了抹嘴，向高德生微笑着弯了弯腰，又蹦又跳地出了酒楼，唱道："高掌柜子，心眼好，不嫌穷人，善助人……"

店小二收拾着桌子上的碗筷，动作干净麻利，高德生望着刘巧嘴远去的背影，心里直乐呵，几个包子换别人几句夸，未尝不是一桩好买卖，自己守着这么大的酒楼，进进出出的人，不管身份高低，都得把他们当成爷，自己身为厨神的徒弟，可如今没有师傅的一点身价，整天低眉哈腰的给别人当孙子。想到这些，高德生摇着头，叹了几声气。

突然，一声长长的惊天动地的火车汽笛声，划破了沉寂的济南上空。这让街上的行人乱了分寸，慌了神，到处找地方躲藏。可只听其声，不见其物，谁也不知道发生了什么事,街上乱哄哄的一片。

秦五爷提着鸟笼,不慌不忙地走进酒楼,环视了一下四周,高德生赶紧迎上去,接过鸟笼,随口问了一句:"外面一声声巨响,五爷还如此镇静,就不怕天塌下来?"

街上逐渐变得平静,秦五爷整理了一下衣衫,看着高德生说:"这是胶济铁路通车,这声音就是火车发出来的动静。再说了,就算天塌下来,还有福寿楼撑着。"

高德生从学徒到如今一直窝在酒楼,哪见过什么火车,一脸的茫然:"五爷,你这是抬举酒楼了,我这酒楼哪能抗住老天爷。不过,听五爷这么一说,这洋玩意脾气不小,动静都这么大。"

秦五爷一脸的严肃,骂道:"脾气是不小,在这铁路修筑过程中,所经之处,村庄被毁,农田被践,坟墓被掘,河道被堵,洋人真是丧尽天良!"

高德生赶紧打住五爷的话,他心里明白,街上有官差,要是一不小心走漏风声,自己的酒楼也脱不了关系。

光绪三十年的大清国,新政方兴,风气初开。巍峨的紫禁城沐浴在一片落日的余晖中,人来车往的东华门外大街上,到处可以看见逃荒的灾民,他们混迹在熙熙攘攘的人群中,眼睛却朝紫禁城的高墙张望,仿佛嗅觉能够穿透城墙,闻到御膳中的山珍海味,飞潜动植,水陆八珍。

宫廷"御膳房"是金碧辉煌的紫禁城内的明珠,千百年来,一代代御厨搜罗了大量民间的美味佳肴,辛勤经营,因材施艺,合理用料,巧妙配伍,精心烹制,细心调理,供帝王们享用。

陆松宇耍弄着娴熟的刀工,崭新的厨刀,长六寸,高三寸,半弧形刃口,刃口锋利,手感沉重,刀是由上等的精钢铸成。他深深地吸了口气,握刀的右腕处青筋凸现。

案板上放着一条鲜活的草鱼,肉厚质嫩,鳞如细脂,似乎一掌眼便能够感觉到它柔腻的口感和淡淡的清香。

寒光忽然闪动,厨刀挥出,锃亮的刀锋在鱼身上有规律地舞动着,片刻之

第一章

间，刀锋已经追到了鱼身的尾端，陆松宇收刀，鱼身微微晃了一晃，鱼骨从里面掉落出来，陆松宇猛吸一口气，手腕一抖，刀光再次闪出，这一次刀势来得更急，刀锋与鱼身相碰发出的"笃笃"声已经连成一片，无从辨别先后。突然间，厨刀止，一切重归平静。陆松宇长长地吐出一口气，额头和鼻尖处已渗出一层细密的汗珠。

陆松宇做的菜，乃是鲁菜中的一道"油爆鱼芹"，做这个菜，甚有讲究，不能切断鱼皮，还得让食客吃起来没有鱼刺，没有鱼头鱼尾，味道甚佳，才算完美。陆松宇擦拭了额头上的汗，大步走出御膳房。

紫禁城外往东不到三里地，有家提供住宿的小酒楼，里面住着些来京赶考的读书人。虽说是读书人，可在街上喝酒的，斗鸡的，逛窑子的，哪里少得了他们。酒楼的后庭有棵古槐，树高干云。每当陆松宇出宫后，就到酒楼一坐，喝上几盅小酒，与掌柜聊聊家常。掌柜是山西人，大字不识一个，但脑子机灵，虽名叫吴仁，可为人善良。

陆松宇和往常一样，在酒楼的老位置坐下，要了一壶小酒，一碟小菜，衣衫上依然残留着厨房油烟的味道。吴掌柜见他到来，连忙迎上前去，脸上一副严肃的模样。眼见吴掌柜有失常态，陆松宇问："吴掌柜是不是有事？"

吴掌柜刚要启齿，又闭上嘴，四周望了望，悄悄地把陆松宇拉到后院去。

陆松宇面带笑容问："吴掌柜是不是有什么事情？"

吴掌柜四处望了望，确定没有人偷听，谨慎地说："刚才酒楼来了几个陌生面孔，看样子不是宫里的人，我估计也不是什么正道上的人，说要取你家人的性命。"

陆松宇一听到这消息，虽然面不改色，但心里还是"咯噔"一下。其实就算是吴掌柜不提醒自己，这几天陆松宇也恍惚感觉到周围有人跟踪着自己。他慢吞吞地朝门口走了几步，又折了回来。

吴掌柜关心地劝道："要不，你们一家人出去躲躲？"

陆松宇摇着头回："怎么躲？御膳房一旦发现我不见了，就不是砍头的事情，这可是诛九族的罪名。"

吴掌柜叹了一声气:"这可如何是好?"

陆松宇皱紧眉头:"是福不是祸,是祸躲不过。吴掌柜,可否借书房一用。"

吴掌柜带着陆松宇走进书房,陆松宇在纸上写下一个地址,说道:"吴掌柜,如果我真的有个三长两短,麻烦你把我的家人送到这个地方,我陆某人下辈子一定做牛做马报答你的恩情。"说完,陆松宇跪在了吴掌柜的面前。

吴掌柜赶紧扶起陆松宇:"你看你怎么这么见外,我们交往这么些年,虽不是一家人,也算是有兄弟般的感情,这事包在我身上,可你一定要多加注意。"

陆松宇听吴掌柜这么一说,心里算是吃了一粒定心丸。回家的路上,他面无表情,内心如同笼罩着浓重的雾霾。他无精打采地走进灵境胡同,到了洪恩灵济宫牌坊前停下了脚步。

灵镜胡同是京城最宽的一条胡同,它的名称就源于洪恩灵济宫。相传南唐人徐知证和徐知谔有着神奇的本领,好助人为乐,替人排忧解难。明成祖朱棣北征作战不利,就请这两位神仙暗中助阵,果然取得胜利。后人为了祭祀这两兄弟,建造了灵济宫。

在明朝,每逢隆重大朝会之前,全体官员都要被集中到灵济宫排演礼仪。可是到了清代,灵济宫不那么红火了。灵济宫的名称,随着一代代人的口传,把"灵济"变成了"灵清",后来又转成了"灵境"。这条胡同也就成了"灵境胡同"。

陆松宇注视着灵济宫宏伟壮观的建筑,本想走进去祈祷家人平安,可挪动了几步僵硬的腿,还是打消了念头。在这年月,钩心斗角、人心难测,人世间都这么乱,也不见得神界会好到哪里去。

离灵济宫不远处,有一条扁窄的巷子,陆松宇一家人就住在这里面。曾因他厨艺高超,吸引了不少食客慕名前来拜访。人多的时候,整条巷子都被食客挤得满满的。直到陆松宇成为御厨,这条巷子才变得安静了许多。食客们心里也明白,给皇上做饭的御厨,怎么能给他们这些平民老百姓做饭呢?这要是犯

第一章

了大忌，小命可就不保了。

陆松宇刚迈进家门，儿子陆明诚一把抱住了他的双腿，这让本来就心神不宁的陆松宇狠狠地吓了一跳。

妻子赵曼儿见陆松宇精神恍惚的样子，赶紧走上前把陆明诚抱在怀里，说："你怎么看上去没精打采？"

陆松宇舒了几口气，回道："这几天厨房的事情太多，可能是累的。"

赵曼儿心里明白，在皇宫做事，十个脑袋也不够用，便说："赶紧到屋里歇息，我这就去做饭。"

陆明诚从母亲身上挣脱下来，说："爹，我要吃你做的豆腐箱。"

赵曼儿劝道："诚儿，你爹最近挺累，娘给你做好不好？"

陆明诚撅着小嘴："我就要吃爹做的，我就要吃爹做的。"

陆松宇向赵曼儿摆了摆手，然后抱起陆明诚说："走，咱们去做豆腐箱。"

陆明诚高兴地挥舞着手臂，身后的赵曼儿有些心疼陆松宇身体吃不消，然后嘱咐了一句："备料都准备好了，都在案台上。"

厨房升腾起淡淡的烟雾，炸锅里的油在大火的加热下，不停地翻滚。陆松宇目视着凶猛地火焰，持久地发呆。直到几滴飞溅的热油落在手上，他才缓过神来。他先把炉火压小，将切好的豆腐块放入滚烫的油锅中，等豆腐炸成金黄色，一勺将豆腐从油锅里捞了出来，娴熟的动作在半空中划出一道美丽的弧线。然后用小勺挖出豆腐瓤，使豆腐呈现出箱子的形状，再把准备好的佐料放在豆腐里面，最后把用淀粉勾好芡的高汤浇在豆腐上。

陆明诚盯着盘子里的豆腐箱，又蹦又跳个不停。豆腐箱虽然用料和制作简单，但却将荤素巧妙地搭配在一起，口感极佳。陆明诚刚要走出厨房，却被陆明诚的小手一把拉住衣角。

陆松宇一脸茫然地看着儿子说："是不是还想吃什么菜？爹给你做。"

陆明诚摇着头说："爹，这豆腐箱味道有点淡。"

陆松宇有些惊讶，盘子里的豆腐箱一点也没有动，儿子是怎么断定味道偏淡的呢?他走到儿子的身边,俯下身子问:"你先尝尝,说不定正合胃口呢。"说完,陆松宇也有些怀疑,毕竟豆腐里面的馅不是他亲手做的。

陆明诚没有动筷子的意思,说:"不用尝,我闻就能闻出来。"

陆松宇赶紧夹了一块,刚吃了一小口,就转身把赵曼儿叫到了厨房,问:"你在备料里加盐了吗?"

赵曼儿想了想,摇着头说:"忘了加盐。"

陆松宇又悲又喜,当初他进入皇宫当御厨,就是为了巴结朝廷里的达官贵人,将来能为自己的儿子在里面谋个一官半职。可儿子偏偏传承了自己厨艺上的天赋,再想想自己如今的处境,这一刻仿佛有股寒流进入了自己的骨髓深处。

夜幕降临,街巷散去了白日的吵闹,变得出奇的安静,这样的静反而让陆松宇有些魂不守舍,他躺在床上辗转反侧,时不时地往窗外望去,甚至连院子里的风吹草动,他都能听得一清二楚。这样的夜异常难熬,空气中流露的煞气在陆松宇的心头弥漫开来。他回想起吴掌柜的话,也想起身后时不时有人跟踪自己,他的额头直冒冷汗。

陆松宇扫了一眼身旁熟睡的妻子,静悄悄地下床走出了卧室。他走到客厅的一个角落,观察了四周的情况,双手慢慢地抽出一块墙砖,从里面拿出一本菜谱,菜谱的封面已经残破不堪,内页却保存完好,文字清晰可见。陆松宇依然相信最危险的地方就是最安全的地方,把菜谱藏在墙里,也是他精明之处。自从他进入皇宫当了御厨,这本郝爷留给他的菜谱就成为他最大的精神寄托,虽然里面的各道菜的烹饪技巧都已经熟记于心,但他还是谨慎地珍藏,毕竟是这本菜谱加上郝爷的教导,让他从一个酒楼帮厨正大光明地踏入皇宫,成为了光宗耀祖的御厨。不过,这本菜谱在民间传得神乎,"得菜谱者为厨神"的传言引起了无数场腥风血雨。陆松宇仿佛明白了黑暗处的那些人是为什么而来。他下了一个重要的决定,必须尽早把妻儿送出京城。

第/一/章

第二节 心海百味

荟萃万千的京城纵横交错着大大小小的胡同，陆松宇从灵境胡同走出来，他看到煤炉上放着豆汁儿锅，锅上面萦绕着热气，旁边的桌子上还备有焦圈、麻花和各种咸菜。陆松宇买了份北京豆汁儿，几个焦圈，坐在小板凳上边吃边喝。

当喝完第一口豆汁儿的时候，他不觉得一笑。自从来到京城，他一贯喝不顺这口又酸又甜又辣的杂味汤汁，对于他这个对味道要求极高的御厨来说，真是有些接受不了。可这个早上，他却喝着格外的顺口，酸甜中带辣的味道反而让他感到是一种美味。人活在世上，离不开"酸甜苦辣"这四种味道，一碗豆汁儿就包含了三种味道，而另外一种苦味，其实人从自身就带来了。

陆松宇盯着碗里的豆汁儿，手中的筷子悬在半空，直到焦圈从筷子掉落在方桌上，他才缓过神。

"客官，你的咸菜。"店小二将一小碟咸菜摆放在方桌上。陆松宇看着店小二熟练的动作，回想起自己刚进皇宫时的情景，当时他也是从杂役做起的，那时候很多人对他吆五喝六，他做每一件事情都格外的谨慎，生怕哪里出现问题惹怒了总管。他的脑海中永远地记着郝爷的那句话：皇宫里处处是眼睛，一定要多长个心眼。

"你在这里当店小二多长时间了？"陆松宇问身边的店小二。

店小二愣了愣神回："客官，这店是我们家祖上传下来的，店里的掌柜是我爹，听说家里祖上的人伺候过皇上的饭食，当然不是清朝的皇上，是明朝的皇上。后来明朝灭亡了，自然也就不能在皇宫里做事，就开了这家小店。"

虽然店小二在说到明朝皇上的时候，特意压低了声音，可还是被掌柜拉到了身后。

"小儿才疏学浅，不知道什么话该说，什么话不该说，还请客官见谅，我再给客官加几个小菜，就当刚才小儿的话你没听见，小本生意，多多担待。"

店小二听到自己父亲的这番话，顿时明白自己的嘴可能惹祸了，赶紧端了一小碟焦圈放在陆松宇的面前。

陆松宇笑了几声，说："给我这么多焦圈，我也吃不了，赶紧端回去吧。不过，以后说话可得长个心眼，虽然这是皇城根下，不是在皇城里面，但谁也不敢保证什么时候出来个达官贵人就想尝尝民间百姓的食材，这些话要是听到他们的耳朵里，可就是关系到祖宗九族的事情了。"

掌柜的赶紧随声应和："多谢客官提醒，我们记住了。"说完，转过头去瞪着自己的儿子，"还不赶紧拜谢这位客官。"

店小二双手作揖道："都怪我管不住自己的嘴，还请客官见谅。"

陆松宇微微一笑："看你们父子俩一唱一和的，我又不是什么达官贵人，用不着这么担惊受怕，掌柜的赶紧去忙吧，那么多人等着吃饭呢。"

听陆松宇这么一说，掌柜心里悬着的石头算是有了着落，拍了儿子的头一下，就转身去给食客们端送食物。

店小二凑到陆松宇的耳朵旁小声说："你身后一直有几个人盯着你，看他们凶煞的样子，不是什么好人，你可要当心。"

陆松宇稍微斜了一下头，用眼睛的余光瞄了下身后的几个人，熟悉的身体轮廓让他感到了不安，正是这几天一直跟踪自己的人。他端起豆汁儿的碗，一大口喝了个精光，拍着店小二的肩膀说："豆汁儿味道不错。"说完，他把碎银子塞到了店小二的手里，加快了离开店铺的脚步。

"客官，这些钱太多了。"

店小二追了出去，已经寻不到陆松宇的身影。坐在角落里盯着陆松宇的几

第 / 一 / 章

个人急忙追赶出来，一见陆松宇人影都没了，气愤地对店小二嚷道："刚才那个人去哪了？"

店小二回道："我还找他呢，给了这么多碎银子，一出门都不见人影，谁知道他是人是鬼。"

一个壮汉鲁莽地从店小二的手里抢过碎银子，在手里掂了掂，随口大骂："滚！"

躲进旁边杂货庄的陆松宇看到眼前的一幕，突发一肚子怒火，他万万没有想到一个小小的厨房会给自己惹来杀身之祸。他把目光对准了一直在跟踪自己的这些人身上，一共四个人，个个凶神恶煞，腰间别着一把匕首，虽然有长袍遮挡，但还是能从腰间的痕迹中看出来。

"你觉得这个花瓶怎么样？"

陆松宇被身后的声音吓了一跳，花瓶差点从自己的手中滑落，他自打进入这家杂货庄就拿起来这个花瓶，虽然花瓶拿在手里，可视线始终没有离开窗户外的四个壮汉。

"这花瓶看着不错。"陆松宇缓了缓神回道。

"我看你不像是来买花瓶的主儿，你挑的花瓶是这批货中最廉价的一种次品。"

"让掌柜见笑了。"说完，陆松宇赶忙转身走出了杂货庄，绕了几条胡同，进了皇宫的御膳房。

燃烧的炉火让陆松宇感到越发的不安，他换上了御厨特制的厨师服，走到炉火旁，颠了几下大锅，然后将油放入锅中，油汁在锅里沸腾翻滚起来，再将已经切好的藕片放入锅中，加入特制的调味汁。没等一会儿，他扬手撒起白色的盐粒，盐粒在鲜亮的汤汁中慢慢地融化。陆松宇的动作娴熟利索，身边的人也常常被他的厨艺所折服。而陆松宇心里更明白，自从进入御膳房，他的厨艺根本就没有什么长进，这并不是说他到了什么登峰造极的地步，而是在御膳房这种地方，每天重复着同样的菜单，对他来说，闭着眼都能把菜单上的一道道菜做出来。

他每天在御膳房重复着同样的动作，闻着同样的味道，看着同样的人，唯一就是听不到真实的话。他盯着熊熊的火焰，内心不由"咯噔"一下。他仿佛感觉到在黑暗深处有几双眼睛无时无刻不在盯着自己。他心里有些难言之隐，御厨这个身份是正二品，在御厨的上面还有副总管和总管，分别是从一品和一品，身份都比自己高，可为什么偏偏是自己招来是非呢？

正当他还沉浸在思考中时，一个杂役走到陆松宇的身边，说："师父，太后娘娘要吃你做的醋溜白菜。"

陆松宇冷不丁地被这么一句话吓了一跳，他看着身边的杂役，说："去把白菜洗干净，切成小块。"说完，自己开始备料。备料是每个御厨私藏的本领，一般是不会在众人的眼跟前准备，可陆松宇偏偏与其他御厨不一样，他不但不在乎这些保密的程序，反而会告诉喜爱厨艺的手下人一些配料的秘笈。在整个御膳房，无论是尚食尚官，还是大厨杂役这些人，都会在私下里称他为师父。一开始的时候，陆松宇有些不适应，因为他觉得"师父"一词得用在像郝爷这样厨艺高超的人身上。可时间一久，叫的人多了，他也就当成一种人与人之间普通的称呼。

葱姜蒜末一下锅，顿时飘散出一股清香的味道。陆松宇把白菜放在锅里翻炒了一下，这几下翻炒的动作，就让身边的人看得目瞪口呆。虽然同是厨师，但差距就往往在这细微的地方。白菜的叶与梗软硬不同，需要受热的程度也不一样，陆松宇这几下翻炒让叶与梗分别受到不同程度的加热。等醋液一倒入锅中，翻炒几下，菜就出锅了。

"齐活！"

陆松宇刚说完，杂役就赶紧端着菜走了。可陆松宇感觉有些不对劲，白菜是慈禧太后最爱的菜，她会指定专门的御厨负责所有白菜的菜品，前段时间慈禧过七十大寿，陆松宇都没有能碰一下白菜，今儿个怎么单独指名让他做呢？想到这里，他的目光扫视了一遍御膳房，连角角落落也没放过，他看见了专门负责白菜菜品的御厨，正在有条不紊地翻炒着白菜。陆松宇有些纳闷，慈禧太后既然安排自己做醋熘白菜，怎么还让其他御厨做呢？

第 / 一 / 章

正当他想不明白的时候,告诉陆松宇给慈禧做醋熘白菜的杂役急匆匆地端着刚出锅的拔丝苹果从他的身边走过,他一手抓住杂役的衣服。杂役被吓了一跳,端着的盘子差点脱手。

"师父,你这么闹哪出?这要是打坏了碟子,我差事丢了倒是小事,关键是小命也要搭上。"

"我问你,是谁让你告诉我给太后娘娘做醋熘白菜的?"

"总管大人吩咐我告诉你的这件事情,有什么问题吗?"

陆松宇心里"咯噔"一下,自从陆松宇进入御膳房以来,总管就一直看不惯陆松宇,他心里也明白权大欺人,惹不起还躲不起,就一直躲着总管大人。总管见他没什么威胁自己地位的能力,就不再搭理他。

"师父,我可以先去干活吗?"

杂役一直端着拔丝苹果呆呆地站在陆松宇的身边,色泽金黄、块型光滑的拔丝苹果因为冷却的原因已经凝固在一起,要是搁在以前,陆松宇肯定会重新做一份让杂役送过去,可现在他心里乱成一团,实在没这个心情来重做一份。陆松宇摆了摆手,示意杂役赶紧送过去。等杂役走远,他脱下厨师服,正准备走出御膳房的那一刻,他看了一眼总管的眼神,总管的眼神比以往任何时候都显得凶恶。

出了紫禁城,陆松宇走到了吴掌柜的小酒楼前。这次他没有像以往那样直接踏进去喝杯小酒,而是站在门口盯了很长时间,然后转身离去。他边走边想,到底是自己在哪里得罪了总管大人?想来想去,真的没有想起在哪个地方有得罪总管大人的事情,如果不是总管大人,还会有谁安排人整天跟着自己?

"你说这大清国的江山是不是纸糊的,人家红毛军、黄毛军没打几个月,就把西藏给攻下来了。"

"什么红毛军、黄毛军,那是英军,对了,西藏在哪里?离京城远吗?"

"在……在很远的地方。"

陆松宇听着百姓的谈话,内心不由得一笑。国家都被外人打得千疮百孔,紫禁城里的达官贵人还在过着吃喝玩乐的奢侈生活。不过,仔细一想,如果他们不吃喝玩乐，自己这个御厨也就没什么用武之地。可当前，他必须先得保家，不能让家人受到牵连。他的眼前又清晰地出现了四个壮汉的样貌，他不由自主加快了脚步。

刚转了几条胡同，他就听到了背后的脚步声，停停走走，步调完全是和自己的一模一样。他心里非常明白，肯定是跟踪自己的四个人，可他们跟着自己干什么？既然受人指使，怎么这么多天，一直不下手呢？

陆松宇拐进一家酒楼，要了几个菜，点了一瓶酒，自己小酌起来。四个壮汉坐在陆松宇的斜对面，他们也仿佛感觉到身份暴露了，有一个人急匆匆地出了酒楼。

"小二，再上壶好酒，切二斤牛肉。"

"好嘞，客官，你稍等一会儿。"

陆松宇抿了一口酒水，大声喊了句："好酒！"

小二端着牛肉上桌，把酒壶放在陆松宇的面前："客官，这可是上等的酒水。"话说完的时候，小二指了指上面，意思是皇上也喝这种酒。

陆松宇笑着说："那就再上只烤鸭。"

小二一脸的不解："客官，就你一个人，可吃不了这些饭菜。"

陆松宇一瞪眼："怎么？怕我付不起钱？"

小二赶忙解释："不是，我们酒楼的菜量大，我是担心……"

没等小二说完，陆松宇说："你看见斜对面那张桌子上的三个人没有？你把他们叫过来。"

小二爽快地答应了，直奔三位壮汉而去。

"三位客官，有位客官想请你们过去坐坐。"

三位壮汉相互对视一眼。

"大哥，我们过不过去？"

坐在中间的壮汉，两眼怒视着陆松宇，旁边的二位壮汉看着大哥的眼神。

"怕个啥，都娘的被发现了，咱要是不过去，还被人认为咱们是孬种。"

壮汉说完，起身直奔陆松宇而去，其他两人也跟着走了过去。陆松宇不急

第 / 一 / 章

不忙地给三个人满酒,面部表情镇定自如,但心里怦怦直跳,他强力控制着手的颤抖。他心里非常清楚,这个时候自己不能表现出一丝的恐惧。

陆松宇指了指椅子,示意三人坐下,自己抿了一口酒,连声说道:"好酒,好酒。"

三位壮汉眼见桌子上这么多菜,有些按捺不住肚子里的馋虫,为首的壮汉一屁股坐在椅子上,拿起烤鸭啃了起来,对身边的两位兄弟说道:"坐下吃。"

陆松宇心里直乐呵,看到他们狼吞虎咽的样子,不由得感叹:土匪就是土匪,吃个东西都一股匪气。

"这位兄弟,你是他们的老大吧?"

陆松宇直盯着为首的壮汉。

"是,我是老大,江湖上叫我黑刀疤,这个是我二弟,人称鬼手虎,那位是我四弟,人称青尾蛇。"

黑刀疤一边舔了舔手上残留的食物汁液,一边指了指旁边的两位兄弟。陆松宇看到了黑刀疤胳膊上凸起的青筋和那一道长长的疤痕。

"你们跟了我这么长时间,是不是找我有事?"

陆松宇的话刚说完,三位壮汉互相使了使眼色,青尾蛇握紧腰间的匕首,只要黑刀疤一发话,他就可以一刀捅进陆松宇的肚子。黑刀疤瞪了瞪青尾蛇,示意他把匕首收起来。

"陆御厨,我们江湖中人,有江湖中人的规矩,收人家钱财,替人家消灾。我们只认钱,别的什么事都不在我们眼里。不过,今天我们三兄弟吃了你的饭,喝了你的酒,就得讲讲情义。这笔买卖,我们之间也可以谈谈。"

"大哥,我们忙活了这么多天,白忙活了。"鬼手虎有些不情愿地小声抱怨。

"闭你娘的狗嘴。"黑刀疤有些不耐烦地呵斥鬼手虎。

"陆御厨,我们几个人都是粗人,不懂他娘的什么大道理,跟踪了你这么多天,一直不对你下手就一个原因,觉得你仗义,御膳房的下人都和你称兄道弟,店里的小二都能和你讲心里话,讲实在话,我佩服。我们闯荡江湖,就看中他娘的一个情义。"

"别把我说得那么清高,当年我从济南学完徒,就来了这京城,受过苦,被人欺负过,好不容易这些年跌跌撞撞走了过来,成了家,有了孩子,进了紫禁城,当了御厨。可万万没想到,一个小小的御膳房也会给自己招来这么多麻烦。"

陆松宇说完,抬头看了一眼三个壮汉,陆松宇想从他们的表情中判断是不是宫廷中的人安排来暗害自己的。

黑刀疤喝了一口酒,擦了擦嘴:"道上有道上的规矩,我们就算重新和你谈这笔生意,也不会说出是谁派我们来暗害你。"

陆松宇给三位壮汉满上酒:"来,喝酒。"

酒刚下肚,早先离开酒楼的壮汉,急匆匆地跑了进来,眼见兄弟们和陆松宇坐在了一起喝酒,心里极其惊讶。

"这是我兄弟霸王财,排行老三。"

"大哥,你们怎么能干这种事呢?"霸王财气愤地冲着黑刀疤喊道。

"我们他娘的干啥事了?"黑刀疤猛地站了起来,怒视着霸王财。

"收了人家的钱,就得给人家办事,你这是唱的哪出戏?"

"霸王财,你娘的胆子肥了?敢教训大哥?"黑刀疤气得大骂道。

"大哥,霸王财不是这个意思,你先别生气。"

"三哥,赶紧给大哥认个错。"

任凭鬼手虎和青尾蛇怎么劝说,黑刀疤和霸王财两人僵持着,谁也不让步。坐在另一边的陆松宇本来紧张的神经也放松下来,让店小二加了个酒杯,放在霸王财的面前,把酒满上。

"你是霸王财吧?先喝杯酒。"陆松宇把酒杯往霸王财面前推了推。

"喝就喝,怕你啊!"霸王财拿起酒杯一饮而尽。

"老兄,刚才你说得没错,行有行规。你是个重情义的好汉,不过,霸王财兄弟说得也没错,他是怕你在江湖上的名声受损。你们吵来吵去,还是因为我陆某人。你们说吧,需要多少银两?"

"这不是钱不钱的事情,我们要你的脑袋。"霸王财怒视着陆松宇。

"老三,你给我闭上你的臭嘴!"黑刀疤怒斥道。

陆松宇暗笑,当初刚来到京城,也跟着什么青帮、四柳帮混过,对这些江湖中人,虽然不是很了解,但也略知一二。事情到了这个地步,黑刀疤为了树立自己的威信,必须按照自己的决定走下去,如果一旦听了霸王财的话,他的地位就会在其他两兄弟心里动摇,这么一想,陆松宇的命算是保住了。他一拍桌子,说:"我陆某人就坐在这里,要钱的话,我回去给你备钱,要命的话,尽管来。如果嫌这里人多杂乱,咱换个偏僻的地方。"

"我们四兄弟,为了跟踪你,可他娘的没少遭罪,我们只认钱,管他谁是主家,而且你给的必须比主家人给的多。老三,你觉得大哥这法子行不行得通?"

"大哥的话都说到这份上了,我做小弟的,就不说什么了,用钱买条命,这买卖真他娘的划算。"

陆松宇眼见霸王财打了退堂鼓,赶紧问道:"那多少银两合适?"

"两千两白银。"黑刀疤说完,自在地喝了口酒。

"两千两白银?"陆松宇大声地反问道。

"怎么?拿不出来?为了保住你的命,我差点和自家兄弟闹翻。话说到这份上,就别拐她娘的弯子,有钱,保命,没钱,也就没命。不过,你放心,看在这顿饭的面子上,会让你死的时候一点也不痛苦。"

"我的命就值两千两银?"陆松宇猛地一口把酒水喝了下去,又满上酒水。

青尾蛇拉了拉黑刀疤的衣角,轻声说:"大哥,我们是不是要少了?"

黑刀疤打了青尾蛇的手一下:"主家给咱们兄弟四百两,跟他要两千两,他娘的不算少了。"

"这样,明天还是这个时候,在这家酒楼,我把两千两白银给你带过来。这桌酒菜已经付了银两,你们随便吃喝。"陆松宇喝了一杯酒,起身离开酒楼。刚迈出酒楼的门槛，陆松宇擦拭了额头上的汗液，腿脚松软无力，他倚靠在酒楼背面的墙上，大口地喘了几口气。和这帮土匪们在一起，他的心都提到了嗓子眼上，生怕说错一句话，当场就一命呜呼。

陆松宇挪着无力的腿脚走到了一家卖大碗茶的摊位前，顺手就拿起碗大口地喝了几口茶水。

"这位爷，你慢点喝，俺家的大碗茶虽然好喝，但也不能喝得太急。"摊主赶忙上前劝说。

"再来一碗。"

陆松宇把碗递给摊主，就在递碗的一瞬间，陆松宇看到了对面酒楼的兄弟四人喝酒喝得正起劲。

"这位爷，您的大碗茶。"摊主把碗递给陆松宇。

陆松宇看到大碗茶里自己的脸部影子，心想，能出两千两白银加害我性命的人，肯定不是什么大户人家，如果不是宫廷里的人，那又会是谁呢？而现在最主要的是这两千两白银从哪里弄呢？不过，他唯一感到舒心的就是今晚可以睡个安心觉。

陆松宇端着碗悬在半空，这让摊主也有些奇怪，刚才劝都劝不住把大碗茶大口地喝了个精光，这一会儿又端着一动不动。

"这位爷，茶水有什么问题吗？"摊主一边擦着桌子一边问。

陆松宇愣了愣神，回道："没什么事，大碗茶好喝。"说完，又一大口喝了个精光。

"说句实在话，自打我在这里卖茶水，一口就把茶水喝个精光的人见过不少，但都是一些下苦力的老百姓，看你的这一身穿着打扮，好像也不像下苦力的人。"摊主纳闷地看着陆松宇。

"有时候，心比身体苦。"

陆松宇把钱放在桌子上，穿梭于熙熙攘攘的人群中。曲折的胡同里，逛窑子的继续逛窑子，喝酒的继续喝酒，赌钱的继续赌钱，百姓的生活中渐渐地散发出王朝淡淡腐朽的味道。

第 / 一 / 章

第三节　人间烟火

当夜幕降临的时候,陆松宇一脸焦虑地走到家门口,赵曼儿和儿子陆明诚见他回来,赶紧迎上去。

"你怎么才回来?宫里来了个人,说是找你有事,我就让他在客厅等你。"

赵曼儿一边说,一边催促着陆松宇赶紧进屋。一听宫里来人,陆松宇心里也慌了,脑海里闪过无数张面孔,他非常担心是哪位大官来到自己的家里,让人家等了这么长时间,怠慢了人家,会不会有些不妥。当他一踏入客厅门,悬着的心算是放下来了,原来等着自己的宫里人是御膳房的杂役杨小胜。

"师父,你可算回来了,我等了你足足两个时辰,光茶都喝了好几壶,跑了好几趟茅房。"杨小胜有些抱怨。

赵曼儿看见眼前的情况,才明白过来,这人不是什么大官,只是个小杂役。她赶忙说:"杨兄弟,让你等了这么长时间,今晚留下来吃饭吧。"

"让他等多长时间,他也得等,难道我这个御厨就没有点身份?小胜,你说是不是?"陆松宇故意摆出一副官架子。

"是,是,师父的厨艺在御膳房可是响当当的。"杨小胜竖起了大拇指。

"是啥是,瞧你师父那样,装都装不像。"赵曼儿掩面而笑。

"你师母就知道拆我的台,小胜,你找我什么事?"

"你看差点把正事给忘了,今个儿师父不是给太后娘娘做了道醋熘白菜嘛，太后娘娘忒喜欢你做的这道菜，下令以后所有关于白菜的菜品都由你来负责。"

陆松宇听到这样的消息，心里大悦，赵曼儿赶忙给杨小胜倒茶水。

"师母，可千万别再倒了，真的喝不下。"杨小胜捂了捂肚子，朝茅房的方向跑去。

陆松宇心里非常清楚一个御厨能负责慈禧太后的膳食意味着什么，在御膳房御厨之间的争斗，就是看能成为谁的专用掌厨，这也是对自己厨艺的肯定。可陆松宇心里又被一个问题掀起了涟漪，原先负责做白菜的御厨会不会嫉恨自己？

"喝的茶水太多了，师父，要是没有其他的事情，那我就回去了，你也早点休息。"从茅房回来的杨小胜又被师父按在了椅子上。

"你先坐下，我问问你，原来负责太后娘娘白菜的御厨安排到哪里，你知道吗？"

"听说可能负责妃子们的饮食，不过，你放心，人家和总管大人是铁兄弟。再说了，在皇宫这种地方，那么多张嘴，他不会闲着的。"

"从伺候太后娘娘到伺候妃子们的饮食，心里的落差或多或少会有一些。咱们这些厨子，虽然靠的是厨艺，但也不能没有人品。"

杨小胜听了陆松宇的话，连连点头表示认可。

陆松宇对赵曼儿说："今晚，咱们就不在家招待小胜，带上明诚，咱们去下馆子。"

杨小胜赶紧推辞道："师父，我就不跟着去馆子了，他们的厨艺都没你的厨艺高，吃不出个啥滋味。"

"小胜，你这可错了，人间的食火才是最美的味道。"

听了陆松宇的话，杨小胜有些惭愧。而陆松宇的视线却定格在杨小胜那双手上。十七八岁的孩子，手上布满了老茧，粗糙的皮肤上留了一道道裂口。陆松宇心里一阵发酸，可他又想了想，这就是厨子的命，洗菜，练刀工，炒菜，一道道程序学过来，手早就跟着遭了殃。就是可怜这个十七八岁的孩子，虽然

第一章

长得面目清秀，但就是因为这双手，至今还没能找上个媳妇。

"今儿师父请客，咱们俩喝几杯小酒，等过阵子，让师母给你找个媳妇，你也老大不小了，赶紧成个家，留个后。"陆松宇说这些话的时候，强忍着内心的酸楚，微笑的脸上看不出一丝的伤感。

"师父，我跟你去吃饭，给我找媳妇的事情，咱们以后再说，我不急。"杨小胜说完，跟着陆松宇站了起来，出了门。

夜色中的京城带有独特的地域色彩，只要是晚上出来的人，其中大部分像陆松宇他们一样，是为了吃饭，点上菜，喝上酒，聊聊天，就算是人世间极其惬意的事情。

而有部分人是为了寻欢作乐，桌子上摆上各式各样的面点和菜肴，食客们手端着一杯小酒，不时地啜上两口，这样不但可以展现自己儒雅的一面，还可以多坐些时间来吸引他人的目光。

福德居内饰古朴，门内有一片花园，恰似在闹市中辟出的桃源。在这里吃晚饭，有一种远离喧嚣的宁静之感。

酒楼的二楼有四张靠窗的桌子，不光可以欣赏到窗外的夜景，也可以听到楼下艺人的弹唱，这样的雅座一般会留给每天都来光顾的老熟客。陆松宇自然算不上老熟客，但告诉跑堂的店小二自己是御膳房的御厨后，那店小二赶忙把陆松宇他们四人请到了二楼的雅间。

四人面对面坐在中间偏东的桌子上，一边品茶吃点心，一边听起了琵琶曲。琵琶女弹奏的正是一曲《霸王卸甲》，凄凉悲切、如泣如诉，令人肝肠寸断的曲调，萦绕在陆松宇的耳边。这使陆松宇想起了白天发生的事情，心情一下子跌到了谷底，冰火两重天的冲击，让陆松宇的神经紧张起来。

"敢问这位是陆御厨？"一位身穿绸缎长衫的人站在陆松宇桌前询问。

陆松宇打眼一看这人，圆圆的脸庞，笑眯眯的双眼，显得甚是亲切，不过他举手投足之间，却又气度不凡，隐隐透着股书生的风范。

"我是姓陆，倒也是个厨子。"陆松宇打了个激灵，忙回道。

"我是这家酒楼的掌柜，听说来了个御厨，我宋某人当然得亲自拜访一下。"

陆松宇这才明白过来,原来是当家的过来查查自己身份的真伪。

"宋掌柜,你真是客气,要不坐下一起喝几杯酒?"陆松宇给杨小胜使了个眼色,让他去备把椅子。

"陆御厨,我就不打扰你们了,你们吃好喝好,这顿酒菜算我宋某人请你们享用,慢用。"

陆松宇看着宋掌柜离开的身影,自言自语道:"做生意最怕来些官人,吃了饭不给钱不说,还得给他们上最好的酒菜,这样下去,再大的酒楼,也得被这些小人整垮。"

"师父,你说得对,我爹的饭馆就是被这些吃霸王食的人给搞垮的,我凭着跟着他老人家练出的刀工,进了御膳房。可没想到整天干的却是端盘子洗碗的活。"杨小胜诉苦的时候,异常地气愤。

"来,先吃饭吧!"为了缓和气氛,赵曼儿劝在座的人先吃饭。

福德居虽然不是京城最好的酒楼,但它豪华的程度绝不亚于其他那些上档次的酒楼。气势宏伟的二层古式高楼,灯火彻夜通明。酒楼内全楠木内饰,漆黑锃亮的圆桌,每一处细节都体现出酒楼主人的雄厚财力。

陆松宇与杨小胜喝了几杯酒后,彼此都略有醉意。赵曼儿把菜夹到陆明诚的碗里,一边喂孩子吃饭,一边说:"你俩少喝点酒,多吃点菜。"

杨小胜抱着酒壶自己喝了起来,陆松宇则两眼直盯着儿子陆明诚。他顿悟过来,他这辈子最出彩的一件事情,不是踏入御膳房当了御厨,而是有了这个虎头虎脑的儿子。陆家有后,他才算是对得起祖宗。

"来,儿子,咱爷俩喝一杯。"陆松宇把酒杯端到儿子的面前。

"你真是喝多了,孩子这么小,让他喝什么酒。"赵曼儿瞪了一眼陆松宇。

"爹,干杯!"陆明诚举起茶杯,这个举动逗笑了赵曼儿,却让陆松宇内心一阵酸楚,他强忍着泪水,一口把酒喝了下去,这也许是他活到现在喝过最甜的一杯酒水了。

第 / 一 / 章

"师父,你和师母,还有孩子继续吃,继续喝,我先回去了。"杨小胜刚说完,打了个酒嗝。

"喝了这么多酒,路上多注意。"赵曼儿嘱咐杨小胜。

"师母,你就放心吧,像我这种穷鬼,土匪都懒得搭理。"

陆松宇看着杨小胜摇摇晃晃地下了楼,自己又倒了一杯酒,刚放到嘴边,被赵曼儿把酒杯抢了下来:"不准再喝了,咱们也早点回去歇着吧。"

陆松宇把银两放在桌子上,他的心里琢磨着如何把母子俩送出京城。如果自己真的拿不出这两千两白银,也先得保住娘俩的命。趁赵曼儿转身的一瞬间,陆松宇猛地喝了那杯酒。可他万万没有想到的是这杯酒成了他在人世间的最后一杯佳酿。

当清晨的第一缕阳光照射进来的时候,陆松宇拍了拍昏昏沉沉的脑袋,刚要迈出门槛,院子里惨烈的一幕让他彻底清醒。赵曼儿躺在血泊中,狰狞地双目让他有种撕心裂肺的痛,旁边的炉火烧得正旺,锅里的水沸腾地翻滚,水滴入火中,发出"嘶嘶"的声音。

整个院子出奇的安静,偶尔会有飞鸟鸣叫几声。陆松宇退了回去,轻轻地关上门,因为他心里明白,这些刽子手说不定就躲在自家的某个角落。他现在要做的事情就是先冷静下来,把儿子藏好。他走到床前,抚摸着儿子的额头,轻声说:"明诚,以后一定不要当厨子。"即使有再多的不舍,再多的眼泪,陆松宇还是把陆明诚悄悄地藏到了客厅的暗道中,然后把提前整理好的包袱,放在了陆明诚的身边,包袱里面除了几件衣服,就是那本郝爷留给陆松宇的菜谱。

陆松宇在关上暗道门的那一刹那,眼睛直盯着陆明诚,额头上的青筋凸显,眼泪滴落在地板上。他缓慢地关上门,擦拭了脸上的眼泪,走到小院里大喊:"你们这群土匪,不是约好了下午给你们送去银两,怎么说话出尔反尔。"

院子里出现了一丝风吹草动的声音,陆松宇抱起自己的结发妻子,情绪再也控制不住,嘴里嘟囔着:"媳妇儿,是我害了你,是我害了你!"

一个五大三粗的人从角落里走了出来:"陆御厨,什么银两?如果有银两,先给兄弟们拿出来,兴许能让你死得舒服点。"

陆松宇环视了一下自家的院子,在角落里还藏着几个杀手,他这才明白过来,这些杀手和以前那四个大汉不是一伙的。

"你们到底想要什么?"陆松宇朝着杀手气愤地大喊。

躲在门口的一个杀手跑了出来:"大哥,别跟他废话,快点动手,等会街上的人一多,就不好下手了。"

陆松宇盯着炉子上翻滚的热水,一手将锅掀向自己面前的杀手,杀手被烫得直叫唤。这一下可把躲在角落里的杀手惹怒了,一个个拿着刀直接刺向陆松宇,乱刀如麻,陆松宇抱着赵曼儿一起躺在了小院里。

一个厨子因为刀走进了皇宫,又因为刀下了地狱,或许陆松宇在死的那一刻都不明白,刀这玩意是成就了他,还是毁了他?

"你们听说了吗?有个御厨一家都被人杀了。"

"真是好惨。"

"听说死的时候,夫妻俩还抱在一起,想想还是挺可怜。"

"可不是嘛,官府的人看了几眼就走了,也没有个说法。"

……

胡同逐渐热闹了起来,陆松宇一家被害的事情被传得沸沸扬扬。

"真他娘的气人,眼看钱都快到手了,结果冒出一伙人把他给杀了。"黑刀疤坐在吴掌柜的酒楼里埋怨道。

"大哥,也没事,我们和主家说,是我们杀的不就行了。"

这句话被吴掌柜听到了耳朵里,他凑向前去问:"各位好汉,谁被人害了?"

青尾蛇看了一眼吴掌柜:"一个御厨。"

吴掌柜浑身打了个寒战,从柜台拿了壶酒,给他们四位满上酒:"来,喝酒。"

霸王财笑道:"你对这事感兴趣?"

第 / 一 / 章

吴掌柜摆了摆手:"我这人啊,曾是个书生,考了好几次都名落孙山,看不到啥希望。就干脆开了这家酒楼,天南地北的人都到我这里来住宿,他们会给我讲讲自己的故事,时间一长,就喜欢上了听人家讲故事。"

黑刀疤严肃地说:"考他娘的举,像我们兄弟们照样活得挺自在。在宫里混到御厨照样被人杀害,连命都没了,有啥意思。"

吴掌柜继续问:"哪个御厨命这么不好?"

黑刀疤笑道:"要说起这个御厨,你还真认识,他来过你家酒楼喝酒,还不止一次,叫陆松宇。"

吴掌柜胸口仿佛被人狠狠地打了一拳,喘不过气来。他缓了缓情绪说:"这个故事还真是惨啊!各位兄弟,我再给你们拿壶酒,拿点肉,你们吃着喝着。"

吴掌柜一离开他们的视线,就直奔陆松宇家而去。大门虚掩着,他推门而入,家里已经被杀手洗劫一空,杂乱无章的房间里一片惨状。他走到陆松宇和赵曼儿的尸体旁,内心极其悲痛。

"陆兄,你这又何苦呢?舍掉这御厨的身份,过隐姓埋名的日子,又能咋样?你就是不听,还担心诛九族,这倒是好了,命都搭上了,皇帝老儿可不会为你喊冤。"

话音刚落,他隐隐约约听到了孩子的哭声,他赶紧起身,循着哭声找到陆松宇在客厅留下的暗道,打开暗道门,当他第一眼看到陆明诚的时候,有些控制不住内心的激动。

"你小子命真大。"

可陆明诚看到自己的父母躺在血泊中的时候,哭声越来越大,跑到自己的父母身边叫喊着:"爹,娘,爹,娘……"

这一幕让站在一旁的吴掌柜有些无可奈何,这么小的孩子就失去了父母,他脆弱的心灵能承受多大的痛苦。而他更担心的是孩子的哭声,会把那些杀手再招回来,要是让他们知道陆松宇的儿子还没有死,陆松宇一家那可就真要灭门了,这可给吴掌柜出了个难题。一不做二不休,吴掌柜在门口四处张望了一下，确定没有人盯着陆家，回头抱起啼哭的陆明诚快速地走出门。

吴掌柜趁夜深人静的时候，偷偷地把陆松宇夫妻两人安葬了，就快马加鞭把陆明诚送往他济南的姑姑家。

历经了三天四夜的路程，吴掌柜带着陆明诚从京城回到了陆松宇生前嘱咐的济南，他领着陆明诚一路走一路问纸上写的位置。当他们从芙蓉街上的福寿楼门口走过时，吴掌柜不由得感叹："陆兄，要是你活着，回济南看看，也许就能狠下心来，离开京城，过安稳的日子。"

刘巧嘴打着竹板，嘴里念着词："当哩个当，当哩个当，当哩个当哩个当哩个当！打竹板，笑开言，众位乡亲百姓听我言；大清国，真热闹，来了红毛来黄毛，抬着大炮挺着枪，吵得宫里的龙王爷睡不着！"

周围的商贩齐刷刷地笑了起来，吴掌柜本来心里有些担心，又一想，这里是在济南，离皇城根还有十万八千里呢。他走到一商贩前问："请问鞭指巷怎么走？"

商贩指了指前方的岔口，说："从那个岔口往西直着走，就能到鞭指巷。"

吴掌柜拜谢过商贩后，按照指定的路线走到了鞭指巷，按照纸上留的地址找到了陆明诚姑姑家，他敲了敲门。一个妇人打开了门，吴掌柜心里一惊，这个妇人脸面枯瘦，头发有些发柴，一身粗布衣服打满了补丁，不难看出，他们的生活过得有些寒酸。

"请问你是陆松宇的姐姐陆金珠吗？"吴掌柜问道。

"我是陆金珠，我弟弟是叫陆松宇。"

"那就没错，我是他的朋友，他一家人遇害，就剩下这个孩子，按照他生前的嘱托，让我送到你这里来。"

孩子的姑姑一听这个消息，差点晕过去，眼睛里的泪水哗哗地流淌。吴掌柜看得出陆金珠也是个善良的女子。

"那孩子他爹娘的尸首呢？"

"我已经安葬在京城的郊外。"

"真是给你添麻烦了，这孩子才两岁就没爹没娘，也怪可怜。"陆金珠抚摸着陆明诚的头说。

"我也麻烦你一件事情，今天我把孩子交给你，算是替陆兄把心愿了了，从此我来过济南的事情，我们谁也不要提，这样对孩子也好，对我也好。"

"放心吧，你对我们家的恩情，我铭记在心。"陆金珠点了点头。

"谁来了？"突然有个男人大喊了一声。

"你看我们家这穷酸的样子，也没法让你进去坐坐。"陆金珠在说这句话的时候，脸上露出了一丝的伤感。

吴掌柜往院里瞅了一眼，一个男子正喝着酒吃着小菜，他心里顿时明白这家人的处境。

"对了，陆兄让我把这些银两给你。"吴掌柜从身上取出一些银两，然后连同包袱一起递给陆金珠。

"你留些做盘缠。"

陆金珠正准备拿出点碎银子给吴掌柜，却被吴掌柜挡了回去。

"诚儿，要听姑姑的话，叔叔要走了。"

吴掌柜打完招呼后转身走了，消失在了姑侄二人的视线中。

第四节　百无聊赖

在济南稀稀疏疏的街巷中，鞭指巷就像一个饱经沧桑的老者神秘莫测地坐在那里。巷子里几个神秘的小院，低墙锁闭着灰沉沉的四方院落。当一群飞鸟在高大的古树上沙哑地鸣叫时，树杈上积攒的雪花大片大片地往下掉落。

陆明诚穿着单薄的衣服，赤裸着红肿的胳膊在院子里劈砍着木柴。陆金珠看着侄子在大雪天里可怜的样子，心里甚是心疼。本来可以在京城过荣华富贵的日子，却被迫无奈跟着自己遭这份罪。

飘落的雪花让鞭指巷变得有些安静，陆明诚湿漉漉的眼睛看到了雪花飘落在脸上，脸庞有些温暖了。他拿着斧头左一斧右一斧，把木头砍出一个鲤鱼的造型。正当他满脸兴奋的时候，后面一个飞脚将他踢倒在地。

"我让你劈柴，你这是弄的啥？"姑父杨正虎一脸怒相地瞪着陆明诚，把陆明诚用斧子劈砍出的鲤鱼木头，摔在了地上。

陆金珠赶紧上前把陆明诚给扶起来，陆明诚站在原地一动不动地盯着杨正虎。从光绪三十年到光绪三十四年的四年时间里，陆明诚就是被这么一个叫杨正虎的姑父拳打脚踢成长起来的。

"我当初说把这小崽子卖了，还能挣俩钱，整天在家白吃白喝，连点活儿都干不了，真是气人。"杨正虎一边抱怨一边裹了裹长衫回到屋子里。

"诚儿，再忍忍，等你长大了，娶个媳妇离开这里，过自己的日子去。"陆金珠擦拭了陆明诚脸上的泪水。

"姑姑，等我有钱了，我带你吃好的，喝好的，离开这个杨正虎。"陆明诚说完，斜了一眼杨正虎的屋子。

陆金珠从地上捡起被摔坏的鲤鱼木头，心中惊讶地看着上面的纹路，简直和活的鲤鱼一模一样，这哪是六岁孩子能做出来的。

"老子这辈子就是背，娶了个媳妇，却生不了娃，我和巷子口的赵光棍有啥不一样，娶了个没用的媳妇。"

杨正虎生气的时候，就喜欢说陆金珠生不了孩子的事情，陆金珠也感觉自己在这件事情上愧对杨正虎，任凭外边的人说老母鸡下不了蛋，还是上辈子做了缺德事，老天爷不给他留后，这些杨正虎都没在意，还是和自己过日子，就算杨正虎脾气暴躁，她也认了，谁让自己给人留不了后呢。可让陆金珠没有想到的是，杨正虎的脾气变本加厉，从陆明诚来了这个家之后，姑侄俩就没过一天好日子。陆金珠也想过带着陆明诚离开这个家，离开鞭指巷，找个僻静的

第 / 一 / 章

地方安安稳稳过日子，就算自己给人家洗衣服也能挣个仨瓜俩枣的钱，可以让自己和侄子俩人勉强过日子，可自己就是狠不下心来，放不下自己的男人杨正虎。

"诚儿，出去玩会儿。"陆金珠看着一脸哭相的侄子，心如刀割。

寒风凛冽，雪花在空中肆无忌惮地飞扬。陆明诚在门口用雪堆积起一个个小动物的模样。

"真好看！"李玉儿站在陆明诚的身后，目瞪口呆地看着这些"小动物"。

陆明诚看到李玉儿，害羞地低下了头，他心里充满着自卑。在济南，除了姑姑，就是这个和他一般大的姑娘对他像个亲人。李玉儿会拿自家的窝头或者包子给陆明诚吃，在陆明诚吃不饱穿不暖的日子里，李玉儿的施舍是对他最大的救济。

"我喜欢那个兔子，可为什么小兔子的眼睛是红色的呢？"李玉儿盯着雪兔的眼睛，而兔子眼睛的红色，正是陆明诚用胳膊上渗出的血液点染的，在被姑父踹倒的那一瞬间，他的胳膊被木柴给划了道口子，对于他来说，这已经是家常便饭了。

李玉儿不会明白陆明诚的心痛比这只兔子眼睛的颜色还要惨烈，虽然都是六岁的孩子，但境遇是不一样的。陆明诚早早地品尝到了人间疾苦，而李玉儿还成长在蜜罐中。

"小白兔就是红色的眼睛。"陆明诚把自己胳膊上的划痕用单薄的衣服遮盖了一下。

"给你的烤地瓜。"

陆明诚从李玉儿手中接过烤地瓜，冰凉的小手触摸到温热的烤地瓜，仿佛浑身都暖和了起来。他狼吞虎咽，连皮带瓤吃了起来，在嘴边留下了一层土灰。

"你慢点吃，别噎着。"李玉儿拉住陆明诚的胳膊，无意间看到了陆明诚胳膊上的划痕。

陆明诚哪顾得上李玉儿的拉拽，继续吃着烤地瓜，还连声说："真好吃，真好吃。"

"那个坏大人又打你了？"

"打了，不过打得不疼。"

陆明诚舔了舔手指上残留的地瓜瓤，打了个饱嗝，傻笑着。

漫天的大雪肆无忌惮地从天空飘落了下来，一个客商牵着一头毛驴从他们身边走过，洁白的雪地上留下了一个个脚印。没过多久，不远处响起了一声声锣鼓声。

"我们去芙蓉街玩吧！"陆明诚说完，就拉着李玉儿朝芙蓉街跑去。在芙蓉街的北口有一座文庙，里面供奉着儒家的历代名人。从文庙向东走，就到了曲水亭街，这条街上热闹非凡。卖大碗茶的，耍皮影的，说书的，算卦的……可谓是五花八门，精彩纷呈。

陆明诚和李玉儿一会儿跑去看看耍猴，一会儿听听说书先生讲杨家将的故事。两个小孩在雪天中来回地奔跑，陆明诚跑到一家小吃铺子前，停住了脚步，眼睛直盯着金黄色的油旋，还有碗里的胡辣汤。

"要不，来一碗尝尝。"铺子的老板面带微笑地说。

陆明诚的肚子不听使唤地咕咕叫，他咽了咽口水，离开了小吃铺。

"明诚哥，你是不是想吃油旋？"李玉儿好奇地问。

"我才不想吃呢。"陆明诚违心地回答。

"没事的，你要是想吃，下次我给你留几个，让你尝尝。我爹娘经常给我买油旋，我都吃不了。"

陆明诚伸出双手悬在半空，一片片雪花掉落在他的手掌心，慢慢地融化。远处升腾的烟雾，与飞雪混杂在一起，小贩们的叫喊声并没有因为雨雪的侵袭而减弱。河道里的泉水安静地流淌，一股股热气萦绕着整个水面。陆明诚朝南望去，芙蓉街上络绎不绝的食客让他幼小的心灵有一种别样的冲动。

"玉儿，等我长大了，我要在芙蓉街开一间最大的酒楼。"陆明诚的表情异常严肃。

第一章

"那你得说话算话,我可等着吃你酒楼里的饭菜。"李玉儿说完,就捡起一块石子扔到了水里,溅起水花。

正当陆明诚沉浸在美好的幻想中时,一排排士兵驱赶着街道上的商贩。带头的官差大喊着:"我告诉你们这些不知天高地厚的玩意们,光绪皇帝升天了,慈禧老太后也升天了。你们都是大清的子民,就要懂得报恩。还一个个唱戏、耍猴,小心朝廷把你们的狗头给砍了。你们赶紧该关门的关门,回家的回家,打烊的打烊,动作都他娘的利索点。"

"大人,那什么时候才能开张?"一个商贩问。

"至于什么时候开张,老子也不知道,但我告诉你,光绪皇帝和慈禧太后的丧葬是大事,你们这些兔崽子老实点。"

"你说,这皇帝是真龙吗?"商贩继续问。

"那肯定是真龙啊!你没看到皇帝刚要升天,就普降大雪,这老天都在召唤他。"

"你见过皇帝吗?"

"见……我肯定见过,"官差顿了一顿,"还磨蹭什么,赶紧地收拾东西走人。"

陆明诚见如此大的阵势,赶紧拉着李玉儿往家的方向跑去。他害怕官差,每当看到这样的场景,他都会想起父母被杀害的画面。

"明诚哥,你慢点跑,我跑不动了。"李玉儿直喘气。

陆明诚这才意识到自己一直拽着李玉儿一路狂跑,他赶忙停下脚步。两人喘着粗气在白茫茫的雪天中相视而笑。

"玉儿,玉儿……"不远处传来了李玉儿母亲郑桃子的声音。

"我娘来找我了。"李玉儿赶紧循着声音跑去,当看到郑桃子的时候,她脸上露出了笑容。

"娘、娘……"

李玉儿这一声声暖暖地叫喊,对陆明诚来说,尤为陌生。他已经记不清什么时候,自己也这么高兴地叫过"爹,娘"。

"你们这两个小机灵鬼,这大雪天的,到处跑什么?赶紧回家。"郑桃子牵着两个孩子的手,急忙往家走去,身边不时地有巡逻的士兵跑过。而此刻的陆明诚内心感觉暖暖地,就像在炉火旁散发的热度扑打在脸上的感觉。

"金珠嫂子,诚儿给你找回来了,这俩小魔头,跑到曲水亭街去玩了。"郑桃子说完,看了看周围有没有官差。

"多亏妹子,我找了半天,也没找到个人影。诚儿,快跟姑姑回家。"

陆明诚不情愿地松开了郑桃子的手,走到了姑姑的身边。他回头看了一眼李玉儿,仿佛李玉儿已经成为他精神和物质上的依托,有她就会有食物,就会变得开心。

"不过,金珠嫂子,天这么冷,还下了这么大的雪,给孩子多穿点,要是冻坏了身子,孩子和大人跟着受罪。"郑桃子看着陆明诚单薄的衣服道。

"行,我知道了,都赶紧回去吧,现在官差巡逻得紧,别盯上咱们俩。"陆金珠说完,摸了摸陆明诚单薄的衣服。她何尝不想给侄子穿上厚厚的大棉袄、大棉裤,可家里仅有的那点棉花都给杨正虎做了棉布大衣,还能去哪里讨换棉花。

姑侄俩刚进门,杨正虎就开口大骂:"我说你这个小兔崽子,千万别连累老子,全济南府都下了告示,不准随意外出,要穿素衣,给太后她老人家送终。你小子还敢到处跑!"

陆金珠瞪着杨正虎说:"你还有完没完,大清国的事情和你有什么关系,我也没见太后给你送点银子花,看你多忠诚。今个儿刚贴出告示,你就来风就是雨。你要是有能耐,咋不去济南府谋个一官半职。"

杨正虎一听到陆金珠抱怨,气道:"你嘴还挺硬,敢和老爷们顶嘴,看我不收拾你。"

陆金珠站在原地一动不动,这些年龌龊的日子,她也过够了。杨正虎猛地起身站在陆金珠的面前,一掌打了过去。陆明诚一脚踩在杨正虎的脚面上,疼得杨正虎直叫唤。

陆明诚扶起陆金珠,泪水在眼眶打转:"姑姑,你没事吧。"

第 / 一 / 章

杨正虎气得咬牙切齿："小兔崽子，敢来踩老子，这些年吃老子的，喝老子的，居然一点恩情都不懂。"说完，朝着陆明诚狠狠地踢了一脚。

陆金珠挡在侄子的面前，骂道："有什么事，冲我来，你打一个六岁的孩子，算什么爷们。"

这下，把杨正虎的怒气全激发出来了，他撸了撸衣袖："好，今天我就让你们姑侄俩知道一下厉害。"

没等杨正虎下手，李富贵和郑桃子闻声赶来。李富贵一见眼前的情景，大骂道："正虎，你还有没有王法，打老婆，打孩子，有本事把那该死的世道也打了。路上都是巡逻的官差，要是被他们听到、看到，你觉得还能有活路吗？"

杨正虎舒缓了一下情绪："富贵兄，我杨正虎走南闯北，什么苦，什么罪，没受过，如今连自己的老婆都管不了，真是家门不幸啊。"

李富贵打心底里知道杨正虎是个好吃懒做的主儿，尽是嘴上功夫，没有一点真本事。李富贵从小和他在鞭指巷一起长大，小时候，杨正虎就喜欢耍赖，长大后，性格是一点也没变。而李富贵从小是个好学的主儿，跟着济南头号藏宝掌柜孙八爷学习经营玉器，后来接手了孙八爷在金菊巷开办的玉器店铺"荣宝斋"。凭着他对玉石的精确判断，荣宝斋的生意一直非常兴隆。

屋子里燃烧的炉火渐渐地变得微弱，李富贵叹了口气说："正虎啊！你想闹什么都可以，但千万不要连累巷子里的乡亲父老，这太后和皇上刚升天，外面的官差巡逻得紧，要是听到点风吹草动，给巷子里的人带来麻烦，你可就真成千古罪人了。"

杨正虎一听这话，心里"咯噔"一声，他想的不是巷子里的邻里，而是自己的性命，马上应和道："我不会连累邻里，我一人做事一人当。"

李富贵看着杨正虎假惺惺的样子，心里不觉一笑。李玉儿也跑了进来，对李富贵说："爹，这个坏大人还打明诚哥，你看看明诚哥的胳膊上，还有血呢。"

陆明诚用衣袖遮盖了一下刚刚愈合的伤口，可李富贵还是从他单薄的衣服上看到了点点滴滴的血迹，便说："你们家的事，我们外人也不能管，但人得摸着良心办事。你打一个孩子，天理都说不过去！"

杨正虎用眼角瞄了一眼郑桃子，又把视线转向李富贵，在这样的局面下，自己的威力显得那么不堪一击。他生气地骂道："你们都有理，都是好人，就老子一个孬种。"

李玉儿拉了拉郑桃子的手说："娘，我想让明诚哥跟着咱们去住，他在这里吃不饱，睡不好。"

听到这样的话，郑桃子和陆金珠心里都是暖暖地，陆金珠的眼泪再次流了出来，她想起了陆松宇，如果明诚的父母还活着，在御膳房大小都是个官，给两个孩子定个娃娃亲，也算是门当户对。

陆金珠脸上露出一丝微笑，说："还是玉儿知道疼哥哥。"

郑桃子怒视着杨正虎："别再这么折磨他们姑侄俩了，这天杀的世道已经够不让人省心的了，你还闹一出是一出。你让街坊邻居怎么看你，堂堂男子汉，连个女人和孩子都能下得去手。"

自己被众人责骂，让杨正虎心里倍感窝囊，大骂道："奶奶的，我为这个家付出了这么多，到头来，里外不是人。"

郑桃子拉着陆金珠红肿的手，走到杨正虎的面前，反驳道："金珠嫂子起早贪黑给人家洗衣裳，你看看这手上的冻疮，挣了仨瓜俩枣的钱还不够你喝酒糟蹋。是你养这个家，还是这个家养你？"

杨正虎百口难辩，心里攒着一股怒火，时刻准备迸发，可李家两口子硬生生地往他的脸上浇了一盆凉水。

"咣……"的一声，一把菜刀掉在了陆明诚的脚下。所有人的目光齐刷刷地盯着地上的菜刀，杨正虎浑身不由得打了个激灵，额头冒出了一层汗珠。他万万没有想到一个连毛都没长全的浑小子就能拿起刀威胁自己。

李富贵赶紧上前把刀捡了起来，放到桌面上，说："你们家的事情，我们管不了，这乱世当道，满城的官兵巡逻，我们家可不想跟着遭殃。"说完，转身拉着李玉儿朝门外走去，郑桃子拍了拍陆金珠的肩膀，也转身跟着走了出去。

  房子里瞬间变得异常安静，陆金珠瞪着杨正虎："放着好好的日子不过，你就糟践吧！"虽然嘴上这么说，但她的心里还是有些担心，假如哪一天，陆明诚真的拿起菜刀杀了杨正虎，那这孩子的一辈子可就完了，自己就真的有愧于陆松宇两口子的在天之灵。

  杨正虎瘫坐在椅子上，没有吭声，他的眼睛直盯盯地注视着陆明诚。而陆明诚呆如木鸡，站在原地一动不动，脑海里想起了父母死在自己面前的画面，满地流淌的鲜血，身体上刀剑划过的伤痕。陆明诚比谁都害怕死亡，亲人离去的痛苦至今还弥留在他的内心。但只有他知道，他不可能杀人，当然也不会杀人，他比任何人都害怕那把在阴暗的屋子里闪烁着亮光的菜刀，而且只有他自己知道，菜刀是从桌子上滑下来的。

第二章

第一节 恩恩怨怨

当晨雾笼罩在半空，全城就像一片湖面上腾起的水雾。而在往年这个时候，按照济南人的习俗，家家户户都需要为春节置办年货，富家宅门、文人骚客、殷实商贾齐集芙蓉街，街巷周遭数十里地，香车宝马，游人如织，贩夫贩妇，拥塞于路，市集、街道、商铺的气氛尤为热闹。可如今，整个济南处在一片寂静之中，人们不知道什么时候能出来活动，谁也不敢问，朝廷内大小的事情，都是机密，在这种严肃的情势下，说话也不敢发出高声，节日的气氛一下子荡然无存，呈现出一片清冷、肃杀的气象。

福寿楼里，高德生透过门缝看了看街上的景象，心里有些落寞，轻轻地关上门，面无表情，在原地走了几步。自打慈禧和光绪升天后，酒楼就一直没什么生意，除了闲来无事的大户人家的下人到酒楼定几个小菜带走，更何况这些来订菜的下人背后都是混吃混喝的主儿。那些真正的客人，没几个人敢出门来吃饭。

酒楼的伙计们一个个更是无精打采，有的趴在桌子上睡觉，有的嗑着瓜子，有的盯着来回走动的高德生。酒楼不开门，就没法招揽顾客，可这样的世道，就算把门打开，哪来的顾客呢？整条街道上冷冷清清，除了几条野狗和一队队巡逻的官差在街巷里跑来跑去，就剩下满大街的脚印和屋檐上白茫茫的一片积雪。

高德生走进厨房，单手拿起崭新的厨刀，用白布擦拭一下刀锋，阴沉的刀光反射在高德生的脸上。他迅速地从水中捞起一条活蹦乱跳的鲤鱼，目光中充满着一股煞气，鲤鱼落在木质的案板上，这一动作让挤在门口的伙计们看得目瞪口呆。高德生扬手，挥刀，鱼鳞如同被激起的一层层水花一样，一片片掉落在案板上，他快刀把鱼开膛，娴熟地取出内脏，挖去鲤鱼的两腮，鲜血在案板上蔓延。

这时高德生的脑海里想起了郝爷手把手教自己做糖醋鲤鱼的画面，他的手悬在半空，停顿了片刻，然后手握厨刀在鲤鱼表面先直剖再斜剖成花刀，提起鱼尾，使刀口张开，将精盐撒入刀口，抓起一把淀粉洒在鲤鱼的周身。

高德生缓了缓神，把手中的鲤鱼放在旁边的水盆中，清洗一番，顿时鲤鱼白色的肚皮和鲜嫩的肉质层呈现在眼前。油锅中沸腾的油水冒着烟雾，高德生手提着鱼尾放入锅中，等鲤鱼定型，放手，慢慢地，鱼身变成了金黄色，高德生将鱼捞出油锅，放入盘中，油水在半空划出一道美丽的弧线，再滴落到油锅中。

他又拿起一个锅，里面留了少量的油，依次放入葱、姜、蒜末、精盐、酱油，加清汤、糖、旺火烧沸后，放入湿淀粉搅匀，烹入醋，迅速浇到鱼身上。一时香气四溢。

高德生站在案台的一旁，摆了摆手，伙计们突然一拥而上，端着糖醋鲤鱼走出了厨房。平常这个时候，福寿楼高朋满座，高德生忙得不可开交，可接连几天，连个人影都没有。他心情烦乱，用白布擦了擦手，刚要拿起厨刀，就听见了"噼里啪啦"的鞭炮声。这让高德生心里一惊，他赶忙走到门前，打开一道门缝，可他没想到，刘巧嘴早就闻着香气站在门外等了很长时间，一股劲儿地猛推门，高德生还没开口说话，刘巧嘴往里就闯，带进来的一股子风差点儿把高德生给吹倒。

刘巧嘴跻身到了桌前，一人端起盛有糖醋鲤鱼的盘子，旁边的伙计们打心底里不愿意了，掌柜的好不容易掌勺，自己都没吃上几口美味，却被这刘巧嘴抢了去。伙计们七嘴八舌地埋怨起刘巧嘴，可刘巧嘴动过的饭菜，谁也没心思再动了。

第 / 二 / 章

高德生稍稍一愣，一扭头，喊："刘巧嘴，刚才的声音是从哪里传出来的？"

刘巧嘴满嘴的汁液："官差都找不到啥地方点的鞭炮，在关帝庙的门前看到了鞭炮纸皮屑，就把看门的道士抓走了。"

高德生往门外瞅了瞅，街上的人逐渐多了起来。人们都隐隐约约有个概念，只要大家都出门，人多胆子就大了，管他什么清规戒律呢。不过这场景可把巡逻的官差愁坏了，上面规定在慈禧老太后和光绪皇帝升天的这段时间，不准百姓上街活动，但街上这么多人，也没法抓。一批又一批的官差围在了芙蓉街，街上人心里顿时就大乱，张着嘴巴，寂然无声。

一个官差清了清嗓子，大喊了一声："我说你们吃了熊心豹子胆了？一个个眼中还有没有王法？"任凭他怎么喊，街上的人根本没有搭理他。这位官差气急败坏，紧紧地握着手中的刀，时刻准备拔出来。

高德生见势不妙，在自己的酒楼前面，要是杀出一条血路，自己的生意肯定跟着遭殃。他赶紧走上前去，凑到这位官差的面前："官爷，你息怒，别和这群百姓一般见识，他们出来也是为了祭奠升天的慈禧老太后和光绪皇帝。"

官差的脸上露出一丝诡异的笑容："他们的脑子里有这么开明的想法？"

高德生收回笑脸，转眼看着路口："你说，这巡抚袁大人好久没来吃饭了，是不是身体不太舒服啊？"

官差紧张地问："你指的是山东巡抚袁树勋大人？"

高德生双手作揖："正是！"

官差又问："你和袁大人什么关系？"

高德生微笑："其实也没什么关系，袁大人喜欢我做菜的手艺，每次来到酒楼，我都有幸和袁大人小酌几杯。"

高德生的几句话可吓坏了官差，官差寻思着福寿楼作为济南府数一数二的酒楼，袁大人宴请客人，肯定不能失了面子，福寿楼肯定是袁大人不二的选择。至于福寿楼的菜品怎么样，像他这种小官差是没有口福品尝到的。毕竟拉不下脸像刘巧嘴那样，死皮赖脸地往里闯，又没有那么多钱付账，也不能像那些大户人家赊了账，日后算。高德生看出他的心思，便说："我看官爷巡逻得也挺累了，你带上几个兄弟，我请各位官爷去福寿楼吃一顿，顺便指点一下。但只能请一桌，我担心要是上面哪个大人再来吃饭，腾不出桌子，这事就说不过去了。"

官差心里乐呵着，只要饭桌前有他的位子，他哪管别人，说道："那好，我就勉为其难去品尝一下。"说完，叫上几个弟兄快步进了福寿楼。

高德生嘱咐了伙计们几句话，便一个人走出了福寿楼，穿过一条铺着石板的小街，看到了曲水亭街上有很多孩子在水边嬉戏。在不远处，大明湖的水面上木船划动着，桨声轻轻荡着，仿佛能听到古老的歌谣。女人们在泉水边洗米、洗菜，讲着笑话。

高德生看到眼前这些景象，心里有些感怀，随口便说："云雾蒸润华不注，波涛声震大明湖。"他沿湖走了没几步，就上了一条木船。他在船上一边喝着小酒，一边观赏着风景。船在悠悠前行，桨声荡漾，这时，雾气已经完全散去，整个湖面一片金光，波平影圆，岸上楼台垂柳，蒲丛寒烟。

高德生下了船，感觉有些醉意，不知不觉溜达到了小清河，这里的河道宽阔一些。这时，一队乌篷船驶来，头船插着官旗，船队足有十几条船，号歌声响，逆流而上。每敲一声锣，都会喊一声："普天同庆，宣统皇帝登基，大赦天下。"河道两旁不少人驻足观看，也有人七嘴八舌地议论起来，岸上的谈话声乌央央一片，大家好像要把这段日子憋在心里的话一起喷发出来。高德生看到河水的流淌，想到古今，人海沧桑，坦然一笑，心里暗语："要是早一会儿宣布新皇帝登基的消息，我就省下一桌菜啦，这下可好，便宜了那帮狗崽子！"

芙蓉街上的关帝庙聚集了前来进香的百姓，升腾的烟雾萦绕在院子里，关帝像前的供台上摆满了供品，陆明诚躲在关帝像后面，眼睛直盯着桌子上的供品，嘴角流着口水。他趁人磕头的瞬间，顺手拿了一个馒头，如一只饥狼似地啃咬起来。一个馒头下肚，他又瞅了瞅供台上的馒头，刚要去拿，正好被关帝庙的道士发现了，陆明诚撒腿就跑。偷关帝爷跟前的供品，这下可惹恼了前来

第 / 二 / 章

进香的百姓，众人怒气冲冲地追赶陆明诚。陆明诚就像个猴子一样，穿梭在拥挤的人群中。他跑到福寿楼门前，回头看了看身后追赶的人，情急之下，跑进了酒楼。

当陆明诚跑进酒楼大厅的那一刻，所有的顾客都像在看一只小猫小狗在他们之间跑动。时不时地还有人拍手连声叫好，只有酒楼的伙计们慌了手脚，他们也上前拦截着陆明诚。高德生的女儿高珊珊面目清秀，上身是粉红色的绸缎棉袄，下身是浅红色的绸缎皱褶半身裙，她站在柜台旁，眼神中充满着愤怒，虽然与陆明诚年龄相仿，但平日里衣来伸手，饭来张口的大小姐生活，练就了她一身的小脾气。每当陆明诚从她的身边跑过的时候，她都会大声呵斥，直到陆明诚跑到后厨，大厅里才消停了一会儿。追了大半路的百姓可不甘心，都是吃了半辈子盐粒子的人，还能被一个小毛孩子给耍了，要是得罪了关帝爷，这一年可就没好日子过了。

高珊珊不慌不忙地走到门前，门口站着的老百姓想往里闯，但又没有这个胆子，如果酒楼里坐着某官府的老爷，进去不但抓不到人，恐怕还得将自己搭进去。高珊珊清了清嗓子，一副人小鬼大的样子："你们都在门口等着，我去给你们把他抓出来。"说完，她转身走向了大厅，吩咐伙计们一起陪她去后厨抓陆明诚。

厨房里的伙计进进出出，忙得不可开交。油烟漂浮在半空，炉火燃烧得正旺，锅里的不同食材相互混杂在一起，散发出扑鼻的香味。陆明诚缩着身子躲在杂物台下面的空隙处，两眼直盯着朝自己走来的伙计。他朝周围看了看，伙计们向自己围拢来，他刚要起身跑出去，就被伙计们给按在地上，任凭陆明诚怎么挣扎，也无法从伙计们的抓捕中逃脱。高珊珊从后面走到陆明诚的面前："你居然敢跑到福寿楼来捣乱，胆子真是不小。"

陆明诚满眼怒气地瞪着高珊珊，虽然他根本不知道福寿楼在济南有什么地位，也不知道眼前这个小姑娘和自己无冤无仇，为什么和自己过不去。但他知道是这个小姑娘把自己出卖了。高珊珊从陆明诚的脚一直扫视到头，嘲讽地说："原来就是一个叫花子，赶紧带出去，交给门口的那些人。"

伙计们把陆明诚带到门口,随手推给了百姓们,这群百姓抓住陆明诚的胳膊,打也不是,不打又难解心头之恨,几个年纪大点的老者,看了看身体弱小的陆明诚,摇了摇头走了。几个年轻力壮的小伙子不嫌事大,上去就是一顿拳打脚踢,陆明诚疼得在地上滚来滚去。高珊珊赶紧上前阻止:"你们打人,我不管,但不要在我家酒楼门前打人。"一听这话,几个打人的小伙子赶紧停住了手,拽起陆明诚就朝芙蓉巷走去,窄窄的巷子被人围得水泄不通。闻讯跑来的陆金珠看到眼前的陆明诚,心里又是心疼又是恨。她赶紧抱住陆明诚:"要打就冲我来。"

众人议论纷纷,刘巧嘴踮起脚从人群的后面看了几眼,赶紧凑到前面:"我说大家伙儿,这人也打了,气也发了,就放过他们吧。"

有人取笑道:"刘巧嘴,这不会是你的种吧?"

刘巧嘴骂道:"我刘巧嘴办事光明磊落,不会干偷人的事情。"

人群中一片笑声,陆金珠扶着陆明诚跌跌撞撞地回家。阴冷的空气中飘荡出饭菜的香气,散去的行人有的双手捂着嘴呵着热气,有的人与熟人互相作揖打着招呼。高德生刚走到福寿楼的门前,就隐隐约约感到了气氛有些不太对劲。他拉住了跑堂的伙计,问道:"酒楼没出什么事吧?"

伙计忙回:"掌柜的,没什么事啊!"

他拍了拍伙计的肩膀:"行了,去忙吧。"

伙计没走出几步,又退了回来:"对了,刚才有个孩子跑进酒楼,大闹了一阵,被小姐赶出去了。"

高德生惊讶:"被小姐赶出去?这是什么意思?"

伙计一脸兴奋地说:"那阵势,可以说不亚于千军万马,小姐那气派,可以说是气势如虹……"

高德生打住:"行了,快去忙吧,怎么跟刘巧嘴一个德行?"

伙计没敢抬头看高德生,快步跑去收拾桌子。高德生心里对女儿高珊珊把人赶出去的事情并不好奇,从小娇生惯养的大小姐架子,不是一般人能驾驭住她的。他想着想着,眼角有些酸楚,爷俩相依为命过着日子,妻子在生珊珊

第二章

的时候去世了。这些年，他一边经营着福寿楼，一边照顾着女儿，经历了这么多年的酸楚，总算步入正轨了，日子也算安稳，可以给九泉之下的妻子一个交代了。

第二节　风起云涌

初春，残雪消融。统治中国二百六十八年的清王朝，随着一九一二年清帝溥仪退位，咽下了最后一口气。老百姓仿佛做了一个梦，梦醒后，皇帝却不见了。过惯了有皇帝的日子，这没了皇帝后，日子可怎么过呢？说来说去，还是"革命"惹的祸，几声枪炮声就把皇帝给弄没了。

陆明诚就在晃晃荡荡的王朝更替中，度过了童年中最痛苦的日子。民国七年，芙蓉街上依然有络绎不绝的食客，仿佛他们已经习惯了兵荒马乱的日子，枪声炮响全当是听个声响。

离芙蓉街不远的地方，有一座奢侈豪华的八卦楼，它是济南三教九流，鱼龙混杂的红灯区，号称济南第一楼，是一座"回"字形二层建筑，楼后有排列整齐的小院落。

食有福寿楼，色有八卦楼，可谓是食色性也，两者具备，这在济南真是一大乐事。福寿楼的招牌越做越大，人手也不够，高德生决定招收徒弟。消息从芙蓉街传到了济南的大街小巷，许多有点厨艺的人都跃跃欲试，不管成为高德生的徒弟要吃多少苦，至少能吃饱饭，而且有那么多食材可以试用。

李玉儿大步地跑向陆明诚的家里，陆明诚正在磨石上打磨着菜刀，见李玉儿大口喘着粗气，赶紧问："玉儿，你这是怎么了？"

李玉儿缓了缓神说："福寿楼要招收徒弟。"

陆明诚脸上依然没有一丝的表情，冷冰冰地说道："他招徒弟，你着急什么？"

李玉儿脸上露出笑容："哥，你不是喜欢做菜吗？你去试试，说不定能成为高德生的徒弟。"

陆明诚依然磨着菜刀："我不稀罕去福寿楼当厨子。"

李玉儿收回脸上的笑容："难道你打算去八卦楼当厨子？"

陆明诚停下手中的活："我就算去八卦楼，我也不去福寿楼。"

陆金珠从屋里走出来，感到两个孩子的表情不太对劲："诚儿，你是不是又欺负玉儿了？"

李玉儿见陆明诚没有答话的意思，凑到陆金珠的面前说："福寿楼的掌柜招收徒弟，我好心好意地跑来和他说，结果他还不领情。"

陆金珠一听，忙说："这是好事啊！"

陆明诚把菜刀放到磨石的一边，转身回屋。

陆金珠生气地说："玉儿，别跟他一般见识，他从小就这么个臭脾气。"

李玉儿一脸的不乐意："我还有场戏，我先回去了。"

陆金珠赶紧送李玉儿出门："你快去忙，我来说这臭小子。"

陆明诚从门缝里一直注视着李玉儿，他万万没有想到在大清国被人贬得一文不值的戏子，在民国却有了自己的地位。玉儿能上台唱戏，陆明诚打心底高兴，玉儿从小就有一副好嗓子，虽然学唱戏的过程有些坎坷，但总算登上了戏台，对玉儿而言，可算是好事。

当然，清朝的最后一点余晖消失后，李富贵的店铺也随着倒闭，曾经繁荣在济南府的荣宝斋，在民国的时候，成了百姓口中的笑谈。

李富贵成为荣宝斋的掌柜也是出自一个偶然的机会。李富贵打小跟着老掌柜孙八爷学习鉴赏古玩、字画这些老祖宗留下的稀罕物。孙八爷也赏识他的天生聪明。

第 / 二 / 章

十七岁那年，李富贵陪老掌柜去京城进货，在途中遇见一个穿着破破烂烂的人，那人脚下放着一尊手掌大小的佛像，说是魏晋南北朝时期的佛像，愿意二十两银子出手。

这座佛像惹来不少好奇的路人，孙八爷师徒俩也凑上前去看个究竟，那确实是一尊魏晋南北朝时期的佛像，但孙八爷经过一番细查之后，笑了起来，说："这尊佛像顶多值五两银子。"

卖佛像的人听了，极其不悦地说："二十两银子，少一分都不卖。"

孙八爷催着李富贵继续赶路，而李富贵蹲了下来，他一边抚摸着佛像，一边讨价还价，最终，卖主同意以十八两银子出手。此时，孙八爷有些不耐烦了，他在旁边多次催李富贵尽快赶路。

李富贵跪在地上，恳求孙八爷给自己十五两银子，再加上他半年的工钱，他想收了这尊佛像，倘若栽了，他下半辈子就做牛做马偿还孙八爷的钱。孙八爷认为他是财迷心窍，大声训斥道："你拿十八两银子买一尊只值五两银子的佛像，必赔无疑！"

可是，李富贵决心已定，跪在地上死活不肯起来，孙八爷只好拿出十八两银子，刚要递给李富贵，又把手收了回来："富贵，你再想想，这钱一旦给了你，咱可就不只是掌柜和伙计的身份，也是债主和欠债人的身份，你得想清楚。"

李富贵一听这话，心里也没底，他非常清楚，孙八爷看物件从未走过眼，他说的价格，一般是八九不离十。可他心里也打着算盘，早就听说魏晋南北朝的时候，有两尊巴掌大小的佛像，其中一尊流落民间，如果这尊佛像就是丢失的那尊佛像，那可就值钱了。可这毕竟是道途听说的事情，没有一个准信，李富贵心里也有些忐忑不安。

孙八爷赶紧扶起李富贵："我答应给你十八两银子，你先回答我一件事，我看物件有没有看走过眼？"

李富贵忙回道："掌柜掌眼过的物件，还真没走过眼。"

孙八爷接着问："那好，那你为什么非要买下这尊佛像？"

李富贵吞吞吐吐："不瞒掌柜，我觉得这尊佛像的价值远远超出十八两银子，我听说，曾有两尊……"

孙八爷打住了李富贵的话，笑着说："如果这尊佛像从你手里卖出三十两银子，我就把荣宝斋送给你。"

李富贵顿时感觉到自己惹祸了，赶紧说："掌柜，我不要荣宝斋。"

孙八爷随手把钱袋扔给李富贵，说："这次，咱俩赌一把。"

李富贵自从买下佛像后，回到荣宝斋，就像变了一个人，手脚勤快，干活麻利，他心里明白，他必须得多干活，才能还上借孙八爷的钱。每逢遇到别人不愿意干的活，他都会凑上前去，一个人扛，一个人背。孙八爷看到这样的画面，都会讥讽李富贵："当初要是听我一句劝，就委屈不了自己的身子骨，你性子就是倔。"

但李富贵心里有些不甘心，他一直等待着哪位贵人能高价买下这尊佛像。他不求什么荣华富贵，也不求拥有整座荣宝斋，只是不想再过穷日子。他每天干完荣宝斋的活，就跑到集市上卖佛像，来来往往的人，没有人用正眼瞧过他，甚至还有人还告密到孙八爷的耳朵里，以为他是偷了荣宝斋的宝物，拿到集市上来赚黑钱。

孙八爷暗笑："财富啊，你出去卖这尊佛像也有些日子，别折腾了，我五两银子把它买过来，剩下的十三两银子，就从你的工钱里慢慢扣出来，你看怎么样？"

李富贵摸了摸手中的佛像，心里琢磨着，这道听途说的事情，就是忽悠人的，什么丢失了一尊佛像，看来很难卖出去，砸在自己手里的话，真的不如给掌柜。可又一想，这么多日子也不能白忙活。他想了想说："掌柜，我看走眼，是我学艺不精，就不劳您跟着我受这份牵连。"说完，转身继续擦拭器皿。

这尊佛像陪李富贵度过了最穷困潦倒的日子，直到一个洋人的出现，彻底改变了他的命运。一个洋人带着翻译走到荣宝斋的店面前，孙八爷快步迎上去，对古董门市来说，洋人可算是财神爷，他们从不打压价格，见到喜欢的物

第 / 二 / 章

件,付钱就走人。孙八爷笑脸相迎说:"几位爷进来看看,这里的货可谓是上等的物件。"

洋人自打进门就没有正眼瞧过孙八爷,而是眼光不停地扫视着荣宝斋的角角落落。孙八爷心里正盘算着该怎么说,才能让这位洋人从店铺里买走几个物件,他刚要开口,却被身边的翻译堵住了嘴:"你们店里,是不是有一个整天去集市上卖佛像的小伙子?"

孙八爷赶紧说道:"有,我让他来招待。"说完,快步去后院把李富贵叫到了自己的身边,一边走一边嘱咐李富贵,该如何和洋人打交道,怎么说才能让洋人买下自己店铺里的物件。孙八爷看着李富贵连连点头,脸上露出满意的笑容。

李富贵站在洋人的面前,呆若木鸡,这可急坏了孙八爷,他赶紧戳了李富贵的后背一下,李富贵看了一眼孙八爷,还是不知道说什么。洋人说了几句话,李富贵一句也没有听懂,翻译赶紧对孙八爷说:"麦基先生只想找他谈谈,请无关的人先回避。"

这话虽然惹得孙八爷心里不痛快,但想到肥得流油的鸭子快到自己手里,也就不在乎,转身离开了他们三人身边,但他眼睛的余光一刻也没有离开过李富贵那边。

翻译见孙八爷走开了,便问:"你手里是不是有一尊佛像?"

李富贵盯着翻译,没有回答。他心里比谁都清楚,大清国本来就不太平,这些黄毛红毛的洋人更是可恶,把大家的日子弄得乌烟瘴气。

洋人着急问翻译,翻译赶紧催问:"你到底有没有?有的话,这位麦基先生愿高价钱购买你的佛像。"

李富贵一听到高价钱,心里"咯噔"一下。在另一边的角落里,伸着耳朵听到这句话的孙八爷,满头冒着虚汗,他不得不想起和李富贵的那个赌注。他的眼睛时时刻刻都盯着李富贵和洋人的每一个动作,仿佛只要洋人一拿出钱包,这家店铺的掌柜就要跟着改名换姓。

翻译有些不耐烦:"到底有没有佛像?"

李富贵吞吞吐吐地说:"你能给多少银两?"

翻译接着问:"你打算要多少钱?"

李富贵慢吞吞地伸出三根手指,又收回一根变成两根手指。

翻译笑着说:"两百两?"

李富贵赶忙摇头:"不是!"

翻译员脸色有点严肃:"两千两?"说完,没等李富贵反应过来,就找到洋人偷偷地商议。

李富贵盯着嘀嘀咕咕的两人,手心直冒冷汗,他其实只想要二十两,能还清借掌柜的钱就行,可这个翻译总是不给他说话的机会,要是他们觉得价钱太高,不要自己的佛像,又得砸在自己手里。另一旁的孙八爷扶着柜子,瘫坐在椅子上,心里直打鼓,他盘算着怎么才能说服李富贵不要把佛像卖给洋人,又思索着李富贵不听信自己的话,把佛像卖给洋人后,自己该怎么办。

翻译与洋人商讨完后,走到李富贵的面前说:"最多三百两银子,如果卖的话,就一手交货一手交钱。"

李富贵哪见过这么多钱,一直愣着不说话,眼睛无神地盯着翻译。这可让翻译有些着急,苦等着李富贵答复,李富贵愣是不做声。

翻译员拍了一下李富贵:"你倒是说个话啊!"

李富贵支支吾吾地说:"卖……卖……"

洋人听了这句话,脸上露出了笑容,而坐在另一旁的孙八爷精神彻彻底底崩溃了。

原来,这佛像确实是有两尊,只不过另一尊被一个京城的王爷扔到了颐和园的昆明湖里。那么,只要昆明湖里的水没干涸,李富贵手上的这尊佛像就是独一无二的。

李富贵凭借着一尊佛像挣的钱,慢慢发迹,成为济南府古玩界有名的掌柜。但孙八爷一开始并没有兑现自己的赌注,只是到了后来,荣宝斋扛不住了,他只好拱手把店让给了李富贵,孙八爷拿着万贯金钱离开了济南。从此,孙八爷的名号变成了传说,李富贵成了济南古玩界的名人。

第/二/章

可谁也没有想到,随着改朝换代,李富贵的家产也被洗劫一空,在他的心里,留着辫子的清兵和拿着枪的起义军没什么两样,都是祸害百姓的牲口,也是让他家业毁于一旦的罪魁祸首。

第三节 泉水巷深

金菊巷狭窄细长,仅容得下两人并行,麻石板铺就的巷道,伴随着墙角一线湿润润的青苔,一直延伸到尽头。巷子两边的建筑物,古朴,荒凉,被圈在高高的院墙之外。虽然与芙蓉街相邻,但金菊巷的安静显得更独树一帜。不过,家家户户都是些有头有脸的人物,不是商界的大亨,就是官场上的官爷。透过门缝,可隐约窥见一些雕梁画栋,当然还有名石假山,最关键的是,说不定哪户人家就隐藏着厨界的高手。他们隐居在大户人家的后厨,不是怯战,而是更懂得出世与入世两者之间变通的关系。

高德生常常站在金菊巷,闻着从大院里飘出来的菜香味,从味道中判断烹饪出这道菜肴的厨子水平。不同的菜香混杂在一起,让他仿佛看到了当年郝爷带着自己和陆松宇练习刀工的场景。而他心里也纳闷,大清都亡了,御膳房也就不存在了,那陆松宇去哪儿了呢?

秦五爷提着鸟笼走到高德生身边,瞅了几眼:"这不是高掌柜吗,怎么站在这里发呆?"

高德生转眼看着秦五爷,心里暗笑,大清的时候,秦五爷就破口骂大清要亡,大清亡了,他的辫子倒是不舍得剪掉,弄了顶帽子,遮挡得严严实实。高德生说:"酒楼里太闹腾,我出来走走。"

秦五爷接着说:"福寿楼哪天不闹腾?这是高掌柜的福气。"

高德生虽然心里听着这话有些别扭,但还是敷衍道:"还得请秦五爷多去捧捧场。"

秦五爷笑了几声,提着鸟笼子拐进了巷子里。高德生依旧站在原地,望着秦五爷远去,他心里有种莫名的酸楚,脑海里浮现出曾经大伙儿在福寿楼喝酒吃菜的场景。朝代改名换姓,人的性子也跟着变了。

鞭指巷也显得有些不太平,但不管天下如何不太平,杨正虎的酒是该怎么喝还怎么喝,直到把自己喝瘫在了床上,不过,姑侄俩该怎么遭罪还是怎么遭罪。陆金珠心里非常清楚,侄子是块当厨子的好料,可想起陆松宇两口子的不幸遭遇,心里还是有些忐忑不安,炒个菜都能搞得家破人亡,这到底是什么世道。

她拿着盛着衣服的藤筐子到了泉水边,一边淘洗着衣服,一边目视着朝自己走来的陆明诚。她拧了几下衣服,放到藤筐中。陆明诚席地而坐,一语不发,看着姑姑洗衣服。

陆金珠捂着嘴笑:"你就别憋着了,有话就说吧。"

明诚凑到姑姑的身边:"我想去试试福寿楼的招徒大赛。"

陆金珠掩面一笑:"你不是死活不去?还把人家玉儿气走了。"

明诚自打被高珊珊一伙抓起来,赶出福寿楼后,就暗自发下誓言,永生不进福寿楼。可不去福寿楼当厨子,就得去八卦楼。享誉济南府的两大酒楼,一个是食香,一个是色香,其他的小门小户,哪能按住明诚那颗强烈的抱负心,明诚顿了顿说:"我如果不去福寿楼,玉儿就得唱一辈子戏。"

陆金珠听了这话,手里的动作停住了,竖起大拇指说:"好样的,像个男子汉,玉儿本出身富贵家庭,怎么也没想到她爹能沦落到这种地步。"

明诚挺直腰板站在陆金珠的面前:"什么叫像男子汉,我就是男子汉,能屈能伸。姑姑,以后我来照顾你。"

陆金珠看着眼前这个十四岁的孩子,心里直乐呵,这么懂事的小伙子,陆

第 / 二 / 章

松宇夫妻俩在天有灵，也能安心了。可怜的明诚，长这么大也没有过一天好日子。陆金珠用湿布擦拭了一下明诚脸上的灰土，说："你恨姑父吗？"

明诚咬了咬牙齿，然后舒了口气："以前恨，现在也不能说不恨，他都瘫在床上了，以前的事情，就让它过去吧！"

陆金珠眼睛里的泪水开始打转，她为明诚能说出这样的话而感到高兴，也为姑侄俩十多年风风雨雨走过来的路，感到真心的不容易。或许，真的像俗语说的那样："自作孽，不可活"，杨正虎嗜酒如命，醉酒后打骂姑侄两人，善恶之报终于降临到他的头上。邻里乡亲看着姑侄俩苦，都劝说让她改嫁算了，反正杨正虎瘫在床上，除了喘着那口气，其他什么事也干不了。当然，以前身体健壮能干活的时候，杨正虎也没有干多少活，家里的钱都是陆金珠给人缝衣服、洗衣服挣来的。每次挣到钱，在手里还没攥热乎，就被杨正虎抢去买酒喝，喝来喝去，把自己喝瘫在床上了。不管大伙儿怎么劝，陆金珠愣是没离开杨正虎半步，用她的话说，家里不能没有一个男人，既然拜过堂成了亲，就得白头到老，再说了，以前日子那么苦都过来了，这点苦不算什么。

明诚眼前的这一池清澈的泉水，缓缓流淌，从从容容，流得纯净，流得柔细，其醾无穷。不远处，郑桃子端着一盆子衣服朝他们姑侄俩缓缓地走来，坐在陆金珠的身边。曾经的大户人家的少奶奶就这么不拘礼数，蹲在地上，也实属罕见。但郑桃子心里跟明镜似的，跟着李富贵享受荣华富贵的日子到头了。洗衣服这活，也是陆金珠帮忙给她张罗的，李富贵一心想着东山再起，指望他挣钱养家是件非常悬乎的事情，这人过惯了奢靡的日子，再回来过穷日子，的确有些不甘心，可这也是没法子的事情，日子总得过啊。荣宝斋的店铺盘出去之后，李富贵就无心管家里的事情，这正好给了玉儿去戏楼唱戏的机会，也能帮着补贴点家用。

陆金珠是过惯了苦日子的女人，对她来说，没有点苦受着，心里还不踏实，她就是天生受苦的命。而郑桃子吃惯了肉汤油水，再喝清汤寡水，心里头的滋味可想而知。

"少洗点衣服，你看看自己的手，都泡得又红又肿。"陆金珠劝道。

"没事，多洗点，就能多挣点，以前我看到你整天给人家洗衣服，觉得又苦又累，可如今，我洗着洗着也就习惯了，也没有想的那么苦。"郑桃子的眼圈有些发红。

陆金珠从郑桃子的盆子里拿过一些衣服，放到自己的藤筐中，一边揉洗一边说："我皮糙肉厚，经得起水泡，你细皮嫩肉，经不起。"

郑桃子又从陆金珠的藤筐中把衣服拿了出来："哪有经得起经不起，这日子过得都让人笑话，你还拿我当富家太太啊！"

站在一旁的陆明诚看到眼前的情景，心里有些酸楚。他更心疼玉儿的穷酸生活，虽然他也喜欢看玉儿在台子上唱戏，可毕竟戏楼里三教九流，鱼龙混杂，玉儿长得这么清秀，要是被哪家的富家少爷盯上，她可就要遭罪了。他站在郑桃子的身边："桃子姑，我决定去参加福寿楼的招徒比试，如果能选得上，每个月都会给我些银两，到时候，咱们就不用受苦干这遭罪的活。"

郑桃子笑了笑，说："明诚，你加把劲，一定要带着你姑姑过上好日子，她在这个家可没少遭罪。你能想着桃子姑，我打心眼里高兴，你看桃子姑都是半截身子入土的人，也没啥可担心的事情，就是玉儿是我的心病。"

明诚严肃地说："我会照顾好玉儿，不会让她受到一点欺负。"

郑桃子欣慰地点了点头："有你这句话，我心里就踏实多了，你比她那几个没出息的哥哥强。"

听了这话，明诚心里更有些不开心，虽然玉儿的亲哥哥很少回家，但从小明诚就没少受到他们的欺负。他们每次把明诚弄哭，才会善罢甘休，可明诚脾气倔，受再大的委屈也不吭声，只有玉儿护着他，没等他哭，玉儿就先哭了，玉儿的哥哥也只好收手。自从李富贵的生意一蹶不振后，他那些本来就很少回家的儿子们，连面也不露了，他们只盼着李富贵重振家业，从而来恢复自己少爷的身份。

陆金珠瞪了明诚几眼，示意不要让他再乱说话，然后转过头去对郑桃子说："你也别太担心，你看瑞蚨祥都开了好几家分店，这说明做生意还是有盼头的，虽然我也不懂当今和大清朝有什么不一样的地方，但心里头还是觉得比

第 / 二 / 章

大清的时候活得踏实。"

郑桃子拧了拧衣服，放到盆子里："说心里话，我也不想过什么荣华富贵的生活，有口饭吃就行了。可当家的不这么想，弄得儿子们也瞎凑合，也就玉儿听话，再听话，也进了戏楼唱戏去了。"

明诚忍不住说："玉儿唱戏本来就好听，那家戏班子还不是靠玉儿给撑着，要不，早就解散啦！"

郑桃子被明诚的这句话给逗笑了："你也就光向着妹妹说话。"

陆金珠笑道："明诚，给你桃子姑把洗好的衣服搬回家去。"

明诚麻利地端起盆子就朝玉儿家走去，陆金珠见明诚离自己越来越远，便问郑桃子："我有件事问问你。"

郑桃子笑着说："有什么事直接说就行，和我还这么见外啊？"

陆金珠说："你看明诚也十四五岁了，算个半大小伙子，你觉得他和你们家玉儿凑一对怎么样？"

郑桃子收回脸上的笑容："这事……"

陆金珠见郑桃子吞吞吐吐，赶紧说："我也是随便一说，你别往心里去。"

郑桃子解释道："我一直挺喜欢明诚这个孩子，他和玉儿从小一起长大，他疼玉儿，我心里非常清楚。但这事也得当家的说了算，我肯定是愿意他俩能在一起。"

陆金珠舒了口气："我以为你嫌他穷小子一个，配不上玉儿。"

郑桃子摇着头："看你说的，梨园行和厨行都是下九流。讲究门当户对的话，就我家这处境，咱两家也正合适。"

陆金珠一拍手："有你这话，我心里就踏实了，等时机成熟的时候，我带着明诚去提亲。但现在不是时候，得等这小子有点出息，也好让李大哥把女儿交给他，心里放得下。"

郑桃子心里一喜又一惊，喜的是陆金珠想让明诚娶玉儿和自己的意愿不谋而合，惊的是这不太平的世道，什么时候是个头。

老百姓习惯了社会政局的动荡不安，对他们而言，关起门来舒舒服服地过日子就很满足，主要是图个清静。至于山东督军张怀芝与日本日中实业股份有限公司代表冈部三郎签订《山东短期借款条件大纲》，还是日本外务大臣后藤新平向中国驻日公使章宗祥递送处理济南问题换文，这些都与他们没有任何关系，只不过是街上多了和自己长得差不多，但说话听不懂的东洋人。

可百姓万万没有想到，就是这些东洋人在济南大地上掀起了一场场血雨腥风，像一把尖锐的匕首一样，直刺入济南的大动脉。济南仿佛在一夜间，变得不太平，即使关上门，也感觉不到一丝的清静。晚上除了醉春楼、梦香楼里这些窑姐敢出来活动，家家户户的女人都敢不出门，生怕被东洋人给劫了去。济南大街小巷都传着东洋人喜欢抢女人，百姓们虽然没有亲眼见过，但心里还是有些担心，秦五爷打心眼里看不惯东洋人的装扮，每次他迎面碰上东洋人，都会摆出一出嫌弃的样子，等这些东洋人从自己身边走过，背对着自己的时候，他都会吐一口唾沫。

第四节　草木食火

鞭指巷的鸡已经叫了好几声，陆明诚蹲在院子里，眼睛盯着地上的黄瓜、茄子、大葱，还有各类新鲜的蔬菜，明明暗暗的光线，<u>丝丝缕缕的菜叶</u>。他脑海中隐隐约约浮现出自己小时候，站在父亲陆松宇身边，看着父亲处理食材的场景。他心里忽然感到一阵痛楚。

陆金珠端着几样新鲜的蔬菜往院子里走，看到陆明诚站在院子里一动不

第二章

动，赶紧走上前去，问："诚儿，发什么愣？"

明诚被姑姑的话吓了一跳，用衣袖擦拭干净了脸上的泪水："姑姑，我想爹娘了。"

陆金珠手中的蔬菜筐掉落在了地上，她赶紧抱住明诚："好孩子，你要争口气，当上福寿楼掌柜的徒弟，姑姑就去给你找媒人向玉儿提亲。"

明诚听到这话，丝毫没有高兴起来，问："姑姑，我爹就是因为在皇宫里当厨子死的，还连累了我娘。你说我要是当了厨子，会不会连累玉儿？"

陆金珠的心里"咯噔"一下，十几岁的毛头小子，就想到了生死，还替玉儿着想，她的心里五味杂陈，摸着明诚的头说："这年头不比大清国，靠手艺饿不死人。"

话音刚落，玉儿气喘吁吁地跑到陆明诚的身边，把手中拿着的纸张放在姑侄的面前，说："福寿楼的招徒题目出来了，三日之内，调制出烹饪水鸭的调料。"

明诚自打玉儿进门那一刻起，就变得有些六神无主，他压根没听见任何关于烹饪水鸭调料的招徒题目的事情，傻愣地站在原地，一语不发。陆金珠赶紧捏了明诚一把，明诚才从这突如其来的疼痛中惊醒过来，浑身不由地打了一个激灵，他赶紧把目光从玉儿的身上收回来。虽然从小和玉儿一起玩大，可每当他盯着面目清秀的玉儿时，内心还是按捺不住情窦初开的心潮。

玉儿的脸上泛起了红晕，下意识地低下头，眼睛避开陆明诚的目光，她心里明白，如果再和陆明诚两眼相对，她的魂就真的被他勾走了。

陆金珠看了看地上的食材，问："诚儿，你看看还需要什么，我去给你弄。"

明诚没有做声，水鸭虽然不是什么稀罕物，但对于陆明诚来说，却是非常陌生的禽类食材，他脑子里记得父亲陆松宇做过一道神仙水鸭，整整用了三炷香的时间来蒸制，工序甚是复杂，更为关键的是如何让调料在三炷香的时间内与水鸭完美地融合在一起，这是问题所在。他从玉儿的手中接过写有考试题目的纸张，心里犯起了嘀咕：清水炖水鸭对于火候的掌握是道难题，燃料得选用上等的红衫木，汤汁需要甘甜的泉水，但配料中，有几种是非常稀缺的，在寻常百姓家，根本见不到。从这道考题中，不难看出高德生打的算盘。

玉儿疑问："你发什么愣呢？"

明诚紧握着纸张，一声不吭地回到屋中，关上门。他这一举动，让站在院子里的陆金珠和玉儿有些不知所措。玉儿紧追到门前，敲打着门板："陆明诚，你把门给我开开。"

陆金珠微笑着对玉儿说："诚儿这孩子就是这个样子，脑子一发热就谁也不搭理，让他自个儿安静地想想吧。"

玉儿一脸委屈："想什么事情，也不能不理人家吧？"

陆金珠解释道："我估计这道考题有点难住诚儿了，不然，他也不会这么反常。玉儿，你别往心里去，咱也不理他。"

玉儿撇着小嘴，心里是一肚子埋怨，整天在戏台上演着别人的生活，完全有点找不到自己原先的模样。这人活着不知道干些什么，就像陀螺一样，有人鞭打，还能转起来，如果单单放在地上，也就只能一动不动了。而对于玉儿来说，能够把自己这个陀螺鞭打得转起来的人，只有陆明诚。当然，对于陆明诚而言，玉儿在他心目中的地位，又何尝不是呢？

陆金珠站在玉儿身边，说："等诚儿当了福寿楼掌柜的徒弟，我马上去你家，给他提亲，这件事情，我和你娘也提过了，她心里可乐呵呢。"

玉儿一听这话，心里又喜悦又害羞："谁说要跟他过日子了？"说完，跑出了院子。

陆金珠自言自语道："这孩子……"

高德生右手端着紫砂壶喝着茶，左手拿着书。跑堂的伙计们忙得不可开交，可他愣是装作没事人，高珊珊在伙计们之间走来走去，时不时地训斥干活不麻利的伙计几句，完全一副大小姐的模样。高德生更是不管不问，品自己的茶，看着手中的书。

"我可提前告诉你们，进咱们酒楼吃饭的，都是达官贵人，你们一个个把精神头提起来，不能怠慢了客人。"

第 / 二 / 章

听着高珊珊的训话,高德生嘴角不由得上扬。

一个伙计跑到高德生的面前:"高掌柜,汪家大院的汪大人点名邀你掌厨。"

高德生放下手中的紫砂壶,站了起来,说:"看书中写的事,还是不如去戏楼,今个儿登台的可是李富贵的闺女。"

站在一旁的伙计听了掌柜的话后,一头雾水,他压根没搞明白掌厨和听戏有什么关系,只是顺手接过了高德生手中的书。其实,两者之间根本没有什么关系,只不过是高德生不想掌勺而已。愣在原地的伙计目视着掌柜走出酒楼,还在琢磨着听戏和掌厨两者之间有什么关系,这是不是掌柜留下的什么暗示。

在窄窄的芙蓉街上,各种小吃摊子,还有耍猴、抖空竹、吐火的卖艺人,热热闹闹。穿过小吃摊子,什么胡辣汤、荷叶粥、烙大饼、煮羊汤、油旋张,这些美味伴着小贩的吆喝声,吸引着四方的食客。

明湖戏楼的内堂摆放着小桌子,上面有沏好的茶水、瓜子。冲着门口正前方是个大戏台,上吊透雕大罩顶,后挂锦缎台帐,刺绣斑斓。

高德生闭目打着拍子,嘴里哼着小调。旁边也陆陆续续地坐下客人,喝着茶水,嗑着瓜子。

"怎么还不唱呢?"

"我就喜欢台上那娘们的小细腰。"

"那小模样真是俊。"

……

戏楼里有真心来赏戏的人,自然也少不了污言秽语。或许,大戏这玩意就是个雅俗共赏的行当。不过,任凭周围声音如何嘈杂,高德生依然闭目养神,他不想和戏里的行家说戏,也不想和戏外的俗人聊道德,他只是想单纯地听一场戏。

有的客人把一排排长板凳搬到前面坐下,这么一来,自然是坏了戏楼的规矩。人少的时候,只要后面的客人没什么怨言,戏楼当家的自然什么话也不会说,就当这些人给充个人场。但人多的时候,可就会乱了套。后面客人会破口大骂，甚至戏楼变成武场都是常见的事情。

在济南的戏班子中，孙庆带领的七柳班名声远扬，也是各戏楼当家争抢最激烈的戏班。其实，在玉儿还没进戏班的时候，七柳班根本算不上什么正儿八经的戏班子，是玉儿一步步把班子带到了轰动济南的第一号戏班。要不，七柳班或许就解散了，就算不解散，也只能在哪个大户人家婚丧嫁娶、立碑修坟、老人过寿、增子添孙的时候，去吹拉弹唱一番。而现在，如果不是一流的戏楼，别想请得动七柳班。

明湖戏班的当家人张孝财心里打着精明的算盘，为了把七柳班请过来，可真是没少周折。虽然名字里有"孝"字，但他与这个字压根不擦边，脑子里竟是鬼主意，当然，他这么做，都是为了一个"财"字。

孙庆站在众戏子前说："我们七柳班起起伏伏，一起跨越了二十年。人生已如戏，戏不如人生。"

孙班主话音刚落，戏子们聊起了天，从清末到民国，七柳班也算是经历了改朝换代、时代变迁。玉儿身着精致戏袍，身材婀娜秀美，眼神中散发着隐忍与坚毅，无不透露着一个大家闺秀的端庄与修养。她坐在一旁一言不发，捋着乌黑的头发。

孙庆见状，咳嗽了几声说："我们得感谢玉儿，要不是她的戏好，咱们早就去喝西北风了。"

这话被张孝财听了个正着，笑着说："这乱世当道的日子，没有玉儿，七柳班恐怕连西北风也喝不上吧。"

孙庆皱了皱眉头，他打心眼里不喜欢张孝财说的这话，愣是没吭声。可谁让七柳班是济南第一号戏班呢，张孝财见势不妙，赶紧补充道："不过，跟着孙班主，哪来的喝西北风这一说，顿顿都是好酒好肉。"

玉儿站了起来，说："这戏是不是得开始了？"

张孝财忙说："是，是，这就开始。"

幕前客人们都着急地等着看戏，戏已经在幕后开唱了。高德生喝了一杯又一杯茶水，心里乐道：这戏楼还不如直接改成茶馆，干柴烈火、万股泉水、茶

第 / 二 / 章

香四溢。

终于锣鼓响起，拉胡琴的人问："准备好啦？上场咯！"

玉儿捏着兰花指，绕着腕花，在戏台上轻轻走圆台，一步，一步，一步。这场戏叫《三娘教子》，玉儿扮演王春娥的角儿，嗓音拔尖，袅袅娜娜，凄凄迷迷。

有的小二提着大铜壶，听着客人使唤，也有的小二胸前挂着一个木盒，里面有糖果、花生仁儿，他们穿梭在客人之间忙活着。

清末民初的社会中人分三六九等，戏子定为"下九流"，属于"五字行业"。这五字行业分别是戏园，饭馆，窑子，澡堂，挑担。虽然看着戏子在台上，总是威风凛凛，千娇百媚，其实也不过是大伙儿拿来取乐的把戏罢了。

高德生略懂所谓的十八般武艺，无论是弓、弩、枪、刀、剑，还是矛、盾、斧、鞭，他都能说出个子丑寅卯，这也归功于他贫寒的家境，小的时候差点被送去学唱戏。可高德生哪是个能吃苦的料，练了没几天就从戏班逃跑了出来，任凭父母怎么劝说，还是不肯去戏班，只好送去给郝爷当学徒，从戏子到厨子，表面上看，只不过是在下九流的五字行业转了一圈，但这一转，却改变了高德生的命运。

张孝财晃晃悠悠走到了高德生的跟前，定眼一看："这不是福寿楼的高掌柜吗？"

高德生感情刚刚融入戏中，被张孝财这么一打断，心里别提有多气愤，忙说："张当家的，不好好看戏，瞎转悠啥？"

张孝财坐在桌前的空椅子上，笑嘻嘻地说："这戏，我整天看，都腻了，可这福寿楼的菜，就是吃不够啊！"

高德生没有做声，心里刚起来的兴致，被张孝财打搅得一点也没有了，刚要准备起身离开，就被张孝财堵在了前面："你瞧瞧，高掌柜就是大掌柜，我开个玩笑，你还当真。"

而这时，高德生的魂儿早被戏台上的玉儿给勾住了，玉儿的套路动作熟练，舞起来也刚柔兼备，连客人们都不断地喊出："好，好……"

张孝财向跑堂的小二摆了摆手，小二一溜烟跑了过去，张孝财提高了嗓门道："这桌上些花生仁儿，再来一碗上等的茶水。"

小二马上应道："好嘞！"

高德生坐回了椅子上，这么一出好戏，他怎么能错过呢？至于张孝财的无事献殷勤，他心里也明白，在戏楼，来看戏的达官贵人，还有高门望族，都是看完戏就走人，根本攀不上什么关系。而酒楼就不一样了，不但能结交各路江湖豪杰，也能认识几个官爷。虽同是五字行业，处境是截然不同。

张孝财被高德生冷落在一旁，只好跑到别的桌上去贫嘴。高德生冷笑一会儿，心里暗想："堂堂戏楼的当家，把自己搞得这么下贱，真是有失脸面。"

历下亭，它的中心是一座天然的土岛，远远望去，土岛上有一座小巧玲珑的寺庙，寺庙里面，自然是雕梁画栋，玉阶明柱，配厢回廊，布局森严。历下亭的周围是大明湖的一片湖水，时不时的出现几个采莲人。

广阔的大明湖水面宛如一幅巨大的银色锦缎，新苇如茂林修竹，郁郁葱葱，或如港汊，或如街巷，或如华盖，或如屏障，微风吹来，绿影摇曳，婀娜多姿。陆明诚盯着一大片芦苇，心有所思，几只水鸭在湖中嬉戏。几个游人围坐在历下亭下的石桌旁，一边喝着茶一边聊天。

一位游人说："这个茶砖，据说以前从云南过成都府，翻秦岭过黄河，再经大同入蒙古的这条茶马古道，就是专门给草原牧民运送茶砖的。"

另一位游人显得莫名其妙："茶砖？啥叫茶砖？"

于是游人根据江湖传说，解释了茶砖的来历。蒙古人是游牧民族，逐水草而居，天天吃的是马牛羊肉，喝的是奶茶，长此以往必然导致身体机能失衡。而茶马古道开通之后，云南人和四川人把茶叶炒熟，压制成茶砖，千里迢迢运送至大草原，牧民们在酒饱肉足之后，喝上一碗浓浓的砖茶，油腻顿消，而且利肠通便。

陆明诚听了一会儿，觉得颇有几分道理，他仿佛也听明白了另外一件事，那就是这个介绍茶砖的游人，是个茶商。他顿时来了精神，走到石桌前，问道："那这茶砖能祛除腥味吗？"

第 / 二 / 章

茶商上下打量一番陆明诚，笑道："你一个毛头小子，也喜欢喝茶？"

陆明诚摇着头回："我不喜欢喝茶，只是想问问。我对做菜颇有心得，你看牛毛肚、黄鳝段、青蒜苗、海味耗儿鱼这些都比较荤腥，如果茶砖真像你说得这么神，那岂不是能祛除掉食材的荤腥味。"

茶商一惊，赶紧让陆明诚坐下，倒了一杯茶："你先品尝一下茶水。"

陆明诚品了品茶水，浓醇厚甘、芳香扑鼻、茶味浓郁。他愣在原地，琢磨着茶与鸭汤怎么才能融在一锅中，茶商迫切等待着陆明诚对此茶评价一番，见他迟迟不语，心里有些着急。对于陆明诚而言，他哪喝过什么名茶，打来到济南后，一直喝着的泉水，就已经是香如兰桂，味如甘霖。

茶商小心翼翼地问道："味道如何？"

陆明诚慢吞吞地放下茶杯，茶商赶紧端起茶壶，往茶杯中倒入茶水。陆明诚端起茶杯优雅地喝了下去："这茶是好茶，配上济南的泉水，甚是美味，如果同各类食材搭配在一起，是否也能是调制出如此的美味……"明诚顿了一顿，这一顿不要紧，茶商的心也跟着"咯噔"了一下。陆明诚接着说："也一定是美味。"

听了这话，茶商悬着的心才放了下来，其实，本想把自己手中的茶叶给倒卖出去，一直没想到什么法子，万万没有预料到半路杀出一个陆明诚，帮了自己的大忙。其他游人听了两人的谈话，也对茶砖产生了兴趣，争先恐后地问卖茶砖的地方在哪里。而对于陆明诚来说，身无分文，但他更需要这茶砖，或许这是水鸭汤最佳的调料。他如果想得到茶砖，就得卖力的替茶商说茶砖的好话。

等众人散去，茶商拿了一块茶砖，递到陆明诚的面前："茶，也讲究有缘人，这块茶砖送给你。"

陆明诚微笑着说："其实，我早知道你是一个茶商，喝茶赏湖是小事，喝茶卖茶却是大事。"

茶商瞪着陆明诚："既然知道我是茶商，你怎么还如此帮我？"

陆明诚摇着头："我不是帮你，我也不懂茶水，茶好不好喝，大伙儿心里都有数。但如果作为调料放在伙食中烹饪，能不能祛除腥味，我也不知道，但这是我需要这茶砖的原因。"

茶商恍然大悟："你是个厨子？"

陆明诚拿着茶砖，边走边说："还是一个没钱买茶砖的厨子。"

戏楼随着最后一声锣鼓音落，大幕落下，高德生意犹未尽，想起了自己刚进戏班站在师傅面前宣誓的场景："年四岁，情愿投在兰茗班名下为徒，学习梨园十年为满。言明四方生理，任凭师傅带行，十年之内，所进银钱俱归师傅收用。倘有天灾人祸，车惊马炸，伤死病亡，投河觅井，各由天命。有私自逃学，顽劣不服，打死无论。"

高德生一拍桌子，长长舒了一口气。

第三章
DISAM ZHANG

芙/蓉/街

第一节　缘木求鱼

傍晚时分，芙蓉街上的青石板被淅淅沥沥的小雨不紧不慢地敲打着，伴着雨声的正是济南人喜欢听的山东琴书，唱腔优美，还有浓重的文人雅士弹唱抒怀的情趣。

大街上，车水马龙，摩肩接踵。在济南，虽然没有天津的炮声轰轰，刀光剑影，也没有北京的腥风血雨，尸堆如山，但一条条报刊上的战争报道让老百姓有些担心，这些黄头发、红头发的人都能把皇上从龙椅上赶下来，对付手无寸铁的老百姓，可好比瓮中捉鳖一般。

在芙蓉街不远处的洪家楼有一座耶稣圣心主教座堂。它是由奥地利修士庞会襄设计，平面为拉丁十字形，教堂的外墙用石块砌成，西面的正立面有两座高大的尖顶钟楼，尖塔本身和四壁上，还置有众多小石塔，如雨后春笋，竞指天空，使整个建筑有向上升腾，腾空而起的势态，象征着升入天国的宗教意境。特别是正面的三座大门，均为尖拱形状，拱门上面逐渐叠砌半环形碹券，其上是雕刻的花砖，图案复杂，造型别致，工艺精湛，巧夺天工。

教堂内部布满了天主教题材的壁画和雕刻，主厅高大宽敞、富丽堂皇，中央通廊高大，进深很长，地面用青条石铺就，堂内设两排方形纵柱，柱头雕刻着镂空花卉，圆顶和墙壁上绘制着精工图案。高耸的穹窿顶上绘满了宗教壁画，细长的柱身布满玲珑的雕刻。身穿大黑袍的外国传教士用一种惯用的优雅腔调，继续着他们的布道，零零散散的中国教徒每天按时进入神圣的教堂。

第三章

教堂外的学生游行队伍，与教堂内部氛围相比，仿佛就是冰火两重天，学生们个个举着小旗或者打着横幅，忽而三五成群，忽而成群结队，忽而呼啸拦众，忽而穿街而过。1918年的济南仿佛在学生们的呐喊与咆哮中翻腾着，比这股翻腾更狂热、更焦躁的则是人心莫测。

陆明诚混在学生队伍之中，虽然他从始至终都不明白这群学生到底想干什么，那个叫"巴黎"的地方在哪里，但他心里清楚，济南也不太平。就连芙蓉街上也有不少的学生激情澎湃的到处演讲，街边还为这群学生设了茶水摊，他们如果渴了，就可以随意坐下喝口茶，润润嗓子。

高德生站在酒楼门口看着一批又一批的学生走过，心里嘀咕着：这么闹下去，绝对会出事。满街的学生，一手拿着《论语》，一手拿着《孙子兵法》，或许他们都搞不清楚，呐喊几声能为这片土地带来什么。

就如高德生猜想的一样，现实并没有带来任何改变，巴黎和会外交失败，济南的空气中仿佛飘来了一股腥风血雨，这股腥风血雨也慢慢地被名门望族的食色所掩盖。而让陆明诚又恨又恼的姑父杨正虎在病床上咽下了人生中的最后一口气。虽然，杨正虎在生前对陆金珠又打又骂，可杨正虎死后，陆金珠心里悲痛万分，真应了那句俗话"一日夫妻百日恩"。可在街坊的眼里，陆金珠就是天生的"贱骨头"，不懂得疼自己，活该被打被骂。陆金珠心里可不这样想，家里没了男人，就没了顶梁柱，明诚年纪还小，这以后的日子可怎么过呢？

陆明诚在十四年的时间里，见证了两次亲人的离世，不过，济南每天都在死人，这样的乱世，也让人的内心变得有些麻木。陆明诚的内心隐隐约约感受到了生活的压力，姑姑原本一头乌黑的头发，一夜之间，也多了许多银丝。他暗下决心，为了这个家，也为了玉儿，一定要成为福寿楼掌柜高德生的徒弟。他细数着一天又一天，烹饪了一锅又一锅的水鸭汤，每当有人从陆明诚家门口走过的时候，都会停下脚步闻一闻散发的香气，有些人会情不自禁地往院子里瞧几眼，可见到破烂不堪的院子，路人直接打消了进去瞧一瞧的兴致。

只有一位老者除外，他眯缝着眼睛，一把花白的胡子，身穿大长袍，像是一个又疯又癫的道士，可他到底是不是道士，估计也没有人在意，在时局动荡的年代，不管你是道士，还是老百姓，能活命就是王道。

老者捋了捋胡子，大步地迈进了陆金珠家的院子。在自家院子里突然出现这么一个人，陆金珠和陆明诚姑侄俩都吓了一跳。这位老者倒是不客气，伸手就端起鸭汤喝了起来。

陆明诚刚要上前阻止，被陆金珠一把拉住："老人家也许饿了，就让他喝吧。"

听了姑姑的话，陆明诚站在原地，两眼盯着老者。直到碗里的最后一口鸭汤被喝干净，老者把目光对准姑侄俩，说："这汤，不怎么好喝。"

陆明诚一听这话，火气就上来了："不好喝，你还把一大碗汤喝没了。"

老者捋了捋胡子说："我如果不把它喝光了，让你拿着这烂汤丢人现眼啊！"

陆明诚刚刚建立起来的自信心在瞬间被这位突然出现的老者彻底击溃，他两眼仿佛冒出火光，走到老者跟着，用力往门外推他。老者一边走一边说："在大清的时候，慈禧太后对鸭子可是情有独钟，按中医理论，鸭子在水中长大，属于凉性食材，可降火消燥……"

陆金珠走到两人的面前，对陆明诚说："明诚，你先别推老人家。"说完，陆金珠把明诚拽到一边，接着说："老人家，你是不是懂怎么做鸭汤啊？"

老者眯缝着眼说："我哪懂什么做鸭汤，有些事也只是听说罢了。你想，在常见的菜谱中，仅鸭肴就有燕窝如字八宝鸭，济南烤鸭，还有清炖肥鸭。做法都十分讲究。"

陆金珠见老者说得面面俱到，赶紧把木凳子搬到老者的跟前，让他坐下，端了一大碗水递给老者，说："家里贫寒，也没什么茶叶，就委屈你老人家喝点白开水吧。"

明诚回到屋里，拿出一小块茶砖，放到碗里，陆金珠瞪大眼睛轻声问："你哪来的茶砖？"

第三章

明诚大大咧咧地回道:"姑,你就放下心吧,这茶砖是正道上的。"

老者喝了一口茶水,吧嗒了几下嘴说:"茶水不错,我也该走了。"老者放下手中的碗,准备起身,却被陆金珠一手给按住了:"你就接着这个讲究说呗。"

陆明诚凑上前去说:"刚才是我太鲁莽,你就接着说吧。"

老者见陆明诚语气变得比较和蔼,就坐回到小凳子上,说:"那咱们就说说这鸭汤,据说在御膳房,有个厨子做这个汤特别拿手,他是先将水鸭的内脏去掉,将鸭洗干净,于鸭肚中加上二十多种调料,再将水鸭置于瓷罐中,并伴以多种调料,倒入水后,用文火慢煮五天,以达到肉酥骨软、香味扑鼻的效果。"

陆金珠恍然大悟,惊喜的对明诚说:"原来我们煮的时间太少了,人家都是五天,咱们连五个时辰都不够,来,咱们慢慢炖。"

老者笑了几声:"火候是人自己掌握的,这时辰也是人来掌握的,其实这个厨子特别懂制作香料,这样一来,鸭汤既有了香味,又有了营养价值,这就使得鸭汤色香味俱全,这鸭汤的香味自然也飘进了慈禧的饭桌上,从此之后,慈禧经常点名让他做这个鸭汤。"

陆金珠赶紧问:"那老人家你认识这个做鸭汤的吗?"

老者摇着头:"我哪能认识大清朝御膳房的厨子,我也就是听说的,据说,这个厨子一家也被人害了,可惜了,可惜了!"

陆金珠听到这里的时候,浑身打了一个激灵,她心里猜想着无数个可能,这位老者说的是不是自己的弟弟陆松宇一家,她语气颤抖地问:"你是谁?"

老者起身,在院子里走了几步,说:"我是谁?我自己都不知道,走到陈家村,我就姓陈,走到李家庄,我就姓李。"

陆明诚对姑姑手忙脚乱的失常行为有些诧异,又盯着姑姑慌张的眼神,问:"姑,你这是咋了?"

陆金珠没有理会明诚,接着问老者:"你还知道些什么?"

老者摆了摆手,说:"我一个糟老头,能知道些什么事,不过,这位厨子的同门师兄弟到现在也不知道水鸭怎么做汤，弄出这样的考题，真让人笑话。"

卡在陆金珠嗓子眼的那粒石子终于咽到了肚子里，不出她所料，老者说的厨子正是陆松宇。不过，陆明诚还被蒙在鼓里，问："考题和水鸭有关？"

陆金珠赶紧把老者往门外推，她不能让老者再继续说下去，一旦说出陆松宇一家被害的事情，一定会勾起陆明诚隐藏在内心深处的恐惧感。可老者没等陆金珠用多大力推搡，自己就走出了院门，嘴里哼着顺口溜："博山的酥锅，泰山的板栗，曹州牡丹花，胶东偏口鱼……"

其实，当老者说出陆松宇一家人被害的时候，陆金珠脑海里瞬间闪过一个念头，她很想问清楚到底是谁杀害了自己的弟弟和弟妹，可她仔细一想，就算问出来又如何呢？这仇谁去报呢？明诚这些年好不容易从血光之灾的阴影里缓过来，再陷进去，可就真的会毁了。

当老者的声音渐渐远去，明诚看着陆金珠问："姑，你怎么这么着急赶他走？刚才还一股劲地留下他。"

陆金珠吞吞吐吐地说："看他不像什么好人，说不定是个江湖骗子，来瞧瞧咱家的东西，说不定什么时候就来偷。"

明诚点了点头："原来是这样啊！"

其实，陆金珠说完这话的时候，自己都不信，这个破烂不堪的家里还有什么东西能让别人惦记。陆金珠掩饰着尴尬的表情说："我们在厨艺比试上，肯定不可能炖上五天的汤，得想个法子，在最少的时间内达到五天的味道。"

明诚坐了下来，两眼望着炉灶上升腾起来的青烟，若有所思。他在努力的回想父亲陆松宇做鸭汤的情景，可怎样想，脑子都是一片空白，他甚至怀疑父亲做没做过鸭汤这道菜肴，这么想来，刚才老者谈到的那位厨子，可能和自己的父亲没什么关系。陆金珠自然不知道，这个十四岁孩子的脑子里在琢磨些什么事情，更不会想到明诚的思维沉浸在御膳房中。

如同中国历代帝王在饮食上极尽奢侈一样，清朝御膳房的膳食也是极尽奢华。清代管理皇帝膳食的机构有内务府下属的御膳房、御茶房、内饽饽房、酒醋房、菜库等。其中仅御膳房就有正副尚膳、正副庖长以下近四百人及帮忙打杂的太监数十人。

宫中膳食有份例规定，皇帝每日份例为：盘肉二十二斤，菜肉十五斤，猪油一斤，羊两只，鸡五只，鸭三只，时令蔬菜十九斤，各种萝卜六十个，苤蓝、干闭瓮菜各五个，葱六斤。调料玉泉酒四两，酱及清酱各三斤，醋二斤。八盘二百四十个，各种饽饽用白面三十二斤，香油八斤，白糖核桃仁及黑枣各六斤，芝麻、沙橙若干。皇后及皇贵妃以下妃嫔、皇子等依等次递减。如无特殊情况，严格按份例供应，不得擅自增减。御膳膳单需由御膳房在皇帝用膳数日前开出，交由内务府主管大臣审批，而后照单准备。御膳房集中了全国最好的厨工，又从各地采办"禽八珍""海八珍""草八珍"等，做成全国最好的名菜名点，供帝后享用。到慈禧当政的时候，御膳房更为她准备了各种各样的菜肴、点心。每日两顿正餐，照规定需上一百碗不同的菜肴。另有两次"小吃"，至少也有二十碗菜，平常总在四十至五十碗，照这种数量，皇上是吃不完的。吃不完怎么办呢？或当即扔掉，或由女官、宫女、高级太监等依次取食。还有则是皇上一时兴起，邀请哪个大臣陪吃。这种陪吃对于大臣来讲，就是一种难得的恩赐。即便这样，饭菜的十之八九还是浪费掉了。

或许，任凭陆金珠在脑海里如何想象，也很难想象得出御膳房宏伟壮观的场面，就像厨房里那几根燃烧的木头一样，红彤彤一片，而之后，化为灰烬。

第二节　青烟妖娆

福寿楼一层，豪华的大厅内，原来的餐桌已经被清走，大厅中间设置了一个方形的舞台。山东厨界期盼已久的福寿楼掌柜高德生招徒比试，即将在这个大厅举行，来自山东各地的厨子，也将在这个大厅里一决高下。

大厅内，正首位置设了四个座位，高德生端坐在最左边的主座上，他面带笑容、神采飞扬。

坐在最右边的是高德生的女儿高珊珊，她从小尝遍百味，是个天生的美食家，她举手投足之间，却又气度不凡，隐隐透着股大家闺秀的风范。在人群中，有不少小伙子是冲着高珊珊的美貌来凑热闹的。

高珊珊身边的老者一身古朴打扮，体形微胖。他抚着颔下的三寸白须，气定神闲，一副与世无争的神态，不用说，这就是济南巡抚大人的管家刘生。老百姓都知道这是位好吃好喝的主儿，也就是沾了巡抚大人的光，能胡吃海喝，没有人敢跟他计较。

另一位则是明湖戏楼的当家张孝财，他来当评委，这让老百姓有些纳闷。请刘生坐在上面，至少算是代表巡抚大人的面子。可这个张孝财对食材一无所知，让他来福寿楼担任这个评审，高德生葫芦里装的什么药？

无论在四位评审的身后，还是在二层楼道上，都挤满了来自山东各地的食客，就连空地上也站着不少人。人群中，也有陆金珠和玉儿两人。

福寿楼的伙计冯钟丁大声说："福寿楼招徒比试现在开始，食材为一只水鸭，配料自备。"

洁白的木质案板上一尘不染，触手冰凉。这案板是用上等的白桦木制成，质韧而不伤刀，案板旁边放着王村香醋、夏津甜酱、南阳湖辣椒、后水口生姜等调料食材，另一旁，大大小小、各式各样的厨刀井然有序地排列着，刀刃锋利，刀柄圆润。每把刀都是设计精巧，从刮毛、剔骨到削皮、切肉，各有各的用途。

陆明诚看了一眼玉儿，又把视线转向陆金珠，缓了缓神后，双手把水鸭放在案板上，右手持刀，左手扭动着水鸭，刀工娴熟，让许多食客瞠目结舌。白净细腻的鸭身，在陆明诚的手中，显得非常柔软，颤悠悠地竟似只剩一层肉皮囊。

张孝财露出恍然的表情，这只水鸭的全身骨骼已经除去，鸭体还能保持完好，可见刀工了得，只在鸭脖下方有一道不到一寸的刀口，陆明诚也是从这个刀口处，把鸭骨一点点取出来的。

高德生暗笑："神仙水鸭！烹制'神仙水鸭'最为关键的并不是整禽脱骨的技艺，而是熬汤。"

围观的百姓对陆明诚娴熟利落的动作大为惊叹。陆明诚将处理好的水鸭放在沸水锅中略氽了一下，除去了鸭身上的土腥，然后将鸭腹冲下，和刚才取出的鸭肫、肝一同放入锅中，加姜块、葱结，放满清水，上旺火烧沸后，撇去汤上浮沫，然后加盖，移小火开始烹饪。

剔骨、清洗、片刀……这一系列动作也深深吸引住了高德生，他仿佛看到了一个熟悉的身影，可到底是谁，又想不分明。他把身边的伙计叫到自己的身旁，指着陆明诚低声问："那个小伙子是什么来路？"

伙计回道："他住在鞭指巷的杨家。"

没等伙计说完，高珊珊凑到父亲的身边说："他呀！就是当年偷关帝庙供品的那个孩子。后来就是从咱们的酒楼里，被人带走了。"

高德生没有应声，他隐隐约约感觉到眼前的这个小伙子有些不寻常，刀法与自己师门如出一辙，陆明诚手中挥动的刀子深深地扎在了高德生的心口。突然，酒楼外面一阵骚动，高德生猛地站起身来，瞧了一眼外面的情况，然后问刘生："这帮浑小子们，难道不知道巡抚大人的管家您在这里吗？"

刘生捋了捋胡须说："不碍事，这都是大清朝留下来的烂尾巴，三流九派，没有一个正形，我们继续厨艺比试。"

高德生缓缓坐下，他望着燃烧的炉火，又用余光看了看刘生，在心里骂道："什么狗玩意，还不是沾了巡抚大人的光，这么点小事，都不敢插手管一管，眼里只有灶台上的鸭汤。"

大厅里渐渐弥漫着鸭汤的香味，食客们被扑面而来的香味惊醒，瞬间精神抖擞，门外的骚动也渐渐地平息下来，人们在门口你拥我挤地往里凑，都想分上一碗羹，品尝一下这人间美味。

张孝财轻声问："高掌柜，这还得多长时间？"

高德生微微笑了一声："这烹饪美食可不比上台唱戏，来了角儿就能唱，观众来了就能听上戏。这烹饪就算来了厨子，也得等些时候，尤其是熬汤，最费时间。不过，熬汤的过程，就好比看戏，厨子的一举一动，洒菜放料，不比那些戏子缺少观赏性。"

刘生笑眯眯地说："高掌柜所言极是，每一道美味都是厨子用心熬出来的，我们作为评审官，不能光品尝美食，也得欣赏一下他们精彩的烹饪过程。"

高珊珊坐在一旁一言不发，但她对身边这位管家刘生的油嘴滑舌甚是厌恶，撇了撇嘴，继续盯着眼前的锅灶上升腾的烟雾。实在坐不住了，就下去走走，看看各位厨子的华丽的动作，当她走到陆明诚面前的时候，总是多停顿一会儿。而陆明诚对眼前的高珊珊充满恨意，当年自己被人从福寿楼抓出去的画面历历在目。在人群中的李玉儿更是醋意大发，她看着高家大小姐在陆明诚面前转来转去，心里直打鼓，恨不得冲上去站在陆明诚的身边，直接用行动警告高珊珊：这个小伙子是属于自己的。可她又打了退堂鼓，千万不能因为自己的鲁莽害了陆明诚。

陆金珠站在一旁看出了端倪，心里直乐呵："明诚把醋放多了。"

第三章

李玉儿一惊:"什么!那可怎么办?"

陆金珠笑着说:"我说,某人家闺女的醋坛子打碎喽!"

李玉儿这才悟过来,害羞地说:"姊儿,你又来取笑我了。"话音刚落,人群突然一阵骚动,厨子先后揭开了锅,香气在大厅中弥漫开来。看客和食客都伸着头盯着锅里的鸭汤,仿佛眼珠子要瞪出来,一不小心就会掉到沸腾的汤中。伙计们从每一位厨子的锅中盛好四小碗鸭汤,摆放到四位评审官的面前。评审们各自端起碗闻了闻,然后喝了几口汤。厨子来自山东各地,口味偏好各异,可让这四位评审吃尽了苦头,或是喝一口就忍不住吐出来,或是强忍着咽下去,这一幕幕让看客饱了眼福,评审们被这乱七八糟的味道折腾得不轻。

到了品尝陆明诚的手艺的时候,四位评审官脸上都露出了笑容,互相点头表示满意。陆明诚悬着的心放了下来。

一碗碗鸭汤下肚,张孝财捂着肚子说:"这尝菜和吃菜就是不一样啊!"

高德生嘴角上扬,满不在意地说:"辛苦张当家。"

另一旁的刘生看着眼前的鸭汤,默然不语。高珊珊暗笑,自言道:"再让你喝上三碗,估计你这辈子都不想喝鸭汤了。"

所有的鸭汤品尝完,高珊珊凑到高德生的跟前,轻声说了几句话,然后回到自己的座位上。现场一片安静,等待高德生宣布厨艺比试的结果。

高德生慢慢地站起来,看了一眼陆明诚,又把目光转向另一个小伙子,顿了顿,说:"今天承蒙各位街坊邻居厚爱,来给我高某人招徒撑场,参加厨艺比试的各位年轻人,也是厨艺不分上下,但比试就得有个获胜者。"

在场所有人的目光都盯着高德生,陆金珠和李玉儿心里更是心悬在半空。玉儿时不时地看看陆明诚,又时不时地看着高德生。

高德生清了清嗓子,接着说:"今天厨艺比试的获胜者,也就是成为我高德生徒弟的是陈厚财。"

话音刚落,只见一个小伙子高兴地跳了起来,不用猜,这个人就是陈厚财。他面目清秀,身穿一身华丽绸缎做的长袍,兴奋的面容上显现出一丝自傲。

李玉儿有些不服气，她的心里压根不相信同龄段的人中，有谁能比过陆明诚的厨艺，可她也只能生气，因为当高德生对着在场所有人公布获胜者的时候，这场比试就已经成了定局。她赶忙跑到陆明诚的身边，安慰道："没什么大不了，天下又不是只有福寿楼一家酒楼。"陆明诚不语，站在原地，瞪大眼睛盯着高珊珊，他知道自己和高珊珊有仇，这场比试真正的评委只有高珊珊一人，其他两个人是用来做摆设的，剩下的高德生只是来宣布结果。

　　陆金珠上前拍了拍陆明诚，说："诚儿，或许咱就没这命。"

　　陆明诚摇着头，无精打采地走出了福寿楼，熙熙攘攘的人群，游行的学生，到处贴满的标语，小贩的叫卖声，明诚孤身一人行走在街上，背后陆金珠和李玉儿相互对视，却只能无奈地看着明诚的背影，她们比谁都明白，这段时间陆明诚为了这次比试付出了多少，也更清楚这次比试对明诚来说意味着什么。可令陆金珠感到欣喜的是陆明诚在配料上别具一格，他将所需要的配料研成粉末，然后用煮好的鸭汤将粉末搅拌成泥，搓成药丸状，这样就可以直接加入锅中。不用说，这一想法是从茶砖上得到的灵感。

　　高德生吩咐伙计们把厨艺比试的鸭汤分给到场的看客，这也一直是厨艺比试后的惯例，这么多看客来凑热闹，就是冲着那一碗羹来的，何况在济南赫赫有名的福寿楼，平常老百姓连酒楼剩下的零星半点的菜叶都吃不到，有机会大饱口福，肯定得冲在前面。

　　比试结果公布后，高珊珊一直没有缓过神来，她的眼前还时不时浮现出陆明诚怒视着自己的眼神，她追赶上父亲高德生，问道："爹，我不是和你说陆明诚鸭汤调得最好，你怎么选的是陈厚财呢？"

　　高德生停下脚步，回道："陈厚财是刘府管家的儿子，招他为徒，可以借机拉住刘府这个大主顾。"

　　高珊珊心里憋屈："可是……"

　　高德生疑问道："可是什么？"

　　高珊珊没有回答，气冲冲地转身走了，本来就和陆明诚有矛盾，这下又将矛盾加深了一层。

第 / 三 / 章

陈厚财拿到了比试的头名，心里特别高兴，大摇大摆地走在街上，有看过厨艺比试的人，会冲他打招呼，他也敷衍地作揖回应。他满脑子里想的是高珊珊这个让人神魂颠倒的女子，他更觉得，这次厨艺比试，是高珊珊在背后帮自己拿到了头名，越想越得意。

陈厚财拿到厨艺比试头名的喜讯很快传进了刘府管家陈甫的耳朵里，儿子能够成为济南第一厨高德生的徒弟，他脸上也非常有光，这就好比在大清科举步入仕途一样。陈甫赶紧小跑到刘老爷的花园里，笑嘻嘻地说："刘老爷，小儿厚财刚刚在福寿楼招徒厨艺比试中拿了头名，今个儿，我能早些时间回家吗？"

刘老爷上下打量了一番陈甫，面无表情地说："孩子有出息了，你这当爹的，以后也能跟着享清福。"

陈甫从刘老爷的表情和语气中，明显感到自己说这些话有些多余，赶忙解释道："老爷，我不是图什么享福，只是看着小儿能有出息，再娶个姑娘回家，这当父母的，心里也就踏实了。"

刘老爷僵硬地笑了几声，说："从古至今，做家长的都盼着儿成龙，女成凤，陈甫啊！改天让厚财来家里做几道菜，让我们大伙儿也开开胃。"

陈甫连忙应道："老爷，您要是现在需要他来，我马上就把小儿带过来。"

刘老爷一听，顿了顿，摆了摆手说："不，不急，你先回家庆贺，我刘某人可不想扫了你们的兴致。这酒楼虽然也属于卜九流，但总算有了门差事。"

陈甫本想继续炫耀一番，但见刘老爷不太感兴趣，只好作揖拜谢："那就谢谢刘老爷了。"

在陈甫转身的那一瞬间，刘老爷心里盘算着，福寿楼作为济南的第一大酒楼，商贾云集，陈厚财成为高德生的徒弟，肯定会结交一些三教九流的人物，陈甫在自己的府里这么多年，什么事情都知道点皮毛，这个人用好了，也许对刘府的壮大家业有帮助，用不好，真的就成了祸害。刘老爷环视了一遍雅致的院落，心里思绪万千。

第三节 戏里戏外

一箪食，一豆羹，得之则生，弗得则死。当陆明诚从福寿楼走出来的那一刻，心里就明白了，人活着就得吃饭。但饭与饭之间也是有区别的，有些人天生可以吃上山珍海味，享受佳肴盛宴，就像高珊珊，作为一名资深的美食家，她的味蕾相当挑剔，食材，刀功，火候，味道，创意，造型等等，她都能讲出一个所以然来。而更多的人却是为了填饱肚子，不辞劳苦，他们不懂什么山珍海味，煮、炸、炒、蒸等烹饪技巧对他们来说，简直是太陌生了。

可陆明诚这样的人，天生就有股不服输的气，福寿楼一战，让他再次感受到人世间的冷暖，就如同街道上流离失所的人一样，找不到归宿。更让他铭记在心的人，就是高珊珊。他觉得高珊珊根本不适合做一名食客，连食客最基本的公平公正都不懂，太令人汗颜。

李玉儿回到家，闷闷不乐地坐在椅子上，曾经让街坊邻居羡慕的李家大院，现在也就正堂能依稀看出曾经繁华的样子。屋子的中堂悬挂着一幅画像，桌前摆了一张八仙桌，八仙桌的两边摆了两张太师椅。

李富贵看了女儿李玉儿一眼，伸手入怀，掏了掏，掏出一个精致的小瓶子，旋开瓶盖，挑了一点黑糊糊、黏稠状的酱涂抹在烟锅上，深深地吸了一口，仰起头，闭上眼，再深深地吸一口气，睁开眼，平视前方，缓缓呼气，说："玉儿，你坐在椅子上一动不动，小脑袋瓜里想些什么呢？"

李玉儿稳坐在椅子上，不动声色。李富贵见状，接着说："都怪爹不好，

第 / 三 / 章

把家业都给败光了。不过,你放心,我和你哥还会东山再起。"说完,又吸了几口烟。

屋里顿时烟雾袅绕,李玉儿被呛得咳嗽了几声,说:"爹,少抽点烟,这不是好东西。"

李富贵在鞋底轻磕了几下烟锅,少许烟灰掉落在地上,他满脸笑容地说:"这东西不抽几口,心里不舒服。"

在李玉儿眼前的这个李富贵完全是陌生的一个人,她很难想象自己的爹曾是在鞭指巷让人敬仰的一个人,能为弱小讨回公道,接济穷苦乡邻,而现在狼狈成这副模样。玉儿曾记得小的时候,爹带着她在鞭指巷玩耍,爹饶有兴致地说:"在济南的历史上一共出过两个状元,一个是元代的张起岩,另一个便是曾居住在鞭指巷的陈冕。陈冕志向远大,刻苦勤奋,也是当时最年轻的状元,他还胸怀天下,乐善好施,功绩卓著,深受百姓拥护、爱戴,可惜三十五岁的时候就病逝了。"玉儿伸着脖子问:"爹,让哥哥们去考科举,考上后,鞭指巷就又多了一个状元了。"李富贵笑着说:"你哥哥能不能成为状元,这很难说,但你爹要成为商业的状元。"

李玉儿想到这些事情,心里都会有些感慨,可变幻莫测的时局,谁又能掌控呢?而她心里最担心的还是陆明诚,本以为福寿楼是他的救命稻草,可万万没想到,这根稻草还没上手,就被折断了。

陈厚财回到家,坐在椅子上,跷着二郎腿,嘴里含着一根茅草。见陈甫回到家,陈厚财脸上露出激动的笑容。陈甫训道:"你这臭小子,都拿了福寿楼的头名,还这么吊儿郎当,像个什么样子。不过,你小子是我的种,像你爹一样,懂得给家族添彩。"

郝青花端着菜肴走到门口,说:"我说你们爷俩知不知道害臊,大白天的做起白日梦,财儿不就是去酒楼当了个学厨吗,有什么值得大惊小怪?"

陈厚财从椅子上猛地坐起来,说:"娘,你说你这人,我拿了头名,你不说几句好听的话也就算了,还泼冷水,我是你亲生的吗?"

陈甫赶忙说:"是,肯定是,这点我保证。"

郝青花"噗"一声笑了出来:"行了,你爷俩快坐过来吃饭吧。"

陈甫从卧室的木质橱柜里端出一坛老酒,放在桌子上,对陈厚财说:"我们爷俩好好喝几盅。"倒满酒后,又对郝青花说:"你再加几个菜,这大喜的日子,这几个菜怎么能行,快去。"

郝青花脸上没有半点高兴的样子,不情愿地走向厨房。陈甫端起酒杯说:"女人家不懂这世道,心眼小。厚财啊,你是干大事的人,来,咱爷俩先喝了这盅酒。"

两人一饮而尽,陈厚财把酒满上,说:"爹,什么干大事?哄骗得了别人,还能哄得了你吗?这差事和戏子差不多,都是下九流。"

陈甫摆了摆手,语气非常坚定:"你这说的什么话,不是你干的这门差事好与坏,是你在福寿楼接触的人都是济南有头有脸的人物。你说你爹在刘府这么多年,刘老爷接触的都是什么人,你爹也能跟着沾沾光。福寿楼作为济南的第一酒楼,是八卦楼不能相比的。"

陈厚财笑道:"爹,原来你打着这算盘呢。"说完,把酒盅凑到陈甫的面前,两人共饮了一盅酒。

郝青花端着新炒的饭菜进屋,摆放在桌子上,说:"财儿,你说你在外面给别人做饭,回到家,我给你做饭,你娘啥时候能享上你的福?"

陈厚财笑道:"看娘说的话,要不,我这就去炒几个菜。"

郝青花摇着头说:"就你炒的菜,那能吃吗?"

陈甫骂道:"女人就是头发长,见识短,咱儿子是拿了福寿楼招徒的头名,他做的菜,以后都是给那些有头有脸的人吃的。"

郝青花不屑一顾:"人生下来,谁没头没脸,那不成妖怪了。我说让他去跟着鞭指巷的胡琴铺掌柜杜福庄学门手艺,你就是不听,当厨子能当出个啥?"

陈厚财见气氛不对,赶紧插嘴:"好啦,都赶紧吃饭。"

陈甫没有再埋怨郝青花,一口干了酒盅的酒水后,拿起一块鸡腿啃咬了起来。而陈厚财心里默默地想念着高珊珊,他去参加福寿楼厨子比试,也是冲着

第 / 三 / 章

高珊珊去的,想到能和高珊珊共处一个酒楼,陈厚财别提有多高兴了,这种兴奋从他的眉宇间、眼睛里、嘴角上流淌出来,那笑带有几分得意,几分自傲,几分神秘。

而在芙蓉街上的关帝庙前,陆明诚静坐在石椅上,身边零零散散的几个乞丐围躺在墙边,这些乞丐等待着达官贵人去庙里祈祷完后,能顺手扔给他们些点心。他们站在庙外,看着供桌上的供品,嘴里直流口水。陆明诚看到眼前的乞丐,就会不由自主地想起自己偷吃关帝庙的食物,被赶到福寿楼抓起来的事情。

突然,远处传来几声枪响,芙蓉街上一阵骚动,老百姓东躲西藏,商贩赶紧收拾货物,店铺关上门,不出一会儿的工夫,熙熙攘攘的街道变得异常安静。

陆明诚跑得大口喘气,拿起瓜瓢从瓮缸里舀了一瓢水,一口气喝了下去。陆金珠赶紧上前夺了过来:"我的小祖宗,你慢点喝。"

陆明诚擦了擦嘴,说:"真甜。"

没一会儿,鞭指巷传来了孩子的痛哭声,女人的尖叫声,老人的呜咽声,街巷又变得嘈杂起来,陆明诚爬到围墙上,看着外面的情景。几个拿着枪的人,在抢劫街路上行走的百姓。

陆金珠着急地说:"诚儿,快点下来,别让这些野兽看到你。"

陆明诚本想再看一会儿,没想到被姑姑一把拽了下来,在地上翻了几个滚,说:"姑,你这是干啥?他们又不能把我怎么样。"

陆金珠瞪大眼睛训道:"皇上都是让这些人拿着手里长长的玩意给赶下来的,那玩意可厉害了。"

陆明诚一笑:"厉害啥?和炮仗一个样,都是听个响。"

陆金珠眼见吼不住陆明诚,伸手准备把他关到屋子里,没想到抓了个空。

陆明诚问:"姑,这些人是革命的那些人吗?"

陆金珠思索着:"现在这时局,怎么能分得清是革命党还是土匪,不过,干的事都挺像土匪。"

陆明诚一想，说："坏了，也不知道玉儿回来没有。"说完，一阵风似地跑出了院子。陆金珠站在身后，着急地说："你给我回来……"

不管陆金珠在背后如何喊，陆明诚就是一股劲地往前跑。大街上乱哄哄的一片，陆明诚穿街走巷跑到明湖戏楼，看到戏台上的玉儿，他悬着的心算是有了着落。明湖戏楼与外面的景象完全是两幅模样，里面一片喧闹而又祥和的气氛，达官贵人优哉游哉地听着戏，时不时地喝几口茶水，拍几下手掌。外面则像炸了锅一样，狼狈地人群，路边饿死的乞丐，陆明诚站在进门的道口，仿佛处在天堂和地狱的交界口，一边是歌舞升平，一边是烧杀抢掠。

而在济南的八卦楼，更是一派别样的景象。妓院、书寓、赌场满满的客人，就连犄角旮旯里都躺着抽鸦片的大烟鬼。

在赌场的角落里，李富贵眼睛直盯着赌桌上的钱票，心里直发痒。而他想得到这些钱票，就得不停地下注，他摸了摸手中皱巴巴的几张钱票，眼睛在赌桌上扫来扫去。整个赌场昏暗的光线中，笼罩着一层层的烟雾，有股积攒多年的霉味和潮气，尤其是扑面而来的热气使人心里很不舒坦。当然，更让人感到不舒服的是门外传来打打杀杀的嘈杂声和大队人马穿街而过的喧闹声，大股大股的尘土漫过高高的围墙席卷而来。

老百姓哪有不怕佩戴着枪支的官兵的呢？大家都躲得远远的，瞧着远道而来的一位大人物。对老百姓来说，济南城来几个大人物已经不足为奇，自从清王朝不复存在后，济南的当官的就一拨接着一拨的来，然后再一拨接着一拨的换，昨天还是姓张的当家，今个儿就改成姓李的了。

鞭指巷、芙蓉街、起凤桥街、王府池子街各户人家大门紧闭。明湖戏楼一曲刚落，就有个人跑到坐在前桌的官爷耳边说了几句话，只见那官爷奋身而起，从椅子上拿起衣服就冲了出去。他差点把站在门口的陆明诚给撞倒。陆明诚见这一群人渐渐地远去，赶紧跑到戏台的后面，着急地看着玉儿。

玉儿看见明诚紧张的样子，问道："你这种眼神看着我干啥？"

陆明诚指着外面："你不知道，这外面乱了，当兵的打老百姓，老百姓抢商户，商户打当兵的。"

第/三/章

玉儿若有所思，说："怪不得张督军这么着急地走了。"

陆明诚问道："张督军？"

玉儿笑着说："就是刚才急匆匆走了的那个官爷，他是山东督军张怀芝。"

陆明诚一脸雾水，孙庆走到陆明诚的跟前，打量了一下陆明诚说："这张督军是个能人。"

一个戏子插嘴道："是能人，还不是害怕日本人，那个《山东短期借款条件大纲》就是他和日本人签订的。"

孙庆训斥道："住嘴，还想要不要你的小命。"

陆明诚追问道："孙班主，你继续说。"

孙庆喝了几口茶说："当年，张怀芝谦虚好学，在天津武备学堂的炮兵科学习，熟读了像《步兵操典》这样的军事书籍。后来，袁世凯在天津小站编练新军，他被编进新建陆军，一开始为伍长，后来做了北洋过山炮队领官。八国联军入侵北京的时候，张怀芝率炮队借调于武卫中军攻击东交民巷使馆，在慈禧太后携光绪帝和王公大臣离京西逃时，张怀芝率部督战，扼制敌军，因护驾有功，得到赏识和重用。"

陆明诚问道："孙班主怎么知道这么多？"

孙庆笑着回道："孙某整年走南闯北，总能道听途说一些事情。"

陆明诚接着问："那张怀芝到底是好人还是坏人呢？"

孙庆回："是好人还是坏人，就让后人评说去吧。"

张孝财听见了两人的谈话，停下脚步说："你们不要在我的戏楼里谈论张督军，我们都在说他的好，夸他的过人之处，要是被别人听了去，那不要紧，就怕有些人背后抹黑。"

孙庆没有搭理张孝财，直接坐回到椅子上，从桌子上拿起折扇，打开扇面，欣赏起上面的竹子。

张孝财见没人回个声，摇着头、晃晃悠悠地走了。孙庆用余光看了一眼，自言自语道："有什么好显摆的，不就是一个破戏楼的当家吗？等我混好了，也开办一个戏楼。"

  陆明诚和玉儿听了孙庆的自言自语，相视笑了一下。或许，生活中的戏远远要比台子上的戏好看得多。

第四节　天下粮仓

  华不注山并不高。据说，在很早的时候，华不注山的周围是一片湖水。从城中远眺，平地拔起的华不注山就像一朵含苞欲放的花骨朵，亭亭玉立在烟波浩渺的鹊山湖之中。

  站在华不注山上眺望黄河，弯弯曲曲的河水上笼罩着一层薄薄的水雾。而在黄河的另一边，乌泱泱的蝗虫祸害了大片的庄稼地，不久后，蝗虫飞越黄河，整个济南的麦田被蝗虫扫荡了一遍。放眼望去，无论田间，还是高山树林中，嗡鸣声不绝于耳，到处都是赤野光秃的景象，没有一丝丝的绿色，就连那些已经枯干的树木，树身上也挂满了不住振翅嗡鸣的蝗虫，陆明诚从来没有见过这么多蝗虫，密密麻麻的蝗虫全都在一起，让人瞠目结舌。

  土地上所有能吃的东西，它们都不会放过，无论是枝叶，还是枯草，无论是麦子，还是树皮，所过之处，全都一样不剩，蝗虫不但多，胆子也大得吓人，只要是路边有人行走，蝗虫便如同一片黑云一样卷了过去，没一会的工夫，路人的身上就落满了蝗虫。

  济南城墙边上的护城河也慢慢干涸，土地开始大面积龟裂，在烈日的炙烤下，光秃秃的一片。蝗虫遮天蔽日，就连百姓家的屋顶上、院子里都密密麻麻

第 / 三 / 章

地铺满了大大小小的蝗虫,街巷上也被蝗虫占满了。蝗虫飞过的地方到处是悲凉的哭声。陆金珠在院子里扫着地上的蝗虫,自言自语骂道:"这老天爷啊,真是不长眼,就知道折腾我们这些穷得叮当响的老百姓。"

"可不是嘛,你看看我在院子里晒的地瓜干,都被蝗虫给吃光了,还寻思着备好菜,准备过冬。"

陆金珠猛地回头,看到郑桃子正朝自己走来,摇着头说:"你家也没躲过去啊?"

郑桃子气愤道:"就差屋顶还没吃光了。"

陆明诚气喘吁吁地跑到院子里,看到院子里一片狼藉:"姑,这蝗虫还真是厉害,一会儿工夫,就把庄稼地里的麦子吃得精光。"

陆金珠哭丧着脸:"可不是嘛,今年备着过冬的粮食都喂了蝗虫。"

陆明诚抓了一只蝗虫,捏在手里,眼睛上下打量着蝗虫。郑桃子盯着陆明诚,对陆金珠说:"孩子就是孩子,咱们大人都愁得没法子,他还有心情玩这祸害虫。"

又一片黑压压的蝗虫飞过,陆金珠直起身子说:"关帝庙明天起要施粥,咱们早点去,不然真的要饿肚子。"

明诚突然一跳,这一跳不要紧,差点把陆金珠和郑桃子的魂吓丢了,郑桃子舒了口气:"这孩子,一惊一乍干啥呢?"

明诚兴奋地说:"我们可以吃了它。"

陆金珠没有正眼看明诚,继续扫着院子里的枯枝烂叶,说:"这孩子真是饿晕了,净说些胡话。"

明诚一本正经地说:"姑,你咋就不信呢?我们把它们腌起来,过冬的时候,拿出来就能吃。"

郑桃子一挥手,对陆金珠说:"金珠嫂子,诚儿说的法子,也不是没道理,这年头,都逼得有人吃人了,咱们吃点蝗虫怕啥?"

陆金珠反问道:"你们见有几家吃这玩意,也不怕人家笑话。"

明诚捂着嘴,笑着说:"姑,这肚子都快没食了,还要脸有啥用。"

陆金珠拿起手中的扫帚准备打明诚，被郑桃子拦住："金珠嫂子，诚儿说的也没啥错，咱们这些人要脸给谁看，也没人看。消消气，留着力气明天去关帝庙领粥。"

趁郑桃子劝说陆金珠的工夫，陆明诚跑出了院子，从鞭指巷到芙蓉街，满街到处都是蝗虫，炎热的空气给人带来一丝烦躁感。芙蓉街上有些店铺关了门，就算开着门的店铺，像茶馆、饭庄，里面也是只有屈指可数的几个人。

在芙蓉街的店铺墙上还能依稀看到"外争国权""内惩国贼""取消二十一条"等标语的字样，虽然纸张被蝗虫啃咬得有些破损，但从那一层紧贴着一层的红红绿绿的标语纸，还是能看出爱国人士对夺回山东主权的决心，眼前的这一切在陆明诚看来，就像是说书先生讲的故事段子，有兵变、有战争、有杀戮……

一个传教士捧着一本《圣经》，走在街上，大声地说："这些飞虫是罪恶，它们来惩罚无知的人类，人类需要忏悔……"

陆明诚自言自语道："这黄毛人，说的济南话还真不孬。"

不远处，刘巧嘴站在福寿楼的门口，眼睛直勾勾地盯着酒楼里面，可门口站着两位五大三粗的跑堂小伙子，刘巧嘴退也不是，进也不是，只能傻愣着站在门口。没过一会儿，陈厚财从门里大摇大摆地走了出来，路边的人冲着他打招呼："这么早就回家啊？"

陈厚财满脸冷笑："这干活就得麻利，我炒十个菜，他们也炒不上一个菜，这不，我的活早就干完了。"

路边的人纷纷竖起大拇指，只有陆明诚看到了站在门口的高珊珊，她的两眼怒视着陈厚财。

刘巧嘴见没有走进福寿楼的机会，就打起了街边小吃摊的主意，这大灾之年，没有人会大大方方地施舍给他一碗粥。摊主一见他往前凑，就冲他瞪眼，他也只好甩甩袖子离开，嘴里还念叨着："风水轮流转，明年到我家。"

陆明诚走到刘巧嘴的身边说："凭你这张嘴，吃饱饭没啥问题，你怎么非要看人家脸色呢？"

第三章

　　刘巧嘴上下打量了一下陆明诚，笑道："我刘巧嘴这身本事可不是一般人能学来的，吃了多少苦不说，关键是天赋。我可不能随意去说书，让别人学了去。"

　　陆明诚打趣道："这也是于传斌师傅说的吧？"

　　刘巧嘴打了个激灵："看来，你也知道我师父，这肯定是我师父夸的我。现当今，戏楼里那些说书的艺人，能比上我的没有几个人。"

　　陆明诚看着眼前的刘巧嘴，心里别有一般滋味，当年自己被人追打的时候，幸亏有刘巧嘴护着，不然自己的小命就可能真的没了。陆明诚顿了顿，接着说："这样，你给我说一段如何？"

　　刘巧嘴摆了摆手，回道："说啥呢，我给你讲段故事吧。"碰到一个愿意和自己聊天的人，对刘巧嘴来说，这比吃上一顿山珍海味还要滋润，说书人要是不能说话，那可就真的是生不如死。

　　陆明诚应道："好，我就听你说段故事。"

　　两人席地而坐，刘巧嘴清了清嗓子："你看这些店铺前面，今天换黄旗，明天换蓝旗，又过几天，换成了绿旗，到最后，连百姓都弄不清楚，门前到底该挂什么旗。为了不惹事，每家掌柜的都藏了不少不同颜色的旗子。"

　　陆明诚饶有兴趣地问："争来争去，死那么多人，到底图啥呢？"

　　刘巧嘴大叹一口气说："就是吃饱了撑的，不过话说这历朝历代当权者，活得都不舒服。"

　　陆明诚有些不解，问："活得不舒服，那为什么还要去争呢？"

　　刘巧嘴抿了抿嘴说："都是权欲惹的祸，南北朝时期宋朝的第六位皇帝，前废帝刘子业，他就极为荒淫残暴。他的故事流传下来的可算是不少，至今仍令人毛骨悚然的'鬼目粽'就是一个。刘子业非常讨厌功臣刘义恭，就砍掉刘义恭肢体，剖开他的肚子，挑取他的眼睛，用蜜来腌渍。"

　　陆明诚面目僵硬："这么残忍的手段，他也能做得出来？"

　　刘巧嘴笑了几声："这对于他来说，只能算是皮毛，你可知道八卦楼的妓院、窑子、书寓，这些风花雪月的场所，勾引着多少男人的心啊。可对刘子业来说，这都不算什么稀奇的事情，他开办了皇宫妓院，召集众多王妃、公主、命妇，命令大臣们当场与她们交配。你可要知道，这些女子都是大臣们的长辈或姐妹，稍有不从者，立即被他杀掉，毫不手软。这个游戏玩腻了，他又叫宫女与猴、羊、马交配，他在一旁观看。"

陆明诚一脸苦笑："怪不得有些王朝没多长时间就灭亡了。"

刘巧嘴清了清嗓子，继续说："这前废帝刘子业如此，后废帝刘昱更是凶暴。外出游玩，遇到挡路者，无论是人是畜，都命侍从格杀勿论，这使得都城建康，白天户户大门紧闭，道路绝迹。他命令身边侍卫随时手执针、锤、凿、锯这些刑具，臣下稍有忤逆，就施以击脑袋、剖腹心、割腿肉等酷刑，每天受刑者常有几十人，他以此为乐，一天不见有人流血就闷闷不乐。"

陆明诚追问："他们做这些伤天害理的事情，就不怕遭天谴吗？"

刘巧嘴一拍手说："人在做，天在看，老天肯定放不过他们这些没人性的暴君，刘子业和刘昱都没有什么好下场。"

陆明诚恍恍惚惚和刘巧嘴聊了很长的时间，连刘巧嘴自己都不敢相信，在整条芙蓉街，还有愿意跟自己聊天的人。或许在他眼前这个十四五岁的孩子，还没有听到关于自己不好的事情，不然，怎么会不躲着自己呢？

刘巧嘴凑到陆明诚身边说："听说你炒菜的手艺不错？"

陆明诚愣了愣神，回道："我的手艺可拿不出手，就连福寿楼的掌柜都瞧不上。"

刘巧嘴从陆明诚的话中，听出了陆明诚对高德生的不满，赶忙说道："你不用在乎，高德生不就是酒楼的掌柜，没什么了不起，你还年轻，将来也能当掌柜。不过，咱们得事先说好了，你要是成了大厨，可一定要给我做一桌菜，让我也过过瘾。"

陆明诚喜出望外，先不管能不能成为大厨，光这话就听着过瘾，赶紧回道："放心，肯定给你做一桌满汉全席。"

刘巧嘴站起来，拍了拍屁股上的尘土，一边走一边说："这话，我可记在心里了。"

第 / 三 / 章

陆明诚望着刘巧嘴远去的背影，心里琢磨着，这刘巧嘴也没有像街上口传的那么可怕，或许自己本来就一无所有，他也不会讹自己什么东西。

蝗虫肆无忌惮地在街巷横冲直撞，在关帝庙前，早早就站满了老百姓。饥荒之年，能喝上一口粥，就能活命。为了活命，人的脸面又算得了什么。在家也没饭食，干脆直接在关帝庙前等着舍粥，他们心里都无比期盼着，过了这个黑夜，就有粥可以喝了。可是，很多百姓就是在这样的等待中，没有再见到新一天的阳光。

一边是饥民成群，而一边的福寿楼却是热闹非凡。美味佳肴、陈年佳酿，仿佛与楼外是两个不同的世界，一个堪比地狱，而另一个胜似天堂。陈厚财更是往衣服里塞满了粮食，趁人不注意，偷偷藏起来，应付地炒几个菜，就赶紧拿回家。

郝青花心里纳闷，这大灾之前，连刘府都勒紧裤腰带过日子，怎么福寿楼如此大方，还让儿子把粮食带回家。她刚想要去盘问儿子，却被突然进来的陈甫打搅了思绪。陈甫一边走一边说："这福寿楼就是财大气粗，你看那刘老爷子家都快吃不上饭了，人家福寿楼还给伙计们发粮食，真是仁义。"

陈厚财笑道："爹，刘老爷子家不是没有余粮，是把粮食藏起来了，怕被土匪瞧上，就算不被土匪瞧上，这大灾之前，饥民和狼似的，还不把他的粮食抢光了。"

郝青花走到饭桌前，对陈厚财道："就你知道得多。"

陈甫瞪了一眼郝青花："你们女人少掺和我们男人之间的事，头发长见识短，儿子说得在理。不过，话说回来，刘府对咱家也算不薄，咱自个儿心里知道就行了，不声张。"

陈厚财夹了几根菜梗，塞进了嘴里，笑道："爹，娘，你们就等着吧，我早晚让你们过上好日子。"

陈甫听了这话，顿时来了精神，高兴地说："你小子算是有良心。"

郝青花没有理会这爷俩，继续喝着碗里的清汤。而碟子里的菜，一点也没动，她比谁都明白，这些菜是怎么从福寿楼到了自家餐桌上的。

第四章
DISI ZHANG

第/四/章

第一节 滚滚红尘

没过多久,从田间到湖畔,从小巷到桥头,从泉水边到灶头,乞讨的身影往来不绝。满城泉水水位急剧下降,一沙一石都似乎发出干裂的声音。

民居巷子里,左邻右舍的孩子瘫坐在地上,不敢像往常一样追逐打闹,老人佝偻着背无精打采地经过。陆明诚也钻进了领粥的队伍,关帝庙前乱哄哄的一片,老百姓遭了殃,见到这一丝能活命的希望,恨不得狠狠地抓住这根救命稻草。可是,前来求粥的人越来越多,锅里的粥越来越稀。陆明诚每天一早起来,都会端着碗跟着姑姑去排队取粥,虽然有时候,玉儿会偷偷地从戏班子里拿几个菜窝头给陆明诚,可明诚正处于长身体的时候,这点粮食还不够他塞牙缝。

"你是哪里人?"

"黄河北边。"

"黄河边上不是也搭起棚子舍粥了吗?"

"那边的人比这边的人还要多。"

街巷上的人群你一言,我一语,互相打探着消息。更有甚者,为了一碗粥大打出手,混乱的街巷里,来吃粥的人接连不断。

陆明诚不止一次在深夜的时候,梦见满桌子的美味佳肴,香气飘入自己的鼻子里,让他抑制不住地流着口水,除了美食,他还能看到自己的爹娘,他们忙活着为自己准备食物。可当他伸手去拿食物的时候,桌子上的美食总是瞬间消失，陆明诚总是在痛苦中醒来，枕头上残留着泪水，然后穿上衣服去关帝庙前排队取粥。蝗虫依然肆无忌惮地在田间飞动，干裂的土地上露出一条条的沟壑。干旱的土壤凝固成坚硬的土块，随意拿起一小块，都能看到上面的小洞中产满了蝗虫卵。

陆明诚挤在人群中，努力捕捉着飞腾的蝗虫，这样的举动成了路人之间的笑柄。大灾之年，大家都忙着寻找食物，有几个像陆明诚这样无忧无虑去捕捉蝗虫呢。

高珊珊在远处看着陆明诚，他一扑一抓的姿势让高珊珊萌生了同情心，可令她不可解的是陆明诚每次抓到蝗虫，在放入木条编制的笼子里的时候，脸上都露着笑容，这在人群中，特别的显眼。高珊珊摆了摆手，把店里的伙计冯钟丁来，说："去后厨拿点菜饼子过来。"

冯钟丁转身朝厨房走去，高珊珊的眼神继续盯着人群中的陆明诚。一会儿工夫，冯钟丁站在高珊珊的身后："大小姐，这是你要的菜饼子。"

高珊珊从冯钟丁的手中接过菜饼子，朝着陆明诚走去，陆明诚也因为突然飘进鼻子的香气，而停下了手中的动作，周围的人也在寻找香味到底是从哪里飘出来的，路人的眼光瞬间齐刷刷地盯着高珊珊手中的菜饼子。在这一刻，只要有一个人上前抢夺，其他人也会跟着冲上去。菜饼子出现在陆明诚的面前，这让他心里有些惊讶，可当他看到是高珊珊给自己送来的东西，他直接转身走了。高珊珊知道陆明诚对自己的误解，她也想跟陆明诚解释清楚，招徒大赛的结果，原本是选他，只不过最后被自己的父亲搞了鬼，可这又该怎么解释呢？

高珊珊追赶了几步，用力把菜饼子塞到陆明诚的手中，可是被陆明诚一手打在地上。菜饼子一掉，饥饿的灾民就哄抢而上。高珊珊委屈地瞪着陆明诚，而陆明诚似乎有些气愤："我不会吃福寿楼的任何东西。"

这一幕被陈厚财碰了个正着。见到高珊珊被人欺负，陈厚财跑到陆明诚的面前，骂道："给你口菜饼子吃，是给你脸，识趣的，赶紧捡起来吃掉。"

陆明诚没有理会陈厚财，继续朝前走去。陈厚财心里得意，自己总算是在高珊珊面前威风了一回，转身对高珊珊说："咱别理他，狗咬吕洞宾，不识好

第/四/章

人心，这种人不值得可怜。"

高珊珊心里哪能不知道陈厚财是个什么样的人，她也多次劝说父亲高德生把陈厚财赶出福寿楼，可高德生心里打的什么算盘，就不得而知了。高珊珊每次看到陈厚财那双不正经的眼神，都觉得恶心。而陈厚财还沉浸在英雄救美的得意中，走到高珊珊的面前，道："走，咱们回福寿楼。"

高珊珊一脸的怒气："陈厚财，你少在我的面前贫嘴，别人不知道你是什么玩意，我可知道。"

突然一盆冷水泼在自己的脸上，陈厚财感到有些莫名其妙，问道："我刚才可是替你打抱不平，就那穷小子的样子，还背着个木条笼子抓蝗虫，真是脑袋瓜子有问题。"

高珊珊没有在意陈厚财的话，而是盯着陆明诚的背影看了许久，心里暗想，如果招徒大赛留下的是陆明诚，或许就不会出现这个在街上抓蝗虫的小伙子。

陈厚财凑到高珊珊面前，打趣道："高大小姐，我们回酒楼吧。"

高珊珊一脸不耐烦，说："少在我面前油嘴滑舌，酒楼养条狗还是养得起。"

陈厚财嬉皮笑脸道："说话不要这么难听吧，我怎么也是高掌柜的徒弟。"

高珊珊冷笑，转身径直朝酒楼走去。身后的陈厚财面色突变，一脸坏笑。

李玉儿从戏班出来后，脸上还残留着些胭脂香粉，一蹦一跳，心里别有一番舒畅。自古就有人说，戏子无情。这蝗虫横飞，灾祸连年的光景里，玉儿脸上的笑容显然与这副残破的生活场景不相符。当她见到陆明诚的时候，脸上的笑愈发灿烂，快步走到了陆明诚的身边。陆明诚本是一脸阴沉，见到眼前的玉儿，瞬间露出了笑容。

李玉儿拍了拍笼子，说："我在戏班里就听人说，有个傻小伙子在街上抓蝗虫，原来就是你啊。"说完，李玉儿按捺不住，笑了出来。

陆明诚撇着嘴问："有这么好笑吗？他们那些人就是无知，这蝗虫把地里的粮食都吃了，肉肥味美，肯定能做出一桌子好菜。"

李玉儿瞪大眼睛，惊讶地问："你要吃蝗虫？"

陆明诚点了点头，说："等我做好了，你也来尝尝。"

李玉儿摇着头，刚要说话，突然被街上的一阵骚动打断了。一小队接着一小队的士兵从芙蓉街上跑过，后面跟着一辆人力车，派头特别大，人群很快被士兵分散开，站在了街巷两边，中间留出一大片空地让人力车驶过。

"真气派。"

"就是不知道现在要挂哪个颜色的旗。"

"都少说话，听说里面坐的可是大总统黎元洪的秘书。"

……

陆明诚问玉儿："秘书是什么？"

李玉儿一笑，这些人整天从戏院出出入入，她自然对这些职位了如指掌。她回道："这秘书啊，就是当官的人。"

陆明诚接着问："多大的官？"

这个问题可把李玉儿难住了，摇着头说："到底有多大，我说不上来，但他是大总统黎元洪的秘书，也就是总统身边的红人，听说他是带着赈灾任务来济南的。"

陆明诚若有所思地说："那和大清国皇上身边的人差不多。"

没等多久，远处就响起了噼里啪啦的鞭炮声，鞭炮声刚落，锣鼓声立即响起，人力车还没有驶出芙蓉街就停住了。新任山东督军张树元站在车前，满脸笑容，快步上前迎接这位黎元洪大总统身边的红人。只见一双光亮的黑色皮鞋映入眼中，紧接着一个一身黑色西服，头发光亮，面色干净的男人走到了张树元的面前。

张树元赶紧走上前去说："欢迎杨秘书长到济南主持赈灾工作。"

杨秘书长环视了一周，除了张树元身边的人，百姓中没有一个人鼓掌，顿时感到有些恼火，但还是控制了一下情绪，说："黎大总统对山东、河南等地的灾情十分关心。在我来山东前，就千叮咛万嘱咐，一定要与百姓一起度过这场灾祸。"

张树元大声说："黎元洪大总统真是居庙堂之高则忧其民啊！"

杨秘书长回道："咱们也必须处江湖之远则忧其君。"

张树元连忙点头，杨秘书长接着说："济南戒严司令、镇守使马良悍然下令将马云亭、朱春煮、朱春祥枪杀，激起各地群众极大义愤，各界代表接连向北京政府请愿，要求严惩罪魁马良。据说，也是张督军下的命令？"

这话冷不丁一问，让张树元浑身打了一个激灵，他赶紧解释道："我也是响应政府号召，没想到马良办事这么雷厉风行。"

杨秘书长淡然一笑，说："这事赶紧处理，不然你的乌纱帽也保不住了。"

张树元应道："我会给政府一个交代。"

杨秘书长望了望济南的天空，感叹道："山东真是片福地啊，去年王祝晨回到济南被选为省议会议员后，就提出了增加派遣官费留学生名额的动议案，没想到很快就获得通过。今年山东有四人获得此名额，我心里一直记着这四个人，像益都青州府的赵太侔，聊城东昌府的傅斯年，菏泽曹州府的何思源，蓬莱登州府的杨振声，这将来都是可用之才啊！"

张树元一直沉浸在马良的事情中，精神头还没有缓过来，连忙应付道："今儿个，我在福寿楼订了上等的雅座，还请杨秘书长赏光。"

杨秘书长一愣神："这个福寿楼的掌柜是不是江湖上赫赫有名的厨神郝爷的徒弟。"

张树元一惊："是，是，杨秘书长真是学识渊博，连郝爷都知道。"

杨秘书长大笑："好，那咱们就去福寿楼。"说完，朝督军府走去。

张树元一摆手，大声喊道："锣鼓敲起来。"

陆明诚目光突然变得有些呆滞，他对眼前的这个杨秘书长的长相感觉略有些熟悉，总觉得在什么地方见过。

李玉儿拍了一下陆明诚的肩膀，问："你在发什么愣？"

陆明诚犹豫地说："我好像认识这个人。"

李玉儿一边推着陆明诚走一边说:"大白天说什么梦话,那么大的人物,你见过?咱快点回家吧。"

陆明诚想想玉儿说的话也有理,自己能认识什么大人物,可眼前这个人的确给自己带来一种莫名的熟悉感。

济南城来了个大人物的消息传得满街满巷,陆金珠看着玉儿和明诚一起走进家门,好奇地问:"你们俩怎么一起回来了?"

李玉儿说:"刚才我俩在芙蓉街碰上了,正好济南还来了个当官的,顺便看了一会儿热闹。"

陆金珠忙着手中的活说:"这年头,大街上都是当官的。"

明诚把木笼子放到姑姑的面前说:"我来做饭。"

话音刚落,郑桃子挎着篮子走进了小院,看到玉儿站在院子里,呵斥道:"你一个姑娘家家的,整天往这边跑,也不怕街巷邻居说闲话。"

李玉儿瞪着双眼回道:"他们爱说什么就说什么,我就跟着明诚哥。"

陆金珠笑得合不拢嘴,劝说郑桃子:"好啦!两个孩子从小玩到大,你让他们分开,谈何容易,再说了,玉儿过来不是早晚的事情。"

李玉儿害羞道:"你们说什么呢!"

陆金珠凑到玉儿的面前说:"你看看,我们的玉儿还害羞了。"

明诚听了这话,心里美滋滋的,赶忙说:"桃子姑,等会尝尝我的手艺。"

郑桃子打眼一看,满笼子的蝗虫,问:"就让我们大伙儿吃这祸害玩意?"

明诚点着头道:"你们先去屋里坐坐,等会儿,我做好了去喊你们。"

陆金珠拉着郑桃子进屋,边走边说:"让他做吧,这饥荒年的,有吃的总比没吃的强。玉儿她爹呢?"

郑桃子摇着头:"又去赌了。"

陆金珠欲言又止,叹了口气说:"咱不提了。"

院子里只剩下陆明诚和李玉儿两个人,郑桃子的一番话,让这两人感到

第 / 四 / 章

有些尴尬,眼神都不好意思直视对方。陆明诚点起炉火,一缕缕青烟直冲向天空,家里能飘起青烟是多少户人家向往的事情,可在摸不着米也摸不着面的境况下,很多户人家的院子里好久没有升起过青烟了。

陆明诚将所有的蝗虫用泉水洗净,用手把一只只蝗虫的翅膀去掉,把蝗虫身上的水甩掉,锅中放入少量的油,把蝗虫放入锅内,慢火油炸,直到蝗虫变成金黄色,再取出来放到盘子里,在上面撒上少量的盐。一阵香气扑鼻,李玉儿惊呆了,蝗虫居然可以这么吃。香味把坐在屋里的陆金珠和郑桃子熏了出来,她们走到盛有炸蝗虫的盘子前,看了几眼,但没有下手。陆金珠看了看油罐里油已经见了底,甚是心疼。但闻到香喷喷的油炸蚂蚱,她还是忍住了心中的怒火。可这东西怎么吃呢?

陆明诚站在一旁,看大家都不敢下手,自己先伸手拿起一只油炸蝗虫,塞到了嘴里,一脸的满足感。面对美食的诱惑,在他身旁看着的三个人忍耐不住了,都冲上前去,吃了起来。一盘小小的炸蝗虫,成为了他们最美味的食物。关上门是炉灶烟火,打开门是滚滚红尘。

第二节 炉火酒光

为了迎接这位远道而来的杨秘书长,福寿楼的伙计们连夜把酒楼内从上到下擦拭了一遍,铺上火红的地毯,摆好漆黑锃亮的方桌,置上紫砂茶壶,放上晶莹透亮的瓷碗,每一处细节都体现出酒楼主人高德生的雄厚财力。

而杨秘书长休憩片刻,就到了趵突泉。杨秘书长这是第一次来济南,自然对济南的山山水水极其向往，当然还有女人、美食。他打小在北京城就听说了乾隆下江南，必在济南居住些日子的事情，心里就琢磨着济南的女人肯定是风雅俊俏，美若天仙，不然乾隆爷留在济南图啥呢？再就是美食，郝爷是厨界的神，而鲁菜又是宫廷菜，这次来济南肯定得放肆地享受一番。

趵突泉以其清秀喷涌的风姿异于诸泉，位于济南七十二泉之首，号称"天下第一泉"。泉在一泓方池之中，北临泺源堂，西傍观澜亭，东架来鹤桥，南有长廊围合，景致极佳。泉池中放养着金鱼，大者长逾三尺。一边是泉池幽深，波光粼粼，一边是楼阁彩绘，雕梁画栋，构成了一幅奇妙的人间仙境，济南人称之为"云蒸雾润"。

趵突泉景中有景，园中有园，任意一座亭台楼榭，均是错落有致，别具风韵。不过在这大灾之年，趵突泉上的景色未免有些荒凉。柳树只剩下光秃秃的细枝，或轻轻浮于水面，或悠悠飘于风中，多少有一丝凄凉，让人心里有些不舒服。

张树元跟在杨秘书长的身后，心里一直忐忑不安。他并不是触景生情，而是担心学生们一直在闹学潮，要是被杨秘书长碰上，再把消息传到黎元洪大总统的耳朵里，自己的官途也就结束了。张树元越想越慌。

杨秘书长回头看了张树元一眼，叹道："张督军见到此番景象，也有些难受了？"

张树元赶紧凑到前面："杨秘书长，还是你懂我，不光济南，整个山东都闹灾，弄得民心混乱，我心里也有些着急。还是请杨秘书长多在黎大总统面前替我美言几句，我这个督军也不好当啊。"

杨秘书长嘴角一上扬，说："天灾、人灾一起来，谁也受不了。现在政局又不稳定，张督军还是请多操心。"

张树元舒了口气说："我一定全力去做，不过，杨秘书长，福寿楼的宴席已经准备好了。"

杨秘书长面色突变，严厉地说："我们作为百姓的衣食父母官，怎么能在这大灾年的时候，混吃混喝呢？"

第/四/章

张树元赶紧说:"可……"

杨秘书长突然一笑道:"不过,俗话说得好,人到了一个新的地方,就应该入乡随俗。张督军,你要记住,仅此一次。以后,我们应该和那些受苦受难的百姓站在一起。"

张树元随之笑道:"杨秘书长所言极是。"

福寿楼早已张灯结彩等待着这位高官的到来,高德生更是兴致高昂,虽说出入福寿楼的人是鱼龙混杂,三教九流,什么样的人也有。可大灾之年,能享受上这等档次的食客,还当属杨秘书长这一类的人物。

厨房更是忙得不可开交,油烟滚滚,火光映脸,空气中,弥漫着食物的香味。每一个厨子都急匆匆地跑来跑去,高珊珊看着忙得不可开交的伙计们,心里有些着急。但炉火前的陈厚财不慌不忙地炒着菜,一看就是漫不经心,高珊珊心里本来就对陈厚财有些反感,见他这副模样,心里的气更是不打一处来。可当众训斥陈厚财的话,又担心会影响到其他的伙计,无奈之下,只能睁一只眼闭一只眼。

秦五爷刚要迈进福寿楼,就被门前的伙计给拦住了,秦五爷一脸雾水,说:"打有皇帝的时候,我就来这里吃饭,今儿是哪里下了王法,不让我进去了?"

在大堂里忙活了半天的高德生听到门前的吵闹,赶紧小跑过去,一见是秦五爷,便说:"秦五爷,今儿真是不巧,整座酒楼被张督军给包下来了,你请便,去别家酒楼吧。"

秦五爷斜了斜眼,这动作是打清朝的时候,逗鸟留下的,高德生一看这动作,就明白了秦五爷心里非常不悦,赶紧道:"五爷,咱俩这么多年的交情,真对不住了。"

秦五爷气愤地一甩袖子转身走了。高德生冷笑了一会儿,心里暗道:"整条芙蓉街,也就这个秦五爷不识趣,所有百姓都避开像张督军这些人,也就他赶着往前凑。"

忽然,远处几队士兵有序地跑到福寿楼前,然后背对着福寿楼站成一排,高德生也赶紧走上前去，等待着杨秘书长的到来。

杨秘书长这一路边走边感到奇怪，这么长的一条街，怎么就没几个人影呢？他的目光时不时地在张树元的身上扫几眼，仿佛也能找到些答案。

当杨秘书长在张树元的陪同下，拐进芙蓉街的时候，高德生快步走到杨秘书长的面前，说道："杨秘书长大驾光临，真是令酒楼蓬荜生辉，快请进。"

杨秘书长没有理睬高德生，继续沉默地站在原地。张树元看出了端倪，赶紧说："这位是福寿楼的掌柜高德生。"

杨秘书长的目光缓慢地移到高德生身上，低沉地说："你就是郝爷的徒弟？"

张树元忙回："正是，正是。"

杨秘书长瞪了张树元一眼："我问你了吗？"

高德生双手作揖："郝爷是我的师父，可惜我学艺不精，有毁师父的美名。"

杨秘书长没有回话，径直走进福寿楼，环视了一周，冲着后厨走去，高德生和张树元紧跟其后。高德生小声问张树元："张督军，你可没说杨秘书长还是审查厨房啊。"

张树元面色紧张地回道："我怎么知道他想进厨房。"话音一顿，他惊恐地问："里面没什么危险吧？"

高德生紧张地说："危险倒是没有，厨房里又是刀又是火，万一出个什么意外，我们可都吃不了兜着走。"

张树元一听这话，心里非常着急，冲到杨秘书长的前面说："你看，这里面烟熏火燎的，有失大雅。咱们还是去雅间入座吧。"

杨秘书长面色有些严肃，目光中带有一丝的怒火，呵斥道："民以食为天，当得了官也得食得了人间烟火。"

张树元被杨秘书长突如其来的训斥惊了一下，赶忙解释道："我不是担心秘书长的安危吗？"

高德生不动声色地盯着杨秘书长，他突然对这位大人物产生了兴趣。火光

第 / 四 / 章

忽暗忽明地映在杨秘书长的脸上，突然从他背后冲出一位男子，张树元猛地挡在杨秘书长的面前，紧张兮兮地说："我就说这里不安全，这不真的闯出一个人来？"

杨秘书长脸上露出一丝笑容，他万万没有想到张树元能在第一时间冲出来保护自己，他笑着说："莫惊慌，这是我的贴身保镖曾关，江湖人称无影血，估计你们几个人不是他的对手。"

张树元擦拭了一下额头上渗出的汗珠，这一幕让他的心都提到了嗓子眼上。其实，他根本没想过保护谁，他也知道在这个屋子里，自己根本算不上什么人物，就算有杀手，也是冲杨秘书长来的。他一听是自己人，赶紧凑到保镖的身边，拍了拍他的身板，竖起大拇指："一看就是练家子，壮实。"

杨秘书长冲着保镖说："小曾啊，事情处理得怎么样？"

曾关回："干净利索。"

杨秘书长满意地点了点头，说："好，等会儿一起去参宴。"

张树元和高德生在一旁听得稀里糊涂，可心里吓了个半死，两人都在猜测到底处理的什么事情，还干净利索？

杨秘书长在厨房里走了一圈，摇着头，却一句话也不说。他的眼睛盯着案板上一条新鲜的大鲤鱼，突然直接从伙计的手中夺过菜刀，陈厚财看到这一幕，心里直乐呵，心里琢磨着福寿楼要出大事了。但杨秘书长拿着刀，只是深深地吸了口气，然后说了句："我来给大伙做道菜，算是济南之行的见面礼。"

张树元惊讶道："杨秘书长亲自下厨，我们真是有幸。"

张树元话虽然说完了，可身边的人一个也没有理会他，眼睛都盯着杨秘书长，仿佛杨秘书长的一举一动，都牵动着看客的心。心里最乐的还当属高德生，这样的大人物来自己的酒楼亮手艺，传出去的话，肯定能让酒楼扬名立万。

鲤鱼在济南是普通的食材，其表面光滑，细如凝脂。杨秘书长伸出左手，轻轻地按在那条鲤鱼上，他的动作轻柔无比，像是湖面上泛起的小舟，轻快而又流畅。他将鲤鱼收拾干净，片去鱼皮，剔去鱼骨，将净肉切成细丝。然后拿起一个清洗干净的土豆切成丝，白菜心也切成了丝。

高德生面目有些恍惚，心里暗想："这个杨秘书长无论刀工，还是动作，都像个厨艺人。"

锅中的水开始沸腾起来，杨秘书长将切好的土豆丝、白菜丝一起放入锅中，然后大刀一挥，将大葱切成片状，醋酱等调味汁混合搅拌在碗中，调味品的香气瞬间弥漫开来，再将沸水锅中的土豆丝和白菜丝捞出沥净水，与鲤鱼肉丝搅拌在一起，放入盘中，撒上葱片，倒入调味汁。

杨秘书长一笑说："这道菜叫菜拌生鱼。"

所有人凑了上去，面对这色泽鲜美、肉嫩汁香的菜肴，不管是看客还是食客，都忍不住肚子里的馋虫发作。

高德生有些沉不住气地"咦"了一声，用胳膊肘捅捅身边的张树元，小声说："张督军，咱们是不是要品尝一番杨秘书长的手艺？"

张树元拿了双筷子，走到桌前："杨秘书长，可否品尝一下你这高超的手艺？"

杨秘书长笑着说："自然，菜做出来，就是给大伙儿吃的，高掌柜，你也来品尝一下，指教一下。"

高德生从伙计的手中接过筷子，走到菜前，夹了一小块鱼肉，放入嘴中慢慢咀嚼，然后闭上双眼，回味一番，说："这道菜绝了，鱼的鲜，菜的清，融为一体，绝了，绝了。"

张树元见高德生有如此高的评价，也夹了一块鱼肉放入口中，鱼肉入口即化，口留余香，惊叹道："这手艺真是高啊！"

杨秘书长笑了几声，没有回话，其实他心里明白，自己能混到这个地位，也是凭借这一手的好厨艺。眼见杨秘书长转身要走出厨房，伙计们也按捺不住好奇心，冲到菜肴前，疯抢起来。这一幕自然让杨秘书长心里非常高兴，可高德生有些气愤，他怒视着每一位伙计，却又不能出面制止，只好忍气吞声。但一旁的高珊珊却不以为然，她走到餐桌前，把众伙计轰走，拿起盘子直接扔到

第/四/章

了地上，零碎的瓷片洒落了一地。她嘴里嘟囔着："什么狗屁菜拌生鱼。"

高珊珊的这一摔盘倒是让陈厚财心里直乐呵，他向来看热闹不嫌事大。只是可惜，这一幕没有让杨秘书长看到，一场好戏就这么泡汤了。他还琢磨着如果杨秘书长怪罪下来，正好给自己一个英雄救美的机会，当然也能让自己进一步接近杨秘书长。

杨秘书长走进雅室入座，桌面上摆放着四鲜果、四干果、四看果和四蜜饯。他面带微笑，说："这次真是让张督军破费了。"

张树元赶紧回道："杨秘书长，别这么客气。"

曾关闻到屋里的味道，板着脸问道："这种香味是出自何物？"

高德生指了指案台上的檀香，道："这是上等的檀香，有明目养神的功效。"

杨秘书长笑着对曾关说："不用担心，福寿楼是济南第一大楼，我早就有耳闻，既然是名楼，他就懂规矩。"

高德生作揖说："还是杨秘书长明事理，那我们上菜吧。"

杨秘书长点头道："好，高掌柜一起坐吧。"

高德生推辞，却被张树元一把按到了椅子上。其实，张树元心里也有些不平静，不知道该在宴席上说些什么话，有高德生在自己的旁边，他心里也踏实些。

伙计们先上冷盘，然后炒菜、大菜、甜菜依次上桌。福寿楼择取时鲜海味，搜寻山珍异兽，备了这一桌席面。席间欢声笑语，大家谈天论地，杨秘书长品尝着各种菜肴，心里大为感叹：要想吃到正宗的鲁菜，还是得到山东来。

张树元喝得微醉，红润的脸上有些亮光。而他万万没有想到，自己的人生就如同这场酒一样，一醉不可收拾。

第三节 琴音袅袅

雪后的晚上,房屋披上了洁白的素装,柳条变成了若干银条,济南的城墙像一条白脊背的巨龙,伸向远远的灰蒙蒙的暮色烟霭里。远望芙蓉街一带,是一片看不清的清悠悠的建筑,近处,坑洼不平的地面,被雪填平补齐,变成了白茫茫的一片。

张树元在这个寒冷的冬季被免去了山东督军一职,察哈尔都统田中玉调任山东督军兼省长,学潮逐渐平息下来,可是饥饿的现状并没有得到缓解。在商埠经二路上,一座大厦建立起来。这座大厦由外国建筑师查理等人设计,总高三十米,主要经管邮政业务。

杨秘书长对这座大厦赞不绝口,毕竟这是整个国家最高的建筑物,而且是在自己视察济南这段时间建起来的,他内心的喜悦难以用言语表达。

明湖戏楼里依旧热闹非凡,张孝财张罗着伙计们摆放瓜子、茶水,还时不时嘱咐围绕在自己身边的孙庆班主:"孙班主,你一定要让这些戏子们把戏给唱响亮,这里天天来的都不是一般人。"

孙庆虽然不喜欢张孝财说话的态度,但为了戏班的生存,还是忍气吞声,低声道:"你就把心放到肚子里去吧,我们七柳班不是只在明湖戏楼唱了一场两场,规矩还是懂的。"

张孝财语气缓和地说:"你说八卦楼那些戏楼,荤的素的都有,整天人流满满。"

第/四/章

孙庆听出了这话的意思,可整个戏班子里这么多张嘴,也得吃饭,本来在明湖戏楼演出,就没什么油水,只图这里来的都是些达官贵人,无奈说道:"我们明湖戏楼是大雅之地,怎么能容得下那些乌合之众呢?"

张孝财显然是喜欢孙庆说的这番话,把明湖戏楼称为大雅之堂,这是一件非常荣幸的事情,他大笑了几声,说:"还是孙班主明事理。"

孙庆没有应声,转身去了帐幕后面,他看到坐在镜子前画着脸谱的戏子们,心里萌生一阵酸楚。戏楼只不过是供人玩乐的地方,与妓院、赌场没什么区别,哪谈得上大雅之堂,这些戏子们也没什么地位可言,说出"大雅之堂"这四个字,自己都觉得恶心。

杨秘书长带着保镖曾关走进明湖戏楼,张孝财赶紧迎上去,语气轻快地说:"杨秘书长能来戏楼,真是张某人的荣幸。"

杨秘书长嘴角一上扬,问:"今个儿是七柳戏班的场吧?"

张孝财马上回道:"正是。"

杨秘书长点着头道:"早就听说七柳班的玉儿唱戏够味。"

张孝财面带一丝邪笑说:"不瞒你说,玉儿是七柳班的头牌。"

曾关围着场子转了一圈,凑到杨秘书长的耳边说:"这里没什么动静。"

杨秘书长一笑:"那咱们就留下来看看戏。"

张孝财赶忙吩咐伙计们:"这桌上最好的茶水,多上些瓜果梨桃,再上些瓜子。"

伙计们一看到来了个大官,瞬间都动了起来,跑前跑后,忙个不停,这场景可要比台上的戏好看多了。

突然,一声响亮的锣鼓声打断了台下乱糟糟的场面,玉儿悠扬的声音,入耳妙不可言,好似细雨淋漓,又似杏花扑面。杨秘书长的眼睛直盯在这个女孩的身上,时不时地拍手叫好。站在杨秘书长身边的张孝财嘴角上扬,满脸鬼笑,然后把曾关叫到一边问:"曾英雄,请问杨秘书长有内人了吗?"

曾关上下打量着张孝财,严肃地说:"有些事情,不要乱打听。"

张孝财忙解释道:"你别误会,我是觉得杨秘书长一表人才,哪家姑娘跟了他，那真是有福气。"眼见曾关没有搭理自己的意思，张孝财赶紧就此打住，他心里明白，就算再说下去，也不会得到什么好眼色。可他又猜想，这位杨秘书长或许就没有成家，从他的装扮、说话的习惯上，不像是一个有家室的男人，至于这个结论有什么依据，张孝财说不上来。可是从他的眼神中，不难看出他对玉儿有点想法，如果自己能帮助杨秘书长把玉儿搞到手，自己以后一定会有享不尽的荣华富贵。他把伙计叫到自己的身边，悄悄说："准备一桌子上等的酒菜。"

伙计愣在一旁，脑子里纳闷着，这上等的酒菜是一个什么样子？张孝财恍然明白过来，解释道："你去福寿楼，告诉高掌柜，明湖戏楼有贵客，让他备一桌子酒菜给送过来。"

伙计脸上露出笑容，喊道："得嘞，我马上去办。"

张孝财瞪大眼睛怒视着伙计，示意让他小声点。对张孝财来说，这可是自己飞黄腾达的机会，这场晚宴得精心操办。他走到幕后，看着忙前忙后的孙庆，赶紧打断道："孙兄，等戏散场后，我张某人请你和玉儿吃顿饭。酒菜都是从福寿楼订的。"

孙庆瞄了一眼张孝财，如此客气反而让他有些不太适应，但他心里更明白，张孝财心里打着什么样的算盘，这人一肚子坏水，指不定又有什么馊主意。虽然孙庆在心里骂，但还给张孝财面子，说："等戏散场了，我去问问玉儿。"

张孝财一脸坏笑说："她就是一个戏子，什么事不都得听孙班主的吩咐。"

孙庆没有回话，他打心眼里不喜欢"戏子"这个词语，不管七柳班是落魄还是红得发紫，他都把唱戏当作一种营生。张孝财显然意识到自己说错话了，赶紧附和道："那等会儿，就请孙兄赏脸了。"

福寿楼的后厨忙得不可开交，陈厚财一听是给杨秘书长烹饪宴席，兴致瞬间就高涨了起来，还吩咐伙计们，自己要亲自去明湖戏楼送餐。他在炉边观察了一下火候，左手从盛放食材的盘子里拿起一块色泽鲜艳的鸡胸脯肉，右手拿

第 / 四 / 章

起菜刀，把肉块切成片状，然后把肉连同盐、蛋清一起放入盆中，用手抓匀，木耳沸水煮好，切好葱姜。锅内放入油，把鸡胸脯肉滑散入锅中，随着油温上升，鸡肉变色后捞出后，陈厚财把葱蒜放入盛有少量油的锅中，再放入一些青菜，待青菜炒熟的时候，把鸡胸脯肉、木耳一起放入锅中翻炒，洒上调味料，翻炒均匀，出锅。

伙计们看着陈厚财认真的样子，互相嘀咕着。陈厚财把菜肴放到一边，脸上露出满意的笑容，而这道刚出锅的芙蓉鸡片，让高珊珊碰了个正着，扑鼻而来的香气，勾住了她的嗅觉。不过，她很难相信，整天在后厨无所事事的陈厚财能做出如此美味的菜肴。她走上前去，拿起筷子刚要夹盘子里的菜，没想到被陈厚财一手给挡了回去。她怒视着陈厚财，正要发火，却被陈厚财抢了个先，陈厚财嬉皮笑脸道："珊珊，这道菜是做给客人的，咱们在厨房里也不能不守规矩。"

高珊珊严肃地问："什么客人？"

陈厚财回："杨秘书长。"

高珊珊恍然大悟，陈厚财是担心自己把他精心做的"搭桥饭"给毁了，笑着说："你要把事情搞清楚，这里的一菜一米都是福寿楼的，不是你陈厚财的东西。还有，以后请叫我小姐，'珊珊'不是你能随便叫的两个字。"这句话确实给陈厚财泼了一脸的冷水，更何况是守着这么多伙计，可陈厚财能在福寿楼撑到现在，也不是无缘无故，当然，他更相信自己能接近杨秘书长，到时候谋个一官半职，看看福寿楼的这群无知者怎么说。

明湖戏楼的帷幕刚刚拉上，张孝财就跑到杨秘书长的面前，毕恭毕敬地问："杨秘书长，今天的戏还不错吧？"

杨秘书长大笑着说："非常好，很满意。"

张孝财见机行事，忙说："我在陋室安排了一场宴席，不为别的，只为了款待一下杨秘书长。你来济南这段时间，把蝗虫都赶走了，我得替济南的老百姓慰劳一下秘书长啊，七柳班的头牌玉儿也陪杨秘书长共享这顿晚餐。"

曾关一听，开口便骂："胡闹，堂堂黎大总统身边的秘书长怎么能和一个戏子一起吃饭呢？"

张孝财赶紧解释："曾英雄别误会，我不是担心秘书长缺点乐子吗？"说完这话的时候，张孝财就在心里暗骂，陪那些窑姐、妓女一起吃饭的男人，十个中有九个是这些官爷，在自己的面前倒装起清高。

杨秘书长在官场摸爬滚打这么多年，自然一眼就看出张孝财的鬼心思。但一想，如果自己一口拒绝了张孝财，也不利于自己在济南的名声，毕竟明湖戏楼是三流九派经常聚集的场所，再加上有玉儿陪着，自然是件好事，便说："张当家的也太客气了，我就恭敬不如从命啦。"

在后台卸了妆的玉儿，听到班主孙庆邀请自己去陪杨秘书长一起吃饭，打心眼里不愿意答应，准备起身离开戏楼，却被孙庆给死死地拦住。孙庆劝道："我们都是些唱戏的人，那些当官的官爷，咱们惹不起，你就委屈一下，陪他吃个饭，再说了，这么多人在场，也出不了什么岔子。"

玉儿冲着孙庆说："别人说我是戏子，我没话可说，我干的就是这一行，可我不是窑姐，陪吃的事情，我干不了。"

孙庆笑道："你这个小丫头片子，谁把你当窑姐了？这次算是你帮七柳班一个忙吧，如果惹着杨秘书长，恐怕我们的戏班子也很难撑下去，我这个岁数，这几年挣的钱，也够自己吃的了，可那些人的日子恐怕就很难熬了。"

玉儿一想，这个杨秘书长是派来治理蝗灾的，虽然蝗虫不是他给赶走的，但他在济南的这段时间也没有鱼肉百姓，算是个正人君子。玉儿严肃地说："吃饭可以，但其他的事情甭想。"

孙庆连忙点头说："你放心，他要是敢想其他的事情，我豁出这身老骨头去和他拼了。"

玉儿一听，心里直乐呵，孙庆不是一个能伸张正义的班主，骨子里有一股懦弱，总喜欢欺软怕硬，要是真出了事，还是得靠自己，这孙班主恐怕是指望不上。

第/四/章

第四节　戏中说人

张孝财的客厅十分敞亮,东面靠墙的是一个柜子,柜子上陈设着瓷器、玛瑙种种玩器。西面是书架,架子上摆满了书籍。书架前是一只茶几,两把红木椅子,中间有一张方桌。

杨秘书长环视了一周,连连点头,说:"文雅、端庄。"

张孝财笑道:"杨秘书长,你真是过奖了,你这样的大人物能光临寒舍,已经是我的荣幸,何谈得上是文雅呢?"

在张孝财的引导下,杨秘书长和曾关走进了餐厅,满桌子的佳肴散发出清香的味道。张孝财满脸的笑容突然僵住了,他看到了站在桌前的陈厚财,赶紧上前一步,把他拉到一边,轻声说:"菜都齐了,钱也给了,怎么还不走?"

陈厚财冷笑:"张当家的,那个……"

张孝财忽然明白过来,从口袋里拿出钱,硬塞到陈厚财的手里。没想到陈厚财只一味推脱,说:"酒菜钱已经付过了,我觉得杨秘书长来到您的门里,咱不能失了脸面,要是他问起是什么菜,我站在旁边,也好应对。"

听陈厚财这么一说,张孝财也觉得有些道理,便说:"那你看我的眼色行事,不该说的别随便说。"

陈厚财嬉皮笑脸道:"我懂。"

话音刚落,孙庆领着玉儿走了进来。孙庆连忙作揖:"让各位久等了,多多包涵。"

杨秘书长笑着说:"我们也是刚到,那我们入座吧。"

陈厚财低声道:"怎么戏子也入座了?"

这话被张孝财听了个正着,瞪大眼神警告:"你要么走,要么管好自己的嘴。"

陈厚财没有理会地走到了杨秘书长的身后,可没想到曾关警惕地站了起来,指着陈厚财说:"去另一边站着。"

虽说陈厚财不害怕张孝财,但心里还是有些害怕曾关这个保镖,从小听说书的讲江湖奇闻,他心里也是对江湖上的杀手感到胆战心惊,没有多想,就站到了玉儿的身后。一个戏子坐在自己的前面,陈厚财打心眼里感到不舒服,可人在屋檐下,不得不低头。不过,他心里更嘀咕着:总有一天,这些人都要甩在自己的屁股后面。

杨秘书长冲着孙庆和玉儿笑道:"今天的戏唱得真是绝了,我曾听过梅兰芳先生的《贵妃醉酒》,今儿又听了玉儿的《邓粗姑》,真是三生有幸啊!"

孙庆赶紧回:"杨秘书长,您真是过奖了,您是见过大场面的官爷,我们是小戏班,能得到您的这番夸奖,是我们七柳班的荣幸才对。"

杨秘书长大笑了几声,说:"赶紧入座吧。"

每个人都入了座,杨秘书长也感觉屋子里的气氛有些奇怪,宾客都坐在一张桌子前,就陈厚财一人站在后面,就问张孝财:"后面站着的这人是怎么回事?"

张孝财解释道:"这是福寿楼的伙计,来给咱们送酒菜。"

杨秘书长又问:"酒菜送完了,怎么还不走呢?"

张孝财回道:"我得让他给秘书长报报菜名,顺便介绍一下各道美味佳肴。"

杨秘书长点了点头,然后说了一个"好"字。

玉儿自然对陈厚财有些反感,自打陆明诚在高德生招徒比试上失败后,玉儿就不打算和福寿楼的任何人有瓜葛,她心里明白陈厚财这人留下来是为了什么。

第 / 四 / 章

张孝财示意了一下陈厚财:"可以开始介绍菜肴了。"

陈厚财走到桌前,详细地介绍着每一道菜的味道、色泽、烹饪技巧,当他走到自己亲手做的芙蓉鸡片前的时候,不但放慢了语速,而且特意提高了音量,把这道菜夸得天花乱坠,最后还加了一句这是自己亲手为杨秘书长烹饪的菜肴。

杨秘书长朝着张孝财问:"他是福寿楼的第一大厨?"

张孝财摇着头回:"论在济南,哪有能比得上高德生的厨艺。"

杨秘书长点了点头,接着问:"那我吃他亲自为我做的这道菜,是我的荣幸了?"

没等张孝财回话,陈厚财插嘴:"是小人的荣幸。"

张孝财眼见杨秘书长有些不耐烦,赶紧摆了摆手说:"行了,菜肴也介绍完了,你走吧。"

陈厚财心里有些不甘心,这次接近杨秘书长的机会这么好,如果走了,不就可惜了。可是,从杨秘书长的脸色中,也看出他不太待见自己,只好转身离开,嘴里嘟囔着一句:十年河东,十年河西,早晚看看谁比谁强。

"来,大家共饮一杯。"

杨秘书长端起酒杯一饮而尽,说:"咱们还是谈谈戏吧。"

玉儿反而打住了杨秘书长的话,问:"杨秘书长,你是不是很懂菜肴?"

杨秘书长笑着道:"略懂一二。"

玉儿的直觉告诉自己,这位杨秘书长可不是略懂一二这么简单,从他看每道菜的眼神中,就能轻而易举地观察出,他是个对菜肴非常精通的人。玉儿笑着说:"这道芙蓉鸡片虽说不上是做得登峰造极,但应对上等宴席还是没问题,杨秘书长看起来好像对这道菜是一脸的不满意。"

杨秘书长微笑道:"如果这道菜再勾下芡,会不会觉得色彩更鲜亮?"

玉儿拍掌道:"一语中的。"玉儿对这道菜是有研究的,陆明诚曾在她的眼前亲手烹饪过。

杨秘书笑着说:"这做菜和唱戏是一回事,唱戏人在台上,惹一身尘,长袖起舞戏中人，看今朝，戏里戏外戏中人。这人生如戏，戏如人生，唱戏就是把人生拖拖拉拉的痛苦直截了当地给演出来，不过戏演完了还不是人生拖拖拉拉的痛苦？"

张孝财端起酒杯，喊道："杨秘书长懂戏，咱们一起干了这杯酒。"

玉儿从小跟着父亲李富贵喝酒，酒量自然不错，杨秘书长酒过三巡都有些醉意了，玉儿还非常清醒，可她的脑子里装的都是陆明诚。

孙庆本想着，这戏班班主见了一方父母官，应该恭恭敬敬，唯唯诺诺，就算裤裆里有一泡屎尿，也要憋着。可万万没想到杨秘书长如此不拘小节，孙庆刚要给杨秘书长满酒，被曾关拦住，孙庆说："今儿高兴，就再喝几杯酒吧。"

杨秘书长摆了摆手说："不喝了，不多不少，正好。"

张孝财笑着说："不喝，咱都不喝了，来日方长，有的是机会。"

杨秘书长玩弄着酒盅，笑着说："我知道济南的百姓都认为我杨某人只是副摆设，空架子。"

孙庆插嘴："杨秘书长，谁敢说这话，你看，蝗虫都没了。"

杨秘书长骂道："你家大冬天有蝗虫？明年开春，还不知道啥情况。"

孙庆刚要开口说话，被张孝财拽了拽衣袖。俗话说，按下葫芦起来瓢，孙庆虽然闭了嘴，可玉儿又把话给补上了："杨秘书长，说实话，你是个好人。"玉儿说这话，也是通过这一晚上的观察得出的结论，杨秘书表现得彬彬有礼，丝毫不是冲着玉儿的美色而来吃这顿酒席的，再就是杨秘书长能守着这些人说出这样的话，就是条汉子，玉儿拿起酒盅一饮而尽。

杨秘书长劝道："玉儿不但戏唱得好，而且酒量也厉害，杨某实在甘拜下风。可咱不准再喝了，这外面不太平，还是当心点为妙。"

张孝财在一旁，怎么也看不明白杨秘书长葫芦里卖的什么药，他是想撮合杨秘书长和玉儿，可又感觉杨秘书长对玉儿没有那层暧昧之心。那这场酒不就白摆上了？他灵机一动，说："玉儿姑娘住在鞭指巷，离杨秘书长住的曲水亭街不远。"

第 / 四 / 章

　　杨秘书长瞪着眼看着玉儿："反正吃完饭也没什么事，我们一起走走？"
　　孙庆在一旁，醉醺醺地说："好！"
　　张孝财推了一把孙庆，又向杨秘书长解释："他喝多了，别理他。"
　　杨秘书长瞅了一眼脸色泛红的孙庆，说："那张当家的，我们就告辞了。"
　　玉儿也跟着起身，在杨秘书长身后走出了屋子。张孝财心里不由得感叹："这人啊！就是喜欢往高处瞧。还以为玉儿和其他丫头片子不一样呢，没想到是一样的货色。"嘀咕完，扶起孙庆朝着客房的方向走去。
　　前几天的积雪还没有融化，映着月光，照得曲水亭街如同白昼一般，街上寥寥的几个行人匆忙地走着，留下一些脚印在雪上。在这种深夜里，空气是冻结的，不动的，长长的冰柱如水晶般挂在屋檐前。
　　曾关紧跟在杨秘书长和玉儿的身后，寸步不离。玉儿刚喝了点酒，反而觉得比较暖和，又蹦又跳，欢快自如。
　　当他们从曲水亭街穿过巷子，走到鞭指巷的时候，突然闻到一股浓浓的炸黄豆的香味。杨秘书长顺着气味走到了陆明诚的家门口。玉儿笑着说："这里面可住着一位大厨呢。"
　　杨秘书长突然一笑，说："这味道真亲切，真舒服。"说完这话，杨秘书长沉浸在回忆中，这种味道仿佛把他带回了小时候，他在院子里那棵老槐树下，吃着烤煳的麦子。"嘎吱"一声，玉儿打开门，惊醒了杨秘书长，她示意杨秘书长进门。
　　曾关大步地迈了进去，观察了一下周围的情况。玉儿说："这都是些寻常老百姓，不会有什么危险。"
　　杨秘书长也跟着走了进去，只见棚子里点起一堆柴火，都是些麦秸、豆秸，豆秸上面有残留的豆粒，在火中噼啪的一阵脆响。玉儿走到明诚的身边，笑嘻嘻地说："又做什么好吃的东西了？"
　　明诚没有答话，而是两只眼睛直瞅着杨秘书长和曾关，玉儿仿佛看出了他的心思，便说："这位就是杨秘书长，那位呢，是曾关，曾英雄。"

明诚哪能不认识杨秘书长,只是在心里猜测着他们到自己家里来,是有什么事情。没过一会儿,陆金珠也从屋里走了出来,见院子里站着这些人,便问:"这些都是玉儿的朋友?"

杨秘书长从陆金珠的话中,就已经感觉出来,这家人没有把玉儿当做外人,便说:"我正好路过这里,就跟着玉儿进来了。"

陆金珠搬出几个木凳子,说:"我们屋里和屋外一样冷,屋里也下不去脚,咱们就在屋外吧,也顺便烤烤火,这院子,好长时间没有来过这么多人。"

明诚走到杨秘书长的面前:"杨秘书长深夜到我们这里来,是不是有什么事情?"

玉儿拽了一下陆明诚,轻声说:"杨秘书长没有恶意,别乱说。"说完后,又转过身去,对杨秘书长说:"秘书长,别介意,他这个人就是这个样,对了,他叫陆明诚,做得一手的好菜。"

杨秘书长一听这个名字,忽然有一种说不上来的感觉。他走到陆明诚的面前,上下打量了一番。陆明诚也盯着杨秘书长看,其实在杨秘书长刚到济南的时候,他就感觉这人比较熟悉,好像是在哪里见过。两人就这样在院子里僵持了好大一会儿,玉儿尴尬地看着两人,不知如何是好。

陆金珠在院子里的石桌上摆上饭,一筐子面窝窝,一碗地瓜,一碗胡萝卜。她开口说道:"这大灾年的,家里也没什么像样的饭食,将就着吃吧。"

玉儿赶紧把两人按坐在木凳上,心里乐滋滋,她想,肯定是明诚吃了杨秘书长的醋,不然不会对杨秘书使出这样的眼神。陆明诚说:"姑,他们都吃过饭,不用伺候他们。"

陆金珠瞪了一眼陆明诚:"来者是客,何况是玉儿带来的客人。"

玉儿揪着明诚的耳朵说:"你别想多了,杨秘书长是去戏楼听戏,今晚上张孝财当家的安排了一场酒席。"

明诚支支吾吾地叫了几声,把玉儿的手从自己的耳朵上拿开,说:"谁想多了,你闻闻你满身的酒味。"

第/四/章

陆金珠趁机说:"杨秘书长别见外,这俩孩子从小玩到大,没大没小,你和他们处久了,就习惯了。"

杨秘书长忙问:"你是说,明诚从小就是在鞭指巷长大的?"

陆金珠点着头回道:"对啊,就和玉儿住对门。"

杨秘书长突然松了口气,他心里确实是对玉儿产生过爱慕之心,可只是对台上的玉儿而言,台下的玉儿对他来说,就像个小妹妹一样。他问:"有酒吗?"

陆金珠用力攥着衣服,杨秘书长看出了端倪,吩咐曾关:"去买两瓶酒。"

眼见曾关出了家门,杨秘书长走到了锅前,只见里面炖着一条鲤鱼,汤汁鲜艳,味美香浓。陆明诚走到锅前问:"杨秘书长,老百姓家的饭食吃得惯吗?"

杨秘书长笑着说:"我也是从老百姓家走出来的孩子,哪有吃得惯吃不惯的。"

炉火中噼里啪啦的声音,仿佛给院子里增添了一丝热闹气氛。陆金珠拿出来一个大碗,说:"这鱼是明诚从大明湖抓的,水是咱们的泉水,没什么佐料,可能不太合你的口味。"

玉儿凑到明诚的身边,笑嘻嘻地哄着明诚,而明诚对玉儿却是爱搭不理。陆金珠心里倒是平静,这个穷得叮当响的家,不会被人瞧上。平日里,那些逃饥荒的人都不往门里看一眼,杨秘书长肯定也不会瞧上什么东西。但有一点,陆金珠心里倒有些顾虑,杨秘书长对玉儿是不是有点意思?那么明诚的醋是吃到了点上,可又一想,堂堂的杨秘书长怎么会看上农家的穷丫头呢?

没等陆金珠想完,曾关从外面带着酒回来了。刚满上酒,明诚就一饮而尽,这一幕把杨秘书长吓了个不轻,如果这样喝下去,自己非得喝趴下不可。他放下酒碗,说:"你是不是不太欢迎我?"

陆明诚面无表情地回道:"先把酒喝干净,再说。"

杨秘书长一口把碗里的酒喝光。

陆明诚说:"我不是不欢迎你,而是不欢迎所有当官的人。我们这些小门小户,怎么能和有权有势的人在一起呢!"

陆金珠赶紧阻止住陆明诚,怒视着他:"你少说几句话。"

杨秘书长大笑了几声,说:"心里想着一片世外桃源,可身处闹市,明诚,你年纪不大,愤世嫉俗的情绪倒是很高啊。"

玉儿岔开话题:"是不是有点冷啊!我去加点柴火。"

升起的月亮洒下一片清辉,给院子里披上一层银色的薄纱,地面上因寒冷凝结起的冰块,在月光下变换着色彩,若隐若现地闪烁着。

第一节　福源善取

四周一片寂静,一刹那间,一阵富有水分的微暖空气吹来,在空气中粉碎,将黑暗衬得更加浓厚。火炉旁红彤彤的焰火肆无忌惮地燃烧,院子里五个人的心情就如同这冰火两重天的温度一样,仿佛一碰即发。

陆金珠把鱼盛到大碗里,摆到桌子上,说:"也不怕秘书长笑话,我和明诚都好几天没吃上一顿饱饭,今天运气好,抓了条鱼,配上这些面窝窝,算是今年我们一家吃得最好的口粮。"

杨秘书长舀了一勺子鱼汤,送到鼻子前闻了闻,又喝了一口,说:"好喝。"

玉儿各盛了一块鱼肉放到陆金珠和明诚的碗中,说:"你们快吃吧,我们在戏楼吃过饭了。"

杨秘书长看着明诚说:"你是不是学过厨艺?"

没等明诚回答,陆金珠说:"穷人家的孩子,哪有钱去拜师父学厨艺,也就这小子脑袋瓜聪明。"说完,又对明诚说:"差不多就得了,杨秘书长和其他当官的不一样,能来咱们家吃这口糟糠腌菜,就说明他不是那些鱼肉百姓的官,还有玉儿就在你身边,你要什么小性子?"

杨秘书长笑着说:"这场戏,我算是看明白了,玉儿和明诚这才是一对啊!"

玉儿害羞地说:"谁和他一对啊!"

第 / 五 / 章

明诚脸上露出喜悦的表情，端起酒碗说："你说得对，真是一对。"说完，将碗中的酒一饮而尽。

杨秘书长笑着说："这饭呢，我不能白吃，明天我在福寿楼设宴，专门款待你们姑侄俩。"

明诚放下酒碗说："我不去。"

杨秘书长纳闷："福寿楼可是济南第一酒楼，里面山珍海味应有尽有。"

陆金珠赶紧解释道："杨秘书长，你多虑了，这孩子和福寿楼有个结解不开。我平日里不让诚儿喝酒，他今天可能喝得有些糊涂了。"

杨秘书长笑着说："有什么解不开的结，我给他解开。"

陆金珠忽然被杨秘书长的平易近人所感染，而杨秘书长被陆金珠的市井气所惊醒，毕竟自己也是从一个穷人家的孩子一步步走过来的，一路上不知有多少人的帮衬，直到今日，才彻彻底底改变了自己的命运。

在半夜过后，最后的时辰里，幽暗的雪花开始轻轻地降落到鞭指巷来，破晓时分，地上已经盖满了雪花。躺在床上的陆明诚彻夜未眠，他琢磨着这个杨秘书长葫芦里到底是卖的什么药呢？他来到院子里后的行为与刚到济南见张树元的时候，完全是两副模样。可他为什么要到一个穷老百姓家吃饭呢？他也不缺吃饭的地方啊！

不光是陆明诚睡不着，杨秘书长更是睡不着，他总感觉这个陆明诚有点不对劲，自己济南之行最大的目的并不是治理蝗虫，而是寻找一个人，这个人是不是陆明诚呢？

雪夜中的济南上空，时不时传来几声炮响，日本人每到深夜就在济南城边放几声炮，从一开始的收敛，到最后的肆意妄为，直接惹怒了济南人。

秦五爷一大早就提着鸟笼走进福寿楼。高德生赶紧迎上去说："秦五爷，看来今儿个你的兴致不错，好长时间不见你带着鸟笼出来。"

伙计把茶摆放在桌子上，秦五爷喝了一口茶水说："还有什么兴致，就这日本人整天晚上放炮，根本不让人睡觉。学生整天闹，工人也闹罢工，没见起什么作用，人家外国人肯定帮着外国人。"

高德生赶紧阻止住，说："五爷，咱们不谈国事，我给你上一桌好菜。"说完，高德生吩咐伙计们给秦五爷上了几个小菜，他自己站在门口，看着芙蓉街上一拨又一拨的学生队伍走过。不远处，刘巧嘴打着快板跟在学生队伍之中，又唱又喊，这倒是逗乐了高德生。

陈厚财家里养着一只芦花大公鸡，它叫一声，抖着翅膀一跳，用它那尖嘴叼住一只大麦穗子，左一摇，右一摔，饱满的麦粒儿就给抖在地上，它捡了几个粒子吃，又去叼另一个麦穗儿。每当陈厚财高兴的时候，就会逗它玩会儿，不高兴的时候，就会说一句："今儿个就把你给炖了。"

陈甫从刘府回到家后，发现儿子陈厚财的房门紧闭，就上去敲了几声，但屋里没回音。

郝青花端着簸箕，走到陈甫的身边说："他在屋里睡觉呢。"

陈甫气道："这都快大中午了，还窝在床上做什么？"

郝青花摇着头说："你还是去问你儿子吧。"

陈甫用力敲了几下门，陈厚财在床上翻滚了几圈，用被子蒙着耳朵，还是抵挡不住敲门声，只好不耐烦地开门。陈甫一见陈厚财吊儿郎当的样子，顿时火冒三丈，开口便骂："你这个狗玩意儿，都啥时候了还躺在床上。"

陈厚财揉了揉惺忪的睡眼，有气无力地说："爹，我累了这些天，想睡个懒觉，你一大早就瞎折腾。"

陈甫问："你累？那你说说这几天你都干了些什么？"

陈厚财回道："我这几天一直陪着杨秘书长体察民情，你说说这算不算是正事。"

陈甫骂道："胡扯，杨秘书长身边用得着你这狗玩意儿，你赶紧去福寿楼，别在家装大爷了。"

陈厚财反驳道："爹，你咋就不信呢？就在昨晚，我给杨秘书长做了一道芙蓉鸡片，送到明湖戏楼，他吃后是赞不绝口。"

陈甫听了这事有点靠谱，便说："那你还不赶快去福寿楼，刚才我回来的路上，看着杨秘书长带着保镖朝福寿楼走去了。"

第 / 五 / 章

陈厚财赶忙穿上衣服,急急忙忙地往外跑,边跑边埋怨:"爹,你咋不早说。"

杨秘书长走在芙蓉街上,脑子里乱糟糟的一片。当走到一家油旋店铺前时,他停住了脚步,仰头看见店前竖着的一根竹竿,悬挂着一个青布幌子,上面写着:"济南第一油旋店"。雕檐外有一面牌匾,字迹有些模糊不清。杨秘书长指着炸好的油旋说:"老师傅,来点油旋。"

老师傅手脚麻利,把油旋包好,递给杨秘书长,笑嘻嘻地说:"好吃再来。"

杨秘书长把油旋递给曾关一个,笑着说:"尝尝。"

曾关把油旋接过来,吃了一口,竖起大拇指。

杨秘书长笑着说:"这油旋啊,就是外皮酥脆,内瓤柔嫩,葱香透鼻,你看它的形状像螺旋,人们就叫它油旋。别看这东西小巧,可做起来真是不太容易。"

两人走着走着就到了福寿楼,高掌柜早早地站在门口等着这两位贵客,上前迎接:"杨秘书长,今天中午几位客人呢?"

杨秘书长伸出四个手指,然后径直走进酒楼。每次走进福寿楼,杨秘书长都会被酒楼里的瓷器所吸引,高德生也早就发觉了这一点,时不时更换着瓷器的样式。

高德生跟在杨秘书的身后,道:"杨秘书长如果喜欢这些瓷器的话,都拿走。"

杨秘书长没有吭声,他什么样的瓷器没有见过,酒楼里的这些瓷器顶多算是些次品。在山东这片土地上,博山这个地方与陶瓷紧紧联系在了一起,而对于鲁菜的厨子来说,更为重要的是鲁菜的发源地也是博山。杨秘书长抚摸着一件琉璃艺术品,心里不由感叹,不同的瓶形,不同的底色,在高温下,土坯慢慢融化,融化之后逐渐透明,还会出现各种色彩。他问道:"高掌柜可知道这琉璃的来历?"

高德生忙手忙脚,脑子里一片混乱,不知如何回答,而高珊珊正好走进大堂，说："琉璃，最早见于西汉桓宽的《监铁论》，在东汉班固著的《汉书·地理志》中，又称为壁琉璃。在《穆天子传》中所说的天子登采石之山，取采石，使民铸以成器的故事，就是关于古代制造琉璃的记载。"

杨秘书长被这个突然杀出来的高珊珊惊住了，吞吞吐吐半天，没说出个所以然。

高德生见状，连忙解释："这是小女高珊珊，从小调皮捣蛋，不懂得人情世故，望秘书长见谅。"

杨秘书长笑着说："她说得很好，继续。"

高珊珊天性要强，在自己的酒楼里，哪能失了场，她清了清嗓子说："在三千年前的西周时期，手艺者就差不多掌握了琉璃的制造技术。盗墓贼曾经盗取过很多西周时期王侯将相的墓穴，使很多镶嵌着琉璃的兵器到了当铺、集市上。"

杨秘书长点了点头，开口说："这比我在皇……"话没说完，戛然而止，可高德生父女俩的目光直盯着他，他尴尬地接着说："比我在戏里听的好多了。"

突然，门外一阵骚乱，高德生连忙走到门口，只见陈厚财和陆金珠姑侄争吵起来，死活不让他们俩进福寿楼的门。高德生训斥陈厚财："你小子吃了熊心豹子胆了？杨秘书长在酒楼里，你就在外面大声吆喝，想让酒楼关门啊？"

陈厚财解释："掌柜的，就是因为杨秘书长在咱们酒楼，我才不让他们进来，咱们酒楼可是高雅之地，他们讨饭都讨到酒楼来了，传出去不让人笑话吗？"

高德生大骂："住口！"

明诚拽了拽姑姑说："咱们走！"

杨秘书长走到门口，见到此番情形，对姑侄俩喊道："慢着。"又生气地对高德生说："酒楼就是让人来吃饭的地方，你这样把人拒之门外，成何体统。还有，他们姑侄俩是我邀请来的客人，你们惹得客人不高兴了，我这顿饭估计也没法在这里享用了。我也走吧。"

第 / 五 / 章

高德生着急地劝道："杨秘书长,你多想了,我这没这个意思。"

秦五爷走到他们之间,笑着说："杨秘书长,你是当官的人,去啥地方,都没人敢拦你,像我们这些穷人,要是裤腰带里没几个钱,估计也就只能在大街上溜达。不过,这福寿楼不一样,高掌柜接济了多少的穷人,整条街上的人都心知肚明。就怕一粒老鼠屎坏了一锅粥。"说完,提着鸟笼扬长而去。

杨秘书长望着这位有个性的秦五爷,心里暗喜:这个济南,是越来越有意思了。可陆明诚连看都不想看福寿楼一眼,直接拉着姑姑陆金珠走了。这让杨秘书长心里非常不舒服,本想请姑侄俩吃顿饭,顺便深挖一下埋藏在心里的那个谜团,这下倒好,全让陈厚财给搅和了。

高德生连忙解释："杨秘书长,这顿饭算我的,走,咱们进去吧。"

杨秘书长被扫了兴致,哪还有心情吃饭呢,便说："福寿楼这台阶太高,我可迈不进去。"说完,和曾关转身走了。

高德生心里纳闷,陆明诚这小子和杨秘书长有什么瓜葛?堂堂的杨秘书长居然能亲自宴请他,这里面肯定有猫腻。眼下被自己的徒弟陈厚财给搅了局,高德生心里气愤得不知如何是好。

高珊珊一脸的怒气,对陈厚财道："自打你来到福寿楼,整天好吃懒做,领着伙计们去赌钱,还去逛窑子,我都是睁一只眼闭一只眼。可眼下,你把杨秘书长气走了,这个罪名,你能担得起?"

陈厚财满脸堆笑,说："杨秘书长能来咱们酒楼,还不是冲着我做的那道芙蓉鸡片,要不然,人家来干什么?"

高德生眼见女儿和陈厚财争执得不可开交,便说："有什么事在酒楼内说,在街上嚷嚷,还不嫌丢人现眼。"

高珊珊与陈厚财对视了一眼之后,就甩手进了酒楼。陈厚财刚要进酒楼,被高德生给拦了下来,高德生说："打今儿个以后,你就不用来酒楼学徒了,我也教不了你,另谋高就吧。"说完,也走进了酒楼。

陈厚财一人傻愣地站在原地,半天才想明白,自己是被逐出师门了,心里有些恼火。但人在屋檐下,哪能不低头的道理,他还是非常清楚。他吐了一口吐沫，骂道："此处不留爷，自有留爷处，我才不稀罕留在这破酒楼。"

高德生回到大厅刚坐下，就觉得事情有些蹊跷，当然更多的是懊恼。他并不是因为无意中得罪了杨秘书长这位客人，更多是因为没有收下陆明诚这个徒弟。想当初招陈厚财是为了挽留住刘府这个大户，可万万没想到刘府自家雇起了厨子，根本不到福寿楼来吃饭。高德生知道，陆明诚是块学厨的好料，加上有杨秘书长这位官爷在他的身边，得势也是很容易的事情。没等高德生想完，高珊珊走到他的面前，一脸的气相。

高德生劝慰道："行了，我把他赶走了，你就别生气了。不过，这么一闹，福寿楼的名气可就越来越大喽。"

高珊珊说："当初就该留下陆明诚，他做的那道神仙水鸭真的是味道极美，而且人也本分，不像陈厚财油嘴滑舌的，整天领着伙计们去赌钱，逛窑子。"

这些话可击中了高德生的软肋，当年郝爷收了高德生和陆松宇两个徒弟，就是因为两人老实本分，能吃苦。仔细想想，陆明诚其实与自己有几分相似之处。他顺着阳光照射下的一排排房屋望去，街巷上匆匆的行人，使他沉浸在了混乱、麻木的状态中。

第二节　天道人性

寒气虽然已去，可春天似乎还没有到来。光秃秃的树木还在风中颤抖，泉沟里，有几条小鱼在水中欢畅游荡。沟边，无数嫩绿色的幼芽从泥土里钻出

第 / 五 / 章

来，在阳光下闪闪发光，浅黄色的小花已在潮湿的草丛中探出头来。整个街巷上，到处可以闻到一股发酵、潮湿的气息。

可人们并没有因为春天的到来而高兴起来，他们心里还是有些惶恐，蝗灾真的就一去不复返了？

越来越多的日本人出现在济南的大街小巷，这让济南的老百姓心里极其不舒服，就像当年八国联军进军北京城一样。只不过，那些人是红黄毛怪，日本人是和自己发色一样的怪物。他们经常出入妓院和店铺，雇佣了大批的劳工，他们的工厂从纺织到煤炭，涉及各个领域。这些工厂每天都被学生们围得水泄不通。迫于形势，山东省议会、教育会、商会等致电北京政府，坚决反对与日本交涉山东问题，纷纷表示："宁化虫沙，不甘鱼肉，三千万众同此决心。"

杨秘书长走在大街小巷，总会有人围上来问他，北京政府是否已经答复了反对与日本交涉山东问题的事。杨秘书长每次都是沉默应对，他心里万般凄凉，当初自己来济南只是为了治一治蝗灾，可没想过要治人。他把曾关叫到自己身边说："黎大总统那边有什么态度？"

曾关摇着头："这段时间，国内形势比较紧张，总统也没有什么交代。"

杨秘书长感觉到了一丝的不妙，都说山高皇帝远，本以为离开黎大总统身边，能多有一些悠闲的时间，处理一下自己的事情。现在看来，自己就像后宫失宠的妃子，黎元洪大总统也已经不管自己身边这位大秘书是生是死了。杨秘书长说："曾关，你是条汉子，这么多年，陪我出生入死，可这形势实在是让我很难拿捏，要不，你就先回到黎大总统身边吧。"

曾关笑着说："我连死都不怕，还在乎什么名分。"

杨秘书长听后，心里大悦。他坐在黑虎泉的边上，周围荒草丛生，但汩汩上涌的泉水幽深清澈，绿如翡翠，清似琼浆。在黑虎泉附近有一个琵琶泉，流水淙淙，时而清丽，时而激昂，拨动着人们的情思，凝练着深沉的诗意。

路上的人大张旗鼓地闹着，杨秘书长和曾关坐在泉边，闭目养神，一动一静之间，颇有几分水墨画的韵味。可这毕竟不是太平盛世，坐着一动不动，说不定会冷不丁地飞来一颗枪子。

曾关时刻警惕地观察着周围的动静,突然几个官员跑到杨秘书长的面前,一脸疲惫地问:"秘书长,你说这学生整天闹,有没有什么法子啊?"

杨秘书长面色凝重地说:"只要不死人,就让他们闹吧。"

官员们面对这样的回答,有些束手无策,互相之间大眼瞪小眼。杨秘书长指着远方的泉水说:"你看这济南的泉水,没有名字的俯拾皆是,到处柳暗花明,流水潺潺。"说完,就沿着泉边散步。

一个官员骂道:"这官当得轻松,啥事也不管,不管不要紧,倒是下个命令,弄得我们一头雾水。"旁边的人赶紧阻止他说话,担心被杨秘书长听到了。不过,这句话还是被曾关听了个正着,不久后,这位官员莫名死了。

天空中有大片乌云,旷野里一片黑暗,天上正下着雨。家家户户升腾起青烟,空气中混杂着一股潮湿的泥土气味。闪电突然间亮起,雷声沉重地、愤怒地滚滚而来。雨水从屋檐、墙头和树上跌落下来,摊在院子里,顺着门缝和水沟眼滚了出去。千家百院的水汇在一起,在街道上汇成了急流,经过墙角、粪堆,流进了护城河。

陆金珠望着天空中时亮时暗的闪电,说:"今年的春雷格外响,看来这老天爷也是有脾气的,穷人的日子,他也看不下去了。看不下去不要紧,老天爷发脾气还不是穷人受灾。"

明诚端着盆子里的水,一边往外走一边说:"姑姑,总有一天,我会让你住上不漏雨的房子。"

话音刚落,玉儿满身雨水地跑了进来,赶紧帮着明诚往外端水。陆金珠对玉儿说:"你们家的屋顶也漏水,你还是赶紧回去吧,这里有明诚就行。"

玉儿满不在乎:"家里有我爹。"

没等话说完,郑桃子急匆匆地跑了进来,眼睛直接盯在玉儿身上,说:"你这孩子,还没出嫁呢,就光往这边跑,家里都快被淹了。"

陆金珠赶紧劝道:"你怎么跟孩子生气呢,以前她往这边跑,你不是也没说啥,富贵兄弟不是在家吗?"

郑桃子急得眼睛通红:"一天没见人,估计又去八卦楼赌钱了。我一人在家，就算屋顶塌了，估计也没人搭手救我一把。"

陆金珠边安慰郑桃子，边对明诚说："诚儿，先别管咱家了，你陪着玉儿回家看看，能搭把手就搭把手。去年是旱，今年就是涝，这老天爷能不能长长眼。"

忽然，正好在头顶上方，发出了一声可怕的、震聋耳朵的霹雳。明诚快步跑到玉儿家，满屋子的积水，这下可把陆明诚给急坏了，他瞅了瞅屋梁，又瞅了瞅墙体，都还算牢固，赶紧端起盛满水的脸盆往外泼水，一盆连着一盆，可雨就是没完没了地下着。这雨差点冲淡了郑桃子对生活的希望，儿子们常年不回家，家里的男人李富贵自打生意破产，就犯了赌瘾，八卦楼的赌场他算是去了个遍。她有个念头，赶紧让玉儿嫁给明诚，当然嫁个其他男人也行，只要女儿的日子稳定了，她心里也就无牵无挂。

雨下了一天一夜，街巷里的积水慢慢地渗透干净。血红色的太阳，发出了耀眼的光芒。另一大半天空还没从茫茫的阴天中苏醒过来。各家各户把潮湿的被子都拿到院子里晾晒，街巷中开始传着各种小道消息：

听说东边的河里淹死人啦；

黄河那边也死了不少人；

护城河里有尸体漂在水面呢。

……

听到这些消息，郑桃子按捺不住了，李富贵从下雨到雨停，一直没回家，是不是也不小心滑倒，掉到了河里；或者一直在赌钱，就没走出赌场……她的脑子里想了多种可能性。

陆金珠从她门外经过，看到她傻愣愣地站在院子里，就赶紧进门，问："发什么愣呢？"

郑桃子回了回神，反问："你什么时候进来的？"

陆金珠打趣道："我估计你家里被人偷了，你也不知道怎么回事，出啥事了？"

郑桃子吞吞吐吐地回答："没啥事，就是我家那口子到现在也没回家，刚才听街坊邻居说河里淹死了不少人。"

陆金珠一听,心里有些慌张,赶紧拉着郑桃子就往外跑。

郑桃子却不肯去,说:"死在外面也好,我受了这些苦,遭了这些罪,还不都是因为他。"

陆金珠劝道:"饱汉子不知饿汉子饥,这身边没有个男人就得受人欺负,如果他不在你身边,你和玉儿得遭受多少白眼。我是过来人,听我的话。"

郑桃子知道陆金珠的话在理,可这些年受的罪还是让她心里有说不完的憋屈,她一时犹豫不决,不知如何是好。陆金珠着急地训斥:"当年富贵兄弟有钱有势的时候,你和玉儿跟着吃香的喝辣的,钱也没有装进别人的裤腰带,可羡慕死我们这些穷人了,赶紧找人去吧。"

无论家里如何火急火燎,戏楼里的玉儿依旧是戏音妖娆。杨秘书长倒是成了明湖戏楼的常客,心里对玉儿萌生了一丝丝好感。可是,他亲眼见证了玉儿和明诚之间的感情,如果让这对小鸳鸯分开心里也有些不落忍。玉儿对他没有什么反感,每次唱完戏,卸完妆,都会与杨秘书长聊上几句家常。如果说在济南,杨秘书长的朋友都有谁的话,玉儿算是一个。可杨秘书长毕竟是男人,也有七情六欲,他对玉儿的感情就差那一层窗户纸了。

芙蓉街旁杂树生花,飞鸟穿越,柳条随风飘荡,连空气都是湿漉漉的,呼吸起来格外的清新。在阳光下,周围远山仿佛清晰可见,青翠欲滴。杨秘书长陪伴着玉儿回家,两人之间渐渐地演变成了一种说不清道不明的感情。这番画面要是被陆明诚看到眼里,指不定要打翻多少醋坛子呢。

当他们走到金菊巷的时候,陆金珠和郑桃子迎面急匆匆地走来。玉儿走上前去打招呼,郑桃子着急地说:"玉儿,你爹到现在都没回来,你咋一点也不着急,还跟……"话说到一半,一看是杨秘书长,只好把想说的话收回去,接着说,"赶紧去找找你爹。"

杨秘书长走上前去问:"你们说的话,我都听到了,都先回家等消息,我派人去找。"

郑桃子把目光转向玉儿,悄悄地问:"他和咱们无亲无故,为啥帮咱们？"

玉儿没有正面回答，说："你们都回去吧，秘书长说他派人去找，就绝对能找得到。"说完，跑到陆金珠的身边问："明诚呢？"

陆金珠摇着头说："一大早没见人呢。"

杨秘书长把曾关叫到身边，嘀咕了几句，曾关就转身离开了。

玉儿说："秘书长，去我们家坐坐吧。"

杨秘书长点头应道："好！"

郑桃子拽了拽玉儿的衣袖，暗声道："我们家这副窘样，让秘书长去坐坐，多不合适。"

玉儿爽快否决道："你就别管这些礼节，杨秘书长又不拘这些小节。"

郑桃子又气又烦躁，悄悄地对陆金珠说："你说这成何体统，一个大姑娘家家的，领着一个男人回家。"

陆金珠笑着说："玉儿有分寸，你赶紧回去吧，有杨秘书长派人去找，绝对能找得到富贵兄弟，我也正好有点事，就先走了。"说完这话的时候，陆金珠有些心塞，她为明诚感到难过，这杨秘书长除了年龄大点，哪一点都要比明诚强好多。而杨秘书长看玉儿的眼神，远远超出了爱慕之情。

郑桃子心里没底了，自己哪能招呼得了这些官爷。

杨秘书长走进玉儿家的院子里，宽敞的院落显得有些腐朽。木材有些被虫蛀了，有些地方除了椽子外，看不到屋盖。其间有几条横档，仿佛骨架上的肋骨一样。屋檐下柱子上的油漆也剥落得干干净净。

杨秘书长说："你们家该修葺一番了。"

玉儿笑着回："有个能住的地方就不错喽，还修什么啊……"玉儿本想再说几句，但没想到，郑桃子推门而入，见到杨秘书长不知如何是好。她不是陆金珠，也没有陆金珠那点天不怕地不怕的劲儿。当然，陆金珠也不想凡事都要自己去争取，也想踏踏实实地做个妇道人家，可嫁给杨正虎，她算是没辙了。

郑桃子端出茶壶，放到院里的石桌上，说："杨秘书长来到寒舍，让你看笑话了。"

杨秘书长没加任何思索,一屁股就蹲坐在石椅上,这倒是让郑桃子有些吃惊,堂堂的杨秘书长,居然能在自己的屋檐下喝茶。

这一幕自然也让路过家门口的高德生瞧了个正着,他没敢进去,而是向前走了几步,进了陆明诚家的门。见明诚一人在晾晒野菜,他便说:"咱坐下来聊聊。"

陆明诚对于高德生的到来,有点不高兴,便说:"有事直说,没事就请回吧,别让这院子脏了你的鞋。"

高德生不但没有生气,反而说道:"我想请你去福寿楼当跑堂,一日三顿饭,工钱自然不会少。"

明诚继续捡着野菜里的树叶,说:"我这种人可进不去福寿楼这块宝地,我看高掌柜就别费劲了,还是请回吧。"

陆金珠火急火燎地走进院子,本想和明诚聊聊玉儿的事情,可打眼一看高德生站在自家院子里,只好迎上前去,说道:"这几天,我家这院子可算是热闹。高掌柜,是不是明诚又闯什么祸了?"

高德生连连摆手:"没有闯祸,我是亲自上门来请明诚去福寿楼当跑堂的,不能浪费这孩子在厨艺上的天赋,可我不知道哪里和这孩子有过节,还请不动他。"

陆金珠惊喜地说:"这是好事,没什么过节,这孩子就是别扭。高掌柜,我来说说他。"

明诚在一旁没有说话,他眼睛的余光却一次次从高德生身上扫过,他心里想着,如果自己有朝一日能像高德生一样,在别人面前,该有多么体面。可他心里更放不下福寿楼给他带来的伤害,这是他一直想迈进去的酒楼,也是他最讨厌的地方。

第/五/章

第三节　泉水人家

　　傍晚，街巷上的尘土像雾似的凝滞不动。灰白色的街道，灰色的房屋，灰色的人群川流不息。

　　杨秘书长坐在院子里，一边喝茶一边和玉儿聊戏，聊到兴致高涨的时候，还会清清嗓子，张口唱上几句戏词。郑桃子显然对眼前这样的画面有些厌烦，心里琢磨着玉儿还是个黄花大闺女，怎么能和比自己大将近二十岁的人在一起，可她又没什么办法，毕竟这个老男人是个官爷，还是玉儿亲自带到家里的，她现在只有祈求着这一幕别让明诚撞见，不然这俩孩子又得闹一阵子。

　　玉儿兴奋地问："北京真的这么好玩？"

　　杨秘书长点头道："北京这地方啊，汇集了各界的名流，像你们梨园的名角，在北京几乎都能寻到。"

　　玉儿又问："杨小楼、余叔岩的戏也能听？"

　　杨秘书长大笑："那当然。"

　　郑桃子咳嗽了几声，走到玉儿的身边说："行了，杨秘书长那么忙，哪有那么多时间和你聊这些不顶穿不顶吃的事情。"又对杨秘书长说："这孩子没大没小的，你别见怪。"

　　杨秘书长摇摇头，说："玉儿这姑娘精灵。"

　　曾关带着李富贵走进了家门，李富贵一见是杨秘书长坐在自家院子里，赶紧吩咐："孩儿她娘，赶紧上壶好酒，再上几个菜。"

杨秘书长对曾关道:"从哪里找到的?"

曾关回道:"在咸发赌场。"

杨秘书长又把目光转向李富贵,说:"酒菜就不必了,从今天起,济南所有的赌场,你都甭想进去。"

李富贵目瞪口呆,问:"秘书长,我要是不去赌,我这一家人吃啥?"

杨秘书笑着说:"你赌了这些年,也没见玉儿娘俩过上什么好日子,这个家都让你给败光了。听说当年你的名字在芙蓉街、鞭指巷也是响当当的一号,沦落到今天这个地步,你也不想想是为什么。"说完,让曾关把一袋子钱币塞给了李富贵。

玉儿从李富贵的手里把钱抢过来,还给杨秘书长,说:"你把这些钱给他,他也会拿着去赌场。"

杨秘书长笑着把钱又塞到玉儿的手里,说:"这点你就放心吧,济南大大小小的赌场,我都会派人去下令,严禁你爹进入。"

郑桃子站在一旁,一直盯着杨秘书长的手,因为他一直抓着玉儿的手没有松开。她赶紧走上前去,从他们手中把钱袋拿了过来,两人的手这才分开。

郑桃子说:"玉儿,秘书长的这番心意,咱们就收下吧。"

李富贵一听要收下钱了,连忙说:"玉儿,你娘说得对。"

玉儿怒视着李富贵,说:"你住嘴。"

在杨秘书长的帮助下,玉儿的家事算是平稳下来。可另一边的陆明诚,却因为高德生亲自上门招徒一事,与姑姑陆金珠陷入了争吵之中。任凭陆金珠怎么劝说,明诚就是不答应去福寿楼当跑堂。陆金珠也清楚明诚心里咽不下那口气,可在当今世道下,能填饱肚子就算不错了,骨头再硬,不能当饭吃。

天一放亮,明诚就跑到城门外,与一群乞丐混在一起。他这样做无非是想证明自己就算是当乞丐也不会去福寿楼当跑堂,陆金珠没有过多干涉,她本以为这臭小子在外面吃尽了苦头,就能老老实实回家,然后去福寿楼当个跑堂。陆金珠比谁都明白明诚对福寿楼的怨恨,可这孩子天生遗传了弟弟陆松宇厨艺上灵敏的嗅觉,虽然以前不想让明诚走陆松宇的老路,可这民国不是大清,手

第五章

艺人在当今这个世道就能吃上饭，福寿楼就是明诚最好的平台。可她万万没有想到，陆明诚不但没有回家，反而习惯了乞讨的生活。

刘巧嘴见到陆明诚混在乞丐群里的时候，很是惊讶！他快步地走了过去，问："你怎么也干上乞讨的营生了？"

陆明诚一见是刘巧嘴，便笑着说："这里人多，热闹。"

刘巧嘴摇着头说："你这双手是手艺人的手，和他们不一样。听我一句劝，赶紧去城里看看谁家有红白喜事，去帮个厨，既能填饱肚子，又能挣个仨瓜俩枣。"

陆明诚一听，这话倒是在理，堂堂正正、光明磊落挣的钱花着也舒服，就高兴地说："真是个好主意，那我就听你的话。"

刘巧嘴没再说什么，转身就走了。刘巧嘴与这些乞丐可以说是同类人，都在是讨饭，可讨饭的方式不同，乞丐是伸手去要，刘巧嘴则是直接进门就吃，从来不拿自己当外人，论乞讨的能力来说，刘巧嘴的技能要高出一筹。就拿他给明诚出的主意来说，也正是他去蹭了人家的丧宴回城后产生的想法。

刘巧嘴虽说学的是说书，可演技也不赖，当他在城外看到一户财主家举办丧事，刘巧嘴朝门便跪，仰天拍地痛哭。这一哭可把主人家的孩子感动了，直接上前扶起刘巧嘴，请他到屋里坐。刘巧嘴心里自然高兴，可这种场面，只能掩面流泪，一边哭一边说："怎么就走了呢？"这句话说出口，主人家就觉得这一定是长辈的一位故交。

哭也哭了，对刘巧嘴而言，最重要的还是丧宴。刘巧嘴见到大鱼大肉，是一个劲地狼吞虎咽，整个桌子上也就数他能吃，看得周围坐着的人都不知道说啥好。吃饱了喝足了，刘巧嘴抹抹嘴，甩袖子就走人。

高德生看到陆明诚乞讨的画面，心里倍感难过，他本想把陆明诚请到福寿楼当跑堂，顺便也能拉拢杨秘书长这位大客人，可他失算了。高珊珊见他坐在椅子上一筹莫展，便问："爹，有什么事让你这么不顺心？"

高德生道："我本想请陆明诚来咱们酒楼，他不来也就算了，反而去和乞丐混在一起。"

高珊珊思索了一会儿，说："陆明诚在厨艺上的确是有过人的天赋，尤其是在配料上，简直无可挑剔。"

高德生摇着头说："当初选陈厚财真是失算啊！这孩子整天不着调，是能办大事，不过也能出大事。如果陆明诚不来福寿楼，那就得把他再叫回来，毕竟他的脸上写着我高德生的名字。"

高珊珊陷入沉默之中，她也没什么办法能改变这样的局面，屋子里一片安静。刘生大摇大摆地走了进来，说："高掌柜，有些时日没见了。"眼见巡抚大人的管家刘生进门，高珊珊一句话没说，转身出门去了。

高德生迎上前去，说："真是多日不见，走，咱们去茶室喝茶。"一边引着刘生出门，一边吩咐伙计备好茶叶。

在济南，不缺的就是泉水，每家每户都能喝上清甜的泉水，而用泉水沏茶，也是别有一番口感。刘生此番到来，是冲着高德生私藏的好茶叶的，顺便蹭上一顿佳肴美味。高德生自然明白他的来意，只是多一事不如少一事，笑脸应和过去罢了。

有些事能应和，有些事就很棘手。自从杨秘书长进了家门，郑桃子的心里一直悬着一根弦，虽然李富贵在家里还是算是安稳，但她非常担心玉儿和杨秘书长之间的关系，她看了一眼李富贵，说："有件事，我得和你谈谈。"

李富贵坐在石椅上，耸了耸肩膀，问："什么事？"

郑桃子严肃地说："你看咱们女儿年纪也不小了，得给她寻一门亲事。"

李富贵一脸凝重，摇着头说："都怪我没本事，也拿不出什么钱给女儿置办嫁妆。"

郑桃子打断他，说："先别说嫁妆的事情，先得选选人吧。"

李富贵思索了一会儿，笑着说："你看啊，这段时间，咱女儿和杨秘书长经常腻歪在一起，不用咱们操心，她要是嫁给杨秘书长，嫁妆钱都省下了。"

郑桃子瞪了李富贵一眼，训道："杨秘书长和玉儿相差二十岁，而且他一个外来人，家里有没有老婆，咱们也不知道，哪能随意让玉儿嫁给他呢？"

李富贵反问："那你想让女儿嫁给谁？"

郑桃子坚定地说:"诚儿,他是咱从小看着长大的,孩子的品行,咱俩也知道。"

李富贵摇着头说:"他姑父就是醉汉,家里除了那间房子,啥也没有。"

郑桃子没有再说话,而是直接出门,她心里气得牙痒痒,现在的李富贵和当年的杨正虎有什么两样,但这话又不能说出口。她往陆金珠的家里走去。

没等屁股在凳子上坐实,郑桃子张口就说:"金珠嫂子,诚儿和玉儿的年龄都不小了,也该谈谈两个孩子的婚事。"

陆金珠一脸苦相,摆了摆手,说:"孩子大了,翅膀硬了,这不,和我闹翻后一直不回家,跟着一群乞丐去讨饭。我也是为他好,这孩子怎么就不了解我的一片苦心呢?"

郑桃子笑着说:"这事你别急,我让玉儿去劝劝他,他听玉儿的话。"

陆金珠叹了口气,说:"你说家里这个样子,也拿不出几个钱,就算你愿意,玉儿愿意,恐怕富贵兄弟也不一定能答应。"

郑桃子斩钉截铁地说:"这事我做主了,你不用听他的话,穷过且过。"

陆金珠听了这番话,心里很痛快,但还是感觉有些不对劲,便问:"你怎么这么着急置办两个孩子的婚事?"

郑桃子抿了抿嘴唇,说:"这段日子,那个杨秘书长整天缠着玉儿,玉儿也不懂事,我是担心他们俩走到一块去。"

这件事,陆金珠早就有数,便说:"这事还得看玉儿的意思。"

郑桃子沉思了一会儿,说:"要是早点办了他俩的婚事,就没这么多事情。"

两个女人还没聊上几句话,外面就一片嘈杂之声。邻居张大婶急匆匆地跑进院子,气喘吁吁地说:"桃子,你家闺女可算出息了。"

郑桃子听着一头雾水,便笑着说:"张婶,你这话是什么意思啊?"

张大婶拉着郑桃子出门,指着大明湖的方向说:"从曲水亭街到大明湖,都是送花的人,那场面真是让人眼馋。"

显然郑桃子还蒙在鼓子里,可身后的陆金珠已经听了个明白,这些花不是送到别处,而是明湖戏楼,至于是明湖戏楼哪位角儿这么命好,不用问便可知,肯定是玉儿。她赶紧走到张大婶的面前,说:"他婶儿,我们知道了,你快去忙吧。"

张大婶脸上满是笑容,说:"我就知道玉儿这孩子有出息。"说完,兴奋地走出了院子。

郑桃子一脸雾水地盯着陆金珠,问:"到底怎么回事?"

陆金珠推着郑桃子出门,边走边说:"去看看不就知道什么事情了。张大婶也不会无中生有,咱们泉水人家,有什么消息,很快就传得满城风雨。"

陆明诚听到消息后火冒三丈,扔掉手中发霉的窝窝头,直冲着明湖戏楼走去,旁边的几个人傻乎乎地看着陆明诚着急上火的样子,一头雾水,也跟在他的身后。刚走到明湖戏楼,陆明诚远远地就瞧见杨秘书长站在门口,他顺脚就把身边的花篮给踢倒,这个动作可吓坏了跟着来凑热闹的乞丐,他们纷纷躲开陆明诚,有的人还嘀嘀咕咕:这下可惹大祸了。

陆明诚倒是不在乎,准备去找杨秘书长,可没走几步,就被地瓜给拉了回来。地瓜算是和陆明诚关系比较好的一个乞丐,从小没有父母,人们说他是在地瓜地里长出来的,就起名为地瓜。地瓜这孩子心眼好,老实忠厚,见陆明诚如此不理智,便一手把他拉住,说道:"你吃了熊心豹子胆,敢去惹当官的,人家送花又没有碍你什么事。"

陆明诚推开了地瓜,说:"他还真碍我事了。"

地瓜追上去,又拉住陆明诚说:"就算碍你事,也不能这么鲁莽,我们就是一群要饭的乞丐,斗不过那些官爷。"

任凭地瓜怎么劝说,陆明诚心里的火就是浇不灭,一味往前走。没走几步,他被陆金珠拦了个正着,陆明诚抬头见到陆金珠,后背直发凉,刚要扭头就走,又被郑桃子站在前面拦了下来。陆明诚着急地说:"你们拦着我干什么?"

陆金珠劝道:"你要什么脾气,我不管,但这事,你只要冲上去,就是一个死。你难道连自己的小命都不要了?"

第五章

郑桃子在一旁说:"诚儿,你是我看着长大的,玉儿这丫头不知道好歹,看我回家不训她。"

地瓜在后面看得稀里糊涂,陆明诚到底是个什么样的人物,怎么这么多人来劝他,这个戏楼的头牌和他又有什么关系?没等地瓜看明白,玉儿从戏楼里走了出来,看到明诚就径直跑过去,然而明诚没有理会玉儿,转身就走了。玉儿一头雾水地看着陆明诚,又转头看看郑桃子和陆金珠,问:"明诚哥,这是怎么了?"

郑桃子一脸怒相,训斥道:"瞧你办的这点好事。"说完,拉着陆金珠也转身离开。

玉儿孤零零地站在原地看着一个个人离开自己,杨秘书长从后面大笑着走到玉儿的身边,说:"从此之后,济南梨园界的头牌就是玉儿了。"

玉儿反而有点高兴不起来,成为梨园界的头牌一直是她梦寐以求的事情,可当自己得到了头牌,却仿佛丢失了自己的爱情。这件事情如泉水流淌般传遍了家家户户,今天的新闻,到了明天就是历史,爱情一旦成为历史,可就很难挽回了。

第四节 人情练达

初夏,北方乡村的原野上一片嫩绿,天上白云缓缓地飘着,广阔的大地上三三两两的农民辛勤地劳动着。大明湖堤岸上,柔嫩的柳丝低垂在静谧的湖水边,鹅鸭闲游其中。

自打玉儿成了济南梨园界的头牌后,明诚时不时地站在百花洲的岸边,遥望着明湖戏楼,有时候,地瓜也会跟随着陆明诚,他非常好奇陆明诚到底是一个什么样的人物,如果是富家子弟,为什么要出来要饭?如果是穷人家的孩子,怎么又能和官爷打上交道?

大明湖的南门有一座造型精美、色彩艳丽的牌坊,上书"大明湖"三个浑厚古朴的金色大字。南门的前边,有一座板桥,叫鹊华桥。在桥的南边,绿柳环绕着一泓清池,名为百花洲。而明湖戏楼就建在鹊华桥的北边。从桥南边的百花洲一眼可以看到明湖戏楼的全貌。济南城的梨园头牌在此楼,张孝财自然不能失了场面,花了大把银子进行了翻新装饰,明湖戏楼豪华的程度比以往大大提高,可还是比不上八卦楼豪华气派,用他的话说,八卦楼是烟花柳巷,自个儿的地才是大雅之堂。

俗话说,常在河边走,哪能不湿鞋。陆明诚还是遇到了从明湖戏楼走出来的玉儿。玉儿一身绫罗绸缎,白皙的脸上泛着红晕,一直冲着陆明诚笑。陆明诚一见玉儿朝自己走来,就快步走开了。地瓜跟在他身后,他虽然不明白陆明诚为什么突然变得这么紧张,但他心里肯定了这个戏子与陆明诚之间的关系。

玉儿追了几步,喊道:"站住!"见明诚没有丝毫停止脚步的意思,又大声喊道:"你脑子被驴踢了,还躲着我。"

陆明诚一听到玉儿骂他,瞬间停住了脚步,转头说:"你快去找你的杨秘书长吧,你们俩都好上了,别来找我。"

玉儿一脸委屈相,回道:"什么跟什么啊,我哪跟他好上了,我心里有谁,你还不清楚啊!"

地瓜远远站在桥边等着陆明诚。玉儿见陆明诚不吭声,便说:"回家吧,别生姑姑的气,她也是为了你好。"

陆明诚没有听劝,而是与地瓜一起走了。或许,没有杨秘书长送花篮的事件,陆明诚还能听玉儿的话。陆明诚的心里隐隐作痛,这种痛无法用语言表达,就是戳心窝子的痛。

第 / 五 / 章

地瓜跟随在陆明诚身后,悄声说了句:"那姑娘喜欢你。"

陆明诚摇着头说:"你不懂,如果她喜欢我,那她怎么会和其他男人勾搭在一起。"

地瓜仿佛一下明白了陆明诚为什么怒气冲冲要大闹明湖戏楼,便说:"你看这遐园,花木茂盛,曲水清清,山石嶙峋,亭台回廊错落有致。站在园中的浩然亭可远眺鹊华烟雨的景色,很多人来到遐园,就只想看鹊华烟雨,却忘记了遐园内的美景。"

陆明诚惊讶地看着地瓜说:"你这出口成章,可不像是乞丐口中说出的话。"

地瓜笑着道:"你不是也一样吗,虽在乞丐帮里,可你的心并不在这里,你和我们这群乞丐不一样。你就像这里的游客一样,只会看到鹊华烟雨,却看不到遐园内的美景。其实,连傻子都能看出来,那个姑娘的心一直装着你。"

陆明诚不得不承认,地瓜的这番话击中了他的内心,可他的心里容不下别的男人对玉儿产生暧昧之心。可静下心来想一想,自己现在这副模样,又何德何能配上济南梨园界的头牌。他傻笑了一会儿,问:"地瓜,你最想做的事情是什么?"

地瓜不假思索,说道:"吃顿饱饭。"

陆明诚又问:"除了吃饱饭以外呢?"

地瓜挠了挠头,回道:"我也没什么大志向,能娶个媳妇,安安稳稳地过日子就行。"

陆明诚笑了笑,接着问:"如果有一份差事,既能让你赚到钱,又能填饱肚子,说不定,还能娶上媳妇,但这份差事的当家是你心中比较厌烦的人,你会怎么选?"

地瓜思索了一会儿,说:"那肯定不会去,我只想做我喜欢的事情,虽然有钱有吃的,但心里不舒服,那得多委屈。"说完,地瓜顿了一顿,问,"你好像话中有话。"

陆明诚沉默了片刻,说:"曾有份酒楼的差事非常招人眼馋,或许,我接了这份差事，不只脸上有光，也不用出来过乞讨的日子，可我非常厌烦酒楼掌柜，当然还有他的女儿。"

地瓜瞪大眼睛瞧着陆明诚，拍了他的胳膊一下，说："在酒楼多好，有吃的，有喝的，你真是脑袋被驴踢了。"

陆明诚笑着摇摇头，缓慢地朝城门走去。他心里暗想着，有时候能不能做自己喜欢的事情，由不得自己选择。

福寿楼还是一派繁忙的景象。高德生依旧站在大厅的角落里，注视着进进出出的食客，高珊珊在柜台清算着账目，厨房里的陈厚财慢慢吞吞地雕刻着一个萝卜，不难看出，他的心思根本不在厨艺上。伙计们也都是睁一只眼闭一只眼，但打心眼里看不惯陈厚财的作风。

冯钟丁走到高珊珊的身边，低声说："大小姐，陈厚财再这么无所事事，也会影响到其他伙计的心情。"

高珊珊瞟了一眼冯钟丁，道："真是招来一个祸害。"说完，走到高德生的身边说："爹，陈厚财不能再待在厨房里了，他什么事也不做，惹得其他伙计也没干劲。"

高德生点了点头说："打发他走吧。这位爷，我也不伺候了。本以为让他回去几天，他能想明白，结果回来后变本加厉。你抽时间去看看陆明诚，也劝劝他。"

高珊珊应道："我现在就去。"

陈厚财又被打发走了，可他心里一点也不慌，他寻思着高掌柜还会把自己请回去，毕竟自己是他亲手招收的徒弟，再加上高珊珊这个美人胚子也会舍不得自己，可他万万没有想到，正是自己朝思暮想的高珊珊把自己赶出了福寿楼。

城门外的大槐树下，清凉而且寂静。苍蝇和蜜蜂飞到树荫下时，它们的鸣声也似乎变得分外温柔。陆明诚躺在油绿色的青草地上，打着盹儿，只有睡觉才能让他逃避饥饿。忽然飘来一股香味，他睁开眼睛看到一块菜饼子，顺手拿过来，狼吞虎咽地撕咬起来。而递给他菜饼子的人正是高珊珊，高珊珊边看边

第 / 五 / 章

笑着说："这菜饼子好吃吗？"

陆明诚回道："好吃。"

高珊珊有些纳闷，问："菜饼子什么好吃的？"

陆明诚一边吃一边回："饿极了什么也好吃。"说完这话，他抬头一看，却发现是高珊珊，倔强的陆明诚把剩余的菜饼子扔在地上，硬是抠着嗓子把菜饼子吐了出来。

高珊珊气道："真是不识好人心。"

在一旁等待的乞丐蜂拥而上，把扔在地上的菜饼子捡起来，抢了个精光。地瓜不解地走到陆明诚的身边问："何苦呢？"

陆明诚目光坚定地说："我不吃她家的东西。"

地瓜淡定地说："你说的那家酒楼不会就是福寿楼吧？"

陆明诚没有做声，地瓜刚要启齿追问，冯钟丁走到陆明诚的身边说："你别生大小姐的气，有些事也不是她说了就能算数的。"

陆明诚看着眼前这个陌生的小伙子，问道："你是谁？"

冯钟丁笑着回道："我是福寿楼的跑堂伙计冯钟丁，我见识过你的厨艺。正好县东巷有户人家要办喜事，请不起福寿楼的厨子，我把你介绍给他们，你再找个帮手，去挣个仨瓜俩枣，也总比在这里要饭强。"

陆明诚傻笑了一会儿，他万万没有想到冯钟丁和刘巧嘴说了同样的话。他明白刘巧嘴让自己去赚点红白喜事的钱，是为了能第一时间得到消息，好去蹭吃蹭喝，而冯钟丁又有什么目的呢？可眼下除了这个法子，也没有别的办法能解决饥饿的问题。陆明诚笑着说："好，我去，那我就带着地瓜过去，不过，你给我介绍活儿，我该怎么报答你呢？"

冯钟丁摇着头说："我图报答的话，就不找你了。明天一早，县东巷李家，就说是我让你去帮厨的。"

陆明诚又兴奋又饥饿，自从冯钟丁走后，他躺在草地上，时不时地笑一会儿，直到昏睡过去。醒来的时候，他已经躺在软绵绵的床上，他环视四周，熟悉的味道，熟悉的摆设，他迷迷糊糊地看到了陆金珠在屋里不停地忙活，他怀疑自己是在做梦，可是梦里的一切真的非常清晰。陆金珠见明诚醒了，赶紧走到床边，摸了摸他的头说："来，先把汤喝了。"

明诚望着陆金珠说："还是在梦里好，有汤喝。"

陆金珠骂道："什么在梦里，你现在在家里。你饿晕后，是一个叫地瓜的小伙子把你送回来的。"

明诚用力捏了一下自己，这果真不是梦境，一边起身一边说："我走！"

陆金珠一把按住他，训斥道："你走什么，在外面饿得皮包骨头，还要小性子。行了，姑姑也不逼你去福寿楼，但你得有点差事做，不然……"陆金珠本想说说玉儿的事情，但话到嘴边又不知道该怎么说，就转了个弯说，"你先养着身体吧，在家里总还能有口吃食，在外面就算饿死了，也没人知道。"

明诚的泪水涌出眼眶，在外乞讨的这段时间，他心里清楚，自己吃了多少苦，姑姑心里就流了多少血，他看到姑姑头发中越来越多白色的发丝，心里痛如刀割。他低声说："姑，我睡了多久了？"

陆金珠看了看外面，说："从昨儿个下午，一直睡到今早上。"

明诚一听，拍了拍头，头还有点晕，当他刚要再躺下的时候，冯钟丁交代他的事情一下子浮现在眼前。他穿上衣服，就冲着门外跑去，边跑边说："姑，我今天答应了去县东巷帮厨，天黑才能回来。"

陆金珠一听这事，心里自然高兴，但还是有些担心明诚的身体，喊道："你慢点跑。"

李家大院是一座古老的宅院，宅门有些糟朽，挂满了红色的绸缎。一个个大大的"囍"字，张贴在宅院的角角落落。砖石还算结实，青砖铺地，有瓦房，有过厅。从院外往里面瞧去，院落清雅，挂满了丝瓜、豆荚，绿油油的叶子沐浴在温煦的阳光下，给人一种幽美、恬静的感觉，一缕缕炊烟慢慢从屋顶上飘起。

陆明诚有些纳闷，这么富裕的大户人家，怎么可能请不起福寿楼的厨子呢？没等他思索完，地瓜上气不接下气地跑到他的面前，问："你怎么不进去？"

第 / 五 / 章

忽然,锣鼓声、鞭炮声响起,这声响倒是惊了陆明诚一身冷汗,他瞅了瞅地瓜,说:"这一看,这户人家就是有钱的主儿,不像是连厨子都请不起的样子。"

地瓜笑着说:"有钱好啊,等咱们干完活,绝对不会亏咱们。不过话可说在前面,我不会炒菜煮汤,我给你打打下手就行。"

两人谈得正欢,门口站着的一位老太爷可着急了,大声问身边的伙计:"厨子怎么还没来?"

伙计马上回道:"我这就去酒楼催一催。"

地瓜一听,赶忙捏了陆明诚一把,悄声说:"他说的厨子,是不是咱们俩?"

陆明诚这才缓过神来,拦住了要去寻厨子的伙计,拽着地瓜走到老太爷的面前,说:"我们就是厨子。"

老太爷上下打量了一番,说:"赶紧进去吧,别耽误了喜宴。"

陆明诚和地瓜跟随着伙计走进院落,从一条小道里拐进厨房。红彤彤的火焰照亮了整个屋子,新鲜的蔬菜装在竹筐子里,鸡鸭鱼肉挂在铁钩上,光看着这些食材就能让人胃口大开,还能解解馋。地瓜看着两眼发光,明诚自然懂得地瓜心里想的是什么,用力拍了地瓜的肩膀一下,说:"赶紧去把这些菜给洗干净。"

地瓜不情愿地回过神来,吞吞吐吐地说:"我这就去。"

陆明诚对厨房的规矩是一清二楚,地瓜毕竟是个乞丐,自然不懂得礼数,陆明诚说:"这里的东西,不能私自吃,这是行里的规矩。"

地瓜无奈地问:"这么多,他们也吃不了。"

陆明诚笑着摇头说:"你千万别偷吃,要被主家抓住,不但没有赏钱,估计今个儿的活都白干,等做完工后,他们会单独安排一桌宴席招待我们。"

地瓜一听这话,起了兴致,说:"这事你不早说,管吃就行。"

陆明诚转身去了案板前,一把明晃晃的菜刀映入眼帘,这里面的味道、摆设,他曾经是多么的熟悉,而现在却是感到如此的陌生。

第六章
DI LIU ZHANG

第/六/章

第一节　化被草木

　　石墙木门，鲜红的彩球悬挂在门前，吹鼓手是两班，都穿新衣、戴荷叶帽。这一吹吹打打、浩浩荡荡的仪仗队伍，引着花轿向女方家走去。轿顶装饰华丽，轿围的彩缎上绣满牡丹花图案，四角挂满彩饰和穗子。

　　轿子到了李府，李府要设宴款待前来接新娘子的一行人，先将花轿摆在院中，将轿顶灯及随行的所有串灯、提灯等全部点燃，当地人称之"亮轿"，以示阔绰。老太爷吩咐伙计们给轿夫、吹鼓手和众执事另加喜钱。并嘱咐对轿夫好生招待，喜钱也比其他人多。老太爷这样做是有原因的，就是让他们把轿子抬稳，让自己的女儿少受些罪。还请了一位老年妇女用烛光往轿子里面照一照，当地人称之为"照轿"，意在驱除邪祟。

　　陆明诚和地瓜在厨房里忙个不停，伙计们把新出的菜肴端到客人们的桌上。在不远的喜棚内，主人家搭起了一个小戏台，招待来道贺的亲友。地瓜瞧热闹瞧习惯了，见到新娘要出门，撒腿就跑出了厨房。陆明诚摇着头自言自语道："果真不是当厨子的料。"

　　院子里站着几位富家少爷，身上穿的是泛青色的丝绸褂子，青色的厚锦缎裤子。地瓜打心眼羡慕这些富家少爷，他们有吃不尽的山珍海味，穿不完的绫罗绸缎。

　　新娘身着凤冠霞帔，坐上大红花轿，离开了生活十几年的李家，踏过了人生最重要的那道门槛。这顶花轿，曾是传统婚礼中不可或缺的道具，它承载着无数女人对幸福的渴望和梦想，带着她们走过人生中最重要的一段路程。

李老太爷站在门口，望着远去的迎亲队伍，心里满是伤感。直到迎亲的队伍消失在自己的视线中，他才转身走到院子里，把注意力放到了前来道喜的客人身上。李老太爷一脸的伤感，李老太太坐在女儿的房间里，一直不出来，这让地瓜有些不能理解，女儿出嫁是喜事，怎么爹娘都哭丧着脸呢？男方的打扮也不像是穷人家的孩子，难道是个纨绔子弟？如果是这样，那老两口怎么舍得让女儿嫁出去呢？没等他想完，高珊珊来了，她一身浅色旗袍，身材显得婀娜多姿，有一股少女特有的风韵。地瓜赶紧跑到厨房，慌里慌张地说："福寿楼的高小姐来给李老太爷道喜了。"

陆明诚不慌不急地切着菜，说："你看李家大院这豪宅气势，绝非是一般人家，李老太爷能和福寿楼交往很正常。"话音刚落，他的心里也打起了鼓，既然关系非同一般，那为什么李老太爷不直接找福寿楼的厨子？看来，果真是自己猜想的那样，冯钟丁并没有把李府请厨子的事情告诉高德生，而是直接把这差事交给了自己。

地瓜目不转睛地看着陆明诚，他似乎从陆明诚的眼神中看出了一丝的不安和惶恐，忍不住问："是不是有什么大事？"

陆明诚放下手中的菜刀，缓了缓神，回道："没什么大事，赶快过来帮忙。"

高珊珊在李老太爷的陪同下走进了厨房，在厨房里走了一圈。对于陆明诚来说，高珊珊每挪动一步，他的心就揪着疼一下。

李老太爷笑嘻嘻地说："替我回去多谢谢高掌柜，给我派了这么两个能干的厨子。"

高珊珊回应道："李老太爷，别这么见外，你和我爹的交情，那可是有目共睹，我们肯定会给你派两个手艺高超的厨子。不过呢，当厨子的，光手艺高超还是不行，还得品行真诚。"

陆明诚心里清楚，这高大小姐的话，不是说给李老太爷听的，而是说给自己听的。不过，高珊珊没有捅破自己和地瓜冒名顶替福寿楼厨子的谎言，他心

第 / 六 / 章

里还是比较感激。

李老太爷点着头说:"你和我家小女差不多岁数,小女这么一出嫁,我心里不是滋味。"

高珊珊劝慰道:"你别这么说,就把我当你闺女,有事言语一声。"

这幕戏,陆明诚没有看明白,在他心目中,刁蛮的霸道女,怎么突然变得如此的体贴人意了呢?或许,是福寿楼为了留住李府这个大主顾,高珊珊才故意说些好听的话。

李老太爷摆了摆手,说:"高小姐,你先照顾下自己,我去看看客人们。"

等李老太爷走出厨房门,高珊珊慢慢悠悠地站到陆明诚的身边,说:"请你进福寿楼当跑堂,你不去,现在倒是学会半路揽活了?"

陆明诚擦了擦手,说:"早知道是福寿楼的活,我连接都不接。"

地瓜听得迷迷糊糊,忙问:"这活不是别人介绍给咱俩的吗?怎么又成了抢别人家的活了?"

陆明诚瞪了地瓜一眼,说:"地瓜,你去再拿一盆糊子来。"

地瓜看了陆明诚面前的糊子,笑着说:"这盆里面的糊子还有不少。"

陆明诚喊道:"让你去你就去,怎么这么多话。"

地瓜一脸雾水地走出厨房,嘴里还嘀咕着:"不就拿个糊子吗?干吗冲我嚷嚷。"

济南人所说的"糊子",其实是将小麦、高粱这些粮食在头天晚上放到水里浸泡,等泡得差不多了,再用石磨推成糊状,这也是做煎饼非常重要的食材。不过,这糊子稠了,勺子舀起来不能顺畅地倒在鏊子上,稀了,会在鏊子上四散流淌,只有稀稠适当才能摊出好的煎饼。

趁冬瓜去拿糊子的功夫,陆明诚对高珊珊说:"我是真的不知道这差事是福寿楼接的活儿,但你回去不要怪冯钟丁。"

高珊珊调皮地说:"你求我啊!如果让我爹知道是冯钟丁把李家的喜宴给了外人,肯定会把他赶出福寿楼。"

145

陆明诚吐了口气说:"好,算我求你。"

高珊珊笑了笑说:"福寿楼每天接的红白喜事非常多,大伙儿也是冲着福寿楼这块牌子,刚才李老太爷也说了,你们干得非常好。我呢,不是你想象的那么不讲情理,这事就这么过去,算你欠我一个人情。"

陆明诚不情愿地答应了,继续炒菜。高珊珊闻着菜肴清香的味道,心里非常满意,便说:"等拿来糊子,给我做一个煎饼吃吧。"

厨房里伙计进进出出,一道道菜被端到客人的餐桌上。陆明诚用怀疑的语气问道:"高大小姐,你什么菜没有吃过,怎么想吃煎饼?"

高珊珊一脸苦笑说:"我也不能不食人间烟火啊!"

地瓜端着盆子从外面急匆匆地走了进来,嘴里嘟囔着:"推碾的大婶可说了,你要是一趟赶一趟的催着要糊子,就让你自个儿去推碾。"

高珊珊掩面一笑。陆明诚接过盆子,左手持着勺子,来回和一和盆中的糊子,舀一勺糊子均匀地流到鏊子上。他右手持劈子,从右向左转着圈,很快鏊子上浮出一片白云。他把最后剩的一些糊子从鏊子上刮进盆中,不撒不漏,接着往鏊子底下不紧不慢地续柴火。等蒸气全无,陆明诚用刮子将煎饼翘起一边,两手揭下来,放到板子上,动作干净利落,如同制作一件艺术品。

高珊珊猛地冲到煎饼前面,闻了闻,笑着说:"烙得不错,火候掌控得也恰到好处。"说完,拿起煎饼吃了起来。

陆明诚劝道:"你慢点吃,没人跟你抢。"

地瓜看着高珊珊的吃相,感觉自己的嗓子被噎了一下,轻声对陆明诚说:"感觉她比咱们俩还饿,真看不出来,她还是位大小姐。"

陆明诚笑着摇头说:"你去拿点水来给她喝。"其实,他的心里也有些纳闷,高珊珊从小到大什么美味佳肴没见过,居然会狼吞虎咽吃自己摊的煎饼。

高珊珊边吃边说:"味道真的不错!"

陆明诚故作镇静,但内心有些得意地说:"福寿楼的高大小姐,也喜欢吃我们这些穷人吃的煎饼。"

高珊珊擦了擦嘴说:"此言差矣,食材都是从民间获取,美味自然也来自

第 / 六 / 章

于民间。"说完,高兴地走出了厨房。

对眼前这个自己曾经非常讨厌的女孩,陆明诚居然在这一瞬间感觉没有那么讨厌,这让他悬着的心放了下来。他继续摊着煎饼,额头上渗出豆粒般大小的汗珠。他吩咐地瓜:"你把那些大葱洗干净,再把面酱拿来。"

面酱主要有麦面酱和豆面酱两种。这些酱都是自家制作,在生活困难的时候,许多人家以酱来替代佐餐的菜,因此也有"百家酱,百家菜"的说法。煎饼卷大葱离不了面酱。

地瓜刚把盛有面酱的瓷坛放在桌面上,李老太爷就面带笑容地走了进来,显然有些醉意。他手里拿着钱袋,塞到陆明诚的手中,说:"今儿个小女出嫁,老夫心里未免有些不舍,也没有好好招待你们两位,真是有失礼数。"

陆明诚掂了掂手中的钱袋,赶紧说:"我们俩就是来干活的伙计,李老太爷没必要把这事放在心上。还有就是这钱有点多,我们就是搭个手,炒个菜,用不了这些钱。"

李老太爷点了点头说:"厨艺高,人品好,不错。不过呢,这钱你们俩收下,你们做的喜宴给我李府长足了面子。等会儿,你们也给自己拾掇一桌,喝点喜酒。"

地瓜兴奋地问:"我们也可以在这里吃喜宴?"

李老太爷摇着头说:"看你说的,我难道还管不起你们俩吃一顿饭,行了,我还要招呼客人,你们忙完赶紧喝喜酒。"

地瓜听了这话,浑身充满着干劲,跑前跑后,动作利索。陆明诚笑着问:"你能消停一会儿吗?"

地瓜一脸严肃地说:"这活得赶紧干完,才能有饭吃,你看这么多鸡鸭鱼肉,等会儿给咱们桌多做几道荤菜,我好长时间没沾到荤腥。"

陆明诚沉稳地做完了喜宴的最后一道菜,站在厨房的门口看着外面的客人,一个个吃得美滋滋,喝得那是一个尽兴,他的心里却感觉不是滋味,也清晰地感到了穷人和富人的差距。富人结个婚,大摆宴席,歌舞升平,而穷人结个婚,聚在一起吃个面,心里就满足了。见到了有钱人的婚礼,陆明诚不想再继续做穷人。他顺手炒了几个菜，又摊了许多的煎饼，说："地瓜，把这些菜和煎饼拿给兄弟们，咱们也不在这里吃了，李老太爷是个好人，但咱们得懂规矩，人家给了钱，还请咱们留下来，礼数到家了。"

地瓜不解地问："兄弟们？"

陆明诚敲了地瓜的脑袋一下，说："闻到了一点油腥，就把兄弟们忘了，都是一起饿过肚子的患难兄弟，得记在心里。"

地瓜笑着说："我懂，我曾经也读过书，我就想当个诗人，像金菊巷的刘先生一样，出口成章，一口的酸水。"

陆明诚擦拭了一下汗珠，把手里的钱递给地瓜，说："钱，咱俩平分。"

地瓜推辞着说："我今儿什么也没干，都是你一人在忙活，再说了，没有你，我也吃不上这么好的饭菜。你留着吧，家里还有个姑姑，给她买点好吃的菜。"

陆明诚顿了顿，问："你怎么知道我家在什么地方？"

地瓜调皮地回道："自从你和我们一起乞讨那一天起，我就觉得你身上有故事，当乞丐的好处就是整天走街串巷，慢慢就打听出来了。"

忙完李府的喜宴后，陆明诚站在大明湖的北渚桥上，太阳已经西斜，看见湖中的杨柳倒影在水中，湖面已经变成了一片金黄。

此刻，可以看见城门的剪影，从浅绿色的丝绸般的天光中，清晰地显现出来。陆明诚抬头仰望着这溶入他的生活、他的灵魂的济南城。他仿佛感到父母也在默默地俯视着他住的那条古老的胡同、陈旧的院落和他自己。

第 / 六 / 章

第二节　秋收冬藏

到了秋天，院子里有阳光的时间比较短了，阳光也比较柔和了，古老的院墙呈现出一片凄凉的金色，那一股股小泉水又给这幅画面增添了一些银色。这个时候，街巷上的泉水人家有一种出奇的、令人伤感的魅力。

芙蓉街上的关帝庙荒芜已久，屋顶杂草丛生，似乎受不了这样的重压而弯曲下来，墙壁虽然是用结实的片岩筑成的，却有无数的裂缝，使一些藤蔓植物得以在上面攀缘。

陆明诚自从当了一回李府喜宴上的厨子，就一发不可收拾。每逢有人家办红白喜事，他都能接到一些厨房的活儿，当然冯钟丁也会时不时地给陆明诚介绍一些活儿，地瓜一直帮着他打下手。刘巧嘴照样在红白喜事的宴会上混吃混喝，有很多次被主人家抓了个正着，都是陆明诚替他打了圆场。后来，陆明诚直接以自己帮手的名义把刘巧嘴领进了厨房，可刘巧嘴哪是干活打杂的料，除了那张嘴，其他一无是处。

玉儿成了济南梨园界的头牌后，就很少登台唱戏，除非戏楼来了像杨秘书长这样的大人物。这件事情自然是让郑桃子非常不高兴，可李富贵心里美滋滋的，如果自己真有一个当官的女婿，未尝不是一件好事，说不定能助自己东山再起。

陆明诚也闹不明白玉儿和杨秘书长到底是什么关系，但他清楚如今的玉儿已经不是当年那个活泼正义的小女孩。而现在自己唯一要做的，就是多挣些钱养活自己和姑姑,至少他得承认一点,那就是杨秘书长能把玉儿捧成济南头牌,而他自己却做不到。

秋天的清爽带给杨秘书长一丝的安逸。来济南这些年,他虽然没有什么功绩,但也没有什么败绩,算是中规中矩。在这个群雄争霸的乱世,自己能独善其身,在夹缝中存活下来,实属不易。不过,在他心目中,感到最幸福的时光还是得属玉儿第一次带他去陆明诚家的那天晚上,虽然院子里的寒风吹得有些刺骨,但燃烧的炉火,陆金珠的好客,温暖着他的心。只不过陆明诚一直对他存在误会,而这个误会都是因玉儿而起,这点他心里有数。他回了回神,看到了远处的秦五爷身边围坐着一些老百姓,他也凑了过去。

"自从七月份爆发了直皖战争,这局势就没安稳过,以段祺瑞为首的皖系军阀,在袁世凯死后掌握了北京的主要权力。其实啊,这直系军阀和皖系军阀双方对峙长达两三年之久,互相攻讦的电报也有一个月,这场战争是不可避免的,只不过,直系军阀打败了皖系军阀,后来,这皖系军阀的士兵有的被当地军阀收编,有的流为土匪,更有直接被杀害的。"

"五爷,那你说,这直系军阀和皖系军阀谁管咱们百姓好呢?"

"依我看,直系军阀和这皖系军阀是一丘之貉,它掌握北京掌权,不见得能好到哪里去。"

杨秘书长走上前去,双手作揖说:"秦五爷,久仰大名,是否可陪我去喝杯茶水?"

旁边的百姓见杨秘书长凑上来,有的人慌慌张张,不知如何是好;有的趁机离开;有的为秦五爷说好话……

杨秘书长笑着说:"大伙儿放心,我只是请秦五爷喝杯茶,不是来抓他,刚才我什么也没听见。"

这话一出,大伙儿才把悬着的心放下来。秦五爷硬气地说道:"去就去,看你能把我怎么样!"

他们走进一家明亮的茶楼,只见所有的墙上和巨大的架子上都挂着文人字画。他们穿过镶嵌着深色瓷器的楼梯,走进一间茶室。茶室设在阳台的一角,

第 / 六 / 章

大到实木茶几、椅子,小至布艺坐垫、石材挂件浑然一体,令整个茶室好似一幅晕染开来的水墨画,虽无浓墨重彩,却给人以无限遐思。再加上墙面的字画,装饰柜上翠绿的吊兰,以及古色古香的青花瓷茶具,一种悠远的中式情韵扑面而来。

杨秘书长笑着问:"五爷,对这家茶楼还满意吧?"

秦五爷一脸凝重地说:"乌金木,自然的纹理、古朴的色调、真实的触感,这茶几实属上品。"

杨秘书长拿起紫砂壶,壶身上雕刻着花卉,杨秘书长放入茶叶,沏上热水。过了一会儿,他给秦五爷倒茶,边倒边说:"来济南这些年,我喜欢上的第一件事,就是喝茶。济南的泉水好啊,又甘又甜。居家过日子离不开柴米油盐酱醋茶,来,五爷,尝尝茶水。"

秦五爷轻轻品了一口茶水,然后放下茶杯,问道:"杨秘书长不会是单请我来喝茶水吧,有话就直说。"

杨秘书长解释道:"早就听说五爷性子直,今天算是见识到了,不过呢,我真的没什么事情,我要打听什么事,也用不着请你来茶室。"

秦五爷放松了警惕,说:"那就先谢了你的茶水,这么大的官爷请我这个粗人,还是头一次。"

杨秘书长给秦五爷续上茶水,说:"那可不见得,早些年间,只要有达官贵人来济南,都会请你喝上几盅酒。"

秦五爷直盯着杨秘书长,他知道自己的底细早就被杨秘书长查了个精光,便说:"醉翁之意不在'茶'吧?"

杨秘书长沉默了一会儿,说:"不瞒你说,我还真是有件事情想向五爷打听一下。"

秦五爷面色突然变得有些凝重,放下手中的茶杯,说:"有话直说,我秦某人不喜欢有什么事藏着掖着的人。"

杨秘书长环视了一眼四周,问:"清光绪三十年,有一个宫廷御厨的孩子被送到了济南,当年那个孩子也就两三岁。五爷,你知道关于这个孩子的事情吗?"

秦五爷松了口气,他本以为杨秘书长要质问自己在路边议论官爷的罪,没想到是打听一个孩子的下落,便笑着说:"济南这个地方,自打晚清起,就来了很多的外地人,当然也有不少的孩子。你说这社会都乱了,人心能不乱吗?不过呢,你所说的这个孩子我还真是没见过,但我觉得你可以去华不注的华阳宫问问仇仙人,或许能问出个子丑寅卯。"

杨秘书长接着问:"仙人?他整天修行,能知道外面的事情?"

秦五爷摇着头回:"此言差矣!仇仙人虽然住在华阳宫旁的小茅屋里,但不是华阳宫的道士,他云游四海,后在济南定居,知天懂地。不过,丑话要说在前面,这位仇仙人也不是什么事都愿意和人讲,你得有个准备,别吃了闭门羹。"

杨秘书长喝了一口茶,抿了抿嘴,说:"我抽时间去会会这位世外高人。"他把茶水满上,接着说,"五爷,当今的世道比较乱,你在外面说话一定要长点心眼,别被别人捅了篓子。"

秦五爷气愤地说道:"也不能因为世道乱,就不让老百姓说心里话。难不成杨秘书长还要派人来把我抓到大牢里?"

杨秘书长大笑道:"我要是抓你,还用把你请到茶室一起喝茶?我杨某人虽然在管理济南方面没什么功绩,但也没害过济南的百姓,这点我倒是问心无愧。"

茶过三巡,秦五爷放开嗓子唱了《满江红》的选段:

众位父老,襄汉六郡,足可垦田,有愿南迁者,就随大军前往。岳家军一息尚存,必渡黄河,幸各珍重,后会有期!

杨秘书长听出了唱段中的意思,便笑着说:"没想到秦五爷唱功了得,我还有事,就先走一步,茶钱已经付了,你慢用。"

刚走出茶楼,杨秘书长就把曾关叫到了自己的身边,悄声说:"你去华阳宫那边去查一个人，人们都叫他仇仙人，看看他有什么底细，一定要摸准。"

曾关严肃地点了点头，转身就消失在人海中。

突然间，陆明诚之名因厨艺高超传遍大街小巷，高德生感到有些奇怪，一个在街上要饭的孩子，怎么就能成为老百姓口中的名厨了呢？这个问题弄得他有点茶饭不思，高珊珊见状，问："爹，看你整天心事重重的样子，是不是遇到什么事情了？"

高德生望了女儿一眼，问道："最近很多大户人家的红白喜事怎么不找我们福寿楼了呢？"

高珊珊含糊地说："前几天，张府不是请了我们酒楼的厨子，还有陈府、王府，其实也不算是少。再说了，爹不是看不上这些小活吗？就别顾虑这些事情了。"

高德生摇着头说："我是不在乎，可就怕那孩子把摊子做大，这可对我们福寿楼的生意有威胁。"

高珊珊看到冯钟丁从大堂走过，便把冯钟丁叫到跟前问："最近大大小小的红白喜事有没有来请酒楼的厨子？"

冯钟丁回道："有是有，不过都是些小家小户，给的钱也挺少，就没接，高掌柜不是说过，主要是把酒楼的生意做红做火，这些小活就放在后面吗？"

高珊珊听了这话，嘴角上扬，忍不住笑了出来。冯钟丁看得一脸雾水，便问："高掌柜，我说错话了吗？"

高德生叹了口气说："行了，你们俩以后多注意点红白喜事的事情，先忙去吧。"看着高珊珊和冯钟丁走开了，高德生自言自语道："怎么这辈子和姓陆的就撇不清了呢？"

高珊珊停下了脚步，严肃地说："好一个冯钟丁啊！胳膊肘往外拐，你是不是把福寿楼的生意介绍给了陆明诚？"

冯钟丁支支吾吾："也不全是，很多小家小户根本付不起咱们酒楼厨子的钱，还不如给陆明诚。这小子厨艺不错，砸不了福寿楼的招牌，还能给福寿楼赚个好名声。"

高珊珊摇着头说:"像李府这样的大主顾,也是小家小户?"

冯钟丁疑问:"哪个李府?"

高珊珊回道:"县东巷的李府。"

冯钟丁额头渗出细小的汗珠,说:"小姐,看来你都知道了。"

高珊珊问:"说说为什么帮他?"

冯钟丁回道:"其实,我没有刻意去帮他,他在厨艺方面具有极强的天赋,再就是福寿楼欠他一个说法。上次的招徒比试,明明是陆明诚的神仙水鸭在配料、味道上远远超过陈厚财的技艺,可高掌柜偏偏收下了陈厚财。如果当初收下了陆明诚,估计福寿楼的菜品又能上一个档次。"

高珊珊继续问:"你怎么确定,菜品又能上一个档次?"

冯钟丁笑着摇头,回道:"你看看陈厚财在酒楼都做过什么,比大爷还大爷,给他当帮手的伙计们一个个看不下去。我虽然在这方面没什么天赋,只是一个跑堂的伙计,但我觉得菜品就是人品,一个连人都做不好的厨子,能做好菜吗?小姐,我做的这些事,你也知道了,我也不辩解,如果想赶我走,我马上走。"

高珊珊笑着点点头,说:"你说得对。你放心,你帮陆明诚的事情,我没有告诉我爹,以后你该怎么做继续怎么做。但是呢,有大主顾,还是要留给福寿楼,毕竟这么多伙计需要养家糊口。如果有可能,就把陆明诚请到福寿楼来当厨子,工钱不比做这些红白喜事挣得少。"

冯钟丁松了口气,自己也担心丢了这碗饭,毕竟他得靠这门差事过活,连忙感谢高珊珊。而高珊珊因为陆明诚的事情心里感到有些压抑,这时候,酒楼外刮起了风,下起了雨。高珊珊自言自语道:"又要降温了。"

第 / 六 / 章

第三节　柳暗花明

　　一片明媚的阳光照着苍绿的山壁，空气中还漂浮着一股雨后泥土的腥味。华不注山上藤攀蔓连，盘根错节，草中乱石横亘。

　　杨秘书长站在华阳宫前，只觉香烟缭绕，他闭上双眼，深深吸了一口气。曾关站在一旁，指着不远处的茅屋说："仇仙人就住在里面。"

　　杨秘书长转过华阳宫，只见隐隐约约露出一堵黄泥墙，墙边一棵老槐树，一夜的冷雨，叶子也落了一大半。老槐树下有一口土井，旁边有辘轳、水桶。走进院子里，先闻到一股腐木和青苔的味道，一间明亮的北屋门口，挂满了豆荚、麦子。

　　曾关走到门前，刚要进门就被杨秘书长一手拦住，轻声说："别没有礼数。"说完，自己在门外喊了一句："敢问仇仙人在家吗？"

　　屋里传出声音："都打探好了，就不必装腔作势，进来吧。"

　　杨秘书长心里一颤，悄声问曾关："不是让你暗查仇仙人的情况，怎么走漏了风声？"

　　曾关摇着头说："这种事，走漏风声不可能，可能是这位仙人太神，早就算好了秘书长来的日子。"

　　杨秘书长虽然有些担心，但还是进了屋子。屋内十分宽敞，当中摆设着桃木桌子、桃木椅子。东面靠墙正中是一个木架子，陈设着陶瓷、根雕、怪石种种玩器。仇仙人端坐在西边的椅子上，靠着窗户，手里画着一幅山水图。杨秘书长抿嘴一笑，他本以为仇仙人应是穿着一身道袍，手拿拂尘，可没想到和平常老百姓没什么两样，一身蓝色的中山装上打着几个补丁，看这模样，压根与仙人不搭边啊！

曾关悄声说："秘书长，忘了和你说一件事了，这仇仙人有些怪。晚清的时候，别人都留辫子，他偏偏剪了，到了民国，人人都剪了辫子，他反而又留起来。"

杨秘书长点了点头，说："物以类聚，人以群分，能称得上仙人，就能看出他的与众不同。"

仇仙人放下手中的笔，站起身子品味了一会儿，说："还是缺点灵性。"

杨秘书长凑到画前，仔细品味了一番，说："静中有动，动中有静，美哉！"

仇仙人引着杨秘书长坐到桃木桌子前，拿出茶叶、茶具，放到桌子上，杨秘书长赶紧吩咐："曾关，赶紧沏茶倒水。"

曾关刚要沏茶，被仇仙人阻止住，说："还是我来吧，别冲坏了我的好茶。"

仇仙人一边冲茶一边说："这沏茶是有学问的，茶温不合适，就沏不出茶的味道，这点杨秘书长应该比老夫明白吧？"

杨秘书长缓了缓神，目光直盯着仇仙人，他感到有些奇怪，自己进门根本没有介绍自己，他怎么会知道自己的身份？

仇仙人把茶杯分别放到杨秘书长和曾关的面前，说："前几天，你们就来寒舍转了好几圈，有什么事情？"

杨秘书长品了一口茶，问："都说你是仇仙人，果然什么事情都逃不过你的眼睛。不瞒你说，我还真是有一事相求。"他给曾关使了一个眼色，曾关马上起身出了屋门。杨秘书长接着说："我想找一个孩子，他在清光绪三十年，被人送到了济南，当年那个孩子也就两三岁。"

仇仙人笑着说："里面斗，外面乱，世道不安宁，不过你的一身厨艺可就浪费喽。"

第 / 六 / 章

杨秘书长瞪大眼睛，问："你知道我的过去？"

仇仙人给杨秘书长满上茶水，说："何止知道，既然你今天来到寒舍，我也不能让你空手而归。不过，我要问问你，你来济南这么长时间，怎么现在才找这个孩子？"

杨秘书长摇了摇头说："其实，这些年，我一直在找这个孩子，可济南这么大，我也不知道去哪里寻找，后来，我猜想这孩子或许压根就没被送到济南。"

仇仙人点了点头说："知恩图报，算是条汉子。"

杨秘书长一脸严肃地说："我就不瞒仇仙人了，当年我跟着师父陆松宇学徒，师父对我疼爱有加，但我很少去他的家里，所以对这个孩子的情况也是知道的少之又少，很多时间都是在御膳房和师父见面。后来师父一家人遇害，听说师父的孩子还活着，只不过被人偷偷送到了济南，就没什么其他消息了。如果没有师父真心传授给我厨艺，我也不能混到今天的位子上。"

仇仙人拿过一张红纸，说："民以食为天，官以食为道，古往今来，美味佳肴撑破了多少官员的肚子啊！杨小胜秘书长，做任何菜都不能辜负了自己手指上起的茧子，也不能多了香料味，而少了人味。"

"杨小胜"三个字从仇仙人口中说出的时候，杨秘书长浑身打了一个激灵，从自己离开皇宫，跟着队伍走南闯北，他当过伙夫，拿过枪，直到当上秘书长，这些年，这个名字连他都觉得有些陌生。他笑着说："听说仇仙人一般人都不接见，我看不太像啊！"

仇仙人笑着说："这都是别人乱传的话，我没这么大架子，也没有你们说得这么神奇，我就是一介老朽，和下地耕田的老百姓没什么区别。至于为什么这么了解你的事情，这就更简单了，我曾是皇上身边的风水师，这么说来，咱们俩都算是从皇宫里走出来的，所以对你们御膳房的事情，或多或少能知道点。何况，当时陆松宇一家人遇到迫害这么大的事情，肯定会闹得满城风雨。"

从杨秘书长到杨小胜，身份的转变，仿佛瞬间让杨秘书长回到了自己那段学徒的时光，闪着亮光的菜刀在案板上不停地舞动，汗水如雨水般在脸上流淌。

仇仙人在红纸上写了一句诗词："万岁御鞭所指，明月万开诚者。"写完之后，他将红纸递到杨秘书长的手中。

杨秘书长接过纸条问："这是什么意思？"

仇仙人指了指纸上的诗词回道："你要找的孩子的地点和名字都在这首诗里。不要再问我，剩下的就指望你自己来解开诗里的谜底，我也只能帮你到这里了。"

杨秘书长琢磨了半天，还是没有看明白纸上的诗句意思，便笑着说："谢过仇仙人。"又冲着门外喊了一声，"曾关，进来，给仇仙人赏钱。"

仇仙人喝了一口茶，说："我这人最不爱的就是钱，你给我钱也没什么用，我不缺吃不缺喝，自己种菜，自己烧水，日子还算快活。"

曾关手拿着钱袋悬在半空，看了杨秘书长一眼，说："这点意思，不成敬意，仙人还是收下吧。"

仇仙人笑了笑，说："这样吧，你给华阳宫供上点香火钱吧。"

杨秘书点了点头，吩咐曾关："就按仇仙人说的办。"

回去的路上，杨秘书长心里一直忐忑不安，他考虑的不是红纸上的诗句，而是自己的身世，就这么容易被人揭穿，这或许不是一件好事。

而这时的明湖戏楼，一片热闹的景象。张孝财抽了几口香烟，嘴里吐出几口白雾，不难看出，他心里美滋滋的。戏楼汇聚了越来越多的达官贵人，不光让张孝财把腰包赚得鼓鼓的，就连脸上也沾满了光。但孙庆的心里却有些不太舒服，虽说是自己的班子里出了玉儿这么个人物，他却没有感到一丝的高兴。当初接过七柳班就是想着能养家糊口，过上舒坦的日子，当然也是遵循师父的遗愿，把班子传下去。可如今，班子在他的手里，虽然管理得红红火火，自己却还过着寄人篱下的生活，可他也没辙，毕竟自己的戏班子得有戏台，更何况像玉儿这样的角儿，只有大戏台才能容得下。

孙庆那支旱烟管是乌木做的，玛瑙嘴儿，长长的，正好伸直自己的胳膊

第 / 六 / 章

才能点火。烟盒子是梨木做的,不算珍贵。他蹲在戏楼的门口一侧,一口接着一口吸着烟。张孝财一眼就看出孙庆心里在琢磨事,便走上前去,紧靠着孙庆,顺手递给他一根香烟,说:"孙班主,尝尝这卷烟。这玩意不比你的旱烟差。"

香烟一直在张孝财的手中拿着,孙庆无精打采地说:"我还是习惯抽这玩意。"

眼见孙庆不领情,张孝财只好把卷烟收了回去,说:"我曾经说过,跟着我,你就能有肉吃。看现在这光景,我说的话一点也没错吧?"

孙庆笑了笑,说:"张当家的脑袋瓜子这么灵活,怎么能办错事呢?"

张孝财从孙庆的话中,明显听出了讥讽的味道,但还是笑了笑说:"孙班主还真会开玩笑,我张某人论才学,哪能比得上你啊。"

两人互相掐了一会儿,突然,一阵炮声响起,紧接着又是一阵枪声。张孝财被这声响深深地呛了一口,孙庆在一旁笑道:"张当家的,这炮声还没打进城门内,你就害怕了?"

张孝财假装震惊地说:"谁,谁害怕了,是这烟太呛。"说完,扔掉手中燃烧到半截的香烟。

孙庆起身活动了一下筋骨,说:"还是这烟管好使。"

然而这几声枪炮响,并非是空响,它让济南的上空萦绕着一片愁云惨雾,人们陷入了空前的恐慌,市面上的粮食在短时间内销售一空,有钱有势的人家都开始花大价钱存粮,粮食的价格也一夜之间翻了好几倍。国民政府实业部电话铃声此起彼伏,十有八九是老百姓的抗议来电。报纸更是连夜加印,刊载老百姓的呼吁。

玉儿和大伙儿站在戏楼的门前,看着上空的浓雾慢慢散去。玉儿像是一尊汉朝陶俑,目光呆滞,眼里有着太多的忧虑。

"是不是又要开战了?"

"不会打到济南来吧。"

"那我们得赶紧跑啊!"

"跑什么？跑到哪里都有枪子。"

……

大伙儿议论纷纷，一个个心惊胆战，仿佛战争时刻就要打响。高德生站在福寿楼前，望了望天空，恰巧秦五爷从他的酒楼门口走过，高德生笑着说："五爷，这不是通火车的声音吧？"

秦五爷摇着头说："你说这群人真是祸害，前些日子，大晚上非得放上几炮，今儿个，又是放炮又是开枪。到头来，也没看明白是唱的哪出戏，就是赚几个声响。"

刘巧嘴也凑了上来，一本正经地说："我刚听说，日本人要来济南驻扎部队了。"

高德生倚靠在门上问："你知道日本人长啥样吗？"说完，转身进了酒楼。

刘巧嘴见高德生一副不相信自己的模样，便对秦五爷说："五爷，你也不相信我说的话？"

秦五爷笑着回道："信也好，不信也罢，这事和你我都没有什么关系。小心街上这些官差把你抓了，给你安一个造谣生事的罪名，你下半辈子，可就得在大牢里度过了。"连秦五爷自己都不敢相信，这番话会从自己的嘴里说出来，他可是有什么事直接说，从来不怕什么达官贵人。

不过，刘巧嘴听了秦五爷说的话，也觉得有几番道理，虽然自己是贱命一条，可好死不如赖活着，这世道再不太平，和自己也没啥关系，自己就是平常小老百姓，打仗的事情离自己太远。

秦五爷瞧着芙蓉街两旁店铺林立，薄暮的夕阳余晖淡淡地铺洒在红砖绿瓦或者那颜色鲜艳的楼阁飞檐之上，给眼前这一片繁盛的街巷晚景增添了几分朦胧和诗意。

第／六／章

第四节　如梦一场

鞭指巷两边破旧而古朴的院墙上铺陈着密密麻麻的爬山虎藤蔓，在狭长的阴影下，似乎将这秋天的伤感扫荡走了一些，有了些许愉悦的感觉。

陆明诚在院子里打磨着菜刀，刀面与青石相互摩擦，刀刃泛着亮光。陆金珠则在一旁捡着筐子里的豆子，她寻思着，虽然明诚在红白喜事上赚了些钱，可再挣多的钱比不上这物价涨得快，这些豆子或许会成为他们冬天唯一的主食。自打明诚回到家后，陆金珠再也没有提去福寿楼的事情，她也想明白了，明诚这孩子一步步走到现在，就靠着这股子犟劲，真的挺不容易，何必为难他呢？

玉儿满脸笑容地走进院子，提着两大块肉，说："哥，给你带了两块肉。"

陆明诚没有搭理玉儿，把刀在水里涮了一下，提起布袋，就走出门了。玉儿傻愣在原地，有些不知所措。陆金珠赶紧走到玉儿身边说："这孩子，真是不知道好歹，玉儿，咱不跟他一般见识。不过呢，这肉是稀罕物，你还是拿回家给你爹娘吃吧。你老给我们家送东西，我们也有些过意不去。"

玉儿从陆金珠的话中听出了生疏感，心里有些不是滋味，便说："你们别拿我当外人，我现在有钱。"

陆金珠本想再说点什么，又担心伤了玉儿的心，毕竟在她的眼中，玉儿还是当初那个又蹦又跳的小孩子，但现实毕竟是现实，玉儿现在是济南梨园行的头牌，也算是个人物。正当陆金珠左右为难的时候，杨秘书长，或者说杨小胜站在了门外。玉儿一见是杨小胜，慌忙地把肉硬塞到陆金珠的手里，赶紧跑了出去。

杨小胜笑着说："今个儿本想去听你的戏，但扑了个空，就顺着街巷溜达，溜达到了这里，没想到真碰上你了。"

玉儿含蓄地说道："杨秘书长真是太客气。想听戏，你直接和明湖戏楼打声招呼，让他们给你安排场次就行，让你扑了空，真是有点过意不去。"

陆金珠见门外的两人谈笑风生，轻轻地关了一下门，可不巧的是被刚要出门的郑桃子撞了个正着。郑桃子走到两人的跟前说："杨秘书长，请去家里坐坐。"

杨小胜寻思了一会儿，说："好！"

郑桃子本以为杨小胜会推辞，可万万没想到，他答应得倒是挺爽快。她的心里有一万个不愿意，毕竟自己的女儿是个黄花大闺女，在街上被别人看到她和杨秘书长勾搭在一起，很快就会有人说闲话。

郑桃子冲上茶水，坐在两人中间，一语不发。杨小胜也感到有些尴尬，有些话他想对玉儿说，可郑桃子不走，他也不知道如何开口。他是茶水一杯接着一杯下肚，郑桃子是一杯接着一杯给他满上。杨小胜喝到七八成饱，赶紧阻止住郑桃子，说："不喝了，泉水泡的茶水固然好喝，但也不能一口气喝个没完没了。我今天来，是有一事想问问玉儿。"

玉儿问："什么事？"

杨小胜支支吾吾了半天，没有说出半句话，直到李富贵哼着小曲走进家门，才打破了尴尬的局面。他直接坐在三人中间，自己倒了一杯水，润了润嗓子，说："这外面可真够乱的，光米店前面就排了长长的队伍。"

郑桃子对杨小胜说："这事情，杨秘书长不管一管？"

没等杨小胜说话，李富贵就插嘴道："该管管。"

杨小胜一瞪眼，说："瞎管啥，到时候，管不好事，再把自己的命搭进去。"

第/六/章

郑桃子半信半疑，心里念叨着："胆小鬼，还是撑不起事。"

李富贵冲着郑桃子训斥道："别傻愣着了，赶紧去炒几个菜，我和杨秘书长喝几杯小酒。"

郑桃子不情愿地朝厨房走去。李富贵见郑桃子走了，笑嘻嘻地问："杨秘书长怎么有空到寒舍来坐坐？"

杨小胜顿了顿神，说："我想问问玉儿……不，是你们一家人有没有移居日本的打算？"

李富贵从街上就听到很多富商移居日本的消息，心里直痒痒，要是这仗打起来，济南肯定非常危险。他赶忙问："杨秘书长是不是有移居日本的门路？"

杨小胜看了看门外，确认安全后，说："如果你们一家想去日本，或许我真的能帮上忙。"其实，杨小胜只是想单独问一下玉儿，没想到来得早不如来得巧，正好撞上了他们一家人。

李富贵感激地道："还是杨秘书长想着我们一家人啊，真是体恤百姓。"

玉儿坐在一旁，完全没有听明白杨小胜的用意，便说："为什么要去日本？"

李富贵白了玉儿一眼，说："大人说话，小孩子少掺和。"接着对杨小胜说："这去日本的费用？"

杨小胜笑着说："路费包在我身上。"

玉儿怒斥道："要去你们去，我可不去。"说完，走出了家门。

李富贵两眼冒火，骂道："这孩子越大越不懂事，真是喂不熟的狼，让杨秘书长见笑了。"

杨小胜笑了一会儿，说："和我别见外。我先去看看玉儿，一个女孩子生着气跑出去，总归不安全。"

李富贵听出杨小胜话中有话，便说："好，你快去。"

杨小胜刚走出家门，李富贵就哼起了小曲，表情怡然自得，郑桃子端着饭菜走出厨房，一见只有李富贵一人在院子里坐着，愣了一下，道："人呢？我还做了这么多菜。"

李富贵一瞪眼,大声喊道:"我不是人吗?他们不吃,我们吃。"

郑桃子把饭菜放在桌子上,说:"女儿大了,真是留不住喽。本寻思着儿子们常年连个人影都见不到,让玉儿找个离家近点的婆家,等咱俩老了,也能常来伺候一番,这倒好,和姓杨的好上了。谁知道他是真的对咱们家玉儿好,还是贪图咱玉儿年轻,要是真的对咱玉儿好,我倒也没什么意见,还有就是不知道姓杨的以后会不会留在济南。"

李富贵夹了几口菜,在嘴里咀嚼着,说:"你们女人家就是事多,女儿嫁出去就嫁出去了,还指望她养老送终?"

郑桃子一听这话,心里就不高兴了,没有再搭理李富贵,转身回屋。

杨小胜追赶上玉儿,笑容满面地说:"国内的局势很不稳定,很多人都开始准备后路,你也得打算一下了。"

玉儿摇着头说:"我没想去什么地方,就像我娘,活到现在,都没有走出过济南。我们这些平头老百姓,守一方田,过一辈子,就知足了。"

杨小胜劝说:"这话可就不对喽,你现在是济南梨园界的头牌,就算不去日本,也该去北京这样的地方。像梅兰芳、谭鑫培,这些老艺术家都在北京,说不定你能成为北京梨园界的头牌呢。如果真的能这样,你可就是全国梨园界响当当的人物,在梨园史上肯定会留下一笔。"

这些话让玉儿有些心动。在名声和利益面前,谁又能控制住自己的私欲呢?

杨小胜见玉儿沉默不语,便说:"这件事情,你先想想,也不急,毕竟我在济南还得待一段时间。我找你还有一事,你帮着看看这句诗词。"说完,把红纸递给玉儿。

玉儿接过红纸,揣摩了一会儿上面的诗句,说:"'万岁御鞭所指'这指的是鞭指巷,据说是当年乾隆来游济南,走到鞭指巷所说的话,也是这条巷子名字的由来。后面这句'明月万开诚者'就不太清楚了。"

杨小胜想了一会儿,问:"那你听说过,鞭指巷谁家收养过一个从京城来的孩子。"

玉儿笑道:"明诚哥就是从京城来的,听说他的父亲厨艺高超,他的手艺或多或少与他父亲有些关系吧。"

听了此话,杨小胜浑身起了鸡皮疙瘩,他又看了看红纸上的诗词,问:"你还记得陆明诚是哪一年来的鞭指巷吗?"

玉儿想了想,说道:"具体是哪一年,我还真说不上来,但听我娘说,他来济南的时候,也就两三岁的样子。"

杨小胜舒了一口气,红纸上诗句的谜底已然解开了,这个人就是这些年与他打了不止一次交道的陆明诚。当他看到陆明诚的时候,他就隐隐约约有一种说不上来的熟悉感,可就是没有往陆明诚是不是师父陆松宇的儿子方面考虑。他用力拍了一下头,又狠狠地拍了一下墙壁。

玉儿对杨小胜突然失常的举动,感到有些奇怪,一手拉住他:"秘书长,这是怎么了?还有就是你问到明诚哥,有什么事吗?"

杨小胜定了定神,说:"我要去一趟陆明诚家。"

而这时的陆明诚正在一户办喜事的人家当厨子,他非常满意现在柴米油盐酱醋茶的生活,关键是自己挣了不少的钱,有了钱就能过上好日子。地瓜每天跟着陆明诚,顺便打打下手,趁主家不注意还能吃上几口菜。当然,地瓜做梦也不会想到自己在有生之年还能吃上这么多的美味佳肴,这完全是沾了陆明诚的光。地瓜更想做的事情,就是进学堂,能跟着教书先生读几句诗词,自己也能张口闭口的像个有文化的人一样。

可无论怎么想,还是得先把肚子填饱。杨小胜迈着沉重的步伐走向陆明诚的家里,这一路仿佛是时光倒流,一步一步倒回了光绪三十年,在那一间烟气萦绕的厨房里,杨小胜站在师父陆松宇的身边,用羡慕的眼神注视着师父颠勺、勾芡、爆炒,手时不时地比划着动作。

当他走到陆明诚家门口的时候,停下了脚步,在门口转了一圈又一圈。陆金珠见杨小胜在门外转悠,心里有些不踏实,这人一天连着两次出现在自己家门口,是不是出了什么事情?她赶紧走出家门,问道:"杨秘书长,是不是有什么事情？咱们进门说。"

杨小胜被突然冒出来的声音吓了一跳，他定了定神，跟着陆金珠进了院子，吞吞吐吐问道："陆明诚呢？"

陆金珠瞪大眼睛道："他被人叫去炒菜了。他是不是闯祸了？我说秘书长怎么又在我们家门口转悠呢，有什么事你说就行。"

杨小胜赶忙说："没有，没有，我是想问一下……"

陆金珠等着杨小胜的问题，可杨小胜迟迟没有说下去，便追问："秘书长，有什么事情，你直接问就行。"

杨小胜挠了挠头，问："你知道陆松宇这个人吗？"

陆金珠一听这个名字，浑身冒冷汗，整个济南几乎没人知道她和陆松宇的关系，杨秘书长到底是什么意思？

杨小胜见陆金珠一语不发，精神恍惚，解释道："你别担心，我是陆松宇的徒弟。光绪三十年，我师父遭人陷害，但他的孩子送往了济南的姑姑家。这些年，我一直在找这个孩子，最近刚得知他在鞭指巷，而且有可能就是陆明诚。"

陆金珠保持着警惕："你找这个孩子干什么？"

杨小胜笑着说："现在已经不是大清国了，你不用这么紧张，我只是想报恩，希望帮帮师父的孩子。"

陆金珠一脸严肃，说："诚儿的父亲叫陆松宇。诚儿这孩子当年来到济南后，吃了不少苦，也受了不少罪，家里穷，常常是吃了上顿没下顿。不过，那些日子都过去了，现在诚儿去一些红白喜事上掌勺，多少能挣点钱，我们姑侄俩的日子过得还算舒坦，就不劳烦杨秘书长费心。"

杨小胜点了点头，说："我千辛万苦想找师父的孩子，没想到近在眼前。"

陆金珠放松了警惕，说："诚儿这孩子长大了，就别再提那些陈谷子烂芝麻的事情了。"

杨小胜浑身有些僵硬，慢吞吞地站了起来，说："有什么事情一定要找我。"说完，拖着沉重的步子走出了门。

突然刮起一阵旋风，它卷起鞭指巷上一股股的尘土，然后打落在杨小胜身上。突然，在他的头顶上方，一只乌鸦绝望地叫了一声，飞走了。一种惆怅的感觉向他的心头袭来，勾起他无限的思绪。

第 / 七 / 章

第一节　食味满街

一九四二年的济南城内有些莫名躁动。杨小胜一夜之间与这座城市不辞而别，没有杨小胜的扶持，玉儿在济南梨园界头牌的位置也有些摇摇晃晃。至于杨小胜去了哪里？没有人知道，这样的乱世，能不能保命都是个问题。他在走之前，嘱咐了福寿楼的掌柜高德胜一件事情，就是把陆明诚招进酒楼。这事一嘱托，陆明诚的身份自然也就暴露在了高德胜面前。

高德胜于情于理都会把陆明诚招进福寿楼，可陆明诚不但没有接受高德胜的邀请，反而在芙蓉街上设了一个小吃摊。除了地瓜外，原来在福寿楼跑堂的冯钟丁也去了陆明诚的小吃摊帮忙。这让高德胜心里非常不痛快，不来酒楼也就罢了，还把自己酒楼的人也给带走了，这就有些说不过去了。高德胜不高兴也没什么办法，陆明诚凭借调料的天赋和娴熟的刀工，吸引了一大批食客，他的小吃摊很快成为了芙蓉街上的又一招牌地。

陆金珠时不时地也去小吃摊上帮忙。看着侄子有了出息，她打心眼里高兴，可有些时候，也担心陆明诚两手空空在芙蓉街打拼，会不会受人欺负。起初的时候，芙蓉街一带的小混混没少在陆明诚的小吃摊上吃霸王餐，弄得陆明诚躲也躲不起，惹也惹不起。后来随着小吃摊上的食客越来越多，就有很多人看不惯这些整天吃霸王餐的小混混，最有威信的当属秦五爷，他虽然算不上正儿八经的食客，可吃遍了济南大大小小的饭馆、酒楼，认识的三教九流的朋友更是数不胜数，自然不把这些个小混混放在眼里。

十来年的时间里,陆明诚一步步在芙蓉街闯出了属于自己的一席之地。小吃摊小,除了食客,还有些看客。有些人闲得没事,就坐在木凳上看陆明诚亮手艺。陆明诚拿起一条一斤左右的草鱼,噌噌几刀就把鱼鳞处理干净,然后把鱼切成片,放入一个盆中,顺手加入各种调料。所有的看客眼睁睁地盯着盆子里的鱼肉。陆明诚又拿起一个鸡蛋,将蛋清流入鱼肉中,用手抓匀,再放入些面粉,搅拌了几下。

"看着就让人眼馋。"

"陆师傅,等出锅了,给大伙儿尝尝如何?"

……

陆明诚嘴角一上扬,笑着说:"这漕溜鱼片是给李爷那桌的,这得问问李爷愿不愿意了。"

听陆明诚这么一说,大伙儿也就不再吱声,心里都明白李爷是个名副其实的吝啬鬼,想从他的嘴里扒拉点东西,那比登天还难。陆明诚在锅里倒入清水,放入木耳,加上盐、醋等调料,等水开后捞出木耳,放入鱼片煮,撇去水面的浮沫,过了一小会儿,捞出鱼片。再将锅中的汤水倒入一个大碗中,然后在锅中加入少许底油,放入香糟卤,再放入少许水、糖,等汤汁开始沸腾的时候,加入水淀粉,汤汁浓稠后,放入些底油,放入鱼片,轻翻几下,一道糟溜鱼片就出锅了。

地瓜赶紧把菜端到李爷面前。李爷被突然而来的香气惊了一下,赶紧拿起筷子,狼吞虎咽地吃了起来。这副吃相看得路人那是一个眼馋。

"人家李爷就是有口福,你看吃得那个香啊!"

"可不是嘛,他小舅子在岱记毛巾厂里面管事,给他弄个仨瓜俩枣岂不是很容易。"

陆明诚走到众人的面前说:"大伙儿别议论张家长李家短了,等会儿我给你们做几道菜,塞住你们的嘴。"

听了这话,几个刚才还议论纷纷的年轻人,心里倍感高兴,可是摸了摸口袋,有人站出来说:"我们可没钱。"

第 / 七 / 章

陆明诚摇着头说:"请你们吃顿饭,还是能请得起的。"

这么一来,大伙高兴了。陆明诚打小过惯了苦日子,知道挨饿的滋味。何况会吃本来就是一件美事,但会吃又会做,那就是美上加美。陆明诚厨艺上的天赋过人,连他的姑姑陆金珠都无奈地说:"真没想到诚儿也是个当厨子的命。"

人生起起落落,每个人都有辉煌的时候,但也有倒霉到家的那一天。陆明诚看着坐在小吃摊上的这些客人,地位高高低低,混得好的客人,饭菜中能多点荤腥,混得不好的客人,饭菜就比较清淡。陆明诚不由得感叹:饭桌也是个江湖啊!

刘巧嘴是小吃摊的常客,陆明诚即使知道他手里没什么钱,也会把大鱼大肉摆在他的面前,就为当年自己偷吃关帝庙的馒头,刘巧嘴护着自己,避免了被众人打。刘巧嘴当然也不会白吃佳肴,他每次吃完饭都会拾起自己的老本行,在芙蓉街上打着快板,嘴里念念有词:"竹板这么一打呀,别的咱不夸,今天咱来说一说陆家小吃摊,小厨子,手艺高,饭菜烹,味道美……"

无形之中,福寿楼的生意显得有些惨淡,高德生更是一头雾水,难道自己的厨艺还比不上比自己的师侄?曾经在福寿楼的客人,无论是达官贵人,还是黎民百姓,如今顾不得天上下雨还是大雪飘飞,都跑到了陆明诚的小吃摊上去,头顶着天,坐在木椅上,端着一碗饭菜,吃着是那个香啊!

高珊珊看出了父亲的疑虑,便打趣地说:"那人和福寿楼犯冲。"

高德生惊讶地看着女儿,问:"谁?"

高珊珊不慌不忙地说:"还能有谁,陆明诚呗,咱父女俩是一人给了人家胸口一刀,彻彻底底地把人家的心给伤了。"

高德生冲着门外斜对面的方向望去,只见那里烟雾升腾,食客满座,骂道:"这小子真是不识好人心,和他爹一个德行。"

高珊珊摇着头说:"爹,我觉得这样也挺好。当年他偷吃关帝庙的馒头,是我把他从酒楼揪出来,害得他被人打。招徒比试,可是你做了手脚,把他拒之门外。如今,他的小吃摊抢了咱们的生意,这么说来,也算是扯平了。"

高德生没有再接说,一只手把玩着两个核桃,另一只手轻点着桌子,大厅里陷入了一片沉寂。陈厚财从大厅前大摇大摆走过,见高氏父女俩在一起,便大步走到他们的面前,说:"你们看这姓陆的小子,就是不知道好歹,居然在咱酒楼的斜对面摆上小吃摊。这些年,我知道师父受了很多委屈,但怕伤了和气,要不,这事交给我去办。"

高珊珊一猜就知道陈厚财一肚子坏水,等出了事再往自己爹身上一扣,把自己撇干净,便说道:"你还是省省心,把心思放在厨艺上,别再惹是生非。"

陈厚财笑着说:"高大小姐,我的手艺,师父是知道的,绝对在陆明诚之上,要是自立门户估计问题也不大,可我不是那样的人啊。我得跟在师父身边,为福寿楼打拼出一片天。"

高珊珊听着这番话就觉得恶心。高德生瞪了一眼陈厚财,问:"你觉得如今的福寿楼还算是济南第一酒楼吗?"

陈厚财不假思索地回话:"是,那肯定是。"

高德生骂道:"是个屁,整天零零散散的就那么几个人,跑堂的伙计们都快睡着了。"

陈厚财辩解道:"那还不是陆明诚给惹的祸。看我怎么收拾他,居然敢抢福寿楼的生意。"

高德生嘱咐道:"你怎么惹事我不管,但别影响到酒楼的声誉。"

陈厚财一脸坏笑说:"师父,我办事,你就放心吧!"说完,高高兴兴地走了出去。

高珊珊着急地问:"爹,你就不怕陈厚财闯祸啊?"

高德生安静地回道:"他闯的祸还少吗?就算咱们不让他去找陆明诚的麻烦,你觉得他能听吗?"

高珊珊觉得爹说的话在理,沉默不语,而一旁的高德生寻思着陈厚财的家族,连声叹息。陈厚财祖上是做绸缎生意的,到了他的爷爷辈还是县西巷的大户人家,陈爷活着的时候,也是济南响当当的人物,可他万万也不会想到自己

第七章

的孙子辈会如此的不争气。

陈爷初始是贩运丝绸,后来学做染色,又引进南方的丝绸,并有了自己的绸缎铺子,不仅在芙蓉街,就连京津、胶东地区都有陈爷家的店铺分号。陈爷产业兴旺,就开始置地,据说田地甚至扩到了济南城外。可陈爷有个毛病,不爱接济百姓,自认为有了钱就是爷,经常在县西巷横着走,让百姓看着非常厌烦。但有一点,他把财产藏得严严实实的,即使门庭大开,别人翻个底朝天,什么也找不到。俗话说,兔子急了还咬人呢,土匪一把火把他在济南的田地、店铺,烧了个精光。陈爷气性大发,没几日,就撒手人寰。陈甫几个兄弟哪是经营家业的料,只好商量着分了家产,变卖了个精光。从此,陈爷的名号也在江湖上消失得无影无踪。

对陈甫来说,安稳的日子,过着是舒坦,可总是寄在刘府门下,也有些憋屈。就像巡抚大人家的管家刘生,曾经也是个有头有脸的人物,到头来,却混成了街头摆卖杂货的小老头。儿子陈厚财这些年一直在福寿楼打拼,也没见他能傍上什么官爷,他的心凉了一大截。不过,郝青花自始至终没指望儿子陈厚财能给自己带来什么好日子,自己身上掉下来的肉是什么德行,自己心里最清楚。不管陈甫如何抱怨,郝青花就当做耳旁风。

老百姓的日子就是这么一天赶着一天的过。自从杨小胜走了,玉儿的精神愈发颓废,她整天无所事事,跟达官贵人混在一起,一副"对酒当歌,人生几何"的姿态。眼看着玉儿一天天堕落下去,郑桃子是疼在心里,早知道就不该让玉儿入这一行,可是日子后面的事情,谁能预料到呢?

杨小胜离开后,李富贵就像是个从笼子里跑出来的老鼠,见到赌场就一头扎进去,直到输到全身精光才狼狈地走出来。十多年来,他是转遍了济南大大小小的赌场,输尽了玉儿这些年挣的积蓄,也散尽了家产。

高珊珊在屋里坐了一会儿,还是感觉陈厚财的行为有些不对劲,终于按捺不住出了酒楼,冲着小吃摊走去。她把冯钟丁拉到一边嘀咕了一会儿,回头看了一眼陆明诚,就转身走了。陆明诚一直忙着手里的活儿,压根没有抬头瞧一眼高珊珊。

冯钟丁走到陆明诚的身边，轻声说："你跟我过来一趟，我和你说点事。"

陆明诚放下手中的锅，走到冯钟丁的身边，问："什么事？那一桌的客人还在催菜。"

冯钟丁一脸严肃，回道："陈厚财要找你的麻烦。"

陆明诚一笑，说："这些年，他少找我的麻烦了吗？"

冯钟丁一本正经地说："这次真的不一样，刚才小姐告诉我的消息。"

陆明诚继续笑着说："她怎么不直接告诉我？弄得人心惶惶，她在一旁看戏，我还不知道她打的什么算盘。"

冯钟丁着急地说："她敢直接告诉你吗？你们俩一见面就要掐起来，不管怎么说，小心一点为妙，陈厚财这人比较狡猾，说不定会使出什么见不得人的损招。"

陆明诚点了点头，回去继续炒菜，喊了一声正在看书的地瓜："行了，先别看书了，赶紧把菜给客人端上去。"

地瓜放下手中的书，慢吞吞地把刚出锅的菜端到客人的桌上。他抬头看了看远处，夕阳正向街巷的老房屋上面射出最后的金光，使得这些建筑物的瓦片闪烁着光芒。他忽然想起一件事情，冲着陆明诚说："我有点事，先出去一会儿。"

陆明诚看着他慌慌张张的样子，没有搭理他，继续翻炒着锅中的菜，在油香菜色中描绘着生活的图景。

第/七/章

第二节　赌徒人生

夜幕降临，津浦铁路济南火车站灯火辉煌，人群拥挤，人头攒动，人们正在盼着印度诗哲泰戈尔的到来。到车站迎接这位大诗人的有省市各界社会名流、文化教育界组成的接待团，佛教协会僧侣代表，各校师生和闻讯慕名而来者，以及来看热闹的老百姓，迎接泰戈尔的队伍多达二百人。

随着一声汽笛长鸣，一列南京至济南的普通快车徐徐开进站台。这列快车挂有两节戴花包厢。待车停稳后，泰戈尔一行人在王统照和王祝晨两位先生的陪同下走出包厢。

白色长裪，外罩棕红色拖地长衣的泰戈尔出现在包厢门口，只见他留着半尺多长、有些卷曲的胡须，银白长发披肩，头戴一顶布帽。在泰戈尔一行中还有著名诗人徐志摩、林徽因。见到这两位，青年学生们顿时欢呼起来，场面热烈火爆，几近失控。由于泰戈尔是一位人道主义者，坚持不坐人力洋车，王祝晨和王统照只得赶紧把洋车调走，陪着泰戈尔步行半里多路，到了饭店并安排他们下榻。

地瓜随着众人跟在泰戈尔一行人的后面，眼睛里充满好奇，可他听不懂泰戈尔说的是什么，只能傻傻地跟着队伍，仿佛只要能跟在队伍中，自己就是个文化人。

夜的香气迷浸在空中，一草一木，都不像在白天里那样地清晰可见，它们都有着模糊、空幻的色彩，每一样都隐藏了它的细致之点，都保守着秘密，使人有一种如梦如幻的感觉。

小吃摊打烊了,陆明诚做了几道小菜,准备和冯钟丁一起吃,地瓜正好赶回来,一屁股坐下,拿起筷子就吃了起来。

陆明诚一脸惊讶,说:"你从下午跑出去,这么晚才回来,不过,回来得也够及时的,算着饭点来。"

地瓜咽下一口饭菜,说:"你不懂,今天泰戈尔来济南了。泰戈尔是谁,你知道不?"

没等陆明诚说话,冯钟丁不紧不慢地说:"知道啊!印度的一个文学家,他来济南,和你有什么关系吗?"

地瓜放下手中的筷子,说:"肯定有关系啊!而且关系还不一般,我和他都算是诗人。"

陆明诚拿了一瓶酒,放在桌子上,笑着说:"还没开始喝酒,就醉了,还诗人呢?我看就是痴人说梦。"

冯钟丁问地瓜:"你读过泰戈尔的多少作品?"

地瓜吞吞吐吐地回道:"读了不少。"

冯钟丁看出了端倪,语气轻松地说:"泰戈尔是个伟大的作家,一九一三年获得了诺贝尔文学奖。这项奖项对一个作家来说,是至高无上的荣誉。他的作品在国内流传很广,深受大家喜爱,尤其是学生。当然,他还是一位伟大的社会活动家,他反对杀戮。"

冯钟丁话没说完,就被陆明诚打断,陆明诚问道:"你怎么知道这么多关于这个人的事情。"

冯钟丁笑着回道:"你们别以为我只是福寿楼的跑堂,我还是齐鲁大学的学生。很多事情,我也是从课堂上学到的。"

地瓜好奇地问:"以前怎么没有听你说起过你读书的事情?"

冯钟丁摇了摇头,端起酒杯,说:"来,喝酒。"

陆明诚愈发感觉到有些不对劲,轻轻地抿了一口酒,放下酒杯,说:"那剩下的事情,地瓜来讲讲吧。"

第七章

地瓜知道的那一星半点关于泰戈尔的事情，都是从报纸上看到的消息，笑着说："还是让冯大哥讲吧。"

冯钟丁点了点头，说："你们知道大清国那会儿，英国人在咱们的土地上贩卖鸦片吧，后来又开始侵略咱们的土地吧。泰戈尔就是站出来反对侵略的人物之一，还专门写了文章痛斥英国侵略者的行为。"

陆明诚听得愣头愣脑，问："听起来比说书的说得有意思。"

地瓜愣了一会儿，想起了一个词，说："这叫普渡天下。"

冯钟丁惊讶地看着地瓜，赞叹道："诗人果然是出口不凡。"

头上被人戴上"诗人"的帽子，地瓜心里美滋滋的。

陆明诚寻思了一会儿，问："他反对侵略，也没看出什么成果，这片土地还是被打得到处是洞。"

冯钟丁摇了摇头说："这话错了，只要有一个人敢站出来反对侵略，维护正义，这个世界就会慢慢变得好起来。"

陆明诚没有再接话，他仿佛从冯钟丁身上察觉出什么事情，眼前的冯钟丁已经不是他心里那个在福寿楼当跑堂的伙计，他说的话，就像自己在街上听的一些革命家演讲的内容。或许这跟冯钟丁在齐鲁大学念过书有关，毕竟学生思想开放，能闹腾，有一点风吹草动，就能搞个游行示威。陆明诚猛地喝了一口酒，想起了自己父母被人杀害的场景，突然一阵胸闷。

冯钟丁看了一眼陆明诚，问："怎么不说话了？"

陆明诚回了回神，道："你们吃吧，我回家看看姑姑。"说完，一脸恍惚地离开了小吃摊。

地瓜没心没肺地说："我就羡慕你们这些读书人，懂得真多。"

冯钟丁把酒一饮而尽，说："地瓜，有时候懂得多，不一定是件好事。"

地瓜似懂非懂，回了句："怎么感觉你们今天都怪怪的。"

冯钟丁没有再吭声，微风一阵阵吹过街巷，仿佛瞬间把白天的喧闹吹尽，在这浓郁而又清新醉人的空气中，夜显得分外迷人。

陆明诚回到姑姑家，在床上翻来覆去，怎么也睡不着，只好穿上衣服在院子里溜达。他注视着院子里的一只芦花大公鸡，公鸡正伸着脖子叫唤，叫一声，抖一抖翅膀，它用嘴叼着一只虫子，左一摇，右一摇，直到虫子完全被它吃到嘴里。陆金珠隐约看到院子里有人，刚要走出门去瞧瞧，定睛一看是陆明诚，便折了回去。明诚心里的苦，陆金珠非常明白，从一路跌跌撞撞、颠沛流离，走到如今的日子，也算是老天有眼。望着院子里的侄子，她的眼眶湿润了。那一夜，这个小院安静却又躁动。

李富贵急匆匆地跑回家，让玉儿和郑桃子赶紧离开济南。娘俩还没搞明白什么事情，就被李富贵一个劲地往外推。可谁也没想到，一群人跟在李富贵的身后，团团围住了母女俩，鞭指巷的安静就被这群突如其来的人在瞬间打破。

陆金珠打开门问："三更半夜的，外面吵什么？"

陆明诚边走边说："我去瞧瞧。"出门一看，玉儿家门口围着一群五大三粗的壮汉。他快步走上前去，看到玉儿和郑桃子被团团围住，不远处的李富贵低头弯腰地求着一位身穿长衫的男人，男人抽着烟卷，根本不理会李富贵。陆明诚喊了一句："你们这是想干什么？"

一个一脸坏笑的男子走到陆明诚跟前，问："你是从哪里冒出来的鬼东西，敢在我罗三爷面前大声吆喝。"

陆明诚一听罗三爷的名字，满脑子疑问，要说这李富贵赌个钱，那还说得过去，怎么又和春满楼的第一打手罗三爷牵上关系了呢？难道是花天酒地后，没有给人家钱？想到这里，明诚怒视着李富贵，都这么大的岁数了，就不能收收心。他走到罗三爷的面前说："三爷，要是李富贵欠了钱，我来还。"

一个小伙子凑到罗三爷的耳边，轻声说："这小子就是在芙蓉街上设小吃摊的陆明诚。"

罗三爷听了之后，点了点头，说："好，鞭指巷的邻里真是懂感情，小子，要是你真的能把钱还上，我罗三爷说到做到，马上走人。"说完，让人把账本拿到陆明诚的眼前。

陆明诚看了上面的数字，被狠狠地吓了一跳，他长这么大，连见都没见过这么多钱，便问道："这到底怎么回事？怎么这么多钱？"

第七章

李富贵气道:"他们和赌场联合起来设赌局,才让我输了这么多。"

罗三爷笑着说:"老话说得好,愿赌服输。李富贵,这上面印着你的手印,这是要不认账啊!"

玉儿凑到陆明诚的面前,夺过手中的账本,一看上面的数字,顿时火冒三丈,骂道:"不让你去赌,你非去赌。"

罗三爷调侃道:"我呢,也是给主家办事,李富贵,你女儿我们得带走,你老婆就算了,人老珠黄,也不值钱。"

郑桃子一听这话,晕了过去。赶来的陆金珠赶紧扶住郑桃子,在门缝里瞧热闹的街巷邻居,赶紧关上了大门。

陆金珠骂道:"李大哥啊,你真的把你们一家人害惨了。"

玉儿表情僵硬,朝着李富贵说:"你最终还是把你的女儿卖了。"

陆明诚走到罗三爷的面前说:"这样吧,宽限几天,我去筹钱。"

罗三爷笑着说:"我这人也不是不讲情面,我做主,给你三天时间,但我必须带走这女孩,不过,你放心,这三天,我保证她还是个黄花大闺女,但三天后,我就不敢保证喽。"

陆明诚惊讶地问:"三天?"

罗三爷反问:"多了?那就两天。"

陆明诚赶紧道:"不多,那就三天。"

玉儿摇着头,傻笑着说:"哥,别管我了,这辈子你都没见过这么多钱,你去哪里筹?算了吧,我就这命。"

罗三爷笑着说:"我给你面子,你也得抓紧时间筹钱,你可要知道这位曾经是济南梨园界的头牌,哪位老爷不想和她春宵一度啊!我可把丑话说在前头了,筹不到钱,就别怪我不给你留情面。"

陆明诚用力攥紧了拳头,他脑子里全是一千个大洋的画面。闻讯而来的地瓜和冯钟丁见这架势,心里都不由得一惊。

冯钟丁冲着罗三爷说:"早闻罗三爷是条有情有义的汉子,你也不忍心看到别人家破人亡吧?"

罗三爷沉默了一会儿，然后笑着说："当年让我家破人亡的那伙人，据说也是些有情有义的汉子，可他们也让我家破人亡了啊。如今，谁给我钱，我就给谁办事，我拿了人家的钱，就得把这姑娘带走，但我答应的三天期限，我也会信守承诺。"

冯钟丁在无形之中感受到了罗三爷的气场，点了点头说："好！一言为定。"

陆明诚拽了拽冯钟丁，悄声说："好什么好，就这样让他把人带走了？"

冯钟丁瞪了陆明诚一眼，又转头对罗三爷说："天也不早了，别吵着街坊邻居，你把人带走吧。"

罗三爷大笑："还是你识趣。"

玉儿被罗三爷一伙人押着一步步离开鞭指巷，她回头怒视了一眼瘫坐在地上的李富贵，又看了一眼陆明诚。她和陆明诚好久没有彼此这么长时间的注视，仿佛玉儿的这一次回眸，把时光拉回到了童年的时候，两个无忧无虑在鞭指巷打打闹闹的小孩，从巷子口到巷子尾都能听到他们俩的笑声。直到罗三爷一伙人的身影从巷子里消失，陆明诚才从回忆中醒过来，用攥紧的拳头狠狠地击了一下墙壁，转身拽起冯钟丁的衣领，怒斥道："你为什么让他把玉儿带走？"

地瓜赶紧把两人拉开，一脸不解，对冯钟丁说："冯大哥，你也知道玉儿和明诚从小订下过亲事，你怎么能让他们把玉儿带走呢？"

冯钟丁震惊地问："那你们有什么办法能在这里把玉儿救了吗？"

陆明诚气愤道："就算没办法，也要和他们耗着。"

冯钟丁笑着说："耗着耗着就会出人命的，他们这些人杀人不眨眼。"

陆明诚骂道："不就一死吗？"

冯钟丁脸色变得有些严肃，训斥道："你是不怕死，可你的姑姑呢，还有玉儿她娘呢？我告诉你，我比你更不怕死，这十来年，我死过不止一次了。"

陆明诚瞪大眼睛看着冯钟丁，眼里布满了血丝。冯钟丁拍了拍陆明诚的肩膀，说："现在赶紧想办法筹钱吧，只要能筹到钱，或许玉儿就能得救。"

第 / 七 / 章

地瓜傻愣在一旁，问："这么多钱，不是一块大洋，是一千大洋啊！"

冯钟丁思索了一会儿，说："明诚，我们仨这几年的积蓄也有一二百大洋了吧？"

陆明诚推辞："你们的钱，我不能要。"

冯钟丁严肃地说："你不要我们的钱，你还有什么办法吗？我和地瓜都不是外人，你叫我一声哥，我就得做好这个大哥。"

地瓜点头说："冯大哥说得对，要不是你带着我出来闯，我现在还混在乞丐群里要饭呢。"

李富贵狼狈地跪在三个人的面前，祈求道："一定要救救玉儿。"

陆明诚一肚子的火气，开口便骂："李大爷，我以前一直很敬重你。当年我和姑姑受着杨正虎的欺负，是你站出来保护着我们姑侄俩，你想想当初的自己，再看看现在的你，还是一个人吗？你怎么能干出卖女儿的事情呢？"

李富贵委屈道："他们设局，我被套进去了。"

冯钟丁摇着头说："说这些还有什么用，你就不该赌，好好的一个人，成了这副德行，这赌博真是害死人啊！这是把人弄得倾家荡产。"

李财富应声说："不赌了，不赌了。"

冯钟丁骂道："你现在不赌了，可玉儿呢？"

李财富瘫坐在地，喃喃自语："都是我的错，我的错……"

在半夜过后最黑暗的时辰里，风越来越大，空气也愈发寒冷，而天空，则是泛亮的灰色。

第三节　滚滚红尘

逐渐明亮的白天十分晴朗，巷子里散发出清新、潮湿的泥土气息。柔和的微风，飘送着槐花和梧桐花的气味。

小吃摊上空无一人，这让一大早就来吃早点的秦五爷扑了个空。无奈之下，他只好奔着福寿楼走去。高德生一见秦五爷，笑脸迎上去，说："五爷，你可是有些日子没来了。"

秦五爷环视了一下四周，点了点头，说："酒楼布置得比以前奢华了点，还是来那老几样。"

高德生吩咐伙计去后厨炒菜，又吩咐另一位伙计上了一壶好茶。秦五爷坐在椅子上，刚喝了一杯茶，就听见邻桌的几个人谈起了昨晚上鞭指巷李富贵家的事情。

"你知道吧，明湖戏楼的头牌被卖到了春满楼。"

"不可能吧，这些年这戏子可挣了不少大洋，她又不缺钱，不会去那种地方。"

"这是真的，是她爹李富贵赌博赌输了，把闺女搭进去了。"

……

秦五爷从他们的谈话中，明白了为什么小吃摊没有开张，自言自语道："有这样的爹，把自己搭进去是早晚的事情。"

没等一会儿，几个小菜就摆在了秦五爷的面前。秦五爷吃了几口，笑着

第七章

说:"味道是那个味道,可比起小吃摊的味道还是缺点什么。"

伙计站在他的一旁问:"五爷,缺啥?"

秦五爷一瞪眼,说:"缺心眼。"

伙计笑着说:"五爷,你真会开玩笑,这心眼可不能做菜。"

高德生赶紧走过去,把伙计拉到一边说:"五爷的意思是让你别打扰他吃饭。"

伙计一听,赶紧离开秦五爷的视线。高德生说:"五爷,你慢用。"

秦五爷没有吃几口菜,就朝着鞭指巷走去。高德生见秦五爷几乎没怎么吃菜,就冲着伙计问了句:"这桌子小菜是谁做的?"

伙计看了看,回道:"陈厚财。"

高德生一听陈厚财的名字,就没再说什么,摇着头走到了门前,朝陆明诚的小吃摊一瞧,空无一人,原来秦五爷是找不到吃早饭的地方才来自家的酒楼。高德生仔细琢磨这事情,心里总感觉不是滋味。

秦五爷晃晃悠悠地走到了鞭指巷,一边瞧着李富贵家,一边寻思着昨晚的情景。没一会儿,只见七柳班的班主孙庆慌慌张张地进了陆明诚的家门。秦五爷快走了几步,在门口瞧着院里的情景。可人都在屋里,秦五爷怎么也看不到屋内的情况。

"五爷,你站在门口干吗呢?"

身后突然传来的声音把秦五爷吓了一跳,他猛回头一瞧,发现是地瓜,便笑着说:"我听说昨晚玉儿遇事了,想来问一下,看能帮上忙不。"

地瓜笑着说:"五爷,别在外面干耗着了,跟我进来吧。"

秦五爷跟着地瓜进了屋,可把陆明诚吓了一跳。平日里,也就在小吃摊上和秦五爷有过交往,但在生活中,就是见了面也不会打招呼。

陆明诚迎上去说:"秦五爷,今儿个你来得真不巧,家中有事,不能照顾您老了。"

秦五爷摇着头说:"我来不是为了吃饭。听说昨晚上李富贵家的闺女被罗三爷给绑了,特意来听听事由。"说完,看了看坐在椅子上的孙庆,便说:

"你是七柳班的班主,这些年来,玉儿挣的钱也没少进你的腰包里吧?"

孙庆站起来,叹了口气,说:"五爷,我孙庆在你眼里就是这么没人情味?"

冯钟丁赶紧向秦五爷解释道:"五爷,你误会了,孙班主是来送钱的。"

孙庆补充道:"这些年,我对玉儿就像对待自个儿的姑娘一样,这不一听说她出事,我就找了明湖戏楼的张孝财当家的商议,没想到这人真不是个玩意,就好像玉儿一定会沦为春满楼的红尘女子一样,非让我出个价,也把我们七柳班赶出了戏楼。我是这么想的,不管玉儿救不救得出来,我都不准备在梨园界混了,七柳班到了我这辈算是解散了。解散也好,吃了这么些年这行当的饭,也得换换口味了。"

秦五爷骂道:"早就看这张孝财不是个东西。"

陆明诚数了数钱袋里的大洋,一脸苦闷,说:"这里面有八十个大洋,还远远不够。"

孙庆又拿出五个大洋,说:"张孝财一共给我五十大洋,这里面有我自己的三十个大洋,再加上这五个大洋,告诉玉儿,这钱不用还。"

陆金珠点着头说:"那玉儿真的得感谢孙班主。"

孙庆笑着说:"都认为我孙庆不是什么好人,这倒没什么关系,干这营生,名声本来就不好。玉儿是我的徒弟,做师父的也不能见死不救。不过,从今往后,梨园界再无七柳班,也无孙班主这个名号了。"说完,便走出了门。

秦五爷望着孙庆落寞的背影,心里一阵叹息,在他的印象里,孙庆一直是个小伙子,如今也步入中年了。他定了定神,问:"明诚啊,还缺多少大洋?"

陆明诚低声回道:"七百多吧。"

秦五爷看了看屋里的人,说:"我老头子也没有多少大洋给你们,但我有个办法。你去找刘巧嘴,说不定能帮上你的忙。"

冯钟丁惊讶地问:"刘巧嘴?"

陆金珠瞪了冯钟丁一眼,说:"你这孩子,五爷说的话准靠谱。听五爷的

第 / 七 / 章

话,去请刘巧嘴。"

陆明诚对冯钟丁说:"让地瓜陪你去吧,我在家炒几个菜,让秦五爷作陪。"

秦五爷摇着头说:"我在场不合适,你们单独聊,说不定能聊出个子丑寅卯来。"

陆明诚应道:"那也行,等这事办完了,我给五爷炒几个拿手菜。"

秦五爷笑着说:"这话我爱听。"

陆金珠对陆明诚说:"我去看看玉儿她娘,你送一下五爷。"

陆明诚把秦五爷送到门口,问道:"五爷,你为什么无缘无故帮我?"

秦五爷笑着说:"我这人啊,有一个毛病改不了,那就是热心肠。行了,你别送了。"

陆明诚已经说不出话来了,对他来说,惊讶一个接着一个,他脑子里此刻早已是一片混乱。

陆金珠走进里屋,看了一眼郑桃子,感叹道:"咱老姐俩的命啊,咋就这么苦呢。"

郑桃子脸色苍白,问:"玉儿回来了吗?"

陆金珠摇着头,眼眶湿润,说:"大伙都在想办法,你别着急,先把身子养好,我去给你端碗粥。从出事到现在,你都没吃过一点东西,先吃点东西。"

郑桃子流着泪,吞吞吐吐地说:"金珠嫂子,真是给你添麻烦了,我真的吃不下饭,玉儿现在是死是活都不知道。"

屋里陷入一片沉静。

陆金珠眼睛盯着郑桃子,心里也不是滋味,便说:"凡事往好处想,想开点。"

郑桃子生气地说:"早知道会出现今天这个状况,我就把玉儿一手掐死了。"

陆金珠连说了几个"呸"字后,严肃地说:"别说这些丧气话,当年你们家败落后,日子那么苦,你们娘俩都挺了过来,咱连死都不怕,还怕啥。"

话音刚落,陆明诚迈进了屋里,问道:"桃子姑怎么样了?"

郑桃子见陆明诚进门,忙说:"诚儿,有玉儿的消息了吗?"

陆明诚回道:"桃子姑,你放心,我会尽全力把玉儿救出来的。"

陆金珠一边拉着陆明诚,一边说:"让你桃子姑先歇着,你跟我出来一下。"

陆明诚跟着陆金珠走出了房门。陆金珠瞧了瞧周围,说:"诚儿,我得和你说清楚,如果玉儿能救出来,你就和她把婚事给办了,如果她救不出来,今生你不准再惦记她。你爹娘把你交给我,我就得对得起他们,咱们陆家虽然不是大户人家,但明媒正娶一个黄花大闺女还是没问题。"

听了这话,陆明诚有些烦躁,便说:"姑,咱现在先想办法把玉儿从春满楼给救出来,至于以后的婚事,先搁一边吧。"说完,向着厨房走去。

高德生得知此事之后,也到鞭指巷去凑热闹,但没有料到整条巷子只有零零散散的几个人,好像昨天晚上什么事情也没有发生一样。他快走了几步,到了陆明诚门前,忽然闻到一阵香气,他朝里面瞧了瞧,院子里静悄悄的,只有厨房里有人在忙活。他又转到李富贵的门前,大门紧闭,他琢磨着玉儿的事情看来是真的了,可为什么报纸上什么都没写呢?如果说报纸不会为一个戏子写报道,但一个戏子沦为妓女,而且曾经是济南的头牌,这条新闻可就大了。他看了今天济南几乎所有的报纸,泰戈尔在济南的新闻是一条接跟着一条,就是没有他想看到的新闻。

高德生愣着神,寻思着事情。秦五爷忽然出现在他的身后,问:"高掌柜怎么有雅兴来鞭指巷了?"

突然出现的声音把高德生吓了一跳,他定眼一看,发现是秦五爷,便说:"五爷,你可把我吓坏了,我这不是没事来溜溜步吗。"

秦五爷笑了几声,说:"好像没有溜步这么简单吧?"

高德生一脸僵硬,笑着说:"你看,五爷你想多了吧。"

秦五爷点了点头说:"行了,也别藏着掖着了,在济南,咱们俩也算是

第 / 七 / 章

打了大半辈子交道,谁不了解谁啊。想必,你也听说了昨晚的事情,我也是刚从陆明诚家里出来。不过,话说回来,这孩子是当厨子的料,你招的那个陈厚财,早晚能把你的酒楼给毁了,他的心思不在厨艺上。"

高德生点了点头说:"得嘞,五爷,咱们去茶楼喝一杯茶,润润嗓子。"

秦五爷刚要回绝,看到地瓜和冯钟丁领着刘巧嘴朝着陆明诚家走去,便说:"好,咱们去曲水亭街的茶楼。"说完,领着高德生朝陆明诚家相反的方向走去。

刘巧嘴跟着地瓜和冯钟丁走进家门,看见一桌子的酒菜,便笑着说:"明诚啊,你真是太客气了,这些年,我没少在你的小吃摊白吃白喝。"

陆明诚朝着地瓜说:"去屋里拿瓶好酒。"又对刘巧嘴说:"我今个儿有事求你。"

刘巧嘴笑着说:"有事直说就行,不用这么大摆宴席。"说完,自己坐下,拿着筷子吃了起来。

陆明诚也跟着坐下,对冯钟丁说:"把姑姑也叫来一起吃吧。"

地瓜拿了两坛子酒,打开一坛子,给刘巧嘴倒上,说:"吃好喝好。"

冯钟丁凑到陆明诚的耳边,轻声说:"姑姑说陪陪桃子姑,让咱们吃吧。"

陆明诚冲着冯钟丁点了点头,说:"刘爷,我这人有话就直说了。想必昨晚的事情,你也听说了,你有没有什么办法?"

刘巧嘴装傻,问道:"什么事?"

陆明诚回道:"就是玉儿被春满楼绑了去的事。"

刘巧嘴假装刚听说,"啊"了一声,便问:"你想让我怎么帮你们?"

这个问题把三个人问住了,秦五爷只告诉他们找刘巧嘴,也没说让刘巧嘴去找谁办这事。冯钟丁喝了一口酒,问:"刘爷,你认识春满楼的人吗?"

刘巧嘴满脸笑容,回道:"要说认识,还真是认识不少人,里面的娘们,我闭着眼都能数过来。"

地瓜着急地说:"不是这些姑娘,是管事的人。"

刘巧嘴想了想，说："管事的人，那就是老鸨子，也认识，我一进门，就大声喊着刘爷来了。"

陆明诚无精打采地吃了几口菜，他琢磨着要么是刘巧嘴在和自己装傻，要么就是他真的也没有什么办法，便大口喝了几口酒。

刘巧嘴瞧了瞧菜，问道："怎么没有炸八块？我就好这口儿。"

陆明诚哪还有心情管菜的事情，便说："地瓜，把酒给刘爷倒上。"

刘巧嘴笑着说："我算看出来了，我帮不上这忙，这炸八块，是不给我上了？"

陆明诚摇着头说："看刘爷说的，我这就去做炸八块。"

刘巧嘴拦住说："慢着，我刘爷在江湖上的名号，我也知道，不怎么好听。这些我都不在乎。不过呢，我这个人有个毛病，能办得了的事情，我一定全力去办。昨晚是谁把玉儿给绑了？"

冯钟丁回道："罗三爷。"

刘巧嘴一拍桌子，说："交给我了。"

陆明诚一听，马上说："刘爷，这事能办？"

刘巧嘴笑着说："能不能办，我不知道，但我与这个罗三爷有过一段交情，我去试试。"说完，他扭了扭头，又喝了口酒，讲起了他与罗三爷的交情。

这段交情还得从济南城南门外的一条街说起。这条街叫司里街，东西走向，南望历山，北临护城河。历朝历代都把这里视为上风上水的宜居之地，地方官员和文化名人曾争相在此建造府邸。因为此地坐居府城之外，也回避了城里的官府衙署、繁华闹市，司里街逐渐形成街面无店铺、无寺庙、无官府衙门，日常少有闲杂人等、住家多为独门独户的、环境幽静的纯住宅格局。罗三爷年幼的时候，就住在这条街上。他是罗府家的三少爷，从小可是过着衣食无忧的生活。罗府的青砖灰瓦的大门楼临街矗立，两侧各有上马石一块。沿青石台阶拾级而上，推开两扇黑漆大门，内里更是重门叠户，庭院深深。

罗府院子里的花木也很讲究，房门前、窗户下的花池里多栽有石榴、无花果、海棠、夹竹桃等观赏花木。在二重院内的正房前还栽有一棵参天大树,繁茂的树冠隔着几条街就能看到。

那时候,罗府也会请刘巧嘴上门说书,一回生二回熟,自然也能搭上些话。后来,军阀混战,张怀芝任山东督军,抢了罗府的房子,给了一个女人住,当然也不能说是抢,张怀芝也给了罗家一些钱。张怀芝一有时间就到这座宅子里寻欢作乐。罗家人有口难言,在一场疟疾中,罗三爷的父母去世。刘巧嘴见他们可怜,混吃混喝的时候,也会给罗三爷留一份。罗三爷为了给家人报仇,曾多次暗杀张怀芝,但瘦小的胳膊怎么拧得过粗大的大腿呢?他是一次也没有成功过。之后,刘巧嘴就再也没有见过罗三爷,听说他去混江湖了,也听说他早死了。刘巧嘴也是最近才知道他又回到了济南,在济南帮派中还算是有头有脸的人物。

刘巧嘴说完,三位兄弟心里直乐呵,有这样的交情,哪能办不成事呢!

陆明诚笑着说:"刘爷,我去做炸八块。"

刘巧嘴端着酒杯,喊了句:"我去试试,但成了,别谢我,不成,也别怪我。"

陆明诚点了点头说:"成不成都谢您!"

第四节　悲不自悲

神州广阔,每个地方的人们都会有带有浓郁地域色彩的生活方式。

"早上吃油旋,再来碗甜沫。"这句话便活灵活现地描绘出了老济南人的传统生活习惯。

油旋是以面粉为原料,制作时在薄面皮上抹上猪油和大葱,然后卷成螺旋状进行烤制,故此得名。烘烤好的油旋金黄酥脆,葱香味儿勾人食欲,用手指从油旋中心的漩涡处一捅,油旋便成为一圈一圈的窝状。

作为早餐,甜沫是油旋的最佳搭配,一碗甜沫,一份油旋,物美价廉,吃起来也是妙不可言。济南流传着"二怪",一为茶汤,二为甜沫,甜沫怪就怪在其味不甜却咸,俗称"五香甜沫"。

食客们手捧一碗甜沫,不时地啜上两口,除了填饱肚子之外,还有一个很重要的作用,便是解渴。

来吃早饭的食客很容易口渴,因为他们的嘴,两分时间在吃东西,八分时间却是在聊天。

聊得投机时,一碗甜沫可以从晨光初上直吃到日当正午。来吃甜沫的常客,必然都是些身无杂事的闲人,只有他们才有时间吃早饭,也只有他们才能洞知时局动态,市井密辛,有着那么多聊不完的话题。

一大早,陆明诚就把甜沫熬好,油旋烤制完,没一会儿的工夫,小吃摊上就坐满了食客。秦五爷要了一碗甜沫,又要了几个小菜。

地瓜悄声地对秦五爷说:"五爷,这些饭菜都是请您的,您慢慢享用。"

秦五爷没有做声,他盯着锅炉前的陆明诚,一脸疑虑地点了点头,刚喝了一口甜沫,便把地瓜叫到自己身边轻声问:"今儿个做的甜沫可真不怎么样。"

地瓜转身盛了一碗尝了尝,又转递给冯钟丁,说:"你尝尝这甜沫。"

冯钟丁舀了一小勺,一尝就感觉出味不对劲,冲着地瓜摇了摇头,又看了看陆明诚。地瓜走到秦五爷的身边说:"五爷,这甜沫的确是有问题,您多担待。"

秦五爷笑着说:"我懂,忙去吧!"

地瓜凑到冯钟丁的身边问:"这要不要跟明诚说一声。"

冯钟丁寻思了一会儿,说道:"别说了,他的心思都在玉儿的身上。"

第七章

陈厚财带着几个人坐在小吃摊上，吆喝着："来几碗甜沫，再炒几个小菜。"

陆明诚打心眼里看不上陈厚财，也明白这次他来小吃摊不是来吃饭，而是想闹事，便没有搭理他。陈厚财眼见没人搭理，一拍桌子，喊道："都聋了，有不聋的站出来。"

冯钟丁走到陈厚财的跟前说："厚财，咱俩也都算是在福寿楼当过伙计的人，别在这里吆五喝六。"

陈厚财装着一脸委屈地说："我就是想来喝一碗甜沫，你们没有一个人过来伺候我们，难道我还不能说几句话？"

冯钟丁点了点头，冲着地瓜喊："这桌子按人头算，一人一碗甜沫，外加两个小菜，算在我的账上。"

其他食客见到这架势，纷纷地离开了小吃摊。秦五爷走到陈厚财的桌前，一脸严肃地说："吃饭就好好吃饭，人在社会上混，得懂规矩。"

陈厚财油嘴滑舌地说："五爷，看你说的，我可不是来惹事，兄弟们早就眼馋这小吃摊的饭菜，我就带他们过来尝尝。"

秦五爷没有搭理陈厚财，转身就走了。眼见秦五爷走了，陈厚财更是嚣张起来，喝了一口甜沫就吐在了地上，连声骂道："这是什么玩意，就这味道，连狗都不吃。"

陆明诚本来就攒了一肚子火，冲到陈厚财的面前，骂道："刚才哪只狗吃了？"

冯钟丁和地瓜眼见事情要被闹起来，赶紧上前拉住陆明诚。冯钟丁悄声地对地瓜说："赶紧去福寿楼找高珊珊。"

贫困和不公平使陆明诚过分地自尊。他常常感到别人在嘲笑自己，他对那个奸猾的陈厚财，已经产生了一种强烈的反感情绪。

陈厚财嬉皮笑脸地对陆明诚伸出一个大拇指，说："好！"

陆明诚瞪着眼，拳头在空中晃了晃。冯钟丁一把拉住陆明诚，劝说："别上当，你一冲动，他就能正大光明地惹事。"

街巷里人群乱纷纷的，天空仍然弥漫着尘埃，灰茫茫一片，笼罩着天地。

陈厚财眼见激怒不了陆明诚，便向身边的人使了一个眼色，只见身边的几个人用力地把桌子、椅子连摔带拆，小吃摊瞬间一片狼藉。陆明诚再也按捺不住内心的愤怒，一个箭步就冲到了陈厚财的面前，左一拳右一拳，陈厚财也不甘示弱，两人扭打在一起。

地瓜领着高珊珊快步走到小吃摊前，高珊珊一脸怒气，喊道："都给我住手。"

陈厚财一见高珊珊来了，赶紧停手，走到高珊珊面前，悄声说："小姐，怎么样，要不要直接把他的小吃摊给毁了？"

高珊珊怒视着陈厚财，训道："这就是你想的办法？"

陈厚财揉了揉通红的脸，说："地道吧？"

高珊珊没有理睬陈厚财，走到陆明诚面前，拿出些钱想给他，说："我们不知道陈厚财能办出这样的混账事，这钱你收着，算是赔偿。"

陆明诚拒绝了高珊珊的钱，强硬地说："我和福寿楼没有任何瓜葛，福寿楼的钱，我也不要。"

陈厚财冲上前去，一把将钱袋夺了过来，不解地问："大小姐，你给他钱干什么？是他先动的手。"

高珊珊把目光转向陈厚财，骂道："带着你的人，赶紧滚！"

陈厚财一脸委屈，自言自语道："替你们家酒楼擦屁股，不感谢我也就罢了，还捞了一顿埋怨。"

冯钟丁走到陈厚财面前，语气坚定地说："还不快滚。"

陈厚财刚要抬起拳头，可看到高珊珊在场，便收了回去，无奈地说了一句："走！"

等陈厚财一伙人走远，高珊珊把钱硬塞给陆明诚。陆明诚却把钱狠狠地摔在了地上。冯钟丁赶紧劝说："明诚，这事也不怪大小姐，是陈厚财一伙儿来闹事，而且之前大小姐和我说过陈厚财这浑蛋要来惹事，是我大意了。"

陆明诚没有说话，转身走了。高珊珊望着陆明诚落寞的背影，心里有些委

第七章

屈，却说不出来。

冯钟丁说："大小姐，你也别怪明诚，最近他遇到的事情太多了。"

高珊珊叹了口气："我与他结下的梁子算是解不开喽！"

地瓜瘫坐在地上，手里拿着几片碎碗，眼里流着泪水，他缓慢地起身，扶起一把把椅子，木讷地试图再拼接起来。

冯钟丁看着地瓜，心里一阵隐痛，对身边的高珊珊说："也许对我们这些人来说，这些东西坏了就坏了，可对地瓜来说，这是他生命的全部，他从一个乞丐跟着陆明诚混成如今的模样，都源于这些锅碗瓢盆。"

高珊珊把钱袋扔给冯钟丁，说："拿这些钱再置办一些桌椅，别说是我给的就行。"

冯钟丁拿过钱，笑着说："不瞒大小姐，我们还真是需要钱。"

高珊珊抱怨道："看我回去怎么收拾陈厚财。"

陆明诚回到了鞭指巷，巷子里除了他自己之外，空无一人，周围一片沉寂，没有丝毫的声音。陆金珠急匆匆地赶回家，见到巷子里的陆明诚，快步走过去问："你怎么惹着陈厚财这帮人了？"

陆明诚摇了摇头说："这帮人就是一群无赖，这段时间，事情是一出接着一出，我哪还有心情去招惹这群无赖。"

陆金珠心里总觉得不踏实，说："先回家吧。"

姑侄俩刚迈进家门，刘巧嘴就从他们身后喊了一声："正好你们都在家。"

陆明诚赶紧把刘巧嘴请到家里，倒上一杯水，与刘巧嘴相对坐着，两眼里充满了期待，着急地问："刘爷，情况怎么样？"

刘巧嘴大口喝了一口水，回道："我今早上就找了罗三爷，和他谈了谈，他告诉我，看在和我的老交情上，他那份一百大洋就不要了。但那九百大洋还是得给春满楼，这是规矩。毕竟李富贵是用闺女抵的赌债，赌场把李玉儿卖给了春满楼，白纸黑字的契约，只有钱能解决。"

陆明诚追问道："那我可以和罗三爷私底下谈谈吗？"

刘巧嘴笑着说:"明诚,这也是道上的规矩,这群混江湖的虽然讲情义,但也得遵守规矩。收了人家的钱,就得替人家办事。"

陆明诚沉默不语,望着桌子上的一个铜烛台。

陆金珠无奈地摇头:"这么多钱,从哪里凑呢?"

刘巧嘴说:"要不你去华不注找仇仙人,说不定他能给你指条明路。"

陆明诚问:"这仇仙人不是云游四海去了吗?"

刘巧嘴说:"我今早刚见过他。"

陆金珠给刘巧嘴满了满杯子里的水,对陆明诚说:"这说不定是个好办法,去试试吧。"又转头对刘巧嘴说:"刘爷,这事真的是托你的福,不然,这孩子都不知道该怎么办。"

刘巧嘴摆了摆手,说道:"什么福不福的,我和这小子有缘分。这芙蓉街上的人怎么说的我,我都听在耳朵里。算了,不说了,该说的都已经说明白了,我先走了。"

陆明诚赶紧拦住他,说:"刘爷,吃了饭再走吧。"

刘巧嘴摇摇头,晃晃悠悠地向门外走去,边走边说:"这顿饭欠着吧。"

陆明诚看着刘巧嘴离去的背影,一阵苦笑。陆金珠站在陆明诚的身后,感叹道:"都说刘巧嘴只是嘴上功夫,不办人事,我看刘巧嘴倒挺会办人事。"

天已经有些阴沉,福寿酒楼里所有人的视线在陈厚财和高德生的身上来回转换,高珊珊坐在椅子上一言不发,摆弄着手中的一根骨头。

高德生咳了几声,说:"厚财啊!你打砸小吃摊的事情,可是闹得满城风雨,连警察都上门来询问此事,我送了一大包肉才打发掉他们。"

陈厚财坏笑着说:"解气吧?我这人办事,你放心。"

高德生想要开口,又不知道说什么好,就顺手拿起桌子上的烟杆,点上火,用力地吸了几口,然后从嘴里吐出一股股浓烟。陈厚财赶紧从口袋里掏出一盒香烟,递到高德生的面前,说:"师父,烟卷比您那玩意好抽。"

高珊珊瞄了一眼,继续玩弄着骨头。高德生眼见女儿没有帮自己说话的意思,便说:"还是叫掌柜的吧。"

陈厚财愣了一会儿，笑着说："行，高掌柜。"

高珊珊站起来，准备要出门，被高德生喊住："你这是要干什么去？"

陈厚财马上说："高掌柜，小姐忙的话，就让她忙去吧。"

高珊珊退了几步，又坐下说："我本想把这根骨头拿去喂狗，可又一想，后院的那只狗不听话，总是乱咬人，早就该送人了。"

高德生心急如焚地瞪着高珊珊，心里想：这都什么时候了，还想着喂狗。

陈厚财问："高掌柜，要是没什么事情，我就先下去了。"

高德生无奈地说："那就先……"话还没有说完，就被高珊珊给打断了，她说："什么叫没事，事情大了。"

陈厚财凑到高珊珊的面前问："大小姐，什么事大了？"

高珊珊把骨头放在桌子上，道："今儿你把陆明诚的小吃摊给砸了，是不是特有成就感？"

陈厚财一脸得意，说："感谢的话就别说了，为咱福寿酒楼除去这个祸害，是我应该做的。虽然这让我在名誉上有点损失，不过不要紧，何况咱们都不是外人。"

高珊珊生气地说："我见过不要脸的人，但没见过你这么不要脸的孬种。"

陈厚财一听这话，顿时火冒三丈。

高德生喊了一句："都别吵了，厚财啊！你跟着我这些年，酒楼也没亏待你，今儿我就当着大伙儿的面说说。你打来酒楼那天开始，没少往家里顺菜吧？也没少偷懒吧？我这些都看在眼里，但我不说，我一直以为这人啊，他再坏，也会变好。可我错了，这人一旦变坏，他就很难再变好了。我们的师徒情谊也算尽了，你走吧！"

在场的伙计们看着此番场景，都有点傻眼。高德生又抽了几口烟。陈厚财强笑着说："高掌柜，你是在开玩笑吧？"

没等高德生说话，高珊珊凑到陈厚财的面前说："我看了这么长的时间的骨头，算是明白了'顽皮贼骨'四个字的意思。"

陈厚财看了看身边的人,问道:"啥意思?"

大伙儿没有一个搭理陈厚财。高珊珊接着说:"听不明白?'贱骨头'三个字总能听明白吧。"

陈厚财一听这话,便大怒起来,骂道:"狗娘养的,敢骂我!"

高珊珊还要凑上去,被高德生挡住了。高德生拽着陈厚财的衣服,怒道:"你说谁是狗?"

陈厚财就像热锅上的蚂蚁,又蹦又跳,可没等他再说什么话,高德生就让伙计们把他轰了出去。正儿八经招的徒弟被轰出师门,这一幕可让街上的老百姓大饱眼福。陈厚财站在酒楼门口,吐了几口唾沫,骂道:"都是群猪狗不如的玩意儿!"

芙/蓉/街

第一节 爱恨情仇

一缕白云,像轻纱一样,被晨风徐徐吹来,细小的云片在浅蓝明净的天空里泛起了小小的白浪,晶莹的露珠一滴一滴地落在草茎和树叶上,润湿的土地上仿佛还留着晨曦的余痕。

一条迷津似的小路,弯弯曲曲地直穿到遥远的树林里,向着那山坡青翠、重重叠叠的冈峦逶迤而去。陆明诚站在仇仙人的茅屋前,来回地踱步。周围一片沉寂,仿佛坠入沉寂而又神秘的黑暗之中。突然,有人出现在陆明诚的身后,喊了句:"怎么不进去?"

陆明诚被突然而来的声音吓了一跳,赶忙转过身,问道:"您老是仇仙人吧?"

仇仙人眯缝着眼睛,笑着说:"此地只有一位仇仙人,那就是我。"

陆明诚赶紧一个箭步冲到仇仙人的面前,说:"我有急事相求。"

仇仙人看了看远山,说:"能不能帮得看缘分,先进门吧。"

陆明诚跟着仇仙人进门,坐在木桌前,两只眼睛盯着墙上挂着的书画。仇仙人倒了杯茶给陆明诚,问道:"你是陆明诚吧?"

仇仙人的话让陆明诚吓了一跳。陆明诚急切地问:"你怎么知道我的名字?"

茶水升腾起水雾,仇仙人擦了擦桌子上残留的水,说:"我认识你姑姑,你姑姑把你带大,真的不容易。当年,我从芙蓉街路过,那时候天非常黑了,

第 / 八 / 章

你姑姑一人站在街口,我就问她,大嫂子,这么冷的天,道上都没人,你站在这里干啥?你猜你姑怎么回答。"

陆明诚问:"怎么回答?"

仇仙人接着说:"我在等侄子,我怕他受人家欺负。"

陆明诚一听,泪水涌到眼眶边上。

仇仙人见陆明诚低头不语,便说:"陪我去华不注山上走走吧。"

没等陆明诚回话,仇仙人就起身朝屋外走去。陆明诚跟在他的身后,仇仙人边走边说:"这人啊!出生在这个世上,就得经历些苦难,就像你要爬上这华不注山,就得一路上斩荆棘,只不过现在山上走的人多了,荆棘也就少了。"

仇仙人在山路上给陆明诚讲起了帝王后裔赵孟頫的故事。赵孟頫虽蛰居家中多年,却修出了一身才华,诗书俱佳。三十二岁的时候,他接受了"敌人"递来的橄榄枝,北上元大都,入宫拜见忽必烈,并得到了最高礼遇,可自由出入宫中。

六年间,赵孟頫不仅有伴君如伴虎之虞,更是饱受朝野非议。以他王孙贵胄的遗老身份,背叛祖业,事奉新朝,可谓变节"汉奸"。而站在蒙古贵族的立场上,他代表着旧朝宗室,难以完全信赖。委曲求全之后,赵孟頫主动外放地方为官。他选择了济南,一个成就了他的才华和抱负的地方。

在济南,赵孟頫名义上是同知济南路总管府事。在三年后,面临着官场排挤的他辞官回乡时,是带着满满的幸福回忆全身而退的。出现在那场晚宴上的他,操持着吴侬软语讲起齐鲁大地的山水胜景时,相信他是动了真情的,这也感动了他的那位世交——周密。

周密是宋末元初的重要词人,南宋末年曾任义乌令,灭国后举家逃难来到浙江,再没回过家乡。齐鲁后裔的他自号"华不注山人",多次在词中感慨"回首天涯归梦,几魂飞西浦,泪洒东州"。

故交自故园而来,所见所闻更是勾起了乡愁。游子周密的思乡之情,也感动了赵孟頫。他拍拍周密的肩膀,"我来一解兄台思乡之苦"。他拿出笔墨,提笔挥毫，凭着熟悉的记忆勾画起济南的山水。于是，千古佳作《鹊华秋色》就此诞生。赵孟頫笔下绘就了济南的两座名山，一是鹊山，再就是华不注山。

听完这个故事，陆明诚有些心急，刚要开口询问有什么好办法能把玉儿从春满楼救出来，仇仙人又讲起了王士禛的故事。

正值深秋时节，寒风萧瑟，荒凉的官道上，一辆驴车拉着王士禛在寂寞地行走。王士禛从帝都南下，一路上，所见之景，无不是"衰草平芜"。一望无际的视野所在，辽阔却没有起伏，平坦却鲜有变化。不久后，他来到了济南。

这位清朝初期的文坛领袖，把他看到的景象写进了那首《初望见历下诸山》："行人独自发燕关，衰草平芜黯旅颜。十万芙蓉天外落，今朝正见济南山。"

这座"绿翠如芙蓉"的峻秀之山，连同那座安静的老城，连同鹊山湖与大明湖构筑的景观，一同定格在历史的草稿上。

陆明诚终于忍耐不住性子，张口便说："仇仙人，我其实是有事相求！"

仇仙人望了望山上的美景，问："是玉儿的事情吧？"

陆明诚惊讶地问："真神了，我还没说，您老人家都知道了。"

许仙人笑了笑，又伸了伸懒腰，说："这个消息在济南传来传去，想不知道都难，毕竟玉儿曾是济南梨园界的头牌。我先说说为什么给你讲赵孟頫和王士禛的故事。春秋更迭，岁月轮回，也许当时很多人都唾弃赵孟頫是个汉奸，可后人谈论最多的却是他的《鹊华秋色》图。王士禛遭遇仕途危机，穷困潦倒，可后人记住的是他那一篇篇美好的诗作。这人活在世上，不能活一天呼吸一天的气，而是要能留什么给后世。"

陆明诚继续问："这跟玉儿的事情有什么关系？"

仇仙人解释道："关系大了，这姑娘自从成了梨园界的头牌，野心就收不住喽，也有点不知道分寸。当然有因必有果，她爹如果不去赌，或许就不会出这档子事。但话又说回来，就算她爹不去赌，从头牌跌落到普通的角儿，她的心里也有些不安分了，自己想不开，堕落是早晚的事情。话再说回来，你和李玉儿不合适，你满足不了她的野心。"

第 / 八 / 章

陆明诚隐约明白了仇仙人话里的意思，便问："可玉儿是个好姑娘，当年我就是个穷小子，没人搭理我，都是玉儿陪我。"

仇仙人点着头道："我明白你心里咋想的，你俩从小一起长大，青梅竹马。可我劝你啊，只把心放在情感上，你早晚得栽大跟头。你既然在厨艺上有天赋，就得把握住，成为一代名厨，才是你要做的事情。"

陆明诚陷入了一阵沉思，深深地吸了一口气，说："我想把她救出来。"

仇仙人撇了撇嘴，席地而坐，说："这帮人肯定是要钱，能用钱解决的事情，这都不算是事。"

陆明诚点了点头，说："他们是要钱，但要的钱太多了。"

仇仙人摆了摆手，说："用钱铺路把一个姑娘从风尘中解救出来，这买卖值，何况这个女孩曾是济南梨园界的头牌。但我劝你，如果救不出来，也不要因为这件事情变得消沉，你们的感情从杨小胜来到济南就已经变了。这人世间的情啊爱啊，说到底，都是造化。你们不能在一起就说明缘分尽了。话再说回来，就算救出来，也得看造化。"

陆明诚听得一头雾水，但他隐约感觉得出，仇仙人话中有话，他接着问："你知道杨小胜？"

仇仙人思索了一会儿说："他曾经来找过我，当时我顺便问了他几嘴感情的事情，但没有多问。如果你想救这个姑娘，办法就是钱，你可以去去找福寿楼的掌柜高德生借钱，说不定他有办法能帮你。"

陆明诚摇了摇头，苦笑道："他不可能帮我，我和他结了梁子。"

仇仙人让陆明诚坐在自己的身边，说："只要是梁子，就有解开的法子。大丈夫能屈能伸，求人家办事就得学会低头。但孩子你千万不要为了儿女私情，毁了自己的人生大事。就像我和你说的赵孟頫和王士禛，即使遇到再大的困苦，都能看到身边的美景。你自打和我一起爬这华不注山，想的全是如何解救那个姑娘，却忽略了身边这么多美好的景色。人这一生，要走很多的路，你总不能一遇到事情就背负着痛苦走下去吧。"

陆明诚茅塞顿开，笑道："那我去找高德生试试。"

仇仙人站了起来说:"这就对了。去年,康有为来到济南,也登上了这座山,被这里的美景深深地吸引。我和他聊家长里短,聊国家政史,他谈了很多自己的想法,最后,也谈了谈自己对华不注山的感想。面对世态炎凉,军阀混战,他能保持这样的心,实在难得。"

陆明诚听了仇仙人的话,有些感悟,可他的心里还是放不下玉儿,便说:"人不能忘本,不管能不能救出玉儿,我都要去试一试。"

仇仙人笑着说:"事在人为,我不是什么算命先生,无法知古通今,但我吃过的盐比你走过的路还要多,我给你一句忠告,不要做笼中鸟,要做林中鹰。还有,你要明白,赵、王的故事,都说明人要懂得取舍。"

陆明诚抬头仰望着蔚蓝色的天空,各种鸟雀在天空飞翔,红翅膀的、金翅膀的、白翅膀的,像给天空刷上了一层彩色。经过与仇仙人的交谈,陆明诚有些顿悟,但他更想明白仇仙人话中之话的意思。

告别仇仙人之后,陆明诚魂不守舍地回到家,地瓜和冯钟丁早已等候多时,赶紧问有什么办法能解救出玉儿。陆明诚拿起茶壶倒了一杯水,一饮而尽,说:"仇仙人是指了条明路,让我去找福寿楼的掌柜高德生。"

地瓜瞪大眼睛,一脸惊讶,给陆明诚倒了一杯水,说:"这算什么好法子,咱们与高德生水火不容,他也不会借给咱们钱。"

冯钟丁打断地瓜的话说:"也不一定,我在福寿楼当了这么多年的跑堂,还算了解高德生的为人,要不,我去试试?"

茶杯在陆明诚的手里玩转了好长一段时间,他琢磨了一会儿,说:"还是我去吧。"

屁股还没有坐热,陆明诚就要起身去福寿楼。冯钟丁看了看地瓜,说:"不行,我还得跟着他,虽说高德生不会为难他,可他女儿高珊珊就说不定喽。"

看着冯钟丁快速地跑出去,地瓜也跟着跑了出去。陆明诚走进福寿楼,走到一个伙计跟前问:"高掌柜在吗?"

伙计上下打量了一番陆明诚,一脸不屑,没有搭理陆明诚,就转身擦

第 / 八 / 章

着桌子。突然，从陆明诚身后伸出一只手把伙计拽了回来，问道："高掌柜在吗？"

陆明诚回头一看，是冯钟丁和地瓜也跟着自己到了福寿楼，便小声问："你们怎么跟着来了？"

冯钟丁给陆明诚使了个眼色，继续问伙计："马老弟，咱们在这酒楼搭伙也好几年了，你不会不给我这个面子吧？"

伙计面色突变，笑着说："冯哥，看你说的什么话，看在你的面子上，我肯定得告诉你。掌柜的去南边会老友去了，虽说是去会老友，其实是给大小姐找个婆家。"

冯钟丁接着问："那他什么时候回来？"

伙计回："那可说不准，要么今儿晚上，要么就得明天一早回来。"

陆明诚拽了拽冯钟丁，悄声说道："那可不行，明天是最后一天，如果来不及就一点希望也没了。"

冯钟丁拍了拍陆明诚的肩膀，又接着问伙计："你知道去南边哪里了吗？"

伙计想了一会儿，说："好像是兴教寺。"

冯钟丁点了点头，说："是不近，马老弟，等有时间了，我请你喝酒。"

伙计笑着说："这可是你说的，不过，他们去兴教寺这事，可别说是我告诉你的，不然，我的饭碗就要丢了。"

冯钟丁瞪大眼睛，拍着胸脯说："兄弟这么多年了，在酒楼有什么事不都是我给你拦住的，你还担心捅你篓子？这话你也好意思说出来。"

伙计赶紧解释道："冯哥，是我多嘴。"

冯钟丁环视了一下四周，说："知道就好，我们走了。"

刚走出酒楼的门口，陆明诚就迫不及待地问："冯大哥，这兴教寺在哪里啊？"

冯钟丁一脸惊讶，但仔细一想，陆明诚估计连济南城都没有出过几回，兴教寺对他来说，肯定是比较陌生，便说："这兴教寺啊，是在原有朱老庵古址上建成的寺庙，对了，朱老庵故址，估计你也不知道。它主要记载着盛唐时期第三大高僧、济南人士义静僧人的生平事迹。义静是继唐僧玄奘之后第二位远赴西域取经传道的僧人，他的突出贡献不仅仅在于他是第一位从水路西去取经的僧人，更在于他回来后著书立说，传经授道。后来他被唐高宗李治封为'又一唐三藏'。"

地瓜疑问道："这高掌柜不单单是去给女儿找婆家吧，估计也去拜佛求财了吧？"

陆明诚在一旁推了推冯钟丁，着急地说："赶紧的吧。"

冯钟丁望着陆明诚急匆匆的背影，满街上雾气腾腾，行人络绎不绝，脚下是石板的路面，眼中是路边一个个的小吃店，鼻中是各色小吃的香味，耳中是各路小贩的吆喝，连空气中都回荡着锅碗瓢勺叮叮当当的热闹声。不远处的刘巧嘴依旧打着竹板，嘴里念叨着说词。

第二节　思心苦海

明媚的阳光照耀着苍绿的群山，一路上，到处都是倒塌在弯曲的山沟里的碎石块。岩石缝隙里，到处长着枝丫弯曲的野生杂木。马车一驶进密林，地瓜的心就悬了起来，他时不时地看看驾着马车的冯钟丁，又时不时地瞧瞧坐在自己对面的陆明诚，心里直打鼓。

在一条山沟的边沿，一株蓬松的柳树俯视着水面。一块长满青草的洼地上，有一股潺潺的清泉，流到前面的一片凹地里，形成了一泓小小的泉水。冯

第 / 八 / 章

钟丁将马车拴在一棵杨树上，喊了句："下来喝点水吧！"

陆明诚和地瓜依次下了马车，走到泉边，喝了几口泉水。地瓜感叹道："真甜啊！"

冯钟丁擦了擦嘴，问："地瓜，你一路上慌张什么？"

地瓜狡辩道："你怎么知道我慌张了？"

冯钟丁指了指自己的后脑勺，说："我后面长着眼睛。"

地瓜凑到冯钟丁的跟前说："你说这一路上连个人影也没有，会不会杀出几个山匪，把我们打劫了？"

冯钟丁一听这话，大笑了起来："你瞧瞧这周围的穷样子，再看看前面的村庄，你觉得山匪和你一样傻乎乎的，跑这里来打劫？"说完，冯钟丁注意到陆明诚一语不发，只是静坐在泉边，便走到陆明诚的身边问："是不是想玉儿呢？"

陆明诚深呼了口气，说："我是担心借不到钱怎么办，玉儿一旦有个三长两短，桃子姑也很难活下去，她们家就彻底完了。"

冯钟丁又问："是不是还放不下玉儿？"

陆明诚苦笑道："自打她成为济南头牌的那天起，我就知道自己和她已经不是一路人，她不再是整天围着我转的那个小妹妹，我也不再是她心目中无所不能的大哥哥。或许，她家的店铺不出现问题，她也就不用被迫去学戏。这也许就是命。"

冯钟丁摇着头说："这不是命，这是不公平的世道带给穷苦人的压迫。我们必须团结一心，推翻这个万恶的社会。"

陆明诚一脸麻木地说："我连玉儿都救不了，还推翻不公平的世道？我现在就想把玉儿救出来，让她们娘俩好好过日子。以后的事情，以后再说。"

说完，陆明诚转身上了马车。冯钟丁自言自语道："也就是当厨子的命喽。"

才两天的功夫，郑桃子一头油黑的头发变得有些花白，陆金珠是看在眼里疼在心里，但不管怎么劝说，郑桃子就是想不开。她多次准备偷着去春满楼，都被陆金珠给拦了回来。她整日以泪流面，让陆金珠不得不寸步不离地守在她身边。

此时屋内很静，陆金珠正在低头绣着一个枕套，只听见绣花针一上一下穿过缎子的声音。郑桃子看着陆金珠一针一线地绣着，慢慢地入迷了，说道："还是你的针线活好。"

陆金珠一边绣枕头一边说："不行喽，人老了，眼睛也花，可不比年轻那会儿了。"

郑桃子带着哭腔说："玉儿的针线活儿就不行，前几天，我让她缝一缝裤子，她居然缝得乱七八糟。后来，我不得不接过她手中的针线活。玉儿撅着小嘴出去了，那小模样，真是俊。"

陆金珠放下手中的针线活，搬着凳子坐到郑桃子的身边，安慰着说："等玉儿回来的时候，咱们教她做针线，再给她找个好人家，让她风风光光的从咱这巷子里嫁出去。"

郑桃子抹了抹眼泪，又看了陆金珠一眼，说："求老天爷保佑吧！"

陆金珠盯着郑桃子憔悴的脸，不知说什么好，便转身走出屋子，悄悄地抹着眼泪。在她心里，无论玉儿能不能嫁给诚儿，她都把玉儿当成自己的亲闺女一样看待。这么好的闺女怎么能去春满楼那种烟花地呢？

陆明诚一行人的马车行过密林，在小道上没走多远，就见到了一座寺庙，隐隐约约有悠扬的钟声。地瓜从马车上站起来，伸了伸懒腰，问："这就是兴教寺吧？"

冯钟丁四处张望了一下，回道："我也不敢确定，我们先进去看看。"

马车继续往前走，差点晃倒了站在马车上的地瓜，没大一会儿，就走到了寺庙前。三人一同走进去，只见寺中殿塔壮丽，但香火并不算多么旺盛，各路神仙的牌位光秃秃地立在神像前。供桌上有一个炉子，里面燃烧着几炷参差不齐的香。一位和颜悦色的老和尚迈着稳健的步伐走到三人面前，双手合十说："阿弥陀佛，三位施主，见你们慌慌张张到寺庙来，是不是有什么事情，看看贫僧能不能帮上忙？"

第 / 八 / 章

陆明诚谦虚地说:"老师傅,你见过一对父女来寺里吗?"

老和尚面带喜悦地说:"这几年战局动荡不安,民不聊生,虽然前来供香火的人不多,但前来祈福的父女还是不少,你们说的父女俩是什么时候来的呢?"

陆明诚赶紧补充道:"就在今天,有没有父女俩到寺庙?"

老和尚不慌不忙地回忆了一下,说:"今天来的人中的确有一对父女,怎么,你们找他们有事?"

一听到这样的消息,三人乐了,总算是没有白来。冯钟丁和蔼地对老和尚说:"老师傅,你知道他们现在去哪里了吗?"

老和尚笑了笑说:"你们还没有回答我为什么找他们呢?"

冯钟丁听出来老和尚认识高德生,而且不是一般的认识,便说:"老师傅请放心,我们是他……是他女儿的朋友。"

老和尚并没有相信冯钟丁的话,双手合十,又说了一遍"阿弥陀佛"。

眼见老和尚转身要走,陆明诚赶紧凑到老和尚的面前,沉稳地说:"是这样的,我遇到点麻烦,想找他们借钱。"

老和尚看着陆明诚,点了点头,说:"你们跟我来吧。"

三人跟着老和尚到了后院,东西僧舍,双扉虚掩。南边有一小舍,老和尚指引着三人走进了屋子。屋内比较雅致,茶香袅袅,站在窗前,可以一览外面秀丽的山色。

冯钟丁按捺不住心情,开口便问:"老师傅,想必你和那对父女有些交情吧?"

老和尚一脸平静,看着面前的三个人,问道:"你们说的那对父女姓什么?"

地瓜利索地答道:"高!"

老和尚让三个人坐下,说:"那就没错了,贫僧是和他们父女俩有些交情,他们也经常来进献香火,这次来寺里,也是想为高家小姐合段姻缘。"

地瓜抢着问:"那姻缘怎么样?"

陆明诚瞪了一眼地瓜，悄声说："不该问的别问。"又笑脸对着老和尚："老师傅，那他们现在在哪里呢？"

老和尚淡定地回道："他们早就回去了。"

地瓜一脸苦相，说："他们走啦？你咋不早说呢。"说完，就起身朝门外走去。

陆明诚抓紧问："他们走了多久了？"

老和尚喝了一杯茶，道："你们前后脚，一个进寺，一个出寺。"

陆明诚谢过老和尚，刚要和冯钟丁出门，被老和尚喊住："这世间的万物，凡因必有果，高家父女都是善人，必要的时候，你们可以说在兴教寺遇见我了，或许能帮助你们。"

冯钟丁和陆明诚一起谢过老和尚之后，急匆匆地往回赶。

地瓜埋怨道："早知道就在福寿楼等着了。"

陆明诚苦笑道："早知道就把李富贵给锁起来，他就没法干这畜生事了。"

冯钟丁劝道："你们都别早知道啦，这世上有卖泻药、卖毒药、卖良药的，就是没有卖后悔药的地儿。"说完，用力鞭打着马。

在不远处，有一辆马车缓慢地行驶着。这让三人万分激动，赶紧追上去，发现果然是高德生父女。

高德生被身后突然出现的人吓了一跳，定睛一看，是陆明诚、冯钟丁还有地瓜，便收了收惊愕的表情，说："原来是你们几个人，好巧。"

陆明诚刚要开口，想起自己在福寿楼对高德生不理智的行为，话到嘴边又收了回去。冯钟丁见陆明诚没有开口，便说："不是巧，我们是来找高掌柜的。"

高珊珊听到声音，从马车里走了出来。高德生问："找我什么事？"

冯钟丁拽了拽陆明诚，低声说："你还想不想救玉儿？"

陆明诚平稳了一下心情，跳下马车，走到高德生马车前面，说："高掌柜，我有事求您。"

第 / 八 / 章

高德生笑了几声，问："你当初站在我面前的硬气呢？"

陆明诚虽然向高德生低了头，但心里有些不甘心，硬着头皮说："事情都过去了，请高掌柜大人不记小人过。"

高珊珊也跳下了马车，说："有事上车说，两辆马车挡在路上，不怕招土匪啊？"

高德生点了点头说："陆明诚上我的马车，你们的马车在后面跟着。"

一路上，马车摇摇晃晃，高德生看了陆明诚一眼，问道："有什么事？说吧。"

陆明诚鼓了鼓勇气，说："我想借点钱。"

高德生问道："我凭什么借给你钱？我当初让你去福寿楼当跑堂，你理直气壮地告诉我，死也不来酒楼。后来，杨秘书长把你的身世告诉我，念在你父亲和我是同门师兄弟的份上，我亲自招你进酒楼，你又义正词严地拒绝了，还在我的酒楼门口设摊。你说，我有什么帮你的理由？"

陆明诚满怀愧疚地道："那时候，我年轻气盛，总觉得自己能干出一番大成就，肯定能比福寿酒楼厉害。"

高德生点着头说："你小子说话算是实诚，不过，是谁让你来找我的？"

陆明诚吞吞吐吐道："我去找了仇仙人，希望他能给我指条明路，他说我可以找您。"

高德生表情突然变得紧张，他往上挽了挽衣袖，接着问："仇仙人给你指的这条路可不算是什么好路。这样吧，你先说说是什么事情吧。"

陆明诚赶紧说："我巷子里的邻居李玉儿，被罗三爷给抓到了春满楼，需要九百大洋赎身。我西凑东凑才凑了两百多大洋，还需要七百大洋。"

高德生松了口气，他以为是什么天大的事情，值得让仇仙人点自己的名字。他对此事早有耳闻，但这事对自己来说非常棘手，如果帮这个忙吧，以后自己就真的成了活菩萨啦！那芙蓉街上大大小小的事情，自己都脱不了干系。如果不帮这忙，要是传出去，自己的颜面何存。经过一番深思熟虑，高德生说："七百大洋对福寿楼来说，不算什么大数目，明诚啊！你这些年设小吃摊，连一千大洋都没挣到手，我还以为你生意那么红火，早就发财了呢。"

陆明诚苦笑道："我设小吃摊，不是为了挣钱，而是为了接济一下穷苦的街坊邻居。碰上有钱的主儿，自然就能多赚点，人家也能念我一个好，要是碰上没钱的主儿，我就得自己搭上钱。"

高德生算是明白了，陆明诚和自己年轻的时候一个德行，自己的福寿酒楼也经常接济穷苦的百姓，这也是听了师父郝爷的遗言。只不过，后来到酒楼的都是些达官贵人，这些穷苦的百姓，也就不敢进酒楼半步了，当然，刘巧嘴这种天不怕地不怕的人物除外。高德生问："我总不能白借给你吧，你以后怎么还钱？"

陆明诚两眼无神，用力咬了咬嘴唇，回道："我去福寿楼的后厨，挣的工钱都算是还账的钱，直到还清为止。"

高德生接着问："这世上两条腿的蛤蟆难找，但两条腿的女人到处都是，何必在李玉儿这一棵树上吊死呢？"

陆明诚摇了摇头说："高掌柜，其实我并不是为了我和她之间的感情。就像兴教寺的老和尚说的，贪欲爱恨情仇是人最难过的关，可这道关我早就过了，我只是想做些事情让自己以后别后悔。"

高德生惊讶道："你见到慧通大师了？"

陆明诚自然不知道与他们三人交谈的老和尚，正是赫赫有名的慧通大师，他两眼直盯着高德生，说："我不认识慧通大师，只是见到一位老和尚，我把遭遇告诉他，他给我们讲了很多道理。后来，他告诉我们，你刚离开兴教寺，我们就追了上来。"

高德生深吸了一口气，马上说："钱呢，我借给你，是看在慧通大师和仇仙人的面子上，等回到福寿楼，你跟我去柜上取钱。不过，你处理完李玉儿的事情，就要来酒楼做活，每月拿三块大洋，但要扣除两块大洋，算是你还账，你家里还有一个姑姑，拿着那一块大洋好好孝敬你姑姑。"

陆明诚一听这话，心里自然高兴，赶紧感谢高德生。马车摇摇晃晃了一路，犹如这起起伏伏的生活，一路荆棘，一路美景。

第八章

第三节 慷慨悲情

刚刚升起的月亮倾泻下一片清辉,给窗户披上一层白色的薄纱。宽阔的院子里,一阵微风吹过,给人带来一丝不安的躁动。

陆金珠把茶壶拎到院子里,给陆明诚、冯钟丁和地瓜倒上水。冯钟丁两人静坐不语。陆金珠放下茶壶,说:"你们三个人僵持着相面呢?不就是因诚儿要去福寿楼这事儿,依我看,说不定是好事。"

地瓜满不情愿地说:"金珠姑,你说我们仨一起干小吃摊多好,结果让陈厚财这该死的玩意给糟蹋了,我就是心不甘,担心高德生这人使坏。"

陆金珠也坐了下来,劝说:"高德生这人呢,我还是比较了解,不至于像你们想的那个样子,你们去了酒楼,就好好干活,其他的事情,用不着你们担心。"

明诚哭丧着脸说:"是我连累你们了,可拿了人家的钱,就得还,欠债还钱,天经地义。话再说回来,我们或许真误会他了,他不像我们想的那么不近人情,他每月给我留一块大洋,我挺知足了。没想到,转了一圈又转回去了。"

冯钟丁坐在椅子上,任凭地瓜怎么拽他,还是一句话不说。地瓜心急地说:"冯大哥不说话,那我就说了,我跟冯大哥商量了一下,我们就不跟着你去福寿楼了。冯大哥是从福寿楼出来的,跟着陆大哥干了这么些年,回去的话,脸上也没面子。前几天,有个兄弟和我说,他那里招警察,我想明天去那边试试。"

陆明诚的目光在冯钟丁和地瓜之间来回扫视，突然大笑说："你们两个人还真行啊，都为自己找好了后路。"

被陆明诚这么一逗，冯钟丁心里那块沉重的石头算是落了地，语气缓和地说："明诚，咱哥仨这几年一起闯荡，也算是同甘共苦。明儿我和你一起去春满楼，就让地瓜安心地去当警察吧。以后，有什么事情，互相言语一声。"

陆金珠听出了三人话中的意思，眼泪一直在眼眶中打转，她立刻起身回了屋子，偷偷抹着眼泪。这些年，陆明诚身边有冯钟丁和地瓜两位好兄弟，让她省心不少。眼看三兄弟要各奔东西，她心里有一万个不落忍，但也没法子。

地瓜感受到气氛缓和，说："等我和冯大哥挣了钱，再把你从福寿楼赎出来，咱们在一起设小吃摊，不，盖大酒楼。"

陆明诚苦笑着说："得嘞。"

冯钟丁盘问道："明诚，这钱花得值吗？"

陆明诚斩钉截铁地说："值，用我的命换都值。"

冯钟丁面带微笑，说："有你这句话，我就放心了，也算没白忙活。"

高德生坐在大厅里，一个人喝着小酒，哼着小曲。高珊珊有些纳闷，她爹就见了陆明诚一眼，至于这么高兴吗？

高德生见高珊珊从自己身边走过，赶紧喊住她："过来，陪爹喝几杯酒。"

高珊珊走了过去，顺势坐下，问道："爹，你先说说有什么好事情，不然这酒还是你自己喝吧。"

高德生端起酒杯，一饮而尽，兴奋地说："陆明诚这小子，马上就要到酒楼来啦！"

听到这样的消息，高珊珊心里自然高兴，自打那道神仙水鸭摆在自己面前的时候，高珊珊就敢断定，陆明诚定能成为厨界的一把好手。高珊珊品尝过陆明诚摊的煎饼后，更加肯定了陆明诚的厨艺。她站在窗前，望着外面，不远处的那些古宅旧院，如同涂抹了一层银白色的油漆，斑斓、深沉、凝重。一群白

第 / 八 / 章

色的鸽子，不知从哪来，要到哪去，徘徊在芙蓉街的上空。

高珊珊坐在高德生的对面，满心疑虑，问道："当初咱们怎么请他，他都不来酒楼，他是怎么想开的呢？"

高德生手拿着筷子夹着菜，心里直乐呵，说："他自己找上门的呗。"

高珊珊倒了一杯酒，一饮而尽，抿了抿嘴，问："我在马车棚外赶车，没听到你们说的话，爹，快说说。"

高德生放下手中的筷子，满脸得意，说："是这样的，鞭指巷李富贵家的女儿李玉儿不是被春满楼给抢去了吗，春满楼要九百大洋才能把李玉儿放出来。陆明诚没辙了，只好找到我这里来了，我答应给他钱，让他来酒楼当厨子，工钱就用来还账。"

高珊珊一脸羡慕，说："爹，我怎么就遇不上这样的痴心汉呢？"

高德生把酒杯满上，劝慰道："就凭咱家这条件，你找什么样的婆家都绰绰有余。"

高珊珊诉苦道："话虽这么说，这些年，你看看上门提亲的人家都是什么人啊！不是些纨绔子弟，就是胡同混子。"

高德生夹起菜悬在半空，又送到嘴里，反复咀嚼，等食物完全下咽的时候，语气低沉地说："其实陆明诚这孩子来福寿楼也算是说得过去，我和他父亲是同门师兄弟，这酒楼也是师父郝爷留下来的。想当年，我和陆松宇两人一起进了郝爷的门下，也是一种缘分。我当初还怨恨师父怎么让陆松宇去京城当御厨，只留给我这么个酒楼。如今，陆松宇一家人在京城遇害，只留下一个陆明诚，按理说，我也该帮衬着这孩子。如果当年去京城的是我，估计我早已经命丧九泉喽。这么说来，我还得感谢师父。"

听着高德生的自言自语，高珊珊纳闷起来，因为她根本没有见过什么郝爷，更不用说对师门的恩恩怨怨有什么了解。她嘴角上扬，取笑道："那当初是谁把人家陆明诚拒之门外，要了陈厚财的？"

高德生放下筷子，一本正经地说："此一时彼一时，当时不是因为陈厚财能给酒楼招揽点生意嘛。哪能想到，这小子这么畜生。"

高珊珊起身，边朝门外走边笑着说："明白了就好，我去给您老人家炒几个下酒菜。"

街灯已经燃起来，椭圆形的玻璃灯罩里，清油灯的光在寒风中显得更孤寂。街上寥寥的行人匆忙地走着，在这悠长的街巷上，微风阵阵。商户纷纷打烊，家家户户熄灭了灯光。有的人睡了，有的人正在等待着黎明的到来。

等到东方出现第一道亮光，空气中散发出一股潮乎乎的露水的气味，陆明诚打开门，迫不及待地找到刘巧嘴和冯钟丁。

晨雾中，刘巧嘴领着冯钟丁和陆明诚到了一所住宅门前，喊了几声罗三爷。一会儿工夫，罗三爷就从宅院里走了出来，一见是陆明诚和冯钟丁，心里就有数了。他穿上大衣，感叹道："我混了这么多年，替这些妓院窑子抓的女人数都数不过来，但有能力凑齐钱的主儿，你们是头一家。"

刘巧嘴笑着说："罗三爷，看在咱们的交情上，今儿个还得要你多多帮忙。"

罗三爷打着哈欠，两眼还有些睡意，说："刘爷，你就放心，虽说我没办过帮主家赎人的差事，但凡事都有头一次。走，去春满楼。"

三人转过几条巷子，只见巷口有一高大的建筑物，门前的牌匾上写着"春满楼"三个烫金大字，大门紧闭。罗三爷用力敲了几声，只见春满楼的老鸨子无精打采地把门打开，嘴里嘟囔着："谁性子这么急，不知道大白天的不做生意吗？"

罗三爷一瞪眼，喊道："李姐姐，我来了也不行吗？"

老鸨子一见是罗三爷，面色突变，笑脸相迎，请罗三爷一行人进门，让伙计端上了瓜子、花生仁，还沏了一壶好茶。等人全部入座，老鸨子开口便问："罗三爷，是不是又带来了谁家的姑娘啊？"

罗三爷摇了摇头，看了看旁边的人，说："李姐姐，我也不跟你绕弯子了，这三位是来赎李玉儿的。"

老鸨子笑道："别逗我了，那么多钱，李玉儿的家人根本不可能拿得出来，昨晚我早安排她接客了。你要知道，送进来的姑娘，没有一个赎出

第 / 八 / 章

去的。"

陆明诚气愤地冲到老鸨子的面前，狠狠地打在老鸨子脸上，老鸨子应声倒地。听到动静的伙计们冲进了大厅，把陆明诚团团围住，老鸨子趴在地上，又哭又骂："你们这些人只会吃饭吗，赶紧狠狠地揍这个该死的小兔崽子。"

罗三爷一摔茶杯，瓷片在地上发出"噜噜"的声音，他一个箭步挡在陆明诚面前，怒视着一个个伙计，吼道："都活腻了吧？想打陆明诚，先把我打趴在地上再说。"

这些伙计哪敢动罗三爷，都知道罗三爷的狠劲，一个个愣着不敢上前。刘巧嘴倒是淡定，他喝了口茶，说："都别僵着了，凡事都有个理。春满楼答应好宽限三天期限，期限未到，就让李玉儿接客，这是坏了规矩。老鸨子，你说是吧？"

老鸨子从地上爬起来，冲着伙计们喊："都散了吧，一个个没用的东西。"

罗三爷气愤道："李姐姐啊，你可把我害惨了，我都没脸站在这里，人在江湖，最重要的就是一个'义'字，你这下把我害惨了。"

陆明诚满眼泪水，瘫坐在地上，冯钟丁站在他的身边，劝说道："人算不如天算啊！兄弟，这就是命。"

老鸨子心里有些害怕，惊恐地说："这楼里这么多姑娘，进来的时候都说能赎出去，结果一个都没赎出去。哪成想你们真把钱凑齐了。"

大厅里的打闹声把沉睡着的姑娘们都惊醒了，有的打开门缝瞅了瞅，又关上了门。有的干脆不理门外事，她们早就看透了，时不时有来闹事的人，但闹完之后，姑娘还是沦为烟花女子，男人还是成家立业，什么情啊爱啊，都是过家家的游戏。当然，更有的姑娘身边还躺着熟睡的客人，自然也就下不了床。只有李玉儿听着门外的动静，心一颤一颤地疼。她更不愿意想起昨晚上那个粗鲁男子诡异的笑容。任凭李玉儿怎么样极力挣扎，还是没有逃出魔掌。这一夜，彻彻底底改变了她的一生。

陆明诚气得双手有些颤抖，他缓慢地走到老鸨子面前，愤怒地说："告诉我，是哪个畜生？"

老鸨子支支吾吾，没有说出一个字。刘巧嘴自然懂得，能买得起黄花大闺女初夜的人，不是富家少爷，就是达官贵人，就凭玉儿曾是济南梨园界头牌的身份，价码会更高。他赶紧走到陆明诚跟前，说："明诚啊，事已至此，你有什么打算？"

陆明诚埋怨自己道："都怪我，怎么就忘了来春满楼盯着呢？光想着去筹钱了。"

罗三爷一声叹息："行啦，这事怪我，刘爷，我没信守承诺，你说句话，我把那死玩意给办了。"

刘巧嘴看着罗三爷说："这事听明诚的意思。"

话音刚落，李玉儿破门而出，眼睛死死地盯着陆明诚，陆明诚望着楼台上的李玉儿，彼此凝视了许久。李玉儿说："让他上来。"

冯钟丁拍了拍陆明诚的肩膀，轻声说："上去好好谈谈吧。"

陆明诚魂不守舍，一步步迈着楼梯，上了楼。李玉儿坐在椅子上，见陆明诚进门，便说："把门关上。"

楼下，刘巧嘴摇着头，自言自语道："多好的姻缘啊，就这么毁了。"

李玉儿让陆明诚坐在对面的椅子上，而陆明诚满怀愧疚地看着李玉儿的脸。李玉儿笑了笑，说："明诚哥，不管怎么样，在我最落魄的时候，还是你想着我。不过，事已至此，我李玉儿已经配不上你了，你要找个好姑娘。还有，照顾好我娘。"

陆明诚心存不甘，说："我这就带你离开这里。"

李玉儿阻止道："你觉得带出去的李玉儿还是以前那个鞭指巷里的小丫头吗？就算我走出了春满楼，我也没法在巷子里过日子，唾沫星子都能把我淹死。"

陆明诚一听这话，抱头痛哭，自责道："都怪我，都怪我……"

李玉儿镇定地说："不怪你，要怪就怪我自己贪欲太大，我也算是自作自受。如果当初没有杨小胜，或许我们都结婚了。可造化弄人，我们得信命。

哥，我虽然不是黄花大闺女了，你如果不嫌弃，我就把自己给你。"说完，李玉儿背对着陆明诚解开衣扣，衣服瞬间滑落在地上，洁白的后背呈现在陆明诚的面前，李玉儿缓缓转过身子，但没等李玉儿把身子全部转过来，陆明诚就跑了出去。门"嘭"的一声关上了，仿佛也彻彻底底关闭了他们之间这些年来的感情。眼泪从李玉儿眼眶中喷涌而出。

陆明诚走到老鸨面前，严肃地说："这些钱，我给你，我带她走。"

老鸨接过钱袋，掂了掂分量，满脸堆笑，说："行。"

罗三爷走到老鸨面前，从她手中拿过钱袋，说："李姐姐，你知道逼急了我罗三爷，我什么事情也能做得出来。昨晚你从李玉儿身上赚了不少钱吧？"说完，他从钱袋里抓了一把大洋，搁到手里数了数，又拿出些大洋，接着说："我拿出了三百大洋。按理说，一个大洋都不该给你，还得把你这里给砸了，到时候什么张官爷，李官爷，我让他们都不敢插手管这事。"

老鸨连连点头，说："那就按罗三爷说的办。"

罗三爷把三百块大洋装到另一个钱袋里，塞到陆明诚手中，说："兄弟，把钱拿着。趁人少，赶紧带人走。"

刘巧嘴凑到陆明诚面前，悄声说："把这些钱给这姑娘吧，让这姑娘带着她娘另寻住处。在济南，她们的日子肯定不好过，还不如她母女俩离开济南，重新过日子。我看你俩的缘分也到头了，让这姑娘找个人家嫁了吧。"

冯钟丁愣了一下，赶紧说："我去找辆马车。"

陆明诚虽有些不舍，但还是觉得刘巧嘴的话说得在理，即使自己再舍不得玉儿，也不能让她留在济南，况且姑姑也肯定不会同意自己与玉儿的婚事。

就这样，一辆马车从春满楼穿过芙蓉街到鞭指巷，带着李玉儿母女俩去了远方，同时，也带走了陆明诚那段最美好的回忆。李富贵望着远去的马车，傻傻地笑着，疯疯癫癫地又蹦又跳。从此，街巷少了一位戏子，多了个疯子。

第四节　重返故里

鞭指巷忽然变成了一个很安静的地方,门外那棵沾满雨水的柳树上,落着成群结队的麻雀。树荫底下,几只小鸡在地上啄食。

陆明诚无精打采地坐在院子里。陆金珠把菜端到饭桌上,有两条已炖好的白鲢,另外的碗里还盛着一些煮熟的花生。陆金珠朝院内喊了一声:"诚儿,快来吃饭。"陆明诚没有应声,依然坐在原地,一动不动。

陆金珠把汤锅端到陆明诚的面前,打开锅盖,接着说:"你看今天的白鲢多鲜啊!"

陆明诚往锅内看了一眼,说:"姑,汤的成色不对。"说完,就朝门外走去。

这时候,大明湖的绣眼鸟鸣叫着飞进湖中的芦苇丛,湖里的小银鱼来回游蹿。湖边有一个老人吹着芦笛,笛声呜咽着,如烟雨蒙蒙,细雨呢喃,又如风吹草动,花开花落。陆明诚站在老人身边,静静地听着曲子,望着湖上的渔夫,心里万分感慨。不远处,陈厚财领着一群小混混,在曲水亭街的市集上晃荡。

高德生按捺不住性子,走出酒楼,拐了一个弯,就进了鞭指巷,直冲着陆明诚家走去。陆金珠在家里擦拭着桌子,锅里的鱼汤一点也没有动。侄子吃不下饭,当姑的心里也不是滋味。一见高德生站在自家的院门口,陆金珠心里直打鼓,赶紧迎出去,让高德生进屋。高德生环视了一下房间,问:"陆明

第/八/章

诚呢？"

陆金珠赶紧道："出去了。"

高德生本想发火，但顾及自己和陆松宇的师兄弟关系，便忍住了，问："说好了，我借钱，他去福寿楼帮工，这都多长时间了？连个人影都没见到。"

陆金珠满肚子的苦水："别提了，自打这玉儿走后，他的精神头就没了，饭也吃不下，觉也睡不好，这不，饭也没吃就出去了。"

高德生拿起勺子，看了看锅中的汤水，问："这是他做的鱼汤？"

陆金珠笑着道："这是我做的，诚儿说汤色不对。"

高德生尝了一口，点着头说："是不太对，这小子行，懂行。"

陆金珠坐在高德生对面，说："高掌柜，这孩子命苦，从小没了父母，跟着我过苦日子。这不他也长大了，我想让他回去看看，但你放心，等他一回来，就去你的酒楼。"

高德生着急地问："回哪？"

陆金珠谨慎地说："京城，不，现在该叫北平。让他给他爹娘上上坟，看看自己出生的地儿，顺便散散心。"

高德生想了一会儿，拿出钱袋放到桌子上，说："这些钱给他当盘缠，不管怎么说，我也是他的长辈。但他回来一定要去福寿楼，后厨缺人，忙不过来。还有，钱不要说是我给的。"

陆金珠本想推辞这些钱，可一想自己家里确实没多少钱，只好谢过高德生。

而站在大明湖岸边的陆明诚早已把目光对准了明湖戏楼。张孝财站在戏楼门前，迎着前来观戏的客人。这戏楼是让玉儿站在人生巅峰的地方，也是毁了她一生的牢笼。陈厚财领着一群小混混在街上转悠累了，直接进了明湖戏楼。

陈厚财的所作所为，郝青花都看在眼里，当娘的虽然疼自己的儿子，但看到儿子如此不争气，也是气得牙根痒痒，多次劝陈甫管管儿子，可陈甫和陈厚财父子俩是一样的货色，不用说管了，就连训都不训一句。时间长了，郝青花也就睁一只眼闭一只眼，毕竟日子还是得过，不能因为有这么个孽子就不活了。

地瓜穿着一身警服，突然站在陆明诚面前，笑嘻嘻地说："哥，这身行头咋样？"

陆明诚被地瓜吓了一跳，缓了缓神，上下打量着地瓜的行头，赞叹道："还真像那么回事。"

地瓜得意地说："我负责这片儿，有事言语一声。"

陆明诚点着头说："兄弟，好好混。"说完，快步离开了地瓜的视线。

地瓜自言自语道："心病还得心药医，这人啊，千万别坠入爱河。"

没多久，陆明诚就回到了家里，陆金珠赶紧迎了上去，说："饭都凉了，我再去热一下。"

陆明诚看了看姑姑，说："不用，这样吃就行。"他回到屋里，拿起个窝窝头，就啃了起来。

陆金珠在一旁看着陆明诚，本想说点什么，又打了退堂鼓，两只手时松时紧。

陆明诚看出点了名堂，便问："姑，你是不是有什么事情？"

陆金珠鼓了鼓勇气，说："诚儿，你长这么大了，都没回自己的出生地去看看。要不，你回北平走走，顺便散散心。"

陆明诚放下窝窝头，说："姑，我这辈子就跟着你了，你别赶我走。"

陆金珠忍不住一阵笑，然后说："你看你说的什么话，我是让你去北平走走，毕竟那里曾经是你的家。我这把岁数了，还得指望你养老送终呢。"

陆明诚想了想，又拿起窝窝头说："算了。"

陆金珠拿出钱袋，放到他面前，说："不用担心钱，这些钱你带着去北平，但你得答应我一个条件，回来后赶紧去福寿楼。咱做人得言而有信，答应了人家高掌柜的事情得做到。他也算是仁慈，你处理完玉儿的事情，就应该去酒楼，人家也没催你。"

陆明诚从姑姑的话中听出了端倪，是高德生在帮他，当然，他已经没有当

第 / 八 / 章

年的勇气拒绝这些钱。

　　曾经的京城，如今的北平，这一晃，就是二十年。陆明诚背着一个包袱，出了车站，在原地傻愣地站着，不知路该怎么走，赶紧从身旁不远处叫了一辆黄包车。这个地方变化太大了，变得让他完全认不出来。黄包车到了灵境胡同就停了下来。陆明诚付了钱，在胡同口站了好长一段时间。眼前的事物让他有一种说不上来的熟悉感，好像是在梦中见过，也好像是曾经无数次来过这个地方。

　　灰墙、四合院、绿树，相对于皇家园林的红墙金瓦，这里的灰墙灰瓦，充满着市井气息。陆明诚走到胡同里的小吃摊旁，坐了下来。一个老伯走到他的面前问："小伙子，想吃点啥？"

　　陆明诚上下打量了一下老伯，说："来一小碟焦圈，再上一碗豆汁儿。"

　　老伯虽上了年纪，可动作依然利索，一会儿的工夫，焦圈和豆汁儿就摆在了陆明诚的桌上。陆明诚闻着熟悉的味道，陷入了回忆之中。老伯瞧着陆明诚也不动碗筷，便问："是不是不合胃口？"

　　陆明诚愣了一下神，说："不是，是看到这些吃的，总有一种似曾相识的感觉。"

　　老伯坐到陆明诚的对面，接着问："敢问你是哪里人？"

　　陆明诚笑着说："我就是在这条胡同里出生的，很小的时候就去了济南姑姑家，这不，回来看看。"

　　老伯有些惊讶，又问："你是哪户人家的孩子？"

　　陆明诚反问道："老伯，你在这条胡同住了多久了？"

　　老伯笑着说："自从我爹娘在院子里生出来，我就没离开过。虽说这条胡同里的人家换了又换，但我还是门儿清。"

　　陆明诚一听这话，心里有些谱了，这老伯或许会知道自己爹娘的事情，便问："老伯，听说光绪年间这条胡同里住着一户人家，男的是宫廷的御厨，后来这家人遭受了迫害，你知道吗？"

　　老伯一下有些紧张，问道："你是谁？"

陆明诚平静地说:"我是这位御厨的儿子,离开胡同的时候太小,忘了回家的路。"

老伯凑到陆明诚的跟前,左瞧瞧右看看,最后点了点头说:"有点陆松宇的模样。"

陆明诚惊喜地问:"你认识我爹?"

老伯笑了笑:"何止认识,我这手艺都是你爹教我的。你爹娘都是好人,经常接济胡同的穷苦人家。他们遇害后,你也不见了,我们就寻思着得把他们的儿子养大,不能让好人没有好报,就一直寻找你的下落。今儿总算找到你了。你坐着等会儿,我这就去告诉街坊邻居。"

陆明诚阻止道:"老伯,这虽然是民国了,但还是不要惊动别人为好,毕竟我是我,我爹是我爹。麻烦您老人家告诉我们家曾经宅子的位置,我想去看看。"

老伯想了想,陆明诚说的话在理,就指了指前方,说:"前面那座宅子便是你家,前面有棵大槐树。不过,这宅子里面住着四户人家,你是不是还没有住处?"

陆明诚望了望前面的宅子,顺便回道:"还没有。"

老伯走到陆明诚身边说:"孩子,你要是不嫌弃的话,就住在我这里吧,我的孩子们都在大栅栏做买卖,就我一个孤寡老人在家。"

陆明诚吃惊地望着老伯,他万万没有想到,自己初来乍到就碰上好心人,赶紧谢过老伯,说:"那就麻烦老伯几天啦,我先去看看自己的老宅。"

老伯笑嘻嘻地说:"去吧。"

陆明诚快步走到宅院前,院落看起来是被人修缮过了。门楼的屋角没了他记忆中的仙人走兽,房檐下也没有雀巢、三幅云之类的彩绘,只是走马板上雕刻着几个大字,屋檐下挂着两盏灯笼。红色的大门底端,照例伸出两尊抱鼓石,上面照例刻着浮雕,是芙蓉图案。门外延伸青石台阶,一共三层,要想进门,首先要仰望,而院主人出门,每次都是居高临下。门楼、房檐、走马板,还有青石台阶、抱鼓石,相对时间而言,有些迷离,但都透着一股庄重、高

第 / 八 / 章

雅、富贵与吉祥的气息。

进了大门,是一堵青砖影壁。这堵影壁,独立成墙,上边横陈元宝脊,下边砌着须弥座。元宝脊的滴水檐扣着深灰色的琉璃小瓦,须弥座雕刻着花草饰物,左右两边的柱枋雕刻着飞鸟走兽,磨砖对缝,中间嵌着荷叶莲花。

很明显,院子是重新布置过的,曾经的鱼池已经被填平,鱼池旁的竹景也已荡然无存。陆明诚触景生情,埋藏在时光深处的记忆慢慢苏醒过来。正当他沉浸在回忆中的时候,一个官太太模样的中年妇女站在他的身边,问:"你是谁?"

这一声可把陆明诚吓了一跳,他赶忙说:"我曾经就住在……"话说到一半,戛然而止。

官太太盯着陆明诚,质疑道:"你不会是小偷吧?"

陆明诚灵机一动,解释说:"我不是小偷,我听说这里有人要卖房子,我过来看看房子。"

官太太微微一笑,说:"你肯定走错地儿了,这里哪有人要卖房子。"

陆明诚应和道:"我说呢,等了老半天也没见卖主过来。那我再去别家瞧瞧。"说完,陆明诚赶紧往外面走,要是在这人生地不熟的地方被人当作小偷抓起来,进了牢房,就很难再见天日喽。

陆明诚一走,家里只剩下陆金珠一人,家里家外的活也只能她一人打理。可上了岁数的人,腿脚有些不利索。陆明诚临走的时候,嘱托地瓜要时不时帮他看看姑姑。地瓜倒也听话,每天在大明湖巡逻的时候,必要绕过曲水亭街去陆明诚家里几趟。有时候,连陆金珠都想,老天爷对自己也是公平的,虽然自己没有子女,可有明诚和地瓜他们,自己也算是有福的人,每想到这些,她自个儿都乐。

陆金珠端着簸箩,坐在院子里做着刺绣。高珊珊推门而入,轻快地走进院子。陆金珠听到动静,抬头一看,赶紧放下手中的活儿,迎上前去:"高大小姐,怎么有工夫来我这破院子?"

高珊珊苦笑着说:"我爹让我看看陆明诚从北平回来了没有。后厨真忙得不可开交。"

陆金珠赶紧解释道："诚儿去北平也有些日子了，我也没有他的消息。"

高珊珊劝慰道："你别急，我爹没有让我催他，只是来看看，如果他回来了，赶紧让他过去。"说完，眼睛盯上了簸箩上的刺绣，快步走到簸箩前，拿起刺绣来上下打量着。

陆金珠的心情又悲又喜，喜的是侄子的手艺能得到高德生的认可，悲的是老这么拖着，也不是个事。

高珊珊拿着刺绣问："这是您绣的？"

陆金珠回道："绣得不好，让大小姐见笑了。"

高珊珊盯着那一朵朵牡丹花儿，牡丹和叶子都十分紧凑，有的甚至密密匝匝汇聚到一起。陆金珠通过自己扎实精湛的绣工，让每朵花都自然跳脱出来，看似独立又与整体合而为一。在配色上，也是用心良苦，每朵花用六色线绣成，自然地展现了花瓣颜色的由深及浅，由浓至淡。绣工之细，连花间的一个个小花蕊都各有姿态，栩栩如生。远远瞧去，好似入了牡丹花丛，迎风戏蝶，活色生香。

陆金珠笑着问："是不是有什么不对的地方？"

高珊珊摇着头，说道："真是太美了。我很小的时候娘就没了，听我爹讲，我娘的绣工很厉害，我也很想学刺绣，但没人教我。"

陆金珠给高珊珊搬了一个小木凳，说："大小姐哪能做这些粗活。我这是给地瓜绣的，这孩子连件像样的衣裳都没有，整天风吹日晒地巡逻，身边也没个人照应。这不快过冬了，给他做件衣裳，别冻着孩子。就是我这眼睛开始花了，针线活儿也做得不太像样。"

高珊珊的眼里充满着感动，说："您真是太善良了，要不，您做我师父，我跟您学刺绣吧？"

陆金珠推辞道："我可不敢当，你要是想学，随时来找我就行。也别叫我师父，你要是不嫌弃，还是和他们一样，叫我姑吧，我也沾沾大小姐的贵族气。"

高珊珊应道："那就一言为定。"

第九章
DIJIU ZHANG

第一节　食叹人生

　　秋风一起，北平的大街小巷，就像被艺术家手中的彩色画笔挥洒过一样，到处染上了色彩。俯瞰古城，紫禁城的红墙、金色的琉璃瓦、深红的廊柱、灰绿的松柏、汉白玉的雕栏，还有到处可见的金黄色银杏树，当然也少不了各色食客。

　　陆明诚在北平的日子里，逛了好几条巷子，品尝了无数美味佳肴，也经历了不少人间冷暖。虽然没有找到紫禁城三里地外的酒楼的吴仁掌柜，但他陪在老伯的身边，帮他打打下手，厨艺也长进了不少。

　　这烹饪也是个体力活，老伯年纪毕竟大了，虽说再支撑几年还不成问题，但终究会越来越吃力。现在他提前把一身的本事传授给陆明诚，既是对晚辈的一种锻炼，又答谢了陆松宇这个恩情。

　　一群人从灵境胡同急匆匆地路过，瞬间空气中掀起了一股股尘土。陆明诚望着远去的队伍，问道："老伯，这是不是出什么事了？"

　　老伯笑呵呵地说："啥事也没有，这可不算什么稀罕事，又指不定是哪位大户人家点了天桥梨园行的角儿去唱戏。你看看这群人狼狈的样子，八国联军打进京城的时候，也没见他们这么赶急儿。"

　　陆明诚一听这话，想起了玉儿，动作突然变得迟缓，端在手里的豆汁儿撒了一地。

　　老伯一看陆明诚心不在焉，便问："孩子，你也想去瞧瞧鲜？"

第 / 九 / 章

陆明诚赶紧把碗放在桌子上,回道:"戏有什么好看的?"

"台上的戏哪能比得上人世间的戏好看呢!"隔壁桌上突然有人自言自语,接了句话茬。

老伯和陆明诚循声看了过去,说话的老人衣冠楚楚,淡淡的眉毛下,一双慈祥的眼睛炯炯有神。他正襟危坐,端着一碗热豆汁儿,似乎若有所思。

见二人注意到自己,老人放下碗,很有礼貌地笑了笑,说:"这桌上的熘肝尖色泽上像是那么回事,可味道上就差了点。"

陆明诚设小吃摊的时候,就遇到过很多前来挑事的人。不过,在济南有秦五爷给撑着局面,没人敢胡作非为,可这是北平,不是自己的地盘,况且这道菜是自己亲手炒的。他走到老人面前,说:"老人家,这道菜是我做的,您有什么不满意的地方尽管说。"

"哦?"老人立刻发出了邀请,"小伙子,一块过来聊聊?"

"好的。"陆明诚点点头,大大方方地坐了下来。

老伯赶紧凑过去说:"这家小吃摊是我开的,这位小伙子是过来帮忙的,有什么事情,您找我就行。"

老人啜了口茶,没有理睬老伯,眯着眼睛打量了陆明诚两眼:"小伙子,你知道福寿酒楼的事情吗?"

陆明诚惊讶地回道:"说起福寿酒楼,前至郝爷,后至高德生,每个人我都多少了解一些。但您是怎么知道福寿酒楼的呢?"

老人突然发现有人还站在自己的身边,便笑着说:"别站着了,你们当我是来搅局的?我这么一大把年纪,有那心也无那力了。做这道菜做得最好的就是郝爷,而郝爷留下的财富当属福寿楼。就这道菜而言,后人也只能在色泽上模仿,在味道上很难达到。"

老伯这才放松了警惕,笑着问:"敢问师傅尊姓大名。"

老人清了清嗓子,道:"彭柯。"

老伯一脸惊讶地盯着彭柯,急切地问:"鲁菜名厨彭柯?"

彭柯谦虚地回道:"是厨子没错,可不是名厨。"

陆明诚听得一头雾水，赶紧把老伯拉到一边，问："怎么又出了个鲁菜名厨？"

老伯轻声反问道："老北京最有名的是什么菜系？"

陆明诚想了想，回道："肯定是谭家菜啊。"

老伯点了点头，又瞄了彭柯一眼，说："不是现当今，是前朝那会儿，还得属鲁菜，毕竟这鲁菜是宫廷菜的主角儿，也吸引着京城大部分食客。而鲁菜的名厨除了家喻户晓的郝爷以外，这位彭柯也算得上。"

陆明诚半信半疑，说道："听着这么玄乎。"

彭柯抹了抹嘴，把钱放在桌子上，喊了一句："钱放这里了，我走了。"

老伯赶紧拦住彭柯，一脸笑意，说："老夫能否求您一件事呢？"

彭柯疑惑道："我们素不相识，虽然我不知道是什么事情，但你确定我能帮上你的忙？"

老伯看了一眼陆明诚，又把视线转回到彭柯身上，说："只要您愿意，肯定能帮上忙，就是在厨艺上给这个孩子一些指导。"

彭柯看了老伯身后的陆明诚一眼，又坐回椅子上，笑着问陆明诚："你的厨艺跟谁学的？"

陆明诚回道："没人教我，我是看着我爹留下的一本菜谱，自己学的。"

老伯赶紧冲上一壶茶水，端到彭柯面前。

彭柯笑着说："看来你是有些天赋。后厨在哪里？"

陆明诚和老伯赶紧引领着彭柯走进了厨房。彭柯四处转了转，看到案板上有一条洁白如银的白姑鱼，鳞翅俱全，头尾微翘。彭柯细细地欣赏了片刻，说："古人有以菜会友的方式，那就清蒸白姑鱼吧。"

老伯凑上前去说："这鱼是今早上刚买来的，已经洗好了，水也已经沥干净了。"

案板上放着一把菜刀，刀锋锃亮发光。彭柯拿起刀，在半空中挥出一道美丽的弧线，在鱼身上正反划了几刀，然后在鱼身上抹上盐，配上黄酒和葱姜，放到锅里，大火隔水蒸。

第 / 九 / 章

陆明诚仔细看着彭柯所做的每一道程序，并没有发现什么令他感到折服的地方。安静的厨房里，发出了"呲呲"的热水声，蒸锅上升腾起水雾，渐渐地，一股清香弥漫着整个屋子。

彭柯拿捏着时间，又瞅了瞅蒸锅上的水雾，过了一盏茶时间，笑着说："可以出锅了。"

老伯满眼期待地看着彭柯把清蒸白姑鱼端了出来，陆明诚有些诧异地看着老伯。只见老伯拿起一把汤匙，小心翼翼地把一块鱼肉拨上去，然后举起汤匙，原本厚实的鱼肉一脱离蒸锅内的汤汁，立刻变得晶莹剔透。

老伯一边把那块鱼肉放进陆明诚的碟里，一边说道："这清蒸白姑鱼可是鲁菜中非常考验火候的一道菜，火候十足，遇筷即碎，入口即融，你尝尝。"

陆明诚夹了一小块鱼肉放入口中，在老伯期待的目光中，他舔舔了嘴唇，赞了一句："好鲜啊。"

彭柯面无表情："那你说说看，吃出了哪些鲜味？"

陆明诚略微回味了片刻："不仅仅是鱼肉味，连醋姜的味道也与鱼肉融合在一起，使鱼肉保存了原味。"

老伯竖起大拇指，也夹了一块鱼肉放到嘴里，只觉满口鲜香，说道："彭师傅把鱼肉做到这个火候，不仅口感鲜嫩，而且鱼肉经过长时间的焖制，肉嫩汁美。"

此时陆明诚又夹起一块鱼肉放入自己碟中，说道："这味道，我得记住。"

彭柯沉默片刻，似乎陷入了对往事的回忆中，然后他开口说道："我曾经见过郝爷，不过那已经是三四十年前了。我当时是饭庄的一个小伙计，他则坐着鲁菜的第一把交椅。我空闲的时候就在他身边学厨艺，郝爷也完全不介意。后来，郝爷的徒弟陆松宇横扫京城厨艺界，然后又悄无声息地消失，简直像谜一样。不过，他终究还是凭借自己的厨艺，把自己的名声留在了京城。"

陆明诚凑到彭柯跟前，说道："实不相瞒，我就是陆松宇的儿子陆明诚。"

彭柯惊讶地看着陆明诚,问道:"那你爹呢?"

陆明诚悲伤地回道:"遭人陷害,去世了。"

彭柯有些不太相信,这些年来,他不止一次来到灵境胡同,为的就是与陆明诚一决厨艺的高低。前些年也听说过一个御厨遇害的事情,可他一直不相信是陆松宇。他沉默了一会儿,对陆明诚说:"你爹在九泉之下也算是瞑目了,有你这个出息的儿子。但孩子,你要记住一点,学厨不比学戏轻松,就像刚才闹哄哄过去的那伙戏班,大家伙儿都围绕着角儿转,可这角儿得挨多少打,遭多少罪啊!"

陆明诚怎么能不知道呢,他身边就有玉儿这个活生生的例子,不过幸好遇到位好师父,学戏的日子里,没有失掉女儿身。可结果,李玉儿还是在春满楼被糟蹋了,从济南梨园行的头牌沦落为平民老百姓,也许这就是老天爷最好的安排。陆明诚从悲伤的回忆中缓过神来,说:"我想跟您学厨艺。"

彭柯听了这话,笑了笑,说:"陆松宇的儿子,我可不敢收。不过,以你现在的厨艺,只需高人再指点指点,就可登峰造极。"

老伯赶紧端上瓜子、花生仁儿,说:"彭师傅,就算不能收徒,但指点一下总是可以的吧。"

彭柯用疑虑的眼光看着老伯,问道:"你和这孩子什么关系?"

老伯笑着说:"我和他爹是旧相识。"

彭柯说:"朱元璋吃尽了天下的山珍海味,可最爱吃的菜是珍珠翡翠白玉汤,乾隆爷在位数十年,尝遍了天下的珍奇美味,到最后值得回味的,却也是这道极为平淡的青菜烩豆腐。'大味必淡'的古语已传了几千年,可又有几个人能真正品出这'淡'的好处呢?"

陆明诚似懂非懂,说:"这和做人很像,人总有个毛病,都会向往那些没有经历过的生活,而不知道珍惜已经拥有的快乐。"

彭柯笑了笑,说:"这做菜啊,考验的不光是厨艺,还有对美味的品读。就拿你做的那道熘肝尖来说,色泽上无可挑剔,可问题出在了味道上。郝爷当年做这道菜,完美地保护了食材的本味,不光能大大引起食客的食欲,更引起

第 / 九 / 章

了同行的纷纷效仿。而你更多的是用佐料来增添味道，从而达到想要的味道，这样做，反而破坏了食材本身具有的美味。"

陆明诚仿佛明白了其中的道理，说道："返璞归真。"

彭柯笑而不语，点了点头。老伯在一旁听着两人谈话，有些云里雾里，便说道："明诚，你加把劲，一定能在北平城打拼出一片自己的天地。"

陆明诚拿起瓜子，送入口中细细品尝着，然后说："在这里，我爹实现了自己长久以来的目标。当年他叱咤厨界，风光无限。估计我做得再多，也很难超越我爹。也许，老天爷都安排好了，我应该回济南，在济南的厨界打出自己的一片天地。"

陆明诚的话语中显然包含着极深的道理，彭柯和老伯听完，脸色都是一凛。彭柯点了点头说："好小子，有志气。"

老伯点着头，问陆明诚："舍得北平吗？"

陆明诚笑着回道："有什么舍不得，我的家在济南。"

彭柯端起茶壶，倒了一杯茶水，一饮而尽，说："我这几日，就住在前门大街，有什么事情，可去前门大街找我。"说完，扬长而去。

前门这道曾经是平民禁区的通道，现如今被平民随意穿梭着。伴着淅淅沥沥的小雨，操着一口当地口音的人力车车夫开始招揽起生意。大栅栏两旁的小摊小贩、商铺作坊喧闹繁忙，人们在林立的店铺货摊儿前或往来穿梭、或驻足观看，打把势卖艺的、吹糖人儿的，都聚拢了一批看客，围成一个个小小的圈子。

陆明诚在此后的日子里，穿梭于灵境胡同和前门大街。他向彭柯请教厨艺，彭柯更是没有任何架子，凡问必答，有时候还会亲自下厨演示给陆明诚看。就这样，日子赶着日子，转眼间，立冬了。

晨光微微，钟声忽响，整个北平城被唤醒了，四合院里的身影开始忙碌起来，北平人一天的生活就从这钟声开始。坐落于北平中轴线北端的钟鼓两楼，是元、明、清三朝的报时中心，昔日百官上朝，百姓生息劳作均以此为度，正所谓"晨钟暮鼓"。

伴随着这次钟响，陆明诚的北平之行，也要画上句点了。临走时，他又一次回到了自己出生的四合院。他注视着正屋的屏风、檐下的红灯、枝丫间的朝阳，都散发着百转千回、缠绵悱恻的气质。几代人，一个家，多少私密的往事，一段段的恩恩怨怨，一丝丝一缕缕的忧愁，全凝结在这初冬的晨曦里，而这一切，他都装在内心深处，带回了济南。

第二节 动荡浩劫

一九二八年，济南无影山的军火库被日军炸毁，二十余间弹药库房同时引爆，爆炸持续二十多分钟，济南地动山摇。黑烟形成巨大的蘑菇云，附近民房被震塌多处，压伤了许多人。国民革命军于五月一日克复济南，日军遂于五月三日派兵侵入中国政府所设的山东交涉署，将交涉员蔡公时割去耳鼻，然后枪杀，将交涉署职员全部杀害，并肆意焚掠屠杀。

北伐军撤出济南后，日军于五月十一日上午举行"显扬国威"的入城式，开始惨绝人寰的大屠杀：见人就开枪射击，见女人就割去双乳，乱刀刺死。血流成河，尸横遍地，惨不忍睹，举世公愤！

地瓜慌慌张张地敲开陆明诚家的门，喘得上气不接下气，对陆明诚和陆金珠说道："这帮龟孙子，真是畜生，幸亏我跑得快，不然小命就没了。"

陆金珠把水端到地瓜的跟前，说："先喝点水。"

陆明诚叹了口气，说："也不知道福寿楼怎么样了？"说完，他准备起身去瞧一瞧福寿楼，被地瓜一个劲拦住。日军在济南胡作非为，吓得济南大大小小的

第 / 九 / 章

店铺都关了门,连福寿楼也没有躲过去。陆明诚从北平回来后,就兑现了对高德生的承诺,一直在后厨掌勺,自然对酒楼日久生情,生怕酒楼遭了殃。

地瓜惊恐地说:"你千万别出去,我刚从西门跑回来,这帮龟孙子闯入西门江家池陆军医院,把里面的伤兵,还有医生都杀了,护士们被他们强奸完后,也没逃过他们的毒手。秦五爷当着日本人的面骂了几句,就被他们活生生打死了。姑,看来今晚我得在这里对付一宿。"

陆明诚骂道:"这什么世道?"

地瓜赶紧喝了几口水,说:"还世道,都成地狱了。"

夜分外宁静,除了时不时响起的枪声,四下里静寂得如野外的荒冢。鞭指巷拐角处的墙上悬着一个灯笼,在夜风中摇曳着。

突然响起一阵敲门声,声音虽轻微,却把屋里的三个人惊醒了,他们迅速聚集到一间屋子里,长久地沉默着。

陆金珠耐不住性子,刚要出去开门,就被地瓜给拦了下来,说:"姑,指不定是这帮畜生喝醉了酒,到百姓家寻乐子。千万别开门,等他们敲累了,就走了。"

陆明诚一直盯着门,感觉有些不对劲,便轻声说:"日本人敲门有这么文雅?"

地瓜一想也是啊,就日本人白天那股狠劲,不可能这么小心翼翼地敲门啊!可如果不是这帮龟孙子,这么晚,谁又敢来敲门呢?

陆金珠瞧了瞧门口,说:"会不会是李富贵啊?"

陆明诚心里"咯噔"一下,玉儿和她娘离开济南后,李富贵的儿子们就把房子给卖了,然后分了家产各奔东西,只剩下李富贵一人整天蹲守在家门口。陆金珠时不时地给他送点食物。可这战乱之年,他能躲到哪里去呢?陆明诚悄声说:"我翻上后墙,瞧瞧外面是什么人,你们在屋里别吱声。"说完,他轻声细步地贴着墙壁走到后墙,小心翼翼地翻了上去,定睛一看,是高珊珊领着一个受伤的男人。他赶紧从墙上跳下来,走到门前,这让在屋子里的地瓜和陆金珠的心都提到了喉咙口。

233

门轻轻地打开,陆明诚帮着高珊珊把男人扶到院子里。高珊珊着急地问道:"怎么现在才开门?"

陆明诚仔细一看,这个男人竟然是冯钟丁。地瓜和陆金珠也赶紧跑了出来。陆明诚说:"外面这么乱,这门谁敢开啊,赶紧把冯大哥扶到屋里去。"

地瓜和陆明诚把冯钟丁扶到屋里的床上,陆明诚接着说:"姑,咱们家还有多少蜡烛,拿过来点上。地瓜,你把窗户用褥子挡住,别让外面看到亮光。"说完,他把目光对准了高珊珊,问:"冯大哥是怎么受的伤?"

高珊珊坐在椅子上,身体累得有些虚脱,回道:"我也不知道他怎么受的伤。据说是在青州,被日本鬼子围住了,算是九死一生吧。天快黑的时候,他撑着一口气进了福寿楼。我一想,藏在酒楼里可不是办法,要是被搜出来,那可就麻烦了,只好送到你这里来。"

陆明诚又问:"有没有其他人跟着?"

高珊珊摇着头道:"有没有其他人,我还真不知道。"

等地瓜把窗户用褥子遮挡好了,陆金珠把蜡烛点上,瞬间,屋里一片光明。陆金珠看着冯钟丁身上包扎好的伤口,心疼地说:"这孩子得遭了多少罪啊!"说完,端了盆热水,给冯钟丁擦了擦脸。

高珊珊站了起来,说:"那人就交给你们,我先回酒楼。"

陆明诚站到高珊珊身边,说:"你一个女孩,大晚上的走在大街上,不怕被日本人抢了去?还是在这凑合一宿吧,天明了,换上我姑的衣服再回去,你这件衣服上太多血了。"

高珊珊两眼盯着陆明诚,隐隐约约地感受到除了父亲之外的关怀。陆金珠也疑惑地看着两人,心里仿佛明白了些什么事情。或许,时间是件好东西,能抹平仇恨,也能化解怨气。

陆金珠走到高珊珊跟前说:"你去我屋里吧。让他们兄弟俩守着。"

高珊珊心怀感激地跟着陆金珠回了屋。那一夜,她彻夜无眠,她在享受着许久以来没有过的幸福感,而躺在自己身边的陆金珠,更像是自己的母亲。

济南城的清晨悄无声息地降临了,夜色抽丝似的消散,天边渐渐泛白,星

第 / 九 / 章

斗渐渐遁去，芙蓉街上没有响起卖糊辣汤和卖豆腐的吆喝声，也没有响起店铺的开门声，更不用说伙计们前后院忙活杂沓纷乱的脚步声了。街上更是少了些行人之间见面问候的喧闹声，空气中弥漫着一片死寂的气息。

高珊珊醒来后，半托着下巴，粉面朱唇，星眸半开，坐在屋内。屋外的陆明诚从高珊珊身上恍惚看到了李玉儿的影子，同样纤细苗条的身材，同样棱角分明、眉宇间有一股俊秀之气的脸。

而冯钟丁这一夜却做了一个梦，一张方桌上，珍馐玉食，琼浆仙酿，山鸡、燕窝、熊掌、鱼翅、野兔、鲟鱼自不必说，单是那些白菜、萝卜、香椿等素菜看起来就让人直流口水。当他从疼痛中醒来的时候，这一切瞬间就变得无影无踪了。

陆金珠端着锅走到屋门口，推了一把陆明诚，说："傻愣着干啥呢，赶紧进屋。"

陆明诚缓了缓神，跟着姑姑走进屋。高珊珊赶忙站起来，从陆金珠手中接过锅，忙活着给大伙儿盛饭。陆金珠打量了一下高珊珊，笑着说："这衣服穿你身上正合适。"

高珊珊害羞地说："姑，别取笑我了，咱们吃饭吧。"

地瓜一边穿着上衣，一边打着呵欠往屋里走。他刚要坐下，看到冯钟丁睁着眼睛，赶忙说："快看，冯大哥醒了。"

大伙儿赶紧围上去，冯钟丁浑身疼痛，不敢动弹，目光从每个人的身上扫过，断断续续地说："我……怎么……在这里？"

陆明诚回道："是高大小姐把你带过来的。"

陆金珠笑着说："醒了就好。"

眼见着冯钟丁醒来，所有人都松了一口气。可没过几日，日军开始用大炮向济南城发起猛烈攻击，并以飞机散发传单，勒令中国军队缴械。济南城内守军在卫戍副司令苏宗辙的指挥下紧守城垣，但不得还击。济南城瞬间成了一片瓦砾焦土，全城精华尽毁。

城内到处弥漫着枪声、炮声、爆炸声。日军大队长冈本站在芙蓉街的街心，他突然喜欢上了这条街巷。他把指挥刀插进刀鞘，对手下人说："够了，不要再杀人了。"

冈本带着队伍在街上转了一圈，便走进了福寿楼。所有的士兵端起步枪，将子弹推上膛。在日本兵的刺刀前，福寿楼的伙计们都吓得不敢出声。冈本用不流利的中国话问："谁是这里的头？"

高德生跌跌撞撞地走到冈本面前，弯着腰说："我是，我是！"

冈本笑着点点头，说："我饿了，你做饭。"

高德生一阵恍惚，心跳加速，对伙计们说："赶紧安排后厨开锅。"

伙计们站在原地一动不动。高德生转过脸去，对着冈本说："这枪指着他们，他们不敢动。"

冈本摆了摆手，让士兵都把枪放下。躲在屋里的高珊珊把这一切都看在眼里，气得牙痒痒，刚要开门，被陆明诚把门反锁住，说："千万别出来，这些人见到女人就抓。"

高德生换上厨子服，坐在炉火旁，动作不太利索地翻炒着菜肴。陆明诚拐进厨房就看到高德生这副架势，忍不住接过锅，说："还是我来吧。"

每道菜出锅，高德生都得先品尝一口，生怕得罪了这些日本兵，从而毁了福寿楼，那他就要愧对九泉之下的郝爷了。陆明诚反而不慌不急地炒着菜，这让高德生捏了一把汗，不过，饭菜的口味倒是能让人满意。

冈本拿起筷子，刚要夹菜，又放下筷子。他身边的士兵马上把高德生从厨房揪了出来，冈本笑眯眯地说："你先来。"

高德生颤抖着拿起筷子，他看到这双不听使唤的手，自己都感觉窝囊，堂堂福寿楼的掌柜，居然在别人面前低头。他把每一样菜都夹到自己嘴里，然后艰难地咀嚼下咽。冈本看着高德生吃了食物无事后，才拿起筷子，慢慢地品尝中国美食。这让站在他身边的日本士兵哈喇子都流了下来，高德生见了，赶紧招呼着："各位官爷都来坐吧，今儿的饭菜，酒楼管够。"

一听这话，所有的士兵都找到座位坐下来，等待着桌子上摆上美味佳肴。福寿楼的伙计们看着眼前只顾吃喝的日本士兵，气就不打一处来。可他们又有

第/九/章

什么办法呢，只能忍气吞声。

陆明诚在后厨做完菜，绕过了日本兵的视线，从后门偷偷地溜了出去，赶紧跑到鞭指巷的家里，千叮咛万嘱咐姑姑，一定不要让冯钟丁出来。

济南城笼罩着一片恐怖的阴影。一队队荷枪实弹的日本士兵急匆匆地穿街而过，人们惊慌地躲避着，百姓被捕的被捕，逃亡的逃亡。只听得几声震天撼地的巨响，刹那间半里外的地方红光闪烁，紧接着又是轰隆隆的炮响，好似炸雷撕裂午后的沉寂，紧接着脚下的地也恐惧似的颤抖，百姓们乱成一窝蜂，好似暴雨冲毁了蚂蚁窝，乱哄哄地四散奔逃。

陈厚财像个被人拔了毛的公鸡，扔下自己的娘和刚过门的媳妇，一路灰溜溜地逃窜着，他满脑子空荡荡的，他万万没有想到护城河的水会变成血红色。

街上还有一队队示威抗议的学生、工人，他们一批批涌上前，一批批倒下。

福寿楼的日本士兵吃饱喝足了，一拍屁股，拿起枪站好了队伍。冈本走到高掌柜的面前，竖起大拇指。他一声令下，所有的士兵走出了酒楼。

当最后一个士兵迈出酒楼的门槛时，高德生再也承受不住压力，两腿发软，瘫坐在地上。伙计们纷纷上前扶起他，但心里也有些怨言。高德生看出了伙计们的心思，说："你们也别觉得窝囊，这顿饭要是不做，他们会要了我们的小命。"

伙计们觉得高掌柜说得在理，便纷纷忙自个儿的事情去了。高德生突然想起自己的女儿高珊珊，赶紧跑上二楼。打开房门，高珊珊猛地窜到他面前，问："爹，你没事吧？"

高德生镇定地说："我没事啊，不过你怎么被锁在屋里了？"

高珊珊叹了口气，说："还不是那个陆明诚。"

高德生点了点头，低声说道："这小子有种。可他人呢？"

正在这时，门外突然有伙计大声喊道："不好了，日本人把济南城的城门都给炸了。"高德生的脸立刻沉下来，骂道："这些畜牲，真是无法无天啦！"

第三节　波浪滔天

密密的雨连续下了两天，天地间混沌一片，街上人迹稀少，到处一片狼藉。李富贵在鞭指巷巷口的那棵老槐树上，用一条粗布绳子把自己吊死了，尸体在树上挂了好几天，都没有人敢去把他取下来。这战乱之年，满大街都是尸体，老百姓都顾着自个儿保命了，谁还敢出这风头。

冯钟丁像是从鬼门关转了一圈，又被黑白无常送回了阳世。他慢慢睁开眼睛，发觉陆明诚正坐在离自己不远的地方。经过这段时间的疗养，冯钟丁的身体渐渐好转。他缓缓走到陆明诚的跟前。没多时，地瓜也进了屋。

方桌上烛光闪烁，三兄弟围着方桌议论起日本人。地瓜穿着藏青色裉子，两只手揣在袖子里，烛光把他的脸照得发亮。他正津津有味地讲着："济南的城门都被攻破了，守城的士兵也都跑了。这下，济南真的要完了，要不，咱们也逃命去吧。"陆金珠则一个人坐在椅子上，眼睛眯成一条缝，静静地听着地瓜滔滔不绝地讲。

"这街道上的日本兵像一群狂犬一样，飞扬跋扈，趾高气扬，驱打着路人，济南城的那些官爷平日里人模狗样的，可见了日本兵，比兔子见了老鹰跑得还快。不过话说回来，这群工人和学生可够胆大的，成群结队地示威抗议，任凭日本兵怎么开枪，也不带一丝恐慌。"

冯钟丁取笑道："地瓜，就你这嘴皮子，小词一蹦一出，你可以跟着刘巧嘴学说书了。"

第 / 九 / 章

陆明诚在一旁一声不吭，脑子里还在想着福寿楼的名声。给日本人做了菜，虽然酒楼和人的命保住了，可消息传出去，他们在老百姓的眼里就是走狗汉奸。

冯钟丁问陆明诚："你知道我的命是谁救的吗？"

陆明诚一愣，道："不就是高珊珊吗？"

冯钟丁喃喃道："不是，是李玉儿。"

众人一听说李玉儿，纷纷盯着冯钟丁，陆金珠更是坐到了他们三兄弟的身边。冯钟丁接着说："玉儿和她娘都在青州，当然我之前也不知道，是一次偶然的机会，我去铁匠铺的时候，碰上了她们娘俩。"

陆金珠着急地问："她们娘俩过得怎么样？"

冯钟丁笑着说："姑，她们过得非常好。玉儿也嫁人了，就是铁匠铺的刘大刚，虽长玉儿几岁，但为人老实。玉儿说，当初她们娘俩走投无路，是这个刘大刚收留了他们。后来，玉儿把自己的情况告诉了刘大刚，这刘大刚不但没有嫌弃她，还娶了她，去年生了一个大胖小子。"

陆明诚眼眶有些酸楚，但他心里非常高兴，至少玉儿有了一个好的归宿。地瓜更是惊讶，连忙问："那她还回济南吗？"

没等冯钟丁回话，陆金珠就说："还回来干吗？在那边好好过日子吧！"

陆明诚看了冯钟丁一眼，突然问道："冯大哥，你是不是他们要抓的共产党？"

冯钟丁瞪大眼睛，手悬在半空好久，端起杯子喝了一口水，头脑稍微清醒了一些，才说："是！"

陆明诚点着头说："我明白了。"说完，他揉着发涩的眼睛，看了看雨水打湿的窗户，便披上外衣走了出去。

地瓜有些疑惑，问："冯大哥，他们为什么抓你？"

冯钟丁镇定地说："革命就得流血，也会有牺牲，可我们为的是让全天下的老百姓过上太平的日子。"

地瓜自然有些不相信，天下这么大，哪能说太平就太平。陆金珠发现气氛有些不对劲，便说："我虽然听不太懂你们说的啥，但你们年轻人在外面做事情，一定要注意安全。"冯钟丁和地瓜纷纷点头。

天下着雨，路上倒是清净了许多，可姑娘们遭了殃，妓院、书寓被日本兵堵得水泄不通，街巷随处都可听见女孩们凄惨的叫喊声。陆明诚在去往福寿酒楼的一路上无精打采，面无表情，他想起了玉儿，如果说春满楼一别是结束了他们之间的感情的话，那么，冯钟丁带来的这个消息，是彻彻底底地毁灭了他与玉儿在一起的那些美好的回忆。他敲开了福寿楼的门，失魂落魄地走进大厅。

高德生着急地问道："外面的情况怎么样了？"

陆明诚有气无力地回道："天下着雨，没有日本兵出来扫荡。不过，这些日本崽子倒是没闲着，都跑到百姓家里，还有妓院、书寓，祸害姑娘去了。"

高德生骂道："天杀的玩意，真是丧尽良心了。"

陆明诚接着道："一定要把高大小姐藏好了。"

话音刚落，高珊珊走下了楼，说："我还真是不怕他们。"

陆明诚舒了口气，说："高掌柜，要不你带着钱，先带着小姐去兴教寺躲躲吧。"

高德生瞪了女儿一眼，说："不瞒你说，钱都交给日本人了，哪还有钱？不过还好，咱们酒楼的人都活着。"

忽然又是一连串的炮响，整个济南城轰动了。日本兵从兵营里提了一千五百名士兵，封锁了整个济南，印发了上千份布告，贴在街头巷口，上面大致写着：日军绝不无故杀戮毫无抵抗的华人，但有抵抗者，格杀勿论。若有举报、抓住反日者，重重有赏。

人们从门缝往外张望，诚惶诚恐，像胆小的兔子躲在窝里警觉地听着四周的动静。没过多久，他们统统被带到大明湖的铁公祠前，往日里人声喧闹的大明湖静寂了许多，人们排成行，一个个蔫头耷脑的，跟烈日下暴晒的禾苗差不多，每个人的心紧张得快要蹦出来，手脚也不听使唤。

"听说昨晚有几个日本兵在窑子里被人杀了。"

第/九/章

"到底是谁干的呢?好汉做事好汉当,这下好了,把我们也连累了。"

"我说啊,干得好,这群小鬼子,在咱们的家门口,还这么嚣张。"

……

人们心里相互猜测,但谁都没有答案。在人群四周站着几十个挎枪的士兵,冈本来回踱着步,显得焦躁不安,雨越下越大,他的帽檐下渗出雨水。其他几路日本兵开始到铺子里、家里搜查,所有的铺子里一片狼藉,凡是古董文物,都被他们找来轱辘车,拉回了大营。

"报,鞭指巷没有发现。"

"报,按察司街没有发现。"

……

冈本显然对这样的搜查结果很不满意,脸上仿佛笼罩着一层乌云,他从怀里掏出那把被他擦得发亮的手枪,用咄咄逼人的声音道:"我奉天皇之命,把你们聚集到这里来查找昨晚杀害我军的凶手,你们最好把人赶紧交出来。不然,我这枪这就不长眼了。"说完,他朝天开了一枪,人群一下子凝固了。

冈本的目光带着尖刺,仿佛要戳穿每个人脸上的谎言,他从人群的东头走到西头,打量着每个人的脸色,人们的目光像碰到火一样,要么避开,要么低下头。他来来回回转了十几趟,左手有力地一挥,从牙缝里挤出一个字:"杀。"

几十个日本士兵蜂拥而上,紧接着几十杆步枪对准了人群。高德生环视了一下人群,没有发现自己的女儿,稍微松了口气。人群再一次剧烈地骚动,有几个人跪倒在地。陆明诚拽了拽身边的地瓜,问道:"姑姑和冯大哥藏好了吗?"

地瓜得意地说:"放心吧,他们挖地三尺也找不到。"

冈本有点恼羞成怒,一挥手,一阵枪声,倒下了几个人。瞬间,雨水混合着血水,渲染了一大片地方。当冈本再要发布命令的时候,一个士兵急匆匆地跑来,凑到他的耳边,嘀嘀咕咕说了几句话。冈本哈哈大笑,对众人喊道:"凶手已经抓到,他的尸体也挂在了北城门口,你们都是良民。"说完,带着士兵离开了。

陆明诚快步往家的方向跑去，地瓜也跟在后面。房子冒着一股股浓烟，这是日本人搜查完后，把老百姓的房子烧了。幸亏天下着雨，才不至于燃起大火。陆明诚赶紧问地瓜："人呢？"

地瓜笑着说："不在这里。"

陆明诚有些恍惚地问："那他们在哪里？"

地瓜回道："在铁公祠啊！"

陆明诚吃了一惊，瞪大眼睛盯着地瓜，恍然大悟道："还是你小子聪明，不过，也真够悬乎的。"

高德生回到酒楼，眼前一片狼藉，粉碎的瓷片、散落一地的筷子、被捣毁的桌椅，这一切让高德生有种撕心裂肺的痛。他瘫坐在地上，两眼呆滞，雨伴随着电闪雷鸣肆无忌惮地落下。在昏暗的光线中，他亲手摘下了悬在半空的牌匾，内心悲痛地走了进去。

而在铁公祠前，哭声一片，雨水洗刷着地上的鲜血，连空气中都弥漫着浓重的血腥味。

陆明诚和地瓜站在城门前，看着城门上悬挂的尸体，不由感慨："苟利国家生死以，岂因祸福避趋之。"

地瓜内心逐渐平静下来，道："林则徐的这句话，道出了多少人间沧桑啊！"

天空乌云四合，雨瓢泼而下，时而雷声滚滚，如同巨大的石碾子滚过，枝枝杈杈的闪电像龙的利爪从密云间探出来。陆明诚和地瓜步伐沉重地回到鞭指巷，一路上，一片残破萧条的景象，一股股浓烟与雨水混杂在一起。很多邻里的房屋被烧毁，无家可归。芙蓉街上的关帝庙内，聚集了很多百姓。他们抱着被子坐在地上，场面极其悲凉。

高珊珊跟在陆金珠的身后，说："姑，你今晚去酒楼对付一宿吧。"

陆金珠摇着头说："你看这街上的铺子都被日本兵给毁了，估计酒楼也好不到哪里去。"

第 / 九 / 章

高珊珊一听，赶紧朝酒楼走去，陆金珠紧跟在她身后。高珊珊走到酒楼前，就见悬挂在门口的牌匾不见了，顿时失去了知觉，眼前一黑，摔倒在地。陆金珠把她扶起来，把门推开。听到门口有声音，高德生赶紧从屋里走出来，见到昏倒的女儿，几个箭步就冲到前面，从陆金珠手中接过女儿。

陆金珠说："真委屈这孩子了，高掌柜，快把她扶到屋里歇歇吧。"

高德生精神有些恍惚，愣在原地，一句话没说。他的眼神中流露出悲伤，眼睛直盯着女儿。

陆金珠赶紧叫道："高掌柜！"

高德生缓了缓神，无精打采地抱起女儿进了房间。陆金珠愣在原地，看着曾经风光无限的高德生，如今如此狼狈。陆明诚和地瓜走到福寿楼的时候，看到姑姑一人站在大厅里，便走了进去。站在一片狼藉的大厅里，很难想象酒楼昔日的喧闹与辉煌。

地瓜骂道："这帮该死的日本兵。"

陆明诚上前扶着姑姑，说："这日子什么时候到头啊！？"

陆金珠忽然想起了一件事，说："冯钟丁从铁公祠出来后就走了，好像去找什么打日本兵的队伍。这孩子有出息，我这当姑的，心里也高兴。"

地瓜紧跟着说："我听说罗三爷参加了红枪会，专门打日本兵，还打军阀。都比我这个警察能干事。"

陆明诚劝慰道："地瓜，那些警察一见日本人来了，撒腿就跑，你能留下来，就说明你小子是条汉子。"

冷冷清清的街道上，忽然传来刘巧嘴打竹板的声音："百姓苦，真难言，不死比死还难受；城门上，挂英雄，一兵一枪杀畜生；大家伙，求安稳，等到了猴年马月……"

陆明诚感叹道："都说刘巧嘴是混吃混喝的主儿，可那些骂他说他的人遇到这种事，也不见得比他勇敢。"

济南在一年的时间里，仿佛变成了一座死城，随时有人死亡，有女人被强奸，有年轻力壮的年轻人被带上了火车，从胶济铁路上转运到了太平洋。最终，在国内外压力下，日军才被迫退出济南。济南惨案使济南民众付出了巨大的代价，济南民众原本乐观谦和的传统心态里，埋下了永远的伤痛。

第四节 风云变幻

在蔚蓝的天空下，枫树的红叶落了一地，古老的院墙上呈现出一片凄凉的金色。家家户户的泉水舒缓地流淌，芙蓉街上行人如织，各家店铺陆续开张，不难看出，老百姓逐渐从日本兵的杀戮中缓过劲来。

"听说了吗？这次上任的省政府主席叫韩复榘。"

"听说了，这个人可是个打仗作战的英雄。"

"都别瞎听说了，当官的有几个不吹自己是英雄，日本兵一进城，一个个提着裤子比谁跑得都快。"

……

一大早，老百姓在街上谈论着国家大事，站在酒楼门口的高德生却是一脸笑容，他万万没有想到福寿楼的牌匾能重新挂上，酒楼没毁在自己的手里，他也对得起郝爷的在天之灵。正当他踌躇满志的时候，伙计跑得上气不接下气地说："掌柜的，街口贴着张告示，要在芙蓉街举办厨艺大赛，要求全省的厨子参加。"

高德生缓了缓神，不紧不慢地说："看你这样，我还以为日本人又打进来了呢，一个厨艺大赛，看把你跑得大喘气。"其实，说完这话的时候，高德生心里一乐，经历过这场劫难，福寿楼正需要这样一次机会在厨界重振威名。他

第 / 九 / 章

心里已就想好了参赛的人选，那就是陆明诚。

陆明诚洗了把脸，急匆匆往酒楼赶，穿过鞭指巷，就走进了芙蓉街。他在酒楼门口掸了掸身上的尘土，从怀里掏出一小块沉香木，乌灰色的木身，在晨光之下闪着幽幽的光芒。

高德生缓步走到陆明诚的身边，轻声说："明诚啊，过几日，街上要举办一场厨艺大赛，我想了半天，还是派你去参赛吧。"

陆明诚把玩着沉香木，笑着说："这乱世当道，举办厨艺大赛就不怕出乱子？"

高德生苦笑了一下，说："什么乱子不乱子，韩主席也是想举办一场赛事，把济南的气氛搞活起来。日本兵打进济南城，把老百姓压抑得够呛。"

陆明诚深知高德生不单单是为了应对官方的邀请，更主要的是想保住福寿楼济南第一楼的地位。陆明诚没有再说话，点了点头表示同意参赛。而令他万万没想到的是，这么一场厨艺界的赛事，却引起了一场波澜。

高珊珊正忙得不可开交，她亲手搭配了各种香料。陆明诚上了门闩，而后折回到酒楼的后院，深吸了几口气。他的眼睛像两盏灯笼，眨动着，看见阳光把屋外的松柏枝叶投射在纱窗上。微风吹来，树影微微摇曳。他看到高珊珊忙碌的身影，又想起了玉儿。高珊珊慌里慌张地走到后院，见到陆明诚一人坐在后院的石椅上，赶紧凑过去说："我把香料都搭配好了，你赶紧去看看。"

陆明诚无精打采地说："大小姐搭配的香料，肯定没问题。"

高珊珊坐在陆明诚的对面，关切地问："看你这无精打采的样子，是不是出什么事情了？"

陆明诚抬起头，正好对上高珊珊那双秋水一样的明眸，他立刻起身，慌慌张张地离开小院。这弄得高珊珊一头雾水，她不解地盯着陆明诚离去的身影，大喊了一声："你这是干什么去？"

高德生望着院子里的两个孩子，心里又惊又喜。

陆明诚头也没回，说："我去准备食材。"

大明湖周围都挂着五颜六色的纸灯，映得湖上一片绚丽，船行在湖上，穿梭在芦苇菰蒲间弯弯的水路上，前船不见后舫，欢歌笑语遍传湖上，闻声不见人，各有各的天地，可以说别有情趣。

枕湖而居，与莲为伴的济南人，便独出心裁，将荷香入于酒、茶、鱼、肉和多种食品中，让这种清凉异香走向济南人的舌尖。

陆明诚在湖边转悠着，挑选着新鲜的食材。商贩们热情高涨，纷纷为陆明诚把挑选好的食材运到福寿楼。

厨艺大赛的热闹程度完全不比当年高德生招徒低，来自淄川、长山、青岛等四面八方的厨子都汇聚到了芙蓉街。韩复榘新任省主席坐在评委席中间，旁边坐着别号"红菊花"的一代名妓李玉卿。这也是他来到济南后，身边经常陪伴的女人。不久后，李玉卿成为韩复榘的三夫人。

陈厚财也在参赛的队列中，他一直以为芙蓉街是自己的福地，当年自己就踩了狗屎运，进了福寿楼当高德生的徒弟。虽然他最后被高德生赶出了酒楼，可在福寿楼的这几年也正是他最辉煌的几年。

陆明诚站在队伍中，看了看台上的评委，除了自己熟悉的高德生外，还有聚泉楼的刘掌柜、六和楼的管掌柜、光汇楼的张掌柜。他的眼前忽然闪现出当年高德生招徒的画面，那一段阴影对他来说挥之不去，他的手忽然抖动起来。这一幕让高珊珊看了个正着，她走到陆明诚身边，一把抓住了陆明诚的手，悄声说："别紧张。"陆明诚看了一眼高珊珊，感觉一股暖流在浑身流淌。陈厚财心生嫉妒，自己与高珊珊一起在酒楼这么多年，就没有牵过她的手。

芙蓉街上被堵得水泄不通。随着一声锣响，厨艺大赛开始，厨子们各就各位。陆明诚深吸一口气，拿起刀，选取了肥瘦相间的五花肉，切成大片，放入酱油、甜酱、糖色、料酒拌匀，腌了一会儿，再把大米用八角、桂皮、花椒等炒至微黄，然后放入盆中，倒入开水浸焖。

六和楼的管掌柜盯着陆明诚，大声说："荷叶肉。"说完，在座的人齐刷刷地看着陆明诚。只见陆明诚把焖好的大米和肉拌匀，再腌一会儿，选用大明湖碗口大小的嫩荷叶，用开水烫过，去掉反面大筋。最后，用荷叶将肉、米一份份包好，整齐地码在大盘里，再上笼蒸。荷叶肉冒着热气端上桌来，肉香与

第 / 九 / 章

荷香混在一起，说不出的诱人。

陈厚财看了看陆明诚的架势，感觉自己这三脚猫的功夫真的拿不上台面，只好做了几道凉菜，早早退场。可早退了场的陈厚财也没闲着，眼巴巴地盯着李玉卿。自从陈甫被日本人乱枪射死后，郝青花领着陈厚财刚过门的媳妇逃到了章丘，婆媳两人相依为命，从此不再和陈厚财有一丝的交集。可以说，如今的陈厚财沦落到了孤身一人的地步。

陆明诚在锅里放好水和大米，加入少量糯米，水开后，再加入适量冰糖，小火慢熬，熬至米粒变软的时候，扣进去一张新鲜碧绿的荷叶，盖好锅盖，关火，过上一个时辰，便揭锅取出荷叶。这时，只见锅里的粥已见微绿，并且荷香扑鼻。

聚泉楼的刘掌柜点了点头，说："高掌柜，你这个徒弟厨艺真的不一般。"

光汇楼的张掌柜取笑道："陈厚财也曾是你的徒弟，厨艺真的不像话。"

眼见高德生没说话，管掌柜说："别和高掌柜开玩笑了，师父领进门，成事在个人。"

高德生清了清嗓子说："我不是陈厚财的师父，也不是陆明诚的师父。我高某人今生没有任何徒弟。"

这话一说，可把在座的三位掌柜说住了，他们无法应答，只好继续看台下厨子烹饪食材。高德生内心掀起了一阵阵涟漪，说陈厚财不是自己的徒弟，是怕砸了自己的招牌。说陆明诚不是自己的徒弟，是因为自己没有教授给陆明诚什么厨艺，随便说出口，于自己的良心过不去。

台下的陈厚财注意到李玉卿两眼直盯着陆明诚，这让他气不打一处来。

陆明诚耸了耸肩膀，看了看身旁的厨子做的菜肴，德州扒鸡、酥炸全蝎、糖酱鸡块、芙蓉湖虾仁、荷香鲤鱼、荷塘小炒、酿荷尖、酥炸荷花、荷花豆腐……应有尽有，琳琅满目。他用大明湖的新鲜蒲菜和刀切肉调馅，准备做荷叶蒸包。他将包好的食材铺在蒸屉内的绿色荷叶上，蒸熟出笼后再用荷叶包好，荷香、蒲香、肉香混在一起，扑鼻而来。

陆明诚松了一口气，自言自语道："齐活！"

台上的高德生微笑着点了点头，他越看越觉得这个小伙子和自己年轻的时候有几分相似。厨子们纷纷把自己烹饪好的菜肴端到评委面前。五位评委纷纷拿起筷子、勺子，品尝着这场美味的盛宴。评委席上一片安静，四位掌柜两眼都注视着韩复榘。韩复榘便说："在厨艺界，我是门外汉，还是劳请你们四位掌柜的来定夺。"这话一出，给四位掌柜安了一颗定心丸。

刘掌柜说："用来自不同地方的食材烹饪出不同的味道，这些厨子都非常厉害。"

管掌柜笑着说："刘掌柜，别光说一些夸赞的话，既然是比赛，咱们就得评出个头名。"

张掌柜捋了捋胡须，说："我觉得陆明诚做的这些菜肴不错，一菜一粥一包，只通过三样菜肴就展现了济南独特的味道和生活，实为大赞。"

高德生心里倍感高兴，谦虚道："依我说，非要从这群厨子中评出头名，倒不如把这项殊荣归给鲁菜，也省得互相争执。"

其他三人纷纷表示赞同。李玉卿挑逗着韩复榘。高德生走到韩复榘面前，说："韩主席，经过我们四人商议，提议把头名归于鲁菜。"

韩复榘问道："鲁菜是哪位厨子，把他叫上来。"

高德生谨慎地说："鲁菜不是厨子，是菜系的一种。"

韩复榘恍然明白过来，便说："好，有创意。"

热热闹闹的厨艺大赛就此落下帷幕，而陆明诚的名字在厨界传开了。就连李玉卿在走下台的时候，都向陆明诚连抛了两个媚眼。只不过，陆明诚没有理会，在他的心中，最讨厌两种人，一种是妓女，另一种是戏子。

高德生回到酒楼，坐在大厅里，自由自在地唱着小曲。高珊珊冲到他的面前，耍着小性子问："爹，陆明诚怎么不是厨艺大赛的头名？"

一旁的陆明诚满不在乎地走到他们面前，说："我还真不稀罕什么头名。"

高德生冲上一壶茶，茶是上好的龙井，水是黑虎泉的泉水。他给陆明诚倒

第/九/章

了一杯茶,说:"说不稀罕是假的吧,明诚啊,当年你爹就是厨界的头名,我不想让你走这条老路。你明白吧?"

陆明诚恍然大悟,手拿着茶杯悬在半空。高德生接着说:"什么头名不头名,我这半截身子已经如土的人是看明白了,当厨子只是个营生,安安稳稳过日子就行。"

高珊珊赶紧凑到她爹跟前,说:"爹,我错怪你了。"

韩复榘一直把千佛山当作自己休憩的最佳地,后来也在千佛山下购买了宅院,把三夫人李玉卿安排到了这所宅院里。陈厚财参加完厨艺大赛后,内心就不安稳,他想方设法去接近李玉卿。他认为只要接近了李玉卿,就能靠近韩复榘。可陈厚财的人缘极差,没有一个人愿意帮他。不过呢,李玉卿也不是什么善茬,经常摆出主人的架子训斥下人。后来,陈厚财听说李玉卿的宅子里缺厨子,觉得这是一个接近李玉卿的好机会,便一次次地站在千佛山下,寻找进入宅子的机会。李玉卿在厨艺大赛上注意到的是陆明诚,她多次派人暗示陆明诚,都没有回应。

陈厚财凭借自己的油嘴滑舌,进入了大宅,在招待处当起了厨子,并很快进入了李玉卿的视线中。陈厚财时不时给李玉卿开个小灶,烤制一些小糕点,从而创造出接近李玉卿的机会。两人处的时间长了,李玉卿就主动请陈厚财上门聊天。陈厚财一进门来,便嗅到一股浓郁的麝香,那是从雕花香炉里飘出来的,屋内的架子上摆满了瓷器、玉雕,墙上挂着名人的墨宝。李玉卿见陈厚财唯唯诺诺,拘谨得很,便斟了一杯酒给他。酒过三巡后,两人都有些醉意,李玉卿褪去外衣,露出白皙如玉雕一样的酮体,搂着陈厚财的脖子,这让陈厚财有些招架不住。他把李玉卿抱到床上,李玉卿柔曼滑腻的胳膊像藤蔓一样缠绕在他的脖子上,发髻散开,流瀑似的长发垂着。他们在床上颠簸,就像海浪一起一伏。激情已毕,两人像死去一样在黑暗里一动不动,李玉卿的胳膊依然缠着陈厚财的脖子,陈厚财的手轻轻摩挲着李玉卿冰凉滑腻的肌肤。

"姨奶奶,我……"陈厚财刚要解释,欲言又止,他急忙穿上衣服。

"我什么,我出身娼门,见的男人多了。我可告诉你,以后你必须随叫随到。"李玉卿赤裸着身子，没有丝毫的掩饰。

"是，我保证随叫随到。"陈厚财斩钉截铁地答道，眼睛却直勾勾地盯在李玉卿洁白的肌肤上。

其实，李玉卿也是个可怜的人，她被生活所迫，才沦落到娼门。后来她遇到了韩复榘，嫁给韩复榘也是被逼无奈，并非所谓的爱情。自从那天见到陈厚财，她才有了做一个正常女人的冲动，她觉得自己的命真苦，比黄连苦胆都苦。而对于陈厚财来说，有了"红菊花"李玉卿撑腰，他就可以胡作非为了。

第十章 DISHI ZHANG

芙/蓉/街

第一节　皆大欢喜

  凛冽的狂风卷裹着雪花漫天狂舞，微弱的灯光从门缝里泄到青石大街上。陆明诚刚出酒楼的门就打了个冷战，一只纤细的手拍在他的肩头，陆明诚肩头往后一缩，裹紧棉袄，回头一看，发现是高珊珊。

  "高大小姐，你赶紧进屋，这么冷的天，别冻坏了身子。"

  "这大雪天，路上不好走，今晚你住客房吧！"

  "用不着，这么近的路，一会儿就到了。"

  陆明诚丝毫没有领会到高珊珊的用意。这时，地瓜急匆匆地跑到酒楼前，着急地说："刘巧嘴，他……不行了！"

  暴风雪越来越猛烈，空气中飘着干燥的雪花。陆明诚裹了裹棉袄，加快了步伐。地瓜边走边说："我巡逻的时候，发现有个人躺在桥边，走近一看，才发现是刘巧嘴。"

  陆明诚跟着地瓜走到桥边。刘巧嘴的身上落满了雪花，枯瘦的脸被冻得发青，手里攥着几块硬邦邦的窝窝头。陆明诚把刘巧嘴背起来，一步步朝华不注山走去。不远处的高珊珊和陆金珠注视着陆明诚和地瓜远去的身影，心里莫名伤感。

  陆金珠紧了紧棉衣，说："不知道是刘巧嘴命好，还是诚儿命好，让他们能在这人世间互相帮衬着。当初诚儿饿得没办法，偷吃了关帝庙的馒头，被众人追赶，后来还是你把他从福寿楼揪了出来，那次，幸亏刘巧嘴救了他。"

第／十／章

高珊珊羞愧地低声说:"那时候我小,不懂事。"

陆金珠赶忙笑着解释道:"我没怪你的意思,你也别往心里去,这么些年了,诚儿与福寿楼之间的恩怨早就化解了。我是说就是那时候,他俩结的缘。可万万没想到,刘巧嘴给自己找了一个送终的人。"

高珊珊心里突然感觉暖暖的,她对陆明诚逐渐产生了一种莫名的感觉。她浑身打了一个寒战,说:"姑,咱们先回家吧,这外面太冷了。"

陆金珠应了一声,就在转身的那一瞬间,她恍惚看到了熟悉的画面,她定眼看了一眼高珊珊,不得不承认,她和诚儿一样,想起了玉儿。而不远处的明湖戏楼张灯结彩,戏客如织。

雪片密密地飘着,风刮起来了,带着凛冽的寒气。陆明诚和地瓜将刘巧嘴埋葬好后,跪下磕了几个响头。

"地瓜,你说刘爷是个什么样的人?"

"反正不是坏人。"

"他活着的时候,我要给他买座房子,让他安安稳稳度过晚年。他却说,整个济南城都是他的地盘,他走到哪里,哪里就是他的家。"

说完,陆明诚的眼泪流了出来,他想起了与刘巧嘴在一起生活的一幕幕,更想起了自己快要饿死的时候,刘巧嘴扔给自己的那一块块吃食。

"你是个好人,要搁在别人身上,才没有人管他的呢。"

陆明诚看了地瓜一眼,没有回话。忽然,远方传来几声枪声,打破了暴风雪夜晚的安静,陆明诚和地瓜在刘巧嘴的坟前站了好久才离开。

陈厚财提着萨其玛、桃酥、梅花糕,来到李玉卿的屋里。屋里的李玉卿正坐在火炉旁训斥一个下人,陈厚财赶紧凑到炉火旁烤火,屁股刚要坐下,只见李玉卿将茶碗往地上一摔,那个下人吓得面色发白。通常这个时候,陈厚财会第一时间站出来,对下人一顿拳打脚踢,直到李玉卿说停,陈厚财才会收手。被打的下人还得连声说:"打得好。"

等陈厚财和李玉卿收拾完下人,两人也累得够呛,坐在椅子上大声地笑起来。身旁的炉火燃烧得很旺,就如同两人激情火热的欲望。陈厚财把糕点摆在桌子上,说:"那我就先走了。"

李玉卿挡在陈厚财的面前,妖媚地说:"走什么?"说完,她脱掉衣服扔到地上,露出光洁的身体,她喜滋滋地拥吻着陈厚财。干柴碰上烈火,总是要燃烧一段时间。

北风呼啸着卷过空旷的原野,雪一下就是整整一个晚上,济南城披上了厚厚的白色的棉衣,就连雪后的太阳也显得慵懒了。不过在城内,仍是车马喧闹,人声鼎沸。

陆明诚走在街上,总是感觉到不太对劲。这些年,一大早就会在芙蓉街上听到刘巧嘴说书的声音,突然就这么消失了,反而让他有些不自在。高珊珊站在柜台里,看着陆明诚无精打采地走了进来。没过一会儿,陈厚财也跟着走了进来,高珊珊快步挡在陈厚财的跟前。

"好狗不挡道。"陈厚财骂道。

"你骂谁是狗呢?"高珊珊抬手就给了陈厚财一记耳光。

陆明诚听到动静,赶紧上前拦住高珊珊说:"来者就是客。"他顺手把高珊珊拽到了一旁,悄声说:"别惹这种人,他现在仗着红菊花护着他,横行霸道,欺负老百姓,老天爷都看得很清楚。用不着咱管,早晚他自己会栽进去。"

高珊珊气道:"我们福寿楼不挣这种人的钱。"

陆明诚劝慰道:"其实,陈厚财这些年也为酒楼付出了心血,也算是有感情的。"

高珊珊无奈地笑道:"你知道他在酒楼都做了什么吗?带着伙计们逛窑子,去赌场。在后厨也不安稳,时不时地往家里顺菜,这些我和爹都是睁一只眼闭一只眼。"

陆明诚没有再继续接话,而是回到了大厅,眼睛来回扫视着角角落落,没有发现陈厚财的身影,便问伙计:"陈厚财呢?"

"他哪有脸在这里待着啊,早走了!"

陆明诚望着门外,一脸忧虑,他知道陈厚财绝不是一个善罢甘休的主儿,

第 / 十 / 章

高珊珊这一耳光指不定给她自己带来多少麻烦。

屋檐上的雪经过太阳一照，慢慢融化，虽然屋檐还不见滴水，却有冰凌条垂挂下来，闪着银光。地瓜一脸疲惫地走进福寿楼，找了把椅子就坐下了。陆明诚赶紧倒了杯热水递给地瓜，说："怎么无精打采的，没个精神头？"

地瓜叹了口气说："今早接到报案，东花墙子街有几户人家被盗了。去了一看，什么也没查出来，我就先跑这里来暖和一下，来的路上，看到街边又冻死了几个人。"

陆明诚也坐了下来，说："刚才陈厚财来酒楼了，被高大小姐一耳光打走了。"

地瓜竖起大拇指，说："打得好，早看这孙子不顺眼了。"

陆明诚一脸沉闷，悄声说："陈厚财进了韩复榘主席的招待处后，就有红菊花给他撑腰，他什么也不怕，整天胡作非为，我担心他会对高大小姐下手。"

地瓜立刻把脸拉了下来，道："这孙子还真能办得出来。前段时间，招待处的一个厨子得罪他了，他撺掇红菊花把那个厨子打得半死。你说这高大小姐，平时办事也挺有分寸，这下说不定还真惹上他了。"

陆明诚一肚子的担心，在大厅里走来走去。有时候，他都搞不明白，这个曾经让自己最恨的人，如今却成了自己最挂念的人。

高德生在屋子里抽着烟，手里拿着一本书，边看边笑。高珊珊突然推门而进，高德生吓了一跳，被烟呛得直咳嗽，等舒缓了一阵，说："你也老大不小了，进个门还这么冒冒失失？"

高珊珊兴奋地说："刚才陈厚财来酒楼，我把他赶出去了。"

高德生舒了口气，问："赶出去就赶出去，有什么大惊小怪的？"

高珊珊一本正经地回道："我一直看他不顺眼，总算是出了口气。"说完，又蹦又跳地出了房间。

高德生看着女儿的背影，自言自语道："还是个没长大的疯丫头。"

陈厚财躺在床上，心里像开了锅的热水，当时他真想一个箭步冲上去，一拳打得高珊珊满脸开花，遍地找牙。当众挨了一记耳光，气得他拳头快要攥裂了，牙齿快要咬碎了。突然门外有人喊他去见李玉卿，他这才把心中怒火压了压。

地瓜走后，陆明诚在大厅里一直坐立不安。他时不时地站在门口看看街上的图景，屋檐前挂的长长的冰柱仿佛要刺穿过他的胸膛。这些年颠沛流离的生活，让他对生活充满了畏惧感，生怕什么时候冒出一件事情彻底击溃他的内心。

"请问高掌柜在酒楼吗？"

陆明诚回头一看，那人身着绸缎衣衫，一副洋洋得意的表情，对他拱了拱手，接着说："我和高掌柜约好了今儿见面。"

陆明诚懵了半天，又看了看他身旁的年轻人。年轻人手里提着一些绸缎、糕点，他见陆明诚不说话，便骂道："我爹问你话呢，你是不是哑巴啊？"

那人瞪了儿子一眼，对陆明诚说："小伙子，别介意，小儿从小被我惯坏了。我是周村义庆绸缎庄的掌柜贾义庆，这是我的儿子贾怀振，麻烦你带我们爷俩去拜见一下高掌柜。"

陆明诚瞥了贾怀振一眼，转脸对贾义庆说："贾掌柜，跟我来吧。"

高德生刚走出房门，从楼上看到陆明诚领着贾义庆准备上楼，赶紧加快了脚步，上前迎接。两位老朋友一见面，就寒暄了一会儿。站在一旁的贾怀振忽然变得毕恭毕敬，一副书生模样，与刚才趾高气扬的富家公子，完全是两副模样。他走到高德生的面前行礼。高德生上下打量了一番贾怀振，满意地点了点头，又对陆明诚说："赶紧安排后厨做几样拿手菜，我要好好款待一下贾掌柜。还有，去把大小姐叫过来。"

陆明诚应了一声，走到高珊珊的门前，只见高珊珊坐在琴前，琴座是上好的紫檀木，琴轴是整块羊脂美玉雕成，而琴弦就更加精美，是一根根闪闪发亮的蚕丝。她拨弄了一阵子琴弦，琴声悦耳。弹奏了一会儿，高珊珊发觉屋门外有人，料定是陆明诚，便停止了弹奏，说："进来吧，在外面杵着干什么？"

陆明诚早已经被高珊珊弹琴的样子给深深吸引住了，他愣在原地一动不

第十章

动。高珊珊走到他的面前问:"丢魂了?"

陆明诚赶紧收回了目光,吞吞吐吐地说:"高掌柜说让你去找他,我先去后厨忙活了。"说完,慌慌张张地跑下了楼。

贾义庆是个老实本分的正经人,不过他的儿子贾怀振并不乐意学父亲的手艺。在贾怀振看来,自己的家底够厚实,他整天在外面海吃鬼混,经常去梨花书寓,和那里的妓女们打得火热。这一切高珊珊早就了如指掌。当她下楼见到贾怀振色迷迷地盯着自己的时候,就觉得恶心。当然她更明白父亲的用意,摆明了是准备给自己找个婆家。虽然内心非常讨厌贾怀振,但考虑到酒楼的声誉,她还是笑脸相迎,见了贾家父子。

四人围坐在方桌四边,高德生和贾义庆从国家大事谈到生意买卖,又聊到家长里短,两位长辈都口干舌燥了,高珊珊和贾义庆还是一句话也没有说,只是干坐着听。寒暄已毕,高德生用茶水抿了抿嘴唇,直到陆明诚把菜端上来,才打破了尴尬的局面。

贾义庆拿起筷子,说:"早就耳闻福寿楼是济南第一酒楼,今儿能亲口吃上这里的饭菜,真是莫大的荣幸。"

高德生谦虚道:"贾掌柜真是过奖了,没有外面说得那么神,贤侄也赶紧动筷子吧。"

贾怀振自打坐下后,眼睛直盯着高珊珊看,哪有心思吃饭呢。

高珊珊说:"贾公子见的场面多,是不是看不上这桌子糟糠腌菜啊?"

这话可让贾怀振有些无言以对,要是搁在其他地方,凭借他的油腔滑调,肯定能完美应对过去,可眼前面对的是长辈,何况他是为了能娶到貌美如花的高姗姗而来。他赶紧拿起筷子,随意夹起一个盘子中的菜,连声说好,顺便端起桌子上的一碗水一饮而尽。高德生和高珊珊父女俩看得目瞪口呆,那碗水是为食客吃拔丝山药沾筷子用的,也是为了防止糖汁粘住筷子。这么一弄,高家父女俩说也不是,不说也不是。

陆明诚把一盘酱烧小黄鱼端到桌子上,说:"高掌柜,菜全了,要是没什么事情,我就先回去了。"

高德生应了一声,继续与贾义庆在一起闲聊。高珊珊用余光看了一眼陆明诚,她希望陆明诚能编个理由,带她离开这场饭局。可陆明诚头也没回,直接走出了酒楼。

街巷两旁堆着厚厚的积雪,冷风掠过窄窄的大街,陆明诚走在街上,嘴里呼出的气,一遇到严寒就好像冒烟似的。树上的麻雀、门口的狗、驮载着重物的瘦马,身上都弥漫着严冬的气息。

第二节 一情一吟

月色清幽,汩汩地淌满院子。陆明诚站在院子里望着月亮,默默地发呆,他的心里五味杂陈,连空气中都飘浮着甘苦的味道。到处一片宁静,这宁静让人的心有些躁动。

陆金珠拿了件衣衫出了门,披在陆明诚的身上,说:"天这么冷,别着凉。"

陆明诚看了看姑姑,又望着黑色的天空,说:"也不知道我爹娘在天上能不能看到我们。"

陆金珠抱住陆明诚,劝慰道:"诚儿,你爹娘一定会看到我们俩。还有你姑父,他在另一个地方一定是个好男人。"

陆明诚笑着问:"那姑姑还会嫁给他吗?"

陆金珠斩钉截铁地说道:"会啊!我这辈子是恨过你姑父,可谁没有过错呢,都是被穷日子给害了。你说现当今,咱这日子也算好了,幸亏人家高掌柜

第十章

帮衬着，咱可不能忘恩负义。"

陆明诚紧了紧衣衫，说："是啊。"

忽然，高珊珊推门而入，站在陆明诚的面前，埋怨道："你也太不仗义了吧，居然一个人走了。"

陆明诚一头雾水，解释道："你们相亲，我在场干啥？再就是，你进我家，怎么和来自己家一样呢？"

高珊珊拽着陆金珠的胳膊说："我是进姑姑的家门，又不是进你的家门。"

陆金珠笑了笑，一边回屋一边说："两个傻孩子，你们玩吧。"

高珊珊轻轻咳嗽了一声，袅娜着纤细的腰。陆明诚扭头看着她，她白皙的脸庞在月光之下显得有些苍白。姑姑回屋后，两人便陷入到尴尬的沉默之中。

霎时，高珊珊有些害羞，她故意扭了一下头，来躲避陆明诚的目光。陆金珠在屋里看着两人，也看出了些端倪，顺手穿上一件外套，走出房门说："你俩杵在院子里不冷啊，诚儿，赶紧带珊珊进屋，我去你张大婶家唠会儿嗑。"

陆金珠一走，陆明诚可就傻眼了，他不知该如何面对眼前的高珊珊。反倒高珊珊不客气，快步进了屋，跑到火炉旁烤着火。陆明诚紧跟着进了屋，问道："你还真拿这里当你家了？"

高珊珊调皮地回道："你姑姑呢，不光是我姑姑，还是我的刺绣师父。"

陆明诚也坐在火炉旁，支支吾吾地说："那个贾怀振怎么样？"

高珊珊假装兴奋地说："挺好啊，人长得挺清秀，关键是家财万贯。"

陆明诚情绪低沉，抿了抿嘴说："那就……好。"

高珊珊瞥了一眼低着头的陆明诚，心里直乐，继续说："行了，不逗你了。那个贾怀振呢，就是个纨绔子弟，仗着家里有几个臭钱，到处胡混，这种人我可不嫁。"

火炉上的水壶冒着热气，壶内翻滚着水泡。陆明诚刚要上前把壶提下来，只见高珊珊的手也搭了上去，陆明诚惊讶道："别烫着。"顺势把高珊珊揽在怀里，高珊珊在他宽大的臂膀间，但她也没有挣扎。陆明诚再也无法抗拒心中的悸动，两人的目光持久地注视着彼此。炉火上的水壶中剧烈地沸腾着热浪。

正当此时，地瓜拿着两幅裱好的字画进了家门。陆明诚听到脚步声后赶紧把高珊珊从怀中松开，两人精神有些恍惚，羞涩地看了彼此一眼，然后笑了起来。

地瓜刚进门就感觉两人一直盯着自己，而且眼神奇怪。地瓜将自己浑身上下看了一遍，也没有什么奇怪的地方，便说："你们笑什么？水都开了，也不知道把壶提下来。"

高珊珊悄声说道："来得真不是时候。"

地瓜隐隐约约听到高珊珊的话，说："我要是再晚来一会儿，估计壶都能烧没了。"说完，把壶提下来，再把装裱好的字画打开，摆在陆明诚和高珊珊的面前，问："这诗词、这字怎么样？"

陆明诚和高珊珊哪有心情看字啊。高珊珊一边往外面走一边说："不怎么样。"

陆明诚也跟着走了出去，屋子里只剩下地瓜一人。他盯着自己写的书法，自言自语道："看来还得努力。"

月亮把半边脸隐没在夜行的云朵里，陈厚财鼾声如雷，睡得正死。李玉卿轻轻地脱去外衫，躺在床上，她踹了陈厚财一脚，他还是像个木桩似的一动不动。李玉卿揪着陈厚财的耳朵，硬生生把陈厚财从睡梦中喊醒。陈厚财睁开睡眼，既不敢言也不敢怒，乖乖地凑到李玉卿的身边，温柔地给李玉卿按摩肩膀。

李玉卿语气有些生硬，说道："听说昨儿个你玩了明湖戏楼的戏子？"

陈厚财惊出了一身冷汗，虽然他做了不少混账事，可捅到李玉卿耳朵里的却是少之又少，看来这个戏子绝对不是善茬。他嬉皮笑脸地说："肯定是道听途说。"

李玉卿骂道："你们男人都不是什么好东西。"

陈厚财赶紧抱住李玉卿，可没想到，李玉卿一把将他推开，问："你知道惹的是谁身边的戏子吗？"

第 / 十 / 章

看李玉卿如此生气，陈厚财就懂了，便问："谁啊？"

李玉卿瞪大眼睛，说："土匪刘黑七。"

陈厚财一听这名字，手指不受控制地颤抖。李玉卿接着说："害怕了吧，幸亏老娘给了那戏子几个钱，帮你把屁股擦干净了，不然你还能舒舒服服地躺在床上？"

听到事情摆平了，陈厚财松了口气，他早就听说刘黑七是个狠角儿，要是落在他的手里，自己肯定讨不了好。他连忙感谢李玉卿，又揉又按摩，李玉卿训斥道："以后办事长个心眼，我可没耐性光给你收拾烂摊子。"话虽这么说，可在整个济南，能把她当女人一样看待的人中，除了韩复榘，只剩陈厚财了。韩复榘身边的女人太多，满足不了自己的欲望，她只能发泄在陈厚财身上。

可陈厚财是个屡教不改的人，心里还惦记着如何报复高珊珊给自己的那一记耳光。他喃喃道："福寿楼的人真坏！"

李玉卿早已按捺不住内心的欲望，敷衍道："不能惹福寿楼的人，老爷整天去酒楼吃饭。"

没等陈厚财细想，就被李玉卿按倒在床上，两人如胶似漆地打闹在一起。

鞭指巷中的几株老梅在寒风中开满了花。陆明诚干坐在椅子上发呆，直到陆金珠从门外进来，才让他缓过神来。陆金珠开口便问："珊珊走了？"

陆明诚回道："早走了，姑，你怎么也不叫她高大小姐了？"

陆金珠笑了笑，说："是她让我叫她珊珊的。诚儿啊，姑问你件事，你是不是看上她了？"

陆明诚害羞地低下了头，不得不承认，他只要和高珊珊在一起，心里就觉得特别踏实。他只有和玉儿在一起时，有过这种感觉，他舒了口气，说："姑，你放心，我有分寸，人家是大小姐，我就是一个打工的厨子。"

陆金珠说："其实，我早就看出来了，她也喜欢你。虽说咱们过得比以前好多了，可与人家比，还是相差十万八千里呢。"

陆明诚语气低沉地说："姑，我懂。"

姑姑回屋后，陆明诚彻夜未眠。陆金珠心里如刀割般疼痛，当初就是因为她的优柔寡断，耽搁了玉儿和诚儿的婚事，两人没有走到一起。如今的高珊珊，家境比当年的玉儿还要殷实。她想来想去，还是战胜不了穷苦人心中那点强硬的自尊心。

高珊珊回到酒楼，怒气冲冲地进了高德生的房间，张口就开始抱怨："爹，你这是准备把女儿往火坑里扔啊？"

高德生"吧嗒吧嗒"地抽了几口烟，问道："看你这话说得，爹咋了？"

高珊珊被烟雾呛了一下，连声咳嗽，咳嗽完说："爹，贾怀振就是个花花公子，你让我嫁给他？"

高德生撇了撇嘴，说："我看这孩子就挺好，他爹可是义庆绸缎庄的掌柜，你嫁过去之后，肯定没苦日子过。"

高珊珊赌气道："我不嫁给他。"

高德生难为情道："你都二十好几了，我二十好几的时候，你都满地跑了。"

高珊珊鼓了鼓勇气，说："我没说自己不结婚，我有心上人了。"

高德生一听这话，倒是挺惊讶，赶紧问："哪家的公子啊？"

高珊珊回道："你认识，就是陆明诚。"

高德生脸色突变，斩钉截铁地说："胡闹！不行，你要是跟了他，有多少穷日子过啊！"

高珊珊应道："我不怕！"

父女俩一言不合，陷入了争吵之中，吵累了，两人互不理睬地坐着休息。高德生心里直打鼓，他本心是非常喜欢陆明诚这个孩子，但这孩子一无所有，自己的女儿以后怎么和他过日子呢？就算将来把酒楼交给陆明诚，以这孩子愤世嫉俗的性格，真的能把酒楼打理好吗？

高珊珊平复了一下心情，走到高德生跟前，心平气和地说："爹，咱们不吵了，我知道你是为了我着想。我觉得吧，现在都讲究婚姻自由，反对包办婚姻。再就是，这些年，你也看出来了，陆明诚是个什么样的人，何况你和他爹

第 / 十 / 章

又是同门师兄弟,于情于理,我嫁给他也不亏啊!"

高德生思索了半天,说:"亏大发了,女儿啊,那么多好人家你不选,非选陆明诚,他啥也没有,你跟了他,以后的日子怎么过啊?"

高珊珊笑着说:"这不就是你担心的病根吗?以后我和明诚结了婚,就跟着你在福寿楼,也把他姑姑接过来,咱们一家四口也不愁吃不愁穿。你说,你把我嫁到外地去,我见你一眼都很难,要是你生个病,都没人在身边。"

这话可说中高德生的软肋了,他笑了笑说:"你愿意嫁,人家陆明诚还不一定愿意娶你呢。"

高珊珊从爹的话中听到了希望,便说:"爹,只要你同意了,你就赶紧去找姑姑说说这事。"

高德生瞪大眼睛说:"我同意了,还得去求他们?"

高珊珊撒娇道:"你想啊,这事姑姑肯定张不开口啊,人家哪敢和您高掌柜攀亲家啊。爹,你也不能眼睁睁地看着自己女儿的幸福就这么没了吧,要不,我去找姑姑谈。"

高德生怒斥道:"胡闹,你给我老老实实在家待着,我改天去找他姑姑谈谈这事。"

高珊珊一听这话,高兴地说:"爹,那就一言为定。"说完,疯疯癫癫地跑出了房间。

高德生无奈地自言自语道:"养来养去,女儿还是给别人养的。"

天一亮就下起雾来。陈厚财一大早就到了刘黑七的住宅外等着,想打探一下那戏子是否告密了。雾越来越浓,从街巷里望去一片朦胧,陈厚财往院里瞧了瞧,只见屋檐下高悬着灯笼,阴煞煞地射出白光。刘黑七勒紧裤带,大展鹤形,迈着方步,打了一套拳,拳头虎虎生风。这招式看得陈厚财心里直发毛,幸亏有李玉卿帮自己解围,不然自己真就得被刘黑七一掌给拍死了。可他心里又起了疑,都说土匪讲义气,可戏子无情啊,要是戏子把事情透露出去,自己还是逃不了一死的下场。正当他想着,只见院内有电闪雷鸣之势,刘黑七手舞着剑,那柄剑忽左忽右,如虬龙游沼,又如金龙狂舞,梅花点点,柔可绕指,硬如擎天柱。正当他看得出神的时候，只见那剑从自己脸旁划过，陈厚财感受到了一阵冰凉的寒风，他吓得撒腿就跑。

俗话说，常在河边走，哪有不湿鞋。陈厚财逃过了刘黑七的手掌心，却被韩复榘的枪杆子盯上了。陈厚财在招待处为所欲为，早就惹得众人厌恶，他们把陈厚财与李玉卿之间的苟且偷偷禀告给了韩复榘。韩复榘一听这事，暴跳如雷，立刻命令手下的兵潜伏在住宅周围，等待着擒拿陈厚财和李玉卿。

陈厚财从刘黑七那里打探完情况，发现戏子没有告密，便得意洋洋地走进了李玉卿的房间。他刚和李玉卿抱在一起，就被韩复榘的兵堵在了门口。韩复榘怒气冲冲地推门进了屋，不慌不忙地坐在椅子上，说："你们继续！"

李玉卿和陈厚财两人慌慌张张地站在一旁，陈厚财更是吓得两腿颤抖，浑身直冒虚汗，他稳定了一下情绪，说："韩主席，你误会了，刚才……"

没等陈厚财把话说完，李玉卿又哭又闹，说："他想霸占我，我命真苦啊！幸亏老爷来得及时。"

陈厚财瞪大两只眼，辩解道："姨奶奶，你别乱说，会死人的。"

李玉卿继续哭着说："我没乱说，要是我不反抗，就让他得逞了。"

韩复榘走到陈厚财身边，怒斥道："我的女人，你也敢动？"说完，拿出手枪，直顶着陈厚财的脑门。

陈厚财吓得赶紧跪下解释道："我真的没有动她。"

韩复榘何尝不知道李玉卿是个什么样的女人，可他又一想，如果惩治了陈厚财，或许李玉卿就能老实点。他把手枪又装进了枪套内，说："来人，把他拖出去，乱棍打死。"

进来两个小兵，把陈厚财拖出了屋子，陈厚财一边挣扎一边求情："姨奶奶，救救我。"

陈厚财被拖到院子里，士兵们拿着棍子整齐划一地站着。除了士兵之外，还有招待处的几个厨子和家里的佣人。韩复榘对门外喊："别在家里打，拖到门外去，别把家里弄脏了。"

士兵把陈厚财拖到了门外，可万万没想到，陈厚财猛地一挣扎，从士兵的

第 / 十 / 章

手中挣脱了,仓皇逃窜,他的身影逐渐消失在浓雾中。士兵们赶紧扔掉手中的木棍,换成了步枪,集体朝陈厚财射击。韩复榘一听枪声,从屋里走了出来,问:"怎么回事?"

一个士兵低声道:"主席,那小子跑了。"

韩复榘一怒之下,骂道:"一群饭桶。"

小兵接着说:"不过,他中了我们的枪子,估计活不了。"

韩复榘来回踱步,说:"全城秘密查找此人,活要见人,死要见尸。"

雾气越来越大,空气异常清冷,不远处的千佛山像条灰白色的巨龙,在灰蒙蒙的迷雾中若隐若现。

第三节　　绝处逢生

芙蓉街的屋顶披上了洁白的素装,柳条变成了臃肿的银条。远望关帝庙一带,是一片看也看不清的灰白的建筑。

陈厚财逃走后,李玉卿就一病不起,浑身虚弱无力,哆嗦得像寒风中的小树,枝条萧索。后来,这事从地瓜口中传到陆明诚的耳朵里,陆明诚反倒可怜起了李玉卿,认为她出身烟花柳巷,受尽了痛苦折磨。

地瓜气愤地说:"这陈厚财就是一个害人精。"

陆明诚笑了笑说:"一个巴掌拍不响,也别光怨陈厚财了。"虽然还不知道陈厚财是死是活,但至少他不会再来招惹高珊珊了。

高德生考虑了几天,还是放下架子找到了陆金珠。他了解女儿的性格,如果自己不去找陆金珠，女儿真能亲自去把事情摊牌，如果被陆家人拒绝了，女儿又得寻死觅活，如果答应了，一个女孩家家的，自己去找婆家，成何体统？

陆金珠盯着桌前的高德生，谨慎地问："高掌柜，你是不是找诚儿？"

高德生摆了摆手，吞吞吐吐地说："我不找他，我找你。"

陆金珠赶紧沏上一壶茶，说："家里的茶叶肯定比不上酒楼的好喝，你将就着喝吧。"

高德生顿了顿，说："这些年，明诚一直待在酒楼，大伙儿也都很喜欢他。我今儿有一事，想和你谈谈。"

陆金珠赶紧站了起来，说："高掌柜，我知道这些年我们姑侄俩幸亏你接济，我也让诚儿好好打工，把欠你的钱还上。"

高德生赶紧打断陆金珠的话，说："你别多想，我不是来要钱，我是想问问，你觉得我们家珊珊怎么样？"

陆金珠没有明白这话的意思，便说："挺好的闺女，人也善良，听话。"

高德生接着问："你觉得她要是和明诚在一起，怎么样？"说完这话，高德生的心一直悬着。陆金珠迟迟没有回话，这让高德生有些着急，便说："行不行，说个痛快话。"

陆金珠壮了壮胆子，说："我知道珊珊是个好闺女，诚儿早就看上她了。我当初担心家里什么也没有，高掌柜肯定不会同意这桩婚事，就劝诚儿打消这个念想。"

高德生诚恳地说："其实吧，我起初的确不赞同他俩在一起。不过，这段日子，我就在想，人结婚为了啥，不就是安安稳稳过日子吗？而且明诚是个好孩子。我也想明白了，只要你这个当姑姑的没意见，咱们一家人坐在一起吃个饭，商量一下婚事吧。"说完，高德生起身就出了屋子，想到女儿要出嫁了，他的眼泪就流了出来。

趵突泉畔，游艺场所格外火爆，场外街上的梅花开得艳，有冰糖葫芦的叫卖声，还有卖艺人耍弄着手艺。陆明诚和高珊珊两人坐在场内听着梨花大鼓。场上唱戏的姿容俏丽，嗓音甜美，曲调婉转，声情并茂，节奏全是快板，而且

第 / 十 / 章

一句快过一句,节奏虽快,但却能字字清晰,句句入耳,足见其吐字功夫非同寻常。

陆明诚赞叹道:"以前我从不进戏园子,今天算是破了戒。这人唱的《拴娃娃》,又是愁闷委婉,又是喜悦高亢,把一个妇人盼子心切的情绪表现得淋漓尽致。真是妙!"

高珊珊笑着问:"是不是因为李玉儿的事情?"

陆明诚点了点头,回道:"是。"

这个字从陆明诚口中说出,高珊珊顿时醋意大发。陆明诚接着说:"不过呢,都过去了。冯大哥告诉我,玉儿当娘了,听了这个消息后,我比谁都高兴,玉儿太不容易了。"

高珊珊紧紧地依偎在陆明诚身边,陆明诚也没有抗拒,而是沉浸在这一刻的幸福中。直到观众掌声四起,散场,两人才相伴回家。不远处,只见地瓜急匆匆地向他们跑来,气喘吁吁地说:"姑姑让我叫你们赶紧回家。"

陆明诚问:"有什么事情吗?"

地瓜回道:"你回去就知道了,我还得去南新街瞧瞧,别让姑姑等急了。"

宽阔的院子里,几只麻雀时而吱吱叫着,时而用嘴去啄肚底下的羽毛,不一会儿,又嗖嗖地飞到了屋顶上。陆金珠一看院子里站着的陆明诚和高珊珊,心一下子悬了起来。陆明诚赶紧进门,问道:"姑,你找我什么事?"

陆金珠愣了愣神,回道:"也没什么事,就是刚才高掌柜来过咱家了。"

高珊珊马上转身说:"你们说事,我先走。"

陆金珠喊道:"珊珊,你别走,我也听听你的想法。"

陆明诚傻乎乎地站在一旁,问:"什么事情啊?感觉就我一个人不知道。"

陆金珠笑了笑说:"刚才高掌柜来咱家谈起你和珊珊的婚事,我觉得吧,高掌柜不嫌弃咱们家穷,真是烧了高香了。但诚儿,我想听听你的意思。"

陆明诚有些惊讶地问高珊珊:"你是不是早就知道这事情了?"

高珊珊害羞地说:"知道啊,也是我让爹来找的姑姑。"

陆明诚走到火炉旁坐下,忧心忡忡地说:"这事我再考虑一下吧。"

这话可惹恼了高珊珊,她惊讶地看着陆明诚,生气地说:"还考虑一下?你以为我稀罕嫁给你啊?"说完,甩门而出。

陆金珠也看出陆明诚的心思,便说:"诚儿,怪姑姑多一句嘴,你的话真的惹着珊珊了。姑也明白,你为什么这么优柔寡断,是不是想起了玉儿?"

陆明诚情绪低沉地应道:"姑,我一直认为这辈子能和自己过的是玉儿,曾经还无数次幻想过和玉儿结婚时的情景。突然要和别的女人结婚,我心里也真有点接受不了。"

陆金珠凑到侄子跟前说:"现在玉儿已经有了自己的家,而且你也喜欢珊珊,你得赶紧放下心里的包袱。不然,你会失去珊珊这个好姑娘。"

陆明诚望着猛烈燃烧的炉火,心里还是有一些愧疚。

高德生一见到女儿受了委屈,气就不打一处来,训斥道:"我当初就不同意你俩的婚事,是你求着爹,爹也依了你,拉下这张老脸来,找他姑姑谈了你们俩的婚事。可结果呢,被人家泼冷水了。"

高珊珊趴在桌子上哭泣,高德生看到女儿如此伤心,是又生气又心疼,直接吩咐伙计们,不准陆明诚进酒楼半步。

陆明诚万万没有想到自己一时的晕头,把两家人带入了如此尴尬的局面。地瓜回到家,弄清楚事情的来龙去脉,若有所思地问陆明诚:"你到底想不想和她结婚?"

陆明诚一本正经地说:"想是想,我不是有些疑虑吗?"

陆金珠摇着头,苦笑着说:"还跟自己钻牛角尖呢。"

地瓜站起来说:"这事包在我身上了。"

陆明诚惊讶地说:"你别瞎掺和了,我都进不去酒楼的门,更不用说你了。"

地瓜指了指警服上的肩章,说:"这玩意管用。"

酒楼里不像往常那么热闹,厨房里雾气弥漫,就像澡堂子一样。从门外

第 / 十 / 章

进来的寒气和热菜的水雾混杂在一起，没有了陆明诚掌控大局，厨房里有些混乱。

地瓜大摇大摆地走进了酒楼，找了张桌子坐了下来。伙计一见是地瓜，边往外赶边说："掌柜的说了，凡是与陆明诚有关的人都不准进酒楼。"

地瓜摆脱开伙计的推搡，说："你没看见我穿着警服啊，我是来办案的，要是阻止我办案，我把你抓进大牢里去。"

伙计赶紧往后退了几步。地瓜悠悠然地上了楼，敲了敲高珊珊的门。高德生打开房门，一见是地瓜，冲着楼下嚷道："你们怎么让他进来了？"

没等伙计们回话，地瓜就闯了进去，坐在高珊珊的面前说："大小姐，事情我都听说了，你真是错怪明诚了，他很想和你在一起，只不过是他有些担心。"

高珊珊质问道："他有什么可担心的事情，我爹亲自登门找了姑姑，他倒来了句考虑一下。"

地瓜笑着说："其实，你不了解我们这些穷人。穷的滋味，只有我们懂。你从小过着衣食无忧的生活，突然跟着他过穷日子，他担心你接受不了。再说了，他也拿不出什么像样的聘礼。"

高德生生气地说："地瓜，你就别跟着掺和了。他自己怎么不来解释，还派你来说情。"

地瓜苦笑道："高掌柜，你在酒楼门口下了禁令，他能进得来吗？高大小姐，我觉得吧，你们女人的心都太细了，不像我们这些糙老爷们。"

高珊珊"噗"地笑了出来，说："你身边都没有个女人，还说得那么懂女人？"

地瓜尴尬地辩解道："没吃过猪肉，还没见过猪跑吗？那我去叫明诚过来给你亲自解释。"说完，刚要出门，又折了回来，对高德生说："掌柜的，你还得把陆明诚进酒楼的禁令给撤了。"

芙蓉街上突然乱成一团，有几个洋人被老百姓追着喊打，刚走出酒楼的地瓜赶紧凑上去，大喊道："都给我住手。"

"长官，打死他们，有多少大姑娘被他们祸害了。"

"我老婆就被他们祸害了，当天晚上就上吊自杀了。"

"今儿个我们偷偷潜入教堂，正好撞上几个洋人正在祸害一个女人。"

众人七嘴八舌，地瓜算是听明白了。他心中燃烧起一股怒火，走到几个洋人面前，瞪了几眼，说："继续打！"说完，就赶紧回家叫陆明诚去福寿楼。

高珊珊围着炉火台烤火，高德生打着盹。突然毛毡帘子一挑，陆明诚和陆金珠走了进来。

陆明诚拘谨地看着高珊珊，说："都是我的错，我姑和地瓜都把我说了一顿。"

高德生睁开眼睛，没有说话。高珊珊搬了个板凳给陆金珠，然后瞪着陆明诚说："这婚事算了吧。"

这话可把陆明诚惹急了，赶紧凑到高珊珊跟前说："我都认错了，你咋还得理不饶人？"

高珊珊冲着高德生说："爹，那个李府家的公子不是要给咱下聘礼吗，你让人去传话，让他们家下聘礼吧，下了之后，再让他们挑个好日子。"

高德生一愣，说道："女儿啊，你终于想明白了。我这就去办！"

陆金珠赶紧站起来，拦住高德生，劝说高珊珊："咱可不能耍小孩子脾气，诚儿知道错了，你就看在我这把老骨头的分上，饶他这一回吧。"

陆明诚补充道："我知道自己啥也没有，打小父母就被人害了，身上就带着一个包袱投奔到了姑姑家，包袱里就只有几件衣服和一本菜谱，当然还有吴掌柜塞进去的银子。不过呢，这银子也早就花光了。"

高德生脸色突然变得凝重起来，问："菜谱？什么菜谱？"

陆明诚回道："就是当年郝爷留下的那本菜谱。"

高德生失神地坐在椅子上说："明诚，你可知道这本菜谱有多么珍贵吗？"

陆明诚说："这是我父母留给我唯一的念想。"

高德生说道："当年有一个传言，得菜谱者，得厨神。因为这本菜谱，引

第 / 十 / 章

起了多少的腥风血雨。我还以为这本菜谱消失了,没想到在你的手里。"

陆明诚笑着说:"高掌柜要是喜欢,那我就当作聘礼送您了。"

高德生愣了一下,说:"这聘礼是够贵重的。"

高珊珊赶紧凑到她爹面前,说:"爹,你可不能见物眼开啊!"

高德生笑了笑说:"我不是因为这本菜谱,我是为了你啊,哪有什么李府家的公子。来一个提亲的人家,你就赶走一家。估计以后也没有几个敢上门提亲的人家了。你心里怎么想的,我还不知道。"转过头又对陆明诚说:"今儿我得把话说明了,以后福寿楼柜上的账还得是我女儿管着,说白了,就是我女儿当家。"

没等陆明诚回话,陆金珠爽快地说:"行,都听高掌柜的安排。"

高德生笑着说:"老嫂子,该改口了。"

高珊珊莫名其妙地看着屋里的人,自己却没有任何说话的机会。她目光来回扫视,苦笑道:"是我要嫁人,你们该听听我的想法啊。"

不久后,陆明诚与高姗姗成婚,芙蓉街被堵得水泄不通,济南城掌柜聚集到福寿楼。新式的婚礼带来了一丝别样的气氛,锣鼓齐鸣,铿锵之声在巷子里回荡,酒楼里贴上了"喜"字,门口挂上了红绸子,一片欢歌笑语。一个女子坐在琴前,轻弹琴弦,琴声和谐而悦耳,这一刻大家都屏声静气地听着。

陆明诚和高珊珊在后厨施展着厨艺,地瓜和伙计们把一道道菜端上桌,每道菜无论在刀工、色泽、味道上,都让宾客们赞不绝口。

"能娶到高掌柜的千金,聘礼肯定少不了吧?"

"看你说的,就高掌柜这家底,还在乎聘礼吗?"

高德生饮了一杯酒,取了个小盒子,走到大厅中央,说:"聘礼就在这个盒子里。"

所有人都站了起来,好奇的目光齐刷刷地注视到小盒子上。高德生打开小盒子,只见里面有一本破旧的菜谱。他把菜谱拿了出来,拍了拍上面的尘土。在座的宾客一见是一本破书,纷纷坐了回去,继续吃着菜,喝着酒。

高德生清了清嗓子说:"江湖上曾有段传言,得此菜谱者,得厨神。这本菜谱是我的师父郝爷当年留下来的。"

宾客又放下了手中的筷子,盯着菜谱。陆明诚和高珊珊从厨房里走了出来,正看到高德生把菜谱扔到了火炉里。陆明诚一个箭步冲上去,想要从火炉里救出菜谱,却被高德生一手拉住,悄声说:"必须烧,不然还会招来血光之灾。"

陆明诚的眼眶有些湿润,红彤彤的火光映在他的脸上,这本菜谱是他父母留给他唯一的念想,结果随着炉火灰飞烟灭了,就如同逝去的那些童年的记忆,慢慢地消失。陆金珠心里也非常痛,可她是个明事理的人,高掌柜这样做,肯定有他的道理。她走到陆明诚的身边,轻声说:"大喜的日子,客人们都等着呢。"

高珊珊也走到陆明诚的身边说:"咱们去敬酒吧。"

宾客们不明白高德生为什么舍得把菜谱烧了,都在宴席上议论纷纷。高德生却异常平静。其实,当陆明诚把菜谱交给他的时候,他也欣喜若狂。可他翻阅完了整本菜谱后,他瞬间崩溃了,菜谱里根本没有什么秘诀,只有鲁菜的一些普通做法。他慢慢明白过来,练就高超的厨艺没有什么捷径,需要靠天赋和勤学苦练。

第四节　血色苍穹

时光飞快地越过济南的上空,匆匆带走了五味杂陈的日子。陆明诚和高珊珊婚后的第二年生了个女儿,取名陆云。小姑娘像是和高珊珊从一个模子里

第 / 十 / 章

刻出来的一样,眉清目秀,唇红齿白,圆脸蛋,高鼻梁。这可把高德生高兴坏了,有事没事就带着孩子走街串巷。陆金珠也来了精神头,不断地给孩子做鞋子和衣服。

可人不服老不行,当陆云刚学会叫"姑奶奶"的时候,陆金珠因为常年劳疾在身,倒在了病床上。送到医院的时候,她人已经奄奄一息,很快离开了人世。陆明诚握着姑姑冰凉的手,悲痛万分。那一刻,姑姑的面容是如此安详,姑姑苦了这么多年,终于有时间歇一歇了。

在灵堂前,吊客一个个都泪流满面。地瓜腰间扣着一根厚重的用又长又阔的整段白布做成的腰带,在葬礼上,又号啕,又哽咽,哀声震天。他一面啼号,一面哭诉。地瓜自打跟着陆明诚住进了姑姑家,就感受到了从未有过的温暖,他穿上了姑姑亲手为他做的棉袄、鞋子、裤子,还有姑姑的疼爱。而这些他曾经连想都不敢想。安葬好姑姑后,陆明诚一看到空空的房子,心里就伤心难过,直接搬到了酒楼,把姑姑留下来的房子给了地瓜。而地瓜独自住在空空的房子里,心情又怎么好得了呢?

人类制造地狱的能力远远超过了创造天堂的功夫。没过多久,爆发了卢沟桥事变,日本军队一夜之间控制了北平城,然后疯狂地进攻济南。日军举兵侵犯济南之际,将医院、教堂烧成了一片废墟。老百姓见过日本兵的凶残、暴力,济南顿时人心惶惶,没想到刚走了几年的日本兵又杀了回来。老百姓也束手无策,只能将希望寄托于自家的军队。

陆明诚在酒楼里坐立不安,高德生坐在椅子上无精打采地吸着旱烟,整个酒楼陷入低气压的状态。

"卖报,卖报,日军侵入山东,韩部曹福林的第二十九师、展书堂的第八十一师奉命支援第六战区宋哲元的二十九军……"

陆明诚出门买了份报纸,从头到尾看了一遍,开口赞叹:"尽管韩复榘命令曹福林和展书堂二人不得主动出击,但韩部的官兵们还是猛冲猛打,连续收复了德州、桑园等地。"

大伙儿刚要吃下这颗定心丸的时候,曹、展却接到韩复榘的命令,要求他们停止进攻,在十小时内撤回出发地禹城。原来,就在几个小时之前,蒋介石以加强淞沪战场兵力为名,将新任五战区司令长官李宗仁划拨给韩复榘的一个重炮旅调走了。韩复榘得知后气得拍案大骂,他认定蒋介石是想借日本人之手铲除他这个地方势力,因此决定全军后撤,绝不当老蒋的挡箭牌。

其实,韩复榘的撤退令一下,韩部官兵就骂声一片,士兵们愤怒到了极点,纷纷表示,军官要是再撤,他们就自己留下来和日本人决一死战。鉴于这种情况,韩复榘的心腹将领就劝韩复榘先和日军打一仗,韩复榘只好答应。

韩部在临邑、惠民、济阳等地与日军展开激战,由于火力、指挥和作战素质处于下风,韩部伤亡不小,韩复榘本人在济阳突围时险些被日军装甲部队活捉,他扔下自己的手枪旅,骑着摩托车才逃回济南。

脱险之后,韩复榘对主战将领大发脾气,声称兵都打光了,本钱拼没了,还怎么在山东立足?此战以后,韩复榘下定决心保存实力,不再与日军死拼。

日军开始强渡黄河。面对日军只有一千多人的先头部队,韩复榘却命令自己的数万大军不战而退,放弃黄河防线,将济南这个战略要地拱手送给了日本人。李宗仁得知济南失守,非常焦急,他命令韩复榘立即反攻济南,如果反攻不成,就要坚守战略要地泰安。可韩复榘根本不听命令,陆续撤出泰安、曲阜、兖州、济宁等地区,一路撤退到距离河南边境仅仅几千米的曹县,准备随时放弃山东逃往河南。在短短二十天内,由于韩复榘的大撤退,日军接连攻占山东将近一半的地区,基本没遭遇到有组织的抵抗。

"号外,号外,济南失守,全国上下一片倒韩的声音……"

韩复榘的撤军,让日本军队不战而胜,更让济南这座城市又一次陷入地狱之中。其实,在老百姓的心目中,韩复榘治理山东时的表现比前任省主席张宗昌要强得多。和后者纯掠夺式的统治不同,韩复榘比较重视建设,先后提出了"澄清吏治""严禁毒品""普及教育"等施政方案,也聚集了包括著名的教育家何思源在内的一批人才。当时山东匪患横行,著名的土匪头子刘黑七就在山东流窜作案,其他大小土匪数百股,人数比山东的军队还多。为了稳定地方,韩复榘还亲自率兵剿匪,在一定程度上解决了山东的土匪问题。

第 / 十 / 章

不过呢，自从韩复榘主政山东以来，日本人没有停止威胁和收买活动，一心想让韩复榘成为己方的傀儡。韩复榘对日本人的图谋心知肚明。另外，韩复榘也知道汉奸不是那么好当的，一旦投靠日本人，那就是遗臭万年的结局，所以他对日本人的示好既不完全拒绝，也不彻底答应，一会高叫抗日到底，一会又镇压反日活动，试图在日本人和蒋介石的势力之间寻找缝隙，保持自己的割据独立。

有一次，日本驻济南武官花谷正借请客为名设下美人计，企图引诱韩复榘上钩。韩复榘是酒照喝，菜照吃，女人照抱，可当酒过三巡，菜过五味之后，花谷正刚拿出一份允许日本人在胶济铁路两侧开采矿藏的文件，韩复榘的部下就冲进房间，谎称南京来了重要电报，请韩复榘立即回府。韩复榘随即推开日本女伎，说了声："告辞！"然后拍拍屁股扬长而去，把花谷正气得七窍生烟。

眼见政治诱降不见效果，日本人着急了，日本军部派特使将驻济南的领事和武官花谷正臭骂一顿，要求他们必须迅速迫使韩复榘就范。花谷正经过一番精心准备，再次邀请韩复榘前往日本领事馆赴宴。韩复榘知道日本人的耐心快到头了，很有可能来个图穷匕见，就精心准备了应对措施，然后才去赴宴。宴会的地点就安排在福寿楼。

酒宴上，双方觥筹交错，眼见韩复榘已经有了几分醉意，花谷正赶紧拿出一份文件对韩复榘说："'华北自治政府'即将组成，希望山东也能加入其中，这份是山东同意加入'华北自治政府'的公告书，请韩主席签署。"醉眼朦胧的韩复榘听到这句话，当即把手中的酒杯摔在地上，大骂花谷正瞎了狗眼，居然想拉他堂堂的省主席当汉奸。

骂完后，韩复榘起身就要离开。花谷正一看软的不行，决定来硬的，他一声令下，福寿楼周围埋伏的日本兵蜂拥而出，将韩复榘和他的卫兵团团包围，三八大盖的子弹哗哗上膛，随时准备开火。

谁知韩复榘根本不在乎，冷笑着说道："这里是山东，是我韩复榘的地盘，不是华北，也不是满洲。谁敢和我动手，别怪老子不客气！"就在双方紧张对峙的时候，外围的日军士兵跑来向花谷正说领事馆已经被中国军队包围，还架起了重炮准备开火。花谷正这才知道韩复榘是软硬不吃，武力胁迫不可能解决问题。最终，韩复榘扬长而去，花谷正没能完成他的任务。

陆明诚想想韩复榘当年的架势，再看看报纸上四面八方的评论，真搞不明白韩复榘到底经历了些什么，怎么就从一个英雄变成了一个逃跑的将军。

济南城内到处是日本兵，大群的学生、工人，循着冻得雪白的道路游行示威。日本兵一次次鸣枪警告，可学生和工人用冷嘲热讽的语言互相点燃着怒火，急急忙忙从四面八方汇聚过来，燃起了狂怒的火焰。

一小队日本兵走进了福寿楼，这可把酒楼的伙计们吓了一跳。高德生赶紧迎上去，打眼一瞧，为首的日本头目有些眼熟。没等他开口，日本头目就张口说："高掌柜，我是冈本，几年前在贵酒楼品尝了美味之后，就念念不忘。我多次申请回济南，可一直没机会，这次终于回来了。"

高德生忽然想起，坐在自己眼前的这位日本头目就是当年的杀人恶魔冈本。他定了定神，当年那一幕幕浮现在他的眼前，他赶紧安排后厨给冈本炒菜，还拿出了自酿的酒水。如果说当年是为了保住酒楼，而现今则是为了保住一家人的命。

冈本的视线转移到高珊珊身上，慢慢地走了过去，色眯眯地说："美食，美人，真是不错。"

陆明诚攥紧了拳头，只要冈本碰高珊珊一下，他的拳头就会打上去。高德生赶紧走到冈本的面前说："冈本大佐，这是我的女儿，也是厨子，还是让他们先去炒菜吧。"

冈本刚刚萌生的欲望被高德生一打扰，有些冒火，瞪着眼说："你找死，信不信我一把火把整个酒楼烧了？"

高德生一听这话，急了眼，灵机一动，问伙计们："泰山三美汤好了吗？"

伙计们也听出了掌柜的意思，赶紧说："好了，这就端出来。"

一股清甜的气味吸引住了冈本，他赶紧坐了下来，眼睛盯着桌子上的汤

第十章

碗,拿起小勺,赶紧喝了一口汤,满脸高兴。这可让高德生一家人舒了口气。

一道道菜摆在桌子上,冈本的胃口大开。酒足饭饱后,他下了命令:"以后酒楼只准给我们日本军人做菜!"

这一道命令,就好比晴天霹雳,直接打在了高德生的脑门上。如果接受了这个命令,福寿酒楼就成了名副其实的汉奸楼,郝爷的一世英名可真就败在自己手里了。可他看了看酒楼的这群人,还有自己的女儿、女婿、外孙女,又不得不低头。他又一想,国难当头,韩复榘都弃城而逃了,自己只是一个厨子,有什么本事对抗日本兵呢?

正当高德生陷入焦虑的时候,一个汉奸跑到冈本的面前说:"消息发出去后,各行各业都很配合,也把名单报上去了。"

冈本看着名单,脸上露出了笑容。高德生往前凑了凑,瞧了瞧名单上的文字,是各行各业选取了一个日方代表的副会长,可名单上偏偏没有厨界的人名。冈本笑着说:"很好,过几天,厨行的副会长也会上任。"说完,领着队伍走出了酒楼。

高德生舒了一口气,他非常担心众人把他推上副会长的位子。当然,他也很好奇,这个厨行的副会长会是谁呢。

没过几日,厨行副会长到任,众人大吃一惊,原来此人竟是陈厚财。陈厚财在济南一直被韩复榘派的人追杀,无奈之下,到东北投靠了日本人,给冈本大佐当了家厨,颇得赏识。此番冈本调任济南特务机关长,陈厚财也跟着杀了个回马枪。

陈厚财一到任,就召集了济南厨行的人开会。虽然众人都厌恶陈厚财的做派,但考虑到他有日本人这个后台,只能敢怒不敢言。陆明诚作为福寿楼的代表参加了会议。会议结束后,陈厚财凑到陆明诚的身边,挑衅地说:"好戏才刚刚开始。"

济南的大街小巷到处是日本兵,老百姓都藏着躲着过日子。冯钟丁也在夜间潜入了酒楼,陆明诚见到冯钟丁很是惊讶,连忙把地瓜叫到了酒楼,三兄弟偷偷地见面,又兴奋又恐惧。冯钟丁偷偷与陆明诚商议好,将酒楼作为组织的秘密联络点。起初陆明诚非常担心,后来还是同意了,毕竟,如果没有人站出来对抗日本人,老百姓就没有一天好日子过。

冯钟丁得知姑姑去世后,连夜赶到坟地,给姑姑扫墓。坟地周围长满了乱蓬蓬的、还没有成熟的茅草,冯钟丁一边拔着草,一边说:"姑,我回来了,你是个好人,我一定会和同志们一起把小日本赶出咱们的土地。"微风徐徐吹来,茅草发出一丝丝发抖的声音,在空气中微颤,周围却是一片沉静。

第一节 弹指之间

接近黄昏的时候,响了几个月的炮声消停了下来。济南城变得死一般的沉寂,城门根下遍地都是守城士兵的尸体,还没燃烧殆尽的火苗冒着滚滚黑烟,残存的树木在一片焦黑中胡乱横着。

夜深了,高德生还在走廊里来回走动,脚步声沉重而凝缓。陆明诚也没歇下,正坐在书桌前看报纸,听到脚步声响到门前,他放下报纸走了出去。

"爹,还没歇息?"

"睡不着,出来走走。"

"在自己的土地上,还得听外人的话,真是窝囊。"

高德生站在走廊里,说完后眼眶湿润了,身体摇晃着,两条麻木的腿仿佛支撑不住沉重的躯体了,他赶紧找了把椅子坐下,说道:"明诚啊,如果我有什么三长两短,你一定要保住酒楼。"

陆明诚赶紧凑到高德生跟前,说道:"爹,别多想,不会有事的。"

高德生拖着沉重的脚步回了自己房间。陆明诚望着高德生的背影,心中一阵悲凉。那夜,陆明诚一直没睡,他当时就有一种预感,总觉得要发生点什么事。

芙蓉街到曲水亭街站满了日本兵,他们三步一岗,五步一哨,从大街上一直排到明湖戏楼前。张孝财恭恭敬敬地站在冈本的身后,时刻等待着命令。戏楼里时不时地响起掌声,冈本的脸上露出了满意的笑容,说:"戏不错,过段

第十一章

时间管辖华北地区的岸本总司令要来济南，我会安排他到戏楼来观戏。这也是你效忠天皇的机会。"

张孝财连忙感谢道："冈本大佐，我一定会安排最好的戏场，让皇军满意。"

从戏楼走出来，冈本就带着队伍去了福寿楼。一进酒楼，他便把岸本总司令要来济南的消息告诉了高德生，并命令他负责安排岸本总司令的饮食。

高德生面无表情地说："有什么事情，冈本大佐吩咐便是。"

济南的老百姓，早已被日本侵略者烧杀掠夺的野蛮行为逼得走上了不同的路，有的人参加了抗日武装，有的人缩着头过日子，更有的人当了汉奸。

高德生独自一人进了屋，反手插上门，沉重的身体紧紧靠在桌子上，打开抽屉，两只手摸索着，在黑暗中急速地抽出了枪，打开了保险，咬了咬牙，又把枪装进了抽屉。他悲哀地发现，这些年来，他并没有得到什么，而是被生活改变了。他的双鬓斑白，面上布满皱纹。他老了，早已不是原先那个在济南厨界叱咤风云的高掌柜了。

岸本总司令来济南的消息，让共产党人和军统都觉得是一个打击日本人士气的好机会。冯钟丁更是热血澎湃，他把十来年的光阴投入到反抗战争中。他曾穿过一片片硝烟，踏过一具具尸体，很多次自己也躺倒在血泊中，然后又逃出死神的手掌心。夜刚拉下帷幕，他把几个革命人士聚集在福寿楼，制定着作战计划。

突然，一小队日本兵敲响了酒楼的门，这可把酒楼里的人吓了一跳。陆明诚赶紧让革命人士藏好，自己去开门。冯钟丁掏出手枪，暗藏在屋梁上。陆明诚觉得大伙儿都藏好了，装作一脸惺忪的样子，打开门。张孝财一脸谨慎地站在陆明诚面前，说："冈本大佐把他母亲大人接到了济南，正在我的戏楼听戏，他安排我来邀请你去他家，给老太太做一顿晚餐。"

陆明诚冷笑道："张当家的也吃上这碗饭了？"

张孝财一听这话，心里有些不高兴，呵斥道："你要是不去，可别怪皇军翻脸不认人。"

陆明诚寻思着，如果自己不去，那这一小队小日本肯定要搜查酒楼，到时免不了一场激战。他笑着说："走吧！"

张孝财心里一乐，说："这就对了嘛，不要和自己的命过不去。还有就是老太太只吃素斋。"

老太太来到济南后，就被安排住在了千佛山下的宅院里，宅子有正房、侧房，房梁上的雕刻非常精细，院子后靠山，是个风水宝地。陆明诚被日本兵带进了院子，走到厨房一看，陈厚财正在忙活着炒菜。

陈厚财讽刺地说："真是应了那句老话了，不是冤家不碰头。"

陆明诚愣在门口，进也不是，走也不是，只好硬着头皮进了门，看了会陈厚财的刀工，轻声道："好好的一个厨子，怎么就当了日本人的狗呢？"

陈厚财拿起菜刀，怒气冲冲地瞪着陆明诚，骂道："你活腻了吧？"

陆明诚不惧地说道："你敢在冈本小鬼子的厨房里杀人？"

一个日本士兵走进屋子，大骂道："八嘎！"

没等日本士兵发火，陈厚财赶紧满面堆笑地凑了过去，说："别误会，我们俩因为老太太的盛宴，产生了激烈讨论，这都是为了让老太太高兴。"

日本士兵仿佛明白了陈厚财的意思，满意地点了点头，走出了厨房。陆明诚雕刻起萝卜，笑着说："瞧你那怂样！"

陈厚财一肚子怒气，呵斥道："如果不是我讨好皇军，咱俩都会被打死。"

陆明诚没有回话，但他眼睛的余光一次次扫视着陈厚财的案板，他不得不承认，陈厚财逃到东北后的这几年，厨艺长进了不少。

厨房里烟熏火燎，香气弥漫，戏楼里歌舞升平，冈本陪着老太太坐在戏楼的大厅里听着曲儿，张孝财更是毕恭毕敬地站在冈本身后，时刻等待着他的吩咐。

而在福寿楼，革命人士的心一直在躁动着，冯钟丁和其他几位同志陷入了困难的境地，绞尽脑汁也没想出拿到日军来济南的路线图的办法。对于他们来说，只有拿到路线图，才能将来济南的日军拦截在半路上，然后击杀。

第/十一/章

戏楼散场，冈本陪着老太太回到住处，正好陈厚财和陆明诚把菜肴摆上了餐桌。老太太一见这一盘盘的素斋，心里很是高兴，赶忙坐下，并安排陈厚财和陆明诚也坐下。这两人哪敢入席呢，杵在冈本的身后，一动不动。

冈本看了两人一眼，说："都坐下吧！"

陆明诚看着老太太，苍白的头发，白净的脸上深深地刻着一道道皱纹，一副慈祥的面貌，这让他想起了自己的姑姑。

老太太拿起手中的筷子，指了指桌子上的菜说："麻烦两位师傅给我介绍一下这几道菜。"

陆明诚和陈厚财对视了一眼。没等陆明诚开口，陈厚财便说道："这道菜是老厨白菜，用的是咱山东大白菜作为食材原料。这道菜呢，是干炸丸子，早知道老太太吃素斋，所以全是用白萝卜做的，那一道菜是挂霜花生……"

陈厚财喋喋不休地介绍着每一道菜，陆明诚坐在一旁没有吭声，视线在陈厚财和老太太之间来回转动。等菜介绍完了，老太太温和地笑了笑，说："大家都动筷子吧。"

陆明诚从老太太的言行举止中，可以看出老太太是位慈祥和蔼的老人，如果不是坐在一张桌子上，很难想象冈本是她的儿子。陆明诚拿起筷子，夹了一块豆腐放到嘴里，他没吃几口，就感到味道不对，他当了这么多年的厨子，对于味道的辨别已经是轻而易举。他又夹了一块豆腐，终于肯定了自己的判断，这份清炒豆腐中，陈厚财加了鸡汤作为辅料，使豆腐的味道变得更加鲜美，可老太太要的是素斋啊！他瞪了陈厚财几眼，陈厚财察觉到鸡汤的事情被陆明诚发现了，赶紧摆了摆手，示意他不要说出来。

陆明诚心里也有数，一旦把这件事情说出来，自己也脱不了干系。晚餐进行得很愉快，老太太忽然问陆明诚："小伙子，你怎么不说话呢？"

陈厚财机灵地说："他一向不爱说话。"

老太太继续说："我问他，没问你。"

陆明诚吞吞吐吐地回道："我不太会说话。"

老太太笑了笑，说："这样吧，以后你就来给我做饭吧，伺候我这个老太婆，你不会介意吧？"

其实，陆明诚心里有一百个不愿意，但冈本就坐在自己身边，自己又有什么办法呢，只好点头答应。但点头的那一刹那，他很想给自己一记耳光，他和陈厚财这个汉奸有什么区别呢？都是给日本人做事。

陆明诚精神恍惚地回到酒楼，把自己关在了房间里。高珊珊走到房间里问："这是怎么了？"

陆明诚回道："冈本的娘让我给她当厨子。这么一来，我也成了汉奸了。"

高珊珊劝慰道："冈本是冈本，他娘是他娘，他娘又没有祸害咱们老百姓，这么说来，你不是汉奸。"

陆明诚傻笑了一会儿，说："话虽这么说，可老百姓得戳我的脊梁骨喽。"

天空突然乌云密布，一道闪电过后，紧跟着一阵响雷，瓢泼大雨从天而降。济南的反日高潮风起云涌，复仇怒火四处燃烧。冯钟丁得知陆明诚经常出入冈本的住宅后，便夜赴福寿楼，与陆明诚商议从冈本家盗取岸本来济南的路线图。

陆明诚对于盗取路线图一事，一直犹豫不决，他有无数担心和恐惧，他并没有立刻答应冯钟丁。轰隆隆的雷声仿佛击打在陆明诚的心上，使他的心情烦躁而又复杂。

一直闷闷不乐的还有地瓜，自打日本人攻破了济南，警察就得听日本人的命令，不然一阵机枪，就一命呜呼了。他已经亲眼见过很多患难与共的兄弟死在了日本人的枪下。有时候他都不明白，在自己的土地上，还得受这窝囊气。如果日本人再这么嚣张下去，他决定也要跟着冯钟丁去闹革命，先把这群小日本赶走再说。

冯钟丁走出福寿楼，就遇到了地瓜。跟着地瓜回家后，冯钟丁便把找陆明诚的事情一五一十地讲给了地瓜听。

地瓜说道："冯大哥，咱们三兄弟在一起这么些年了，虽然你在外面干大

第/十一/章

事,很少和我还有明诚聚在一起。但我和明诚几乎天天都能见面,我理解他。这事搁在我身上,我也怕。在以前,我们这群小老百姓,都是捂着肚子过日子,生怕什么时候就饿死了。而现在,不光得捂着肚子,还得时刻摸摸自己的脑袋在不在。"

冯钟丁从地瓜的话中,明白了陆明诚犹豫的原因,便说:"国不安,家怎么能安宁!"

地瓜凑到冯钟丁跟前问:"你说,你们的组织真的能打跑小日本?"

冯钟丁肯定地答道:"当然能,虽然这群小日本兵强马壮,作战武器比我们精良,但古往今来,就没有邪恶压倒正义的理儿。鲁西南的铁道抗日游击队,胶东半岛的敌后武工队,还有平原抗日游击队,都陆陆续续地组织了起来,这群小鬼子必将葬身于人民战争的汪洋大海之中。"

地瓜期盼地说:"真希望那一天快点到来,别再让我们这些老百姓受苦了。"

兄弟俩刚聊得投机,不远处突然传来一阵炮轰枪鸣,在炮火的映照下,树木和砖块裹着泥水在夜空中乱飞。

一支支日本部队沿着大路而来,在这个破烂的小巷子里转了几道弯。不一会儿,巷子里沸腾起来,孩子哭,女人叫,夹杂着日语的吆喝声。老百姓混乱地逃跑,日本人的机枪疯狂地射击。鞭指巷的一户人家里响起一个女人撕心裂肺的哭声,然后一阵枪响,一切都静寂下来。

第二节　人情冷暖

济南城经过日本人一夜折腾，一片狼藉。陆明诚失魂落魄地走在芙蓉街上，一群难民与他擦肩而过。一夜的暴雨，一夜的杀戮，在陆明诚的印象里，这场扫荡比一九二八年五月三日那场屠杀还要惨烈。

"日本鬼子来啦，赶紧跑！"

逃难的老百姓争先恐后地大喊，然后狼狈地冲进了各条胡同。日本兵暴躁地拿着刺刀一路不分青红皂白地砍杀无辜的百姓。陆明诚有些惊慌失措，不知如何躲避，突然他被一个日本人抓住，他的眼前闪过一道冰冷的亮光。

"皇军，"地瓜快速地跑了过来，接着说，"他是冈本大佐聘请的厨子，正要去给老太太做饭。"

日本兵松开陆明诚，骂道："赶紧滚！"

陆明诚两腿发软，被地瓜搀扶着躲进了一条巷子。陆明诚喘了喘气，问道："他就这么相信我是冈本的厨子了？"

地瓜往外瞧了瞧，发现安全后，才说："他信不信不重要，但这些小兵卒子都是怕事的主儿，少杀一个人，对他们来说也没什么，但把冈本的厨子杀了，他们估计也真得效忠天皇了，况且，你的确是准备给老太太做饭。快去吧，再有日本小鬼子把你抓住，你就说出自己的身份。"

陆明诚松了口气说："你看看这满大街，警察都帮着日本兵杀人。"

地瓜摇着头说："这话错了，我带的兵不会干这样的事。我们表面上是帮

第十一章

着日本人,其实是帮着老百姓逃跑。"

陆明诚与地瓜分开后,一个人朝千佛山下冈本的住宅走去。一路上,他看到日军抡刀斜劈,刀从老百姓的身体上划过,血光飞散,一个个老百姓摔倒在地。他非常害怕,没走几步就晕倒在了路边。直到过了大晌午,他才醒过来,拖着沉重的脚步走进了冈本的家里。

陈厚财一见到陆明诚狼狈的样子,便讥笑道:"看你这副模样,不知道的还以为是鬼呢。"

陆明诚有气无力地笑道:"是鬼又怎么样,有些人还不如鬼。"说完,陆明诚径直走进了老太太的房间。满屋的麝香,书架上摆满了瓷器,正中间是一柄用红宝石穿缀成的如意,做工之精美世间罕见,这里任何一件摆设都价值连城。

老太太静坐在椅子上,见到陆明诚,起身说:"我以为你不会再来伺候我这个老婆子了呢。"

陆明诚苦笑道:"你看看外面满大街都在杀人,到处是血,就连护城河里的水都是红色的,你知道,你们日本人没有来济南的时候,这里整天车马喧闹,人声鼎沸,商号林立。就是因为你们来了,把这里弄得乌烟瘴气,变成了地狱。"

老太太坐在椅子上,眼里闪烁着泪光,说:"我也反对战争,我丈夫就死在战场上。"

陆明诚不解地问:"既然大家都不愿意看到死亡,那怎么还非要打仗呢?"

老太太眯了眯眼睛,回道:"日本男人要效忠天皇!"

陆明诚摇了摇头,继续问:"那你为什么要选我做你的厨子?"

老太太说道:"我活了这么大岁数,看得出你这孩子比陈厚财实诚。"

陆明诚没有接话,走出屋子准备去厨房。当他走过冈本的书房的时候,脑子里忽然闪过了冯钟丁嘱托给自己的事情。他环视了一下四周,除了宅院门口站着一排日本士兵外,家里只有老太太自己。他轻轻地打开门,潜入了书房,盯着墙上标记的地图，有些发愣。然后，他轻手轻脚地翻弄着书桌上的资料，却怎么也找不到岸本来济南的路线图。突然他听见门外有动静，赶紧凑到屋门前瞅了瞅，见门外没人，轻轻地走出房门。当他关门的那一刹那，一只手搭在了他的肩膀上。他吓得一顿，觉得有一道寒流从尾椎骨直窜上头部，额头上瞬间渗出汗珠。他缓慢地转过头去，发现是陈厚财，才放心地舒了口气。

陈厚财得意地问："你这下可算栽在我的手里了。快说，偷了什么东西？"

陆明诚瘫坐在地上，喘了几口粗气，说："我还以为是冈本回来了，原来是你。"

陈厚财接着问："快说你偷了什么东西，不然我就把这事告诉冈本大佐，你的小命可就呜呼喽！"

陆明诚站起来说："你是不是也想让我把你用鸡汤做素斋的事情告诉冈本？"

陈厚财一听这话，语气瞬间变得缓和，说："有话好好说，你说你偷个东西，咱们平分，谁也不知道，也没告密的人。"

陆明诚见陈厚财有点沉不住气，便说："这个院子里除了你和我，就没有其他人，你想要什么，自己进去拿。"

陈厚财一寻思，自言自语道："也是，反正冈本大佐去会见岸本总司令了。"

陆明诚听到了岸本的名字，故意嘲笑陈厚财，说："你别开玩笑了，岸本总司令还没来济南，他们怎么可能见面？"

陈厚财为了显摆自己在冈本面前的地位，悄声说："我告诉你啊，岸本总司令昨晚就到济南了，你没见昨晚那么大雨日本兵还出动啊，就是怕被人伏击。"

陆明诚恍然大悟，他假装不在乎地说："看来，你在冈本心里的地位很高啊，他才会把这么重要的信息告诉你。"

陈厚财诡笑道："不过呢，今儿个的事情我什么也没看到，那鸡汤的

第十一章

事情？"

陆明诚瞪大眼睛问："什么鸡汤的事情？"说完，快步去了厨房。

陈厚财悬着的心算是放了下来，哼着小曲出了门。或许，脸上写上了"汉奸"两个字后，就是万能的通行证，可以随意出入任何地方。在冈本不在家的这段时间里，陈厚财经常去寻欢作乐，在窑子里过完夜才回到冈本的住处。

陆明诚回到厨房后，仔仔细细地炒了几个素菜，端到老太太的房间里。老太太看到桌子上的几样小菜后，胃口大开，连声夸赞他的厨艺。他谢过老太太之后，快速离开了冈本家，在路上碰到了地瓜，吩咐地瓜把岸本昨晚来济南的消息转告给冯钟丁。

得知消息后的冯钟丁一头雾水，他和同志们又得重新做暗杀岸本的计划。陆明诚刚回到酒楼，就见一个伙计慌慌张张地跑了进来，上气不接下气地说："陆云小姐在街上玩的时候，被日本人的大汽车给撞死了！"

陆明诚和高珊珊瞬间从椅子上坐了起来，身后的碎裂声让他们回过头去，高德生浑身僵硬地坐在那儿，汤碗已经摔碎了，他死死地抠着桌边，脸色苍白，整个身子都痛得颤抖，嘴里念叨着："云云，云云……"

高珊珊流着眼泪说："爹，我们这就去找云云。"

陆明诚着急地说："你先照顾着爹，我去找闺女。"

没等陆明诚跑出门口，高德生吐了一口血，然后瘫在椅子上，咽下了人生中的最后一口气。任凭女儿如何叫喊，高德生都紧紧地闭上了双眼。谁也没有想到，济南第一酒楼的高掌柜会如此死去。陆明诚扶着门框，满脸泪水地瘫坐在地上，酒楼里的伙计们都傻了眼，站在原地一动不动。等地瓜和冯钟丁赶到酒楼的时候，一个伙计也抱着陆云进了酒楼。陆云浑身是血，脸上沾满了泥土。酒楼仿佛在瞬间陷入一个大冰窟，散发着刺骨的寒气。

福寿楼的门口斜贴一张白纸条。灵堂的正中央贴着一个大大的"奠"字。陆明诚和高珊珊披麻戴孝，有气无力地跪着，眼中充满了绝望。

冯钟丁说："如果人真有灵魂，不该死了才设灵堂。就像那个'奠'字，其实把字拆分后，就是上、西、天三个字。"

地瓜恍然大悟道:"还是冯大哥懂得多,这高大小姐也太可怜了,一天之内失去了两位亲人。"

冯钟丁摇了摇头,说:"在济南,家破人亡、妻离子散随处可见,有的一家人全都被日本人杀了,这些狗日的畜生。"

福寿酒楼办着丧礼,冈本家却是歌舞升平,一派其乐融融。冈本两眼色眯眯地欣赏着日本舞姬的表演,时不时地拍手称赞,又时不时地酌上一杯清酒。陈厚财把一小碟花生米端到冈本面前,刚要转身离开,便被冈本叫住,说:"最近民间成立了一些组织,很不安分,严重破坏了大东亚共荣的进程。我收到情报说,在芙蓉街上的东来客栈住着一个民间组织的神枪手,此人枪法了得,为了不扰乱军心,更好地为天皇效忠,我派你去把这个神枪手杀掉。"

如果让陈厚财杀只鸡,宰头牛,那一点问题也没有,可让他去杀个人,还真的是有些难为他了。

夜幕下的芙蓉街一片凄凉景象。陈厚财摸了摸被他擦了无数遍的手枪,心里一直打鼓。天黑时分,陈厚财住进了东来客栈,大厅南北墙全是用亮窗镶嵌起来的,蒙着淡青色的蝉翼纱,连中间的隔栅也都用檀香木屏风横挡,可开可合,陈设豪华中不失典雅。陈厚财很纳闷,整个济南的客栈停业的停业,打烊的打烊,怎么东来客栈还明目张胆地做生意。正当他细想着,一个名字跃入他的脑海中,那就是岸本总司令,如果他没猜错的话,岸本总司令被秘密地安排到了这家客栈,而且里面的伙计虽然穿着老百姓的衣服,可举止之间都透出一股军人的气质。这么一想,他就与暗杀冈本的人物联系到了一起,可他又有疑问,既然冈本都安排好了,为什么又让自己亲手来杀神枪手呢?想到这里,陈厚财觉得背后有无数双眼睛正盯着自己。

深夜,客栈一片安静,陈厚财掏出了手枪,慢吞吞地走到冈本指定的房间门口,他往里面瞅了瞅。忽暗忽明的光线,让他看不清里面的情况。他知道自己没什么退路,指不定背后有多少双眼睛盯着自己呢,于是鼓了鼓勇气,猛地一下闯了进去。他用手枪指着屋里人的瞬间,他愣住了,站在他面前的两个人,一个是李玉卿,不用猜,另一个人肯定是神枪手了。

第/十一/章

李玉卿见到陈厚财的瞬间也愣住了，两人深情地望着彼此。神枪手赶紧掏出枪，瞄准了陈厚财，只要他一用力扣动扳机，陈厚财就会一命呜呼。李玉卿涨红了脸，赶紧说："都放下枪！"

神枪手怒视着陈厚财，手上凸起了青筋，谩骂道："走狗，给日本人办事。"

李玉卿把门关上，悄声说："厚财，让他走。"

陈厚财在原地犹豫不决，悬在半空中的手缓慢地放了下来，说："要走赶紧走，这家客栈的伙计几乎都是日本人。"

神枪手朝门外看了一眼，把枪别在腰间，说："算你还有点良心。"说完，从窗户跳了下去。

李玉卿看到陈厚财竟然扑簌簌地落泪。陈厚财打了一个冷战，浑身抖若筛糠，李玉卿依然哭泣不止。久久她才缓过来，连忙拭干残泪，说："厚财啊，我和你一样都是苦命人。"

陈厚财苦笑着说："放走了神枪手，冈本不会放过我。"

李玉卿灵机一动，说道："不用担心，明天一早你就赶紧走。当年你都能逃过老爷的追杀，要逃过小日本的追捕，还不是小菜一碟。"说完，她感觉到自己欲火燃烧了起来，脱去了旗袍，与陈厚财亲热在一起。

客栈外面模模糊糊地有些亮光，几朵云彩断断续续地飘在夜空中。一股令人不安的气息在空气中来回飘荡。这个客栈周围，处处铺陈着济南老百姓的尸体，马路两边的排水沟成了血水沟。

第三节　狼烟四起

天刚蒙蒙亮，陈厚财穿了件单衣，告别了李玉卿，快步如飞地向黄河渡口赶去。他没有沿着大路走，而是在田地里狂奔，偶尔穿过墓地，脚下发出"咯吱"的声响。他除了拼命地逃跑外，也没有其他的选择，他非常恨自己，如果昨晚手指快速地扣动扳机，自己就不会这么狼狈了。想来想去，他脑子里像有团糨糊，乱糟糟的。

陈厚财上气不接下气地跑着，突然后面几辆汽车追了上来，他猛回头一看，是一辆辆日本人的车，他不由得加快了速度，但还是没有逃过日本人的追捕。虽然他一直说自己是冈本大佐身边的人，还是没有逃过一顿拳打脚踢，陈厚财在昏迷中被带进了日本人的牢房。

牢房里一片凄惨的景象。一根木柱子上吊着一个赤身裸体的女人，黑压压的大群苍蝇在飞舞。女人垂着头，被划破的肚子还流着黏黏的鲜血。其他的牢房里关押着几个人，他们都横七竖八地躺在地上。当陈厚财从昏迷中醒过来的时候，浑身又是血又是水，被眼前的一切吓得尿了裤子。冈本从他的身后走了过来，说道："我早就感觉你不忠心，果不其然，你居然还把神枪手给放跑了。"

"啊！啊！"

一阵阵撕心裂肺的声音在牢笼里响起，陈厚财看到受刑的人被鞭子一次次地抽打，血溅了出来。不过，受刑人的眼里冒着怒火，好像完全不在乎疼痛。

可陈厚财没有这么大的勇气,赶紧解释道:"神枪手没跑。"

刚拿起鞭子的冈本,饶有兴趣地走到陈厚财的眼前,问道:"没跑,你怎么就没打死他?"

陈厚财有气无力地回道:"他根本不在东来客栈。"

冈本着急地问:"那他在哪里?"

陈厚财瞄了冈本一眼,发现自己的谎话取得了冈本的信任,便回道:"今晚,他埋伏在明湖戏楼,准备暗杀冈本大佐。"说这话的时候,陈厚财深深吸了口气,他本想把神枪手藏身的地点安排在福寿楼,可一想,福寿楼的高德生和孙女刚去世,不太合理,就又想到了明湖戏楼,毕竟这也是冈本经常出入的场所。

冈本一听这话,大骂道:"八嘎!"

陈厚财借机行事,接着说:"冈本大佐,你真的误会我了。"

冈本半信半疑地问:"那你跑什么?"

陈厚财吞吞吐吐地回道:"我不是逃跑,我是想……亲手杀了那个兔崽子。我出来客栈的时候,发现有个人鬼鬼祟祟的,我就一直追着他,说不定就是那个神枪手,可不知道为什么被咱们自己人给破坏了。"

冈本满意地点了点头,命令士兵把陈厚财放了下来,并安排了房间让他静养。虽然骗过了冈本,可陈厚财心里还是气得牙痒痒的。他很清楚,如果有一天,自己对冈本没有什么用的时候,自己的死期也就到了。

听了陈厚财的话后,冈本气急败坏地安排了一支小分队埋伏在明湖戏楼周围。明湖戏楼还沉浸在一派欢天喜地的气氛中,张孝财更是兴高采烈。角儿唱完戏后,在一片近乎疯狂的掌声中走下了戏台子。台下的人们纷纷立起。靠后的人干脆离开座位,顺着两边的走道向前挤,戏楼秩序大乱。忽然,明湖戏楼被日本鬼子用火点着了,火光从阁楼小窗的黑色窗帘中透进来,使戏楼里的空间起伏动荡。火光四溅,熊熊大火肆无忌惮地燃烧着。

日本兵每人都一手拿着手枪,另一只手拿着手榴弹,用牙齿咬在手榴弹的导火线上,拉开,默数到三下,第四下时,他们会轻轻把它扔出去。杂沓的军靴声已响到明湖戏楼的附近。接着,卡车喇叭"嘟"的一声长鸣,冈本从车上下来,看着燃烧的大火,嘴里说着:"吆西!"紧接着,又是一阵枪声,枪声响得又密又急。

明湖戏楼烧了一夜,火光照亮了济南的上空。戏楼无一人逃脱,张孝财本以为投靠了日本,自己的戏楼就能安然无恙,可万万没有想到,自己会和戏楼一起葬身于火海,化为一片灰土。

地瓜和冯钟丁赶紧跑到了福寿楼。陆明诚和高珊珊正望着窗外的火光不知所措,见到两人进门,赶紧问发生了什么事情。

地瓜慌慌张张地说:"明湖戏楼让小日本给烧了。"

陆明诚瞪大了眼睛,骂道:"天杀的小日本。"

冯钟丁无奈地说:"枪炮、杀戮、战争,让济南这一座有着千百年文明的古城变成了一座荒城。"

陆明诚和高珊珊两人对视一下,把视线转向了废城的大街小巷。高珊珊思索了一会儿,说道:"老冯,我请求加入你们的组织。"

冯钟丁惊讶地问道:"你知道我们组织是干什么的吗?"

高珊珊摇着头答道:"我不知道,但我知道你们杀小鬼子。我女儿是被日本鬼子的车给撞死的,我爹忍受不了外孙女的死讯,也气死了。日本鬼子就是我的仇人,我想报仇。"

地瓜忽然想起一件事情,说道:"从明天开始,外国记者要来济南,好像是采访报道日本在济南为各国之间睦邻友好做出的贡献,还让各家店铺正常营业。我都通知了,咱们福寿楼也得开张,还要负责款待那些国际记者。"

陆明诚骂道:"拿着枪打进了济南,还有脸提什么大东亚共荣。杀了那么多无辜的百姓,这也叫贡献?"

冯钟丁叹了口气说:"高掌柜的仇,陆云的仇,无辜死去的老百姓的仇,我们都会报,小鬼子做了伤天害理的事情,老天爷也不会放过他们。既然国际上的记者要来济南,那我们就要动员大家伙儿说实话,把日本人在济南犯下的滔天罪行公布出去,让他们受到谴责。"说完,冯钟丁陷入了苦闷之中,他非

第十一章

常清楚,这些年来,济南的老百姓被欺凌、被压迫习惯了,虽然有一些思想进步的人士也进行过反抗,可毕竟是少数人。那么,这场国际记者的采访活动,很可能会掩盖掉日本士兵在济南犯下的滔天罪行。

不出冯钟丁所料,一大早,各店铺都开了张,一阵爆竹响后,满街变得乌烟瘴气。国际上来的记者跟随着日本人走在芙蓉街上,老百姓见到日本兵还是有些害怕,日本兵主动上前握手,百姓们都惯性地往后退几步,直到日本兵瞪大眼睛怒视着自己的时候,他们才把手伸出来。记者们也是一次次地按下快门,把这一幕幕"温馨"的画面拍下来。

冈本派人把老太太请到了福寿楼,老太太坐在椅子上一声不吭。高珊珊打心头里恨透日本人,可眼前这个老人,她又下不去手。陆明诚看出了端倪,悄声对高珊珊说:"这老太太是个好人,和冈本完全是两副德行,我估计冈本派老太太来酒楼,是为了拿住我。"

说完,陆明诚去了后厨,和伙计们一起炒着菜。岸本总司令在冈本的陪同下,走进了福寿酒楼。岸本的翻译官欧阳琦张罗着让记者们入座,冯钟丁化装成跑堂的伙计,在记者之间来回走动。趁日本人不注意的时候,冯钟丁把一份份自己亲手写的英文传单塞到了记者的手中。

岸本总司令吃着桌子上的美食,食欲大开,连声夸赞,问翻译官:"你说是中华的美食好吃,还是日本的幕府料理美味?"

翻译官不假思索地答道:"肯定是日本幕府的料理。"

一个英国记者摇着头说:"这可不一定。"

要是搁在以前,岸本听到这样的话,早就拔出刀直接把这个记者一刀劈死了。可为了日本帝国主义在国际上的形象,他还是收敛住了。冈本见到岸本总司令有些生气,赶紧对记者说:"哪里的食物好吃,比比就知道了。自从进入济南以来,日本的厨师经常和济南的厨师切磋厨艺,济南的厨师跟着日本的厨师学了不少技艺。"

没等翻译官把自己的话翻译完,冈本就去了后厨,厨房里烟熏火燎,让冈本直咳嗽。高珊珊拿起了刀,在桌子底下用力地攥着,只要冈本一靠近自己,她就要将刀砍向冈本，替自己的父亲和女儿报仇。陆明诚故意把火弄大，熊熊的火焰让冈本感到了一丝的危机感，他环视了四周，然后从外面叫进来两个士兵。冯钟丁看到事情有些不对劲，赶紧跑到厨房，他看到高珊珊手里攥着的菜刀，用力地夺下，然后冲着高珊珊摇了摇头。

冈本在两个士兵的陪同下，走到陆明诚跟前，说道："明天，就在芙蓉街举办一场大东亚宴会，你只能输不能赢。"

陆明诚瞅了一眼冈本，说道："我参加的厨艺比赛，就没赢过。"说完，继续翻炒着锅里的菜。

高珊珊看到冈本，一肚子怒火，跑出了酒楼。冯钟丁跟了出去，解释道："现在你不能杀冈本，外面这么多记者，你一旦杀了他，新闻上就会说中国人破坏和平。"

高珊珊气愤地说："他们杀了我们那么多人，昨天整条街上都躺着死人，就因为这些记者一来，连夜打扫得这么干净，一点罪证都没留下。再说了，这些记者还不是听日本人的话。"

冯钟丁摇了摇头说："并不是所有的记者都看不清事实的真相，刚才有个记者塞给我一张纸条，约我今晚在趵突泉见面，我会把战争的残酷性一五一十地告诉他。还有，组织上批准你为预备党员了。"

高珊珊又悲又喜，但当她回头看到岸本的时候，怒火还是一次又一次地涌上心头。

陆明诚炒了几个素菜端到老太太面前，说："我知道你只吃素，我虽然很讨厌日本人，但不会欺负一个老人。"

老太太看着盘子里的素菜，有些感动，她夹了几口菜放到嘴里。冈本赶紧带着记者走到老太太的桌前，说："这位老人是我的母亲，刚才给老人送菜的就是这家酒楼的厨子，他非常了解我母亲的饮食习惯，只吃素食，可见我们日本人与济南的本地人生活得多么融洽。"说完，在座的所有人鼓起了掌。

一个日本士兵凑到冈本的耳边，悄声说："大佐，外面有人闹事。"

冈本看了看在座的记者，吩咐道："让这些记者多吃点，在我回来之前，

第十一章

不要让任何一个记者走出福寿楼,还有就是不准动用武力。"说完,直接去了闹事的地方。

纵横交错的队伍将日本兵团团围住,一会儿的工夫,人越来越挤了。街道的另一边,靠近东来客栈的地方,示威声势尤其浩大。大伙儿挥着手臂,用激烈言辞互相激励斗志,一张张枯瘦的脸上,眼睛冒着火,牙齿闪着光。

冈本耐不住性子,拔出刺刀吼道:"破坏大东亚共荣的人,都得死。"

冈本带着日本兵,突然变成了一群凶恶的畜生,刺刀在阳光的照射下反射着亮光。他们扑向示威的群众,扭打在一起,街道上瞬间血流成河。一直受到压迫的老百姓内心的愤怒激发了出来,拿起镰刀、锄头、木棍,从四面八方加入打斗中。

忽然,不远处传来一声枪响,地瓜也带着警察队伍冲了上来。这一声枪响也把在福寿酒楼参加宴会的记者们吓了一跳。岸本总司令满脸怒气地看着身边的士兵,欧阳琦灵机一动,说道:"各位记者,莫惊慌,这是为了迎接你们的到来,特意安排的鞭炮烟花。济南这几天不是经常下雨嘛,先试试声响,大家继续用餐。"

虽然把记者哄骗住了,可岸本的内心早就躁动不安,他给欧阳琦使了一个眼色,欧阳琦点了点头,偷偷摸摸地带着几队人马去支援冈本。冯钟丁端着一盘子菜,走到记者的桌子上,递给其中一个记者一张纸条,把他约到了后厨。冯钟丁又吩咐高珊珊去找组织,让组织立刻出动,他不想看到拿着锄头的老百姓和端着枪杆子的日本兵硬拼,这样只会死更多的人。

冯钟丁带着记者杰克从酒楼后门绕到了街道上,杰克看到眼前的事情,很惊讶,赶紧用相机拍摄下一张张残暴的画面。冯钟丁从人群中看到了地瓜,冲到地瓜的面前说:"保护好这个外国记者。"说完,他也冲到了示威的队伍中。

人群中突然冒出一个外国人,这让冈本大怒,虽然他对这个外国记者没什么印象,但他担心这些事情曝光出去,会彻彻底底影响到大日本帝国的形象。他举起手枪,对准了杰克。杰克全神贯注地拍着照片,完全没有注意到冈本的手枪已经对准了自己。正当冈本扣动扳机的一瞬间，地瓜冲了上来，把杰克推到一边，一颗冰凉的子弹穿过地瓜的胸膛，他应声倒地。

游行示威的群众一批一批涌上来，高珊珊也带着革命的队伍冲到了人群中。日本人终于按捺不住了，运来了机关枪，准备扫射示威的群众。

冯钟丁一边救着人，一边喊道："赶紧跑！"

冈本一声令下，机关枪扫射着群众，人们倒在了血泊中。听到外面密集的枪声，酒楼里的记者坐不住了，他们感受得出来，这不是普通的鞭炮声，而是枪声。陆明诚从厨房后面冲了出去，看到眼前的惨景，他内心有些恐慌。突然有一只手拉住了他的裤角，说道："救我！"

陆明诚低头一看，是一个学生模样的女孩。他愣了一下，赶紧把女孩扶到角落里，然后加入了救人的队伍中，救了一个又一个人，他已经筋疲力尽了。正当他准备喘口气的时候，他看到地瓜也躺在了血泊中，他冲上去，喊着地瓜的名字。

地瓜睁开眼睛，有气无力地说："好疼！"

陆明诚赶紧给地瓜捂住伤口，说："忍住，我这就背你回家。"

地瓜说道："我不行了，我有一件事情求你，把我葬在姑姑的坟旁，等来生，我要做她的儿子。"

陆明诚的眼泪流了出来，机关枪的声音逐渐停了下来。地瓜虚弱地指了指缩在角落里的杰克，对陆明诚说："保护好他，让他把咱们的遭遇报道出去。"说完，两眼一闭，咽下了人生最后一口气。

冈本带领着队伍屠杀完群众后，回家洗了个澡，又面带笑容地回到福寿楼，带着记者去了离屠杀现场比较远的地方。记者们都忧心忡忡，因为空气中飘着的血腥味欺骗不了他们。

夕阳西下，夜幕降临。陆明诚把地瓜安葬在姑姑陆金珠的坟旁。陆明诚咬牙切齿地说："地瓜，我会给你报仇。"

杰克摘下了帽子，为地瓜祈祷。

冯钟丁走到他的身边说："请你一定要把真实的情况报道出去，让世界看

第/十一/章

到日本侵华士兵所犯下的滔天罪行。"

杰克严肃地说:"我的命都是地瓜给的,我一定会如实报道。"

高珊珊思索了一会儿,对冯钟丁说:"杰克不能再出现在济南了,日本人肯定会对他下毒手。"

冯钟丁一五一十地翻译给了杰克听,可杰克摇了摇头,说道:"我必须留下来,我不想当一个逃兵。"

话音刚落,"嘭"的一声,济南上空炸开了礼花,金光闪闪,锣鼓声声,飞舞起一个个孔明灯。

第四节　恍然如梦

芙蓉街上张灯结彩,街道两旁站满了被逼着来看大东亚宴会厨艺大赛的人。冯钟丁和其他同志们腰间都别着枪,埋伏在人群里。冯钟丁有好几次都想要把枪掏出来。他幻想着把枪口直接对准岸本的脑袋,扣动扳机,一颗子弹就能把这个杀人恶魔送上西天。可每当他准备掏出枪的时候,就会想起陆明诚的那句话:"我必须为中华的美食正名。"他只好先放下手中枪,更何况,在街巷建筑物的高处,都埋伏着日本鬼子,一旦开枪,这条街巷的老百姓都逃不出去。

锣鼓喧天,鞭炮齐鸣,乐队唢呐吹吹打打。冈本从台子上站了起来,周围瞬间安静下来。冈本清了清嗓子,说道:"今天我们欢聚一堂,为了欢迎岸本总司令来济南视察工作,也为了欢迎各位国际记者的到来,特举办大东亚宴会厨艺大赛。为了公平公正,由国际记者担任评委。大赛现在开始!"

陆明诚神情镇定,高珊珊在一旁调试着各种调料。不远处,一个身材瘦小的日本厨子不屑地扫了陆明诚一眼,然后拿起一个圆形木制容器,在里面铺上一层矮竹叶,盛进醋饭,上层铺一层盐腌后再调味的鳟鱼,最后裹上矮竹叶,用压板压扁。

陆明诚悄声对高珊珊说:"这是鳟鱼寿司,他们日本人就好这口。"陆明诚取了一把菜刀。菜刀是镔铁打造的,刀背很阔,刀刃极薄,这把刀削铁如泥,肉不沾刃。他一拧身,刀向上撩,冲天而起,来了招长虹贯日,紧接着刀向下劈来,国际记者目瞪口呆地看着陆明诚的一招一式,就连岸本和冈本也有些沉不住气,两人互相看了一眼,然后悄悄地派欧阳琦去警告陆明诚。陆明诚没有理会欧阳琦,从盆中取出一只鸡,拿起刀将鸡一劈两半,这倒是把欧阳琦吓了一跳,赶紧回到岸本的身后。陆明诚心里直乐,骂道:什么狗玩意。

陆明诚不慌不忙地去掉大骨,将鸡剁成块,放入汤盘内,加盐水、黄酒、酱油、葱片、姜片腌渍。高珊珊把洗干净的核桃仁放在案板上,陆明诚熟练地切成了八瓣,然后在锅内放入油,油热了后,下入鸡块炸一会儿,再捞出沥油。锅内留少量的油,再放入白糖,炒至糖变色时,陆明诚倒入甜酱煮沸,再把鸡块下锅,颠翻拌匀,放入清汤烧开后撇去浮沫,用小火煨焯,不断搅拌,颠翻,待汤汁全部挂在鸡块上,淋花椒油出锅。高珊珊将鲜核桃仁撒在鸡块周围。

整个烹饪过程就如同一场优美的演出,让国际记者看得目瞪口呆。菜肴摆在国际记者的面前,一阵香味飘进了他们鼻孔。人群中的杰克把这一切都拍成了照片。眼看记者们分抢糖酱鸡块,冈本心里也有答案了,为了避免难堪,没等担任评委的国际记者宣布结果,就站起来说:"不管是日本美食,还是中华美食,都是为大东亚共荣做贡献,不要分什么胜负了,就当打了个平手吧!"

大赛的结果显然令人不能信服,但没有敢吭声的人。国际记者虽然感觉有些莫名其妙,但还是同意了冈本的意见。岸本总司令一声不吭地从台上走了,然后招呼都没打,连夜秘密地回到了天津。

第/十一/章

恼羞成怒的冈本派人在深夜里把陆明诚抓进了牢房,一次次鞭打,还是解不了冈本心中的怨气。陆明诚让他在岸本总司令面前颜面扫地,就算把陆明诚千刀万剐,也难解冈本的心头之恨。

牢里一片黑,不见天,不见地,非常潮湿。只有一两个小小的窗孔可以透光,老鼠、蟑螂、壁虎,在黑暗里爬来爬去。

老太太走到冈本的屋里,问道:"听说你把陆明诚抓到了牢房里?"

冈本回道:"他破坏了我的计划,该死!"

老太太气道:"你是不是也想我死呢?我现在就认陆明诚做的菜。"

冈本也看到这几日老太太食欲不好,便派人把陆明诚带到了屋子里。陆明诚逐渐恢复了知觉,浑身血淋淋地站在老太太的面前。老太太看到眼前的陆明诚,甚是心疼,赶紧扶他坐下,陆明诚拒绝了老太太的好意。

冈本板着脸说:"虽然你犯了反日的罪名,但你只要答应继续给老太太做素斋,就可以活在监狱里。"

陆明诚有气无力地点了点头,朝厨房走去。冈本在他身后自言自语道:"还以为有多大韧性呢,也不过如此。"

厨房里一片寂静,一切都是那么的熟悉。陆明诚点着火,在锅内放上油,他两眼望着慢慢翻滚的油水,将双手放入了锅中。

"啊!"陆明诚发出了撕裂的吼叫,满脸流淌着汗珠。

听到声音的冈本走到厨房,看到这一幕,又惊讶又生气,拔出佩刀,准备砍向陆明诚。老太太在他的身后大喊了一声:"住手!"

陆明诚冷冷一笑,骂道:"畜生!你们会遭报应的。"

冈本再次举起刀,又被老太太拦住,老太太说:"你要是想杀他,就把我先杀了。"冈本无奈之下,只好把陆明诚重新关进了牢房。

陆明诚宁可毁手不给日本老太太做素斋的消息很快传到了高珊珊的耳朵里,她悲痛万分,拿出父亲高德生当年的那把手枪,准备去营救自己的丈夫。还没等走出酒楼门,她就被冯钟丁给拦了下来。冯钟丁是听了消息后,急匆匆赶过来的。

高珊珊挣扎着说:"我必须去救他,就算死,我也得和他死在一起。"

冯钟丁把她使劲按在椅子上说:"我比你更想救他,可我们这么去,只是去送死。"

高珊珊趴在桌子上号啕大哭,自从父亲和女儿出事后,陆明诚成了她在这世上唯一的亲人,可对于陆明诚来说,她又何尝不是呢?

冯钟丁冷静了一会儿,说:"刚接到上面的命令,让我们和鲁西南的队伍会合,准备痛打小日本,当然你也可以选择不去。"

高珊珊擦了擦眼泪,思索了一会儿,说:"我去。"

冯钟丁接着说:"我知道你担心什么,我安排了人手潜伏在冈本的地牢附近,一旦有机会,就会把明诚救出来的。而且只要日本老太太在济南,明诚就不会有事,因为冈本还算是个孝子,他听他娘的话。再说了,这一去,我们也不一定活着回来。"

听了这话,高珊珊心里有些伤感。

住在冈本家的陈厚财,身上的伤还没有好利索,就不安分了,特别是听说了陆明诚也被关进了大牢,他心里更乐了。他大摇大摆地走到大牢门口,可他万万没有想到,三个日本士兵正在对一个人动刑,被行刑的人浑身是血,已经看不清长什么样子,但他的眼睛一直怒视着日本士兵,仿佛只要挣开绳索,他就能把日本鬼子的头从脖子上拧下来。只见日本士兵拿着一大锅热水,直接从他的头上浇了下去,瞬间,他身上的皮秃了一片,露出了血淋淋的骨骼。

这场景可把陈厚财吓得不轻,在牢房门口吐了半天,赶紧回到了房间。此后,只要他一闭上眼睛,脑海里就会浮现出这样的场景,他睡着后就会做噩梦。时间一长,他彻底疯了。

冈本给陆明诚派了最好的医生医治他的双手,希望他治好手后能为日本人效力。在牢房的日子里,陆明诚很少说话,连他自己都怀疑自己还会不会说话,他无比地想念姑姑、玉儿、妻子、女儿、地瓜……

冯钟丁和高珊珊加入了抗日的队伍,每天冒着枪林弹雨,与日本鬼子浴血奋战。陆明诚在牢房里,经受着一次次的严刑拷打,还是不接受效忠日本人的

第/十一/章

要求。

1945年，美国向广岛投下的一颗原子弹爆炸后，浓烟笼罩了广岛上空。这颗原子弹也彻底击垮了日本侵略者的防线。不久后，日本宣布无条件投降。冈本一遍又一遍地擦拭着军刀，然后狠狠地刺向了自己的胸膛。门外的士兵，陆陆续续地切腹自杀。

抗战胜利了，牢房里被日本人囚禁的犯人放了出来。陆明诚走出牢门，深深地吸了口气。他拖着虚弱的身体一步步走着，他走了没有多远，看到老太太正抱着冈本的骨灰上了迁回日本的大卡车。老太太看到陆明诚，站在车上深深地鞠了一躬，眼神中流露出悲伤。

陆明诚一步步走回芙蓉街，各家店铺陆陆续续开了门。街巷里一批又一批激情高昂的游行示威的队伍从他身边走过。

不远处，陈厚财疯疯癫癫地一边跑又一边傻笑。他的后面有一群小朋友，一边喊着"打汉奸"，一边追赶着他。

陆明诚走到福寿楼门前，用力推开了大门，一阵尘土迎面扑来，他缓慢地走进酒楼，当年的一幕幕在眼前闪过。

……

"奎虚书藏"楼北邻大明湖，整个楼构造呈"山"字形，为钢筋混凝土结构的欧式建筑。该楼后面有回廊相连，一楼大厅可容纳四百人。1945年12月27日上午，堂内四周悬挂着青红白三色布幕，礼堂正面高悬孙中山遗像，左右分悬"永奠和平"四个大金字。左壁悬挂蒋介石和斯大林像，右壁悬挂杜鲁门和丘吉尔像。而在另一旁的书架上，陈列着杰克用相机拍摄下的一张张相片。

十时整，受降典礼开始，武官一律着军常服佩勋章，文官一律着黑色中山服。签字命令书共四份，两份为正本，两份为副本。签字完成后，日军代表摘下佩刀，齐赴受降主官席前行礼，将佩刀献上。到此，山东全体日军缴械投降，山东人民的抗日战争终于彻底胜利。

芙蓉街也逐渐热闹起来，此起彼伏的叫卖声，叽叽喳喳的说话声，商铺里琳琅满目的商品，令人眼花缭乱、目不暇接。那扑鼻而来的食物香味，仿佛把人带回到了那段幸福的岁月中。

"下雪了！"

芙蓉街上，全副武装的巡逻队在风雪中飞驰而过。陆明诚独自坐在酒楼里，无动于衷地望着门外这一片喧嚣与嘈杂。在经历了如此多的事情后，他仿佛对任何物事都释然了，本以为是最苦最难的儿时时光，到现在却反而成了自己这辈子最幸福、最难忘的回忆。

突然，一声沉闷而清晰的"砰"声兀地传来，酒楼的门开了，冷冽的风裹挟着雪花与寒气刮了进来。陆明诚抬起头来，循声望去，一刹那，他仿佛被一股力量钳住了一般，待他真切地看清楚了来人，一阵电击般的震颤迅速地从脚底蔓延至全身。

高珊珊赫然地出现在门口，时间仿佛定了格一般。陆明诚几近痴傻地凝视着对面那一双温柔又难掩英气的目光，四目相对的瞬间，陆明诚感到脸颊上漫过了两行滚烫的热流。

酒楼外，大雪纷纷扬扬，芙蓉街上到处是一片白，又是新岁。

后　记

芙蓉这条街

1

我曾到过许多座城市的老街巷，可记忆犹新的还是济南的芙蓉街。

在街头，有一尊《老残听曲》的铜雕塑，惟妙惟肖，使人想起刘鹗在《老残游记》中写的以摇铃串巷为人治病为业的江湖郎中老残，书中开篇便是老残在登州府因一梦游历海上仙山蓬莱阁，遂引出老残"要往济南府，看看大明湖的风景"的想法。于是，一路秋山红叶地来到了济南府。老残从东而来，途经明府老城、县衙老街，满眼是泉水淙淙，垂杨拂水，所以给他留下了"进得城来，家家泉水，户户垂杨，比那江南风景，觉得更为有趣"的印象。

高大古朴的芙蓉街牌坊下，人来人往，异常热闹。走进芙蓉街，一股老济南味儿扑面而来，就好像走进了一座年久失修的历史博物馆，尽管随着历史的变迁陈迹渐少，但从沿街的古建筑物中仍可想象出当年的繁荣。毕竟这条街曾是济南府最繁华之地，商贾聚居，豪门大院，商号林立，钱行、银炉、当铺、书坊、首饰铺、古玩铺、鞋帽铺、绸布庄等一家挨一家。

时过境迁，现在的芙蓉街，以小吃闻名，眼中是路边一家家的小吃店，鼻中是各色小吃的香味，耳中是各路小贩的吆喝。

街上的石板路上飘着薄薄的一层雾气，远远望去，往来的行人似乎漫步于仙境之中。透过石板的缝隙，就会看见石板下面潺潺流淌着的泉水。走在街上还会听到石板路下淙淙的泉声，旺水期，石板下面的泉水会涌出路面，活脱脱一番"清泉石上流"的景象。

芙/蓉/街

沿芙蓉街从南到北一路走来，会途经关帝庙和文庙。商人言利，敬奉财神，这财神竟也是无所不能的关老爷。文庙始建于北宋熙宁年间，曾是济南最古老的建筑之一。在科举时代，文庙是考生赴考的必经之地，为此清朝顺治年间在芙蓉街北段梯云溪上修建了一座石桥，名曰"青云桥"，取青云直上之意。文庙前修建有牌坊，题有"腾蛟起凤"的匾额。

芙蓉街上，无处不泉，流水潺潺。其实，"芙蓉街"一名的由来就是街上的芙蓉泉，芙蓉泉在济南七十二泉中名列第四十二，是名泉中极具特色的一眼。此泉既没有趵突泉的豪放，也没有珍珠泉的婉约，独身藏于民宅之中，给人一种"藏在深闺人未识"的感觉，但是这一切都逃不出诗人的慧眼。清代诗人董芸在其成名之作《广齐音》的压卷篇《芙蓉泉寓居》中这样写道："老屋苍台半亩居，石梁浮动上游鱼。一池新绿芙蓉水，矮几花阴坐著书。"

芙蓉街另一条支巷金菊巷东首的1号和3号院，是鲁菜名店燕喜堂的诞生地，因适逢三月，燕子飞来，所以取名燕喜堂，寓意燕子报喜。由于菜品鲜美、以诚待客，开业不到两年，燕喜堂就跻身济南府餐馆三甲，每天宾客盈门。如今，巷子中的很多古老建筑已不复存在，只有屋檐下方的护檐板、梁椽头上用来挂招牌的锈铁钩，诉说着巷中流失的岁月。

在芙蓉街的西边，有一条上千年的巷子，叫鞭指巷。巷子里出了个陈冕状元，于是有了状元府，以后又陆续出现了几家票号钱庄，"人杰地灵"的鞭指巷名声更响亮了，在民间也有了"金鞭指，银芙蓉"的说法。

状元府原先有八个院落，这八个院落相互分离又户户相通，花园、书房、阁楼、庭院，其规模宏大、气势磅礴。状元府历经沧桑，虽然大部分建筑已经被拆除，但旧日风貌犹存，集砖、石、木雕于一体，令人赞叹。

清末民初，鞭指巷中部还有一家"熊家扁食楼"非常出名。扁食也就是现在人们常吃的水饺。山东人吃扁食的历史悠久，据说唐代已有关于扁食的史料，明代已经普及。到清代，蒲松龄的作品里有"扁食捏似月牙弯，咸上凉水锅不沸"的句子。民国初年出版的《济南快览》一书中也有同样的记载："济南的鞭指巷之熊家扁食楼营业已近百年，扁食具有专长。"

后 记

有人说,"曲径通幽"更适合济南的老街,我觉得亦是如此。漫步老街,不经意间的一转身,便是又一条胡同或三五人家,使人仿佛置身于老济南的街巷里,那一声声的吆喝,古老的商铺,在记忆中定格。

而我在这些小巷中走过千百遍,度过了漫长的时光。

2

小说完稿的时候,我写了一段话:从灵境胡同到芙蓉街,这条路,走得好漫长。

灵境胡同是北京最宽的一条胡同,地方有些古朴,也十分安静。它虽然算不上知名的旅游景点,但却是老北京胡同的"活化石"。我在北京生活的那段时间,不止一次地走进这条胡同。

胡同古老而悠长,幽静的灰砖红柱,原汁原味的北京四合院,院子有些破旧,斑斑点点的痕迹仿佛诉说着曾经的风雨沧桑。这些老四合院的门墩上坐着的那些老人,像这些老四合院一样,默默无语。

我曾经拐进过一家四合院,院子中用长条砖铺成的十字甬道通到了四面各屋。这是一个典型的小四合院,院内建筑少,北房一明两暗三间,东西厢房各三间,南房三间,四四方方,规规矩矩,简简单单,只具备了四合院的基本布局,却没有中四合院和大四合院里面的抄手游廊、花园、垂花门、前院等设施。

四合院里住着一位老人,炒得一手好菜。据说,老人的父辈曾在御膳房当过御厨。皇宫里的饕餮大餐、龙肝凤髓、田间野餐、山珍海味,香气一次次从高大的红墙飘了出来。伴随着朝代的更迭,他们家成了中国历史上最后一代御厨,而这部小说最初的灵感就来自于这位老人以及老人父辈的故事。

或许,时间是最好的历史塑造者,今天的新闻,到了明天就成了历史。昔日戒备森严的皇宫,如今已经变成人们自由出入的博物院了。五百年皇城,这座高墙深院,曾见证过二十四位明、清帝王的沉浮。五百年风云变幻,这里目送了一个王朝穷途末路仓皇逃离的背影,见证了那些帝王的贪婪,那些嫔妃的嫉妒,那些臣仆的谄媚,那些官宦的懦弱,那些奸雄的野心,那些义士的愤懑等等。五百年沧海桑田,皇城已成云烟。如今世易时移,仅剩一群沧桑的建筑。

《北京市志稿》中曾描述:"都人食品,以麦为主,杂粮次之。葱蒜辛胆,流俗所嗜;珍馔豪奢,矜尚珍果。应时之物,品类繁多。挽近南北风味,东西馐膳,纷然杂陈。其视辽食貔狸,金嗜犬血,固判若宵壤;即元之舌羹,明之棋炒,亦渺成陈迹。"

其实,北京菜系的形成受山东菜的影响比较大。山东的胶东派和济南派在京相互融合交流,形成了以爆、炒、炸、㸆、熘、蒸、烧等为主要技法,口味浓厚之中又见清鲜脆嫩的北京风味,广而影响齐鲁、松辽、三晋、秦陇等北方风味的形成,在烹饪园地中一枝独秀。

在北京,"八大楼"的名气大小依次为东兴楼(萃华楼)、泰丰楼、致美楼、鸿兴楼、正阳楼、新丰楼、安福楼和春华楼。就当时而言,除东兴楼在东安门、安福楼在王府井、萃华楼在八面槽外,其余都位于繁华的前门大栅栏一带。

曾经享誉京城的八大楼,集中国美食文化之大成,时常是宾客满座。在老北京八大楼的鼎盛时期,各大饭庄无论在制作上,还是在服务上都堪称一流。

随着时代的变迁和经济的发展,历史赋予了北京越来越重要的地位。在见证北京的现代化的同时,我们也看到了北京传统饮食文化的衰落。纵观当今北京如雨后春笋般新生的大小饭店,其中也不乏装修豪华气派,富丽堂皇的。菜肴表面上看色彩丰富,花样繁多,但是在风味上,和老北京的饭庄相比差距很大。

不过,在北京的时候,我还是非常喜欢看这座城市的夜景,喜欢坐在公交车上沿着二环、三环、四环,最后到达五环。街道两旁的霓虹灯和广告牌,扯破了黑暗的衣衫。从店面不大人气却特别火的广安门美食街,到大店云集的阜成路美食街,再到井井有条的王府井美食街……北京大街小巷的店铺满足着食客的味蕾。

后 记

3

山东人一向重饮食。山东古为齐鲁之邦，地处半岛，三面环海，腹地有丘陵平原，气候适宜，四季分明，海鲜水族、粮油畜牲、蔬菜果品、昆虫野味一应俱全，为烹饪提供了丰盛的物质条件。厨师烹技全面，巧于用料，注重调味，适应面广。其中尤以"爆、炒、烧、塌"等最有特色。

诞于齐鲁大地的孔子儒家思想奠定了中国文化的根基，而鲁菜奠定了北方菜的基础。济南菜也成为八大菜系之一的鲁菜的重要分支，古城济南在方方面面焕发出崭新面貌的同时，那些几千年积累下来的文化底蕴仍然像血液般渗透在这座城市的每个角落，无时无刻不在散发着令人着迷的神秘气息。

旧时济南有四大鲁菜馆，分别是燕喜堂、汇泉楼、聚丰德、便宜坊。燕喜堂创建于一九三二年三月，"燕喜堂"这个雅号，示意开业燕子报喜。它由两座三进四合院组成，有两个高大的门楼，是金菊巷的一景。

汇泉楼于一八八六年开业，已有百多年的经营历史，楼南临池墙壁上书有"汇泉楼饭庄"五个正楷大红字，光耀夺目。顾客登上楼来，俯视池中游鱼，品尝酒菜，妙趣横生，心旷神怡。如今，虽然汇泉楼饭庄不存在了，但汇泉楼饭庄的名菜名吃却永远留在人们的记忆中。

聚丰德三字是由济南聚宾园的聚字、泰丰楼的丰字、北京全聚德的德字组成，寓意是扬三家饭店烹饪之长。聚丰德所烹调的菜肴选料精、下料准、配料齐全、刀口均匀、火候适度，色、香、味俱佳。

便宜坊于一九三三年在经三纬四路开设，并选取锅贴作为饭馆的主要食品，现做现吃，每日上午十时开门，就有人入店坐等，中午、晚上总是座无虚席。

俗话说：唱戏的腔，厨子的汤。汤为百鲜之源，在岁月传承的特产美食中，济南流传着二怪：一怪是茶汤，叫茶不是茶。茶汤，以小米为主料炒制而成，因如冲茶一般，沸水一冲即熟，故名茶汤。一怪是甜沫，味道却不甜。甜沫，是一种咸粥，粥做好后主人会问"再添么儿"，指的是添加粉丝、蔬菜、豆腐丝之类的辅料，后来人们谐音成"甜沫"，因此甜沫口味是咸的，不是甜的。茶汤非茶，米香四溢更胜茶。甜沫不甜，阅尽五味方得甜。

当然，到了济南，别忘了尝一口油旋，它外皮酥脆，内瓤柔嫩，葱香透鼻，因其形似螺旋，表面油润呈金黄色，故名油旋。最有名儿的就是油旋张。当年毛主席来济南考察特意品尝过。学界泰斗、国学大师季羡林老先生也曾亲笔题词："软酥香，油旋张"。

如今，济南的一些小食馆，或小楼数槛，宽敞雅致；或轩厅廊庑，临水傍街，酒座潇洒；或像府第，庭院深深，花木葱茏，室内屏风绣帘，壁挂字画。华灯之下，红漆大圆桌，明光亮堂，盅筷匙碟，无一不全，为食客静享舌尖上的美味。

4

小说里的时间是从清末开始，到抗日战争胜利前夕结束。这段时间，正是中华美食最绚烂的时代。三教九流、贵族政客、文人名仕以食会友，八大菜系最终定型，区域之间的美食交流更加频繁，菜品普遍大众化。

在小说的创作过程中，每当朋友们问起我这本书写了一个什么故事的时候，我总是避而不谈，因为我不知道用什么词语或者语句来形容这部小说。直到把完整的稿子交给编辑，如释重负地休息了一段时间后，我才突然明白，这部小说写的其实是味道，也是记录了民间人家柴米油盐的一段段故事，当然归根到底还是味道。而构思、创作这部小说的最初想法，也是因为味道。

第一种味道是食物的味道。有学者说，人类的历史是循着盐的味道而前行的。因为盐，人类形成部落、商道等，然后创造了一个又一个文明。当然，也开启了人类对味道的探索之路，随后，酸甜苦辣等调味品进入了厨房。

其实，早在黄帝神农时代，人们就用采集的植物作为医药用品来驱疫避秽。当时人类对植物中散发出的香气已很重视，将花、果实、树脂等芳香物质奉献给神，在芬芳四溢中营造神圣的宗教氛围。而在《周礼》《离骚》中就已经有了用香料烹饪的记载，秦汉以后，香料的运用更为广泛，品种由于舶来品的引进也变得更为丰富，如胡荽、迷迭香、月桂叶等。直至目前中国各地的传统菜肴中，常用的香料已多达百余种。调味品以其独特的增香、赋香、添香等

后　记

作用，极大地改善和丰富了食物的风味，这也体现了人类对味道永恒的追求。

第二种味道是生活的味道。如果说酸甜苦辣咸等是食物的味道，那么喜怒哀乐就是生活的味道。人生，从自己的哭声开始，在别人的泪水里结束，这中间的时光，会经历一次又一次的喜怒哀乐。喜怒哀乐就像酸甜苦辣一样，都是人生的调味品，缺少了哪一味，人生都不会完美。

小说中的陆明诚和高珊珊出生在大户人家，一位是宫廷御厨的公子，另一位是济南第一酒楼掌柜的千金，两者的关系被郝爷这位厨界的传奇人物紧紧地绑在一起，彼此的命运也被风云变幻的时代重新书写着。就如菜肴的酸甜苦辣咸，陆明诚经历了丧父葬母的哀、被姑父毒打而只能忍气吞声的怒、步入婚姻殿堂的喜、与地瓜事业有成的乐，构成了他复杂而又艰辛的生活主旋律。

或许，人生就是一道菜肴，食物与生活的味道按比例调配，经过时间的烹饪，出锅的那道菜肴，将是一个人经历的岁月。

这种绵延千年的烹调传统与饮食文化，在历史长河中越来越彰显它的光彩与温度。不过，我始终认为最好的味道永远在家乡，它后面是一家一户几代人的传承，周围街坊四邻和这几代人持续发生的长久关系，家乡的秀色家宴，惊艳了味蕾，沉淀了民俗。或许，家里有点烟火气息，生活就会有滋有味。

5

爷爷的厨艺带给我最初舌尖上的味觉记忆。

记得小时候，我特别喜欢站在爷爷的身边，欣赏着爷爷娴熟的刀工，他手起刀落，游刃有余，将食材烹饪成一件件"艺术品"。我尽情地享受着爷爷精心烹调、风味独特、令人垂涎的美食佳肴，菜肴的香味也随着气流飘出了房门，飘啊飘，飘走了不知多少岁月和时光，而这种味道也成为我儿时最美的味道。或许，当一个人长大后，无论去过多少地方，吃过多少珍馐佳肴，最怀念的，还是家人烹饪的菜肴。

在我的脑海里，一直浮现着一个模糊的画面：在一条长长的胡同里，有一家布局规整的四合院，黝黑的宅门，锃亮的门钹，院内种着一株石榴树，葡萄的藤蔓爬满了支架。四合院的门口有一棵老槐树,每当夕阳西下,树下会聚集着聊天的老人。胡同里的孩子在追逐游戏,时不时会传来略带沙哑的"磨剪子来……锵菜刀"的吆喝声,每户人家的屋顶上升起一股股青烟……

为了寻找这幅画面,我曾走进过无数条胡同的四合院,虽然没有找到与画面内容相符的场景,但每一次的探寻都让我了解到许多关于街巷胡同或者四合院背后的故事。

就像在曲水亭街一直流传着文人名士诗酒唱和取乐的一种游戏,叫"曲水流觞"。人们坐在曲水亭边弯弯曲曲流淌的小河两旁,用觞杯盛满酒水,放在托盘上,然后将托盘放在流动的水面上。托盘顺水漂至拐弯处,往往停顿一下。这时,坐在旁边的人要端起托盘上的酒杯,一饮而尽,而且还要吟诗一首。如诗作不佳,要罚饮一杯。这种诗酒盛会,一直流传到清代。

潺潺流淌的泉水波光荡漾,两岸坐落着旧式的民居,一棵柳树斜靠在岸边。人们在河边洗衣、休闲、乘凉。泉水灵动温柔,让生活在泉边的人也有细腻温婉的性格。

如今的曲水人家还像从前那样,不紧不慢地生活着。这里是一本史书,是一个缩影,是一个大杂烩,是一个虽简陋却温情脉脉的家。

6

从开始写这部小说时,我就非常担心因为各种琐事的阻挠,不能顺利地把小说写完。于是,无数个黑夜,我都是在码字中度过。

在这部小说的创作过程中,我开始重新审视命运、乌托邦、宿命论、伪命题……许多名词在脑海里浮现,互相交织在一起。在饥寒、失误、挫折和自我折磨的四维迷宫中,苦苦追寻一种目标,让我深深地不能自拔。

我告诫自己不能这样生活了,自己必须从迷宫中走出来。很庆幸,在焦头烂额的日子里,我选择了像勇士一样去生存。我深切地感到,尽管创造的过程无比艰辛,但是,最大的幸福也许正在于创造的过程。

在写作过程中,我慢慢地喜欢上了城市的夜生活。对于我,或许是一种新的收获。每当写作疲惫的时候，我会选择去芙蓉街的咖啡馆坐一坐，喝一杯咖啡，看着夜色下匆匆的行人，空气中弥漫着孤单和落寞的气息。

凯鲁亚克曾说："在路上，我们永远年轻，永远热泪盈眶。"其实，当《芙蓉街》结尾的时候，我已经很疲惫了。很多时候，我都是独自一人站在街边看黄昏中的车流，看日落，直到城市的霓虹灯亮起，细数着时光留给这座城市的一道道痕迹。

于是，我想起了普鲁斯特。

厚厚的一本《追忆似水年华》耗费了普鲁斯特二十年的时光，二十年里，他没有工作，情事不断，还是个同性恋，就为写这么一本当时没几个人看的小说，被很多人认为是不务正业，他也感觉自己是一位失败者。当他晚年回首自己一生的时候，发现这段难熬的日子，才是人生最美的时光。

我不知道晚年回首自己一生的时候，这段时光会不会是自己最美的时光，但我知道，这段时光将会成为我一生的珍藏。而我更知道所有的故事都需要一个结局，于是我傻笑着抚摸着逝去的时光，在疲惫与兴奋中，写完了故事的结局。

无论如何，《芙蓉街》是一部在我的写作生活中消耗的精力最大的作品。特别要感谢这本书的编辑，在小说创作的过程中，给了我无数次的鼓励，也感谢所有给我支持和帮助的人，感谢所有喜欢《芙蓉街》的人，因为有你们的鼓励和支持，我才可以这么持续地创作下去。

7

这是一个告别的年代。

很多人，很多事，相遇，又离别，恍然如梦。

我要用一本书，来书写一座城。

也许《芙蓉街》是留给时光最好的纪念。

或许，它只是一种情怀。